Roland Geisler
Agitare – der Todesschweiß

Dieser Franken-Krimi ist ein Konstrukt aus Fiktion und abgewandelten Kriminalfällen der kriminalistischen Praxis und Forensik. Beides verschmilzt ineinander und führt den Leser durch die Geschichte.

Alle Figuren, bis auf manche zeitgeschichtlichen Personen, sind frei erfunden, teilweise wurden sie über einen »Fake Name Generator« inspiriert. Sofern diese Personen der Zeitgeschichte handeln oder denken wie Romanfiguren, ist auch dies ein Produkt der Autorenfantasie. Die einzige Ausnahme hierbei sind die geschäftsführenden Personen von Mercedes Benz in Wendelstein. Fiktiv sind ebenso einige der Handlungsorte in der Gegenwart.

Der Autor möchte dem Leser eine Handlung vermitteln, die eine gewisse Authentizität beinhaltet. Deshalb muss dem Geschichtenerzähler erlaubt sein zu sagen: Es ist zwar nur eine Geschichte, sie beruht aber auf realen Informationsquellen über verschiedene Verbrechenstatbestände, die in Teilen und unabhängig voneinander tatsächlich so oder so ähnlich vorgefallen sind. Lediglich manch taktischer und kriminalistischer Handlungsablauf der Gegenwart könnte im wahren Leben so erfolgt sein.

Alle Informationen über polizeiliche und strafprozessuale Ermittlungshandlungen sind als »offen« einzustufen, da diese für die Öffentlichkeit frei zugänglich sind – z. B. BGBl. I, 2005, 3136. Alle diese Maßnahmen werden zudem im Internet durch verschiedene deutsche und ausländische Strafverfolgungsbehörden ausführlich beschrieben.

Roland Geisler

Dadord in Frangn

Band 5

Agitare ...
der Todesschweiß

Ein Kriminalroman
aus der Schorsch-Bachmeyer-Reihe

für
Stephanie
spannende Unterhaltung,
herzlichst,

19/11/2019

Bibliografische Information der Deutschen Nationalbibliothek

Die Deutsche Nationalbibliothek verzeichnet diese Publikation in der Deutschen Nationalbibliografie; detaillierte bibliografische Daten sind im Internet über http://dnb.dnb.de abrufbar.

Veröffentlicht im Dadord-Frangn-Verlag Roland Geisler,
Narzissenweg 10, 90530 Wendelstein.

Umschlaggestaltung: Guter Punkt, München
Umschlagmotive: © Thinkstock
Abbildungen: © Thinkstock und Roland Geisler
963493564: © Manjurul/istock
815624554: © spaxiax/Getty Images
508296537: © Nixxphotography/Getty Images

Lithografie von Louis Kramp – Wilddiebe – gemeinfrei
Lektorat: Astrid Leder, Schwaig b. Nürnberg
Druck: CPI books GmbH, Leck
Made in Germany
Erstausgabe 2019
ISBN 978-3-00-063429-1

1. Auflage

Alle Begierden, die nicht zum Schmerz führen,
wenn sie nicht befriedigt werden, sind nicht notwendig,
sondern sie enthalten ein Verlangen, das schnell schwindet,
sobald sich zeigt, dass sie zu den schwer erfüllbaren
gehören oder Schaden verursachen.

– Epikur –

Du bist der schönste Zufall meines Lebens.

Prolog

Montag, 30. April 2018, 02.35 Uhr,
Lorenzer Reichswald, nahe Brunner Straße,
90475 Nürnberg

Der Erdtrabant leuchtete hell, die Vollmondnacht würde ihm den Weg weisen. Der Himmel war kaum bewölkt, die Temperaturen waren auf vierzehn Grad zurückgegangen und man konnte schon fast von einer klaren, ja für diese Jahreszeit zu warmen Nacht sprechen, der Wonnemonat war im Anmarsch.

Er verlangsamte seine Fahrtgeschwindigkeit und verließ die Fischbacher Hauptstraße nahe dem Sportgelände des TSV Fischbach und folgte der Brunner Straße, wo er nach kurzer Zeit rechts in einen Waldweg abbog und seinen Wagen abstellte. Er hatte für diese Nacht alles gründlich vorbereitet. Seit Wochen beobachtete er das Waldstück. Er hatte in der Nähe von vier Jagdkanzeln Wildkameras positioniert, die ihm in regelmäßigen Zeitabständen anzeigten, wann die Schlächter des Waldes ihre jagdlichen Einrichtungen bezogen. Seit Anfang April beobachteten sie fast täglich, wo die besagten starken Rehböcke standen, die zum Auftakt der Bocksaison ihr Leben lassen mussten. Ihr Leben für zartes, wohlschmeckendes Fleisch und deren unersättlichen Jagdtrieb.

Mit Ablauf des Tages würde das Töten unschuldiger Tiere, das alljährliche Gemetzel in dieser Jagdsaison beginnen. Nun aber würde sich das Blatt wenden. Denn schon heute sollte seine Jagdsaison beginnen, die Jäger sollten zu Gejagten werden. Er würde ihnen auflauern wie ein Wolf seiner Beute. Ihr Sterben, der Übertritt aus dem Leben in den Tod, würde allgegenwärtig sein. Dabei würden ihre Muskelkräfte erlahmen, eine allgemeine Mattigkeit würde sich über ihre Körper ziehen. Das Eigenvermögen, ihr Leben in einer bestimmten Sphäre selbst zu bestimmen, würde versagen. Ihre Herzen würden entweder schneller oder schwächer schlagen, ihr Lebensturgor würde entströmen zu einem eingefallenen hippokratischen Gesicht. Dessen spitze Nase, hohle Augen, eingefallene Schläfen, kalte und zusammengezogene, nach unten eingebogene Ohren sowie eine harte, gespannte, trockene Stirnhaut zeigen das Ende des Lebens an. Des Jägers Atmung wird dabei stöhnend und ängstlich, langsam bedeckt ein kalter, klebriger Schweiß seine Gliedmaßen. Sein Todesschweiß.*

Und er würde nicht eher ruhen, bis die Wut mit seiner Jagd, seiner Menschenjagd auf die verhassten Jäger, mit einem lang ersehnten Aufschrei im Lorenzer Reichswald verhallte.

---

* Pierer's Universal-Lexikon, Band 16. Altenburg 1863, S. 779.

Prolog 2

Freitag, 27. April 2018, 09.47 Uhr,
Goma, Provinz Nord-Kivu, Demokratische Republik Kongo

Es dauerte nicht mehr lange, bis sie ihr Ziel erreicht hatten. Das nahegelegene Hôtel Cap Kivu war nur gut fünf Kilometer vom Flughafen entfernt. Der Langstreckenflug von Frankfurt nach Goma hatte seine Spuren hinterlassen. Beide würden sich einen Tag Erholung gönnen, bevor sie den nächsten Schritt ihres Plans in Angriff nähmen, der die Menschheit in Europa in ihren Grundwerten erschüttern sollte.

Es war kurz nach zehn Uhr am Vormittag, als sie den grauen Land Rover beladen hatten und auf der Hauptstraße in Richtung Beni fuhren. Bis zu ihrem Ziel waren es annähernd vierhundert Kilometer, im besten Fall neun Stunden mit dem Auto, falls nichts dazwischenkam. Anspannung machte sich breit. Seit Monaten hatten sie alles minutiös vorbereitet. Sie waren die Auserwählten. Kalif Ibrahim, der Führer des Kalifats, das am 29. Juni 2014 ausgerufen worden war, setzte auf sie. Die kumulativen Fallzahlen der Weltgesundheitsorganisation (WHO) vom 4. April 2018 bestätigten insgesamt neunundzwanzig Todesfälle in der Provinz Nord-Kivu. Es handelte sich um eine Variante derselben Virusspezies wie beim Ausbruch 2013/2014 in Zentralafrika. Das Sterben ging weiter.

Sie durften ihren Führer nicht enttäuschen. Durch ihr abgeschlossenes Studium der Biowissenschaften an der University of Chicago und der New Yorker Columbia University waren ihnen die Gefahren ihres Tuns bekannt. Denn nur ein klitzekleiner Fehler in der Umsetzung ihres Vorhabens würde ihr teuflisches Projekt gegen die Ungläubigen zum Scheitern verurteilen.

»Mein Bruder, die Zeit, unsere Zeit ist gekommen«, bemerkte der ältere der beiden. Mit festem Griff umklammerte er das Lenkrad des Jeeps und chauffierte seinen Begleiter bravourös auf der holprigen Straße Richtung Beni, die zusehends nach dem Verlassen der Provinzhauptstadt immer schlechter wurde und dem Fahrer sein ganzes Können abverlangte. Es war eine Staub- und Dreckpiste, auf der jede Spur innerhalb kürzester Zeit verweht wurde.

»Wohl wahr Bruder, wenn alles nach Plan verläuft, werden wir kommendes Wochenende wieder in Deutschland sein. Mit dem im Gepäck, worum uns unsere Brüder beneiden werden«, entgegnete der Jüngere. Seine funkelnden Augen waren auf seinen Begleiter gerichtet, dabei hob er seine rechte Hand in die Höhe, streckte seinen Zeigefinger in Richtung Himmel und deklamierte mit feierlichem Ernst: »Allahu Akbar!

Denn wie es in der Sure 25, Vers 55 geschrieben steht:

Dennoch verehren sie statt Allah das,
was ihnen weder nützen noch schaden kann.
Der Ungläubige ist ein Helfer
wider seinen Herrn.«*

---

* Quelle: https://www.koran-auf-deutsch.de/sure-25/ (Zuletzt eingesehen September 2019)

Nach knapp zehn Stunden, es war kurz nach zwanzig Uhr, erreichten sie die Zufahrtsstraße zu einem abgelegenen Dorf nahe Beni. Schilder der Weltgesundheitsorganisation (WHO) mit den Hinweisen:

Attention, Fièvre Ebola!

und

EBOLA SIGNS AND SYMPTOMS:
IF YOU HAVE FEVER,
DIARRHOEA AND VOMITING,
WITH AND WITHOUT BLEEDING,
GO IMMEDIATELY TO THE NEAREST HEALTH FACILITY.

ließen die ankommenden Besucher unschwer erkennen, dass sie sich in einem Ebola-Endemie-Gebiet befanden. Sie waren angekommen.

Die Dämmerung setzte ein und wie von Kalif Ibrahim angekündigt, sollte es eine klare Nacht werden. Der zunehmende Halbmond kündigte bereits die anstehende Vollmondphase an. Es war hell genug, der leicht verschleierte Erdtrabant würde ihnen den Weg zur Quelle des Bösen weisen. Der Zufahrtsbereich zum Friedhof war ebenso mit mehrsprachigen Hinweisschildern bestückt. Sie parkten ihr Fahrzeug unweit eines kleinen Pfades, der von einer Marula-Baumreihe abgeschirmt wurde. So waren es nur noch zirka 30 Meter, als vor ihnen ein Hinweisschild

CEMETERY/CIMETIÈRE
MAKABURI

auftauchte. Hier lagen sie also, die Opfer mit der Diagnose virales hämorrhagisches Fieber, dessen Infektion bis zu neunzig Prozent tödlich verlief.

Im Schein des Mondlichts suchten sie nach frisch aufgeschütteten Gräbern. Alle Opfer im Provinzbezirk Beni wurden nach ihrem Tod in einen virendicht versiegelten Leichensack verpackt und hier auf diesem abgelegenen Friedhof begraben. Sie zogen sich ihre extraterrestrisch anmutenden Schutzanzüge über und begannen im Schweiße ihres Angesichts ein augenscheinlich neues Grab aufzugraben.

Es war kurz vor Mitternacht, als der ältere Biologe den Leichensack mit einem Teppichmesser öffnete. Hörbar trat Luft aus, die fäulnisbedingte intravasale Gasbildung des männlichen Opfers setzte sich fort. Dann ging alles sehr schnell. Der Jüngere öffnete mit einem Skalpell die Bauchdecke des Verstorbenen und legte mit einem chirurgischen Spreitzer seine Bauchhöhle frei. Der Austritt von Fäulnisflüssigkeit und die Gasblähung von Abdomen und Skrotum verursachte ein hörbares Grummeln, Glucksen und Knacksen. Dann öffnete er mit einem gekonnten Schnitt den Dickdarm und entnahm neben den Exkrementen etwas Körperflüssigkeit. Denn genau hier konnte sich der Erreger des Virus ausreichend im Endwirt vermehren. Es war ihr Schlüssel zum Erfolg, daraus die tödliche Substanz in Deutschland zu extrahieren, das Virus weiter zu kultivieren und es dann gezielt zu verbreiten.

Es war bereits weit nach Mitternacht, der neue Tag hatte begonnen, als sich die Grabstätte wieder in ihrem ursprünglichen Zustand befand. Nichts deutete darauf hin, dass hier und heute der Anfang eines Verbrechens gegen die Menschlichkeit begonnen hatte. Sie blieben unentdeckt. Nachdem sie sich gegenseitig dekontaminiert hatten, verstauten sie ihre Utensilien zur Bergung des Virus in einem blauen Müllsack, der kurze Zeit später in einem nahegelegenen Müllcontainer in Flammen aufging. Das kostbare Erregermaterial deponierten sie sicher verpackt unter dem Rücksitz ihres Geländewagens.

Es war vollbracht. Der ältere der beiden holte sein Satellitentelefon hervor und wählte die Nummer seines Herren und Auftraggebers, der kurze Zeit später das Gespräch annahm. »Gott ist am Größten, kommt nach Hause, wir sind alle stolz auf Euch«, entgegnete Yazeed Fadl Allah Shadid.

1. Kapitel

Dienstag, 1. Mai 2018, 05.11 Uhr, Lorenzer Reichswald, nahe Netzstaller Weg, 90475 Nürnberg

Es war kurz nach fünf Uhr, knapp vor Morgengrauen, als Joseph Gottlieb, ein leicht untersetzter Mitfünfziger von hagerer Gestalt, von seinen Jagdgenossen nur Sepp genannt, seinen Suzuki Jimny hinter einer Schwarzdornhecke parkte. Vorsichtig öffnete Sepp die Heckklappe, zog sich seinen olivfarbenen Jagdparka über und holte seinen olivgrünen Rucksack und seine Repetierbüchse hervor. Er stelle den Rucksack am Waldboden ab und lehnte sein Gewehr an eine angrenzenden Buche. Dann griff er in die aufgesetzte Seitentasche seiner Jagdhose und holte ein Seifenblasenbehältnis hervor, um kurz danach festzustellen, ob sich möglicherweise der Wind gedreht hatte. Der Wind passte, wie es ihm seine Wetter-App gestern Abend noch vorausgesagt hatte. Sepp grinste, seine Augen funkelten und er kraulte sich zufrieden seinen grauen Spitzbart, der sein kantiges und spitz zulaufendes Gesicht unterstrich. Zufrieden schulterte er seinen Rucksack und sein Gewehr, bevor er seinen Hut aufsetzte und leise die Türen seines Geländewagens verschloss.

Die Windrichtung zu bestimmen, war das A und O jedes Jägers, denn im falschen Wind saß man vergeblich. Das Wild witterte den Menschen bereits auf große Distanzen und heute sollte sein Tag sein. Der Tag, an dem ein drei- bis vierjähriger Rehbock auf seiner Abschussliste stand, den er seit Wochen beobachtete. Es war ein starker Bock, dessen Wildkörper sich deutlich von den herkömmlichen ein- oder zweijährigen Böcken abhob. Er war muskulös, bullig und konturenreich, seine

Gesichtsmaske war daher nicht mehr bunt und auch nicht mehr scharf gezeichnet, da seine Farbränder ineinander verliefen. Durch sein kantiges, kurzes Haupt wirkte zudem sein Gesichtsausdruck deutlich ernster gegenüber Jungböcken. Sein Körperwachstum war abgeschlossen.

Der Lorenzer Reichswald hatte einen sehr guten Bestand an Rehwild. Es war daher nicht nur bei Jägern ein beliebter Gaumenschmaus, dieses edle Wildbret zu genießen, auch die umliegende Gastronomie schätze es, diese Wildsorte auf ihrer Speisekarte zu führen. Für seinen ersten Abschuss in der neuen Jagdsaison hatte er die »Schlehenkanzel« ausgewählt. Diese Jagdeinrichtung lag in der Nähe einer Waldlichtung fernab von Gehwegen und war daher in der Morgendämmerung auch ohne Lichtquelle gut anzupirschen.

Er hatte sich darüber mit seinen Jagdkollegen abgesprochen, heute am 1. Mai 2018 würde ihn hier keiner beim Ansitz stören. Kein anderer Jagdkollege würde die Schlehenkanzel besetzt haben. Heute war er allein im Revier und würde warten, bis der starke Bock, wie in den vergangenen Tagen beobachtet, frühmorgens aus dem Dunkel des Waldes hervortrat und zum Äsen den Wildacker an der Waldlichtung aufsuchte.

Gottlieb hasste es zudem, von Joggern oder Mountainbikern beim Ansitz gestört zu werden. Diese auserwählte Reviereinrichtung lag daher abseits möglicher Wanderwege. Sie gehörte mit einer Leiterhöhe von 7 Metern im Revier zu den höchsten Jagdkanzeln und verschaffte meist einen guten Anblick auf Reh-, Schwarz- und Raubwild, wie sie es in der Waidmannsprache nannten. Gottlieb schaltete sein Mobiltelefon auf lautlos und pirschte sich unter dem Morgengesang verschiedener Waldvögel vorsichtig an die Schlehenkanzel heran. Es waren meist männliche Singvögel, die im frühen Morgengrauen, abhängig von den jeweiligen Mondphasen, mit ihrem Gezwitscher den Wald weckten und lebendig machten, ihm sozusagen neues Leben einhauchten.

Sepp war angekommen. Er schulterte den Gewehrgurt um die rechte Schulter und führte dabei bäuchlings die Waffe vor sich her, um zu verhindern, dass der Gewehrkolben an den einzelnen Leitersprossen anschlug und so möglicherweise das Wild vergrämte. Aber Sepp Gottlieb war nicht der Einzige in seinem Revier, der das Wild vergrämen konnte. Bereits seit vier Uhr morgens hatte sich jemand auf die Lauer gelegt. Jemand, der diesen Tag genau so sehnlichst erwartet hatte wie Sepp Gottlieb.

Es war kurz vor halbsechs. Sepp Gottlieb hatte nur noch zwei Sprossen zu überwinden, bis er die Kanzelplattform erreichte und die Tür der Schlehenkanzel öffnen konnte. Plötzlich und unvermittelt beendete ein Krachen und Bersten die Idylle. Kurz zuvor, als Gottlieb mit seiner rechten Hand den sicheren Haltebügel der Kanzelplattform erreichte und er seinen linken Fuß nachzog, um mit beiden Füßen die drittletzte Sprosse zu betreten, krachte diese unter Gottliebs Last weg. Sepp Gottlieb verlor sein Gleichgewicht und stürzte seitwärts nach rechts samt seiner Jagdausrüstung sechs Meter in die Tiefe. Dabei fiel er so unglücklich, dass er sich durch die Wucht des Aufpralls die Gewehrmündung durch den Unterkiefer und weiter durch den Oberkiefer rammte. Die Folgen dieser massiven Gewalteinwirkung waren verheerend. Sepp Gottlieb erlitt eine Schädelbasisfraktur und blieb schwer verletzt am Boden liegen.

Dienstag, 1. Mai 2018, 05.42 Uhr, Lorenzer Reichswald, nahe Netzstaller Weg, 90475 Nürnberg

Vorsichtig trat er an sein Opfer heran, das mit starrem Blick und weit aufgerissenen Augen röchelnde Laute von sich gab. Erkennbar hielt es dabei in seinem Todeskampf mit seinen beiden Händen den Gewehrlauf umklammert und versuchte, diesen aus seinem Unterkiefer zu ziehen. Vergebens. Beide Augen waren blau unterlaufen und aus seiner Nase trat schwallartig Blut hervor. Offensichtlich hatte die schwere Verletzung ein Blutgefäß getroffen, was zum baldigen Tod des Jägers führen würde.

Stille kehrte ein, die ersten Sonnenstrahlen zeigten sich im Osten des Reichswalds. Er griff in seine Jackentasche, holte ein paar Gummihandschuhe hervor und zog sie über. Dann riss er dem Schwerverletzen den Gewehrriemen von der Schulter. Mit einem kräftigen Ruck entfernte er den Büchsenlauf aus dem Schädel seines Opfers und legte das Gewehr auf dem Boden ab. Kurz darauf durchsuchte er den Rucksack sowie die Jacken- und Hosentaschen des Waidmanns. Abgesehen von einem mitgeführten Revolver, den er aus dem Schulterholster von Gottlieb riss, förderte er aus dessen Rucksack neben einem Fernglas nicht nur ein Nachsichtgerät zutage. Im Rucksack befanden sich außerdem noch Munition, der Jagdschein des Opfers sowie eine Revierkarte, welche die Reviergrenzen und die einzelnen Jagdeinrichtungen angab. Er packte alle Utensilien in den Rucksack, begab sich zu einer angrenzenden Fichtenreihe und schnitt eine Zweigspitze ab, die er unmittelbar danach mit den Worten: »Hier, dein letzter Bissen«, in den Mund des Opfer steckte.

Es war kurz nach sechs, als er mit der Jacke des Opfers den blutigen Gewehrlauf abwischte, den Rucksack schulterte und schnellen Schrittes die Unglücksstelle verließ.

Dienstag, 1. Mai 2018, 12.45 Uhr,
Friedrich-Luber-Str. 72, 90592 Schwarzenbruck

Traudl Gottlieb drückte erneut die Wahlwiederholung ihres Telefons. Ihr Ehemann war seit zwölf Uhr mittags überfällig. Die Klöße waren zerkocht und Traudl Gottlieb hatte ein mulmiges Gefühl, da Sepp immer pünktlich zum Mittagessen erschien. Seit 28 Jahren war auf ihn Verlass, Sepp war immer überpünktlich und wenn er einmal im Stau stand oder eine Besprechung länger dauerte, dann meldete er sich. Heute war alles anders. Traudl spürte insgeheim, dass etwas passiert sein musste. Wenn ihr jetzt jemand helfen konnte, dann war es sein Jagdkollege Bruno Sugula.

Sepp und Bruno hatten sozusagen ein gemeinsames Jägerleben. Sie kannten sich seit über 30 Jahren, hatten gemeinsam ihren Jagdschein gemacht und waren beide im Jagdschutz- und Jägerverein Nürnberger Land sehr aktiv. Alle möglichen Events der Jagdgenossen im Nürnberger Land wurden von den beiden organisiert und vorbreitet. Ihr Engagement für die Jägerei fand nicht nur bei Waidmännern in Mittelfranken große Beachtung, Sepp und Bruno waren auch für den Bayerischen Jagdverband sehr aktiv, zumal Bruno auch als Lehrender für angehende Jungjäger bei der Jagdschule Frankenland in Erscheinung trat.

»Servus Traudl, hat Sepp seinen Bock?« Sugula erkannte die Telefonnummer auf dem Display.

»Hallo Bruno, ich rufe dich an, weil ich mir Sorgen um Sepp mache. Du weißt doch, er ist heute Morgen zur Bockjagd ins Revier gefahren. Normalerweise meldet er sich dann über WhatsApp, wenn er etwas geschossen hat oder gibt durch, wenn er wieder zurückfährt. Wie immer wollten wir heute um zwölf Uhr Mittagessen. Sepp meldet sich nicht, da muss was passiert sein«, klagte Traudl.

»Du Traudl, ich kenne die Stelle, wo Sepp auf den Bock ansitzt, ich fahre mal raus und sehe nach«, entgegnete der Jäger.

Dienstag, 1. Mai 2018, 14.11 Uhr, Kriminaldauerdienst, Polizeipräsidium Mittelfranken

Heidi Baumann hatte es wieder einmal erwischt, der Feiertag am Dienstag wurde abermals zum Diensttag. Es war kurz nach vierzehn Uhr, als sie den Notruf eines Jägers annahm, der ihr einen tragischen Unfall mit Todesfolge im Lorenzer Reichswald mitteilte. Die zweiundvierzigjährige Kriminaloberkommissarin griff zum Telefon und informierte den Bereitschaftskollegen vom Nürnberger K11.

Schorsch Bachmeyer und seine Lebensgefährtin Rosanne hatten es sich gerade auf ihrer großen Couch gemütlich gemacht. Der Wonnemonat weckte nicht nur bei der Tier- und Pflanzenwelt gewisse Triebe. Rosanne und Schorsch hatten daher für den Nachmittag nichts Spezielles eingeplant. Sie lagen halbnackt auf dem Sofa, Flagalutzi war angesagt. Rosanne hatte gerade eine Flasche Rotkäppchen geköpft und zwei Gläser eingeschenkt, als das Telefon klingelte.

»Servus Heidi, ich sehe, du hast schon wieder die Arschkarte am Feiertag gezogen und ich habe schon eine kleine Vorahnung, dass mein Feiertag auch gelaufen ist. Was gibt es?«

»Hallo Schorsch, da hast du gar nicht so unrecht. Wir haben einen toten Jäger im Lorenzer Reichswald. Eine Streife ist schon vor Ort und hat mir soeben die Angaben des mitteilenden Jägers bestätigt. Ein Jagdkollege wurde tot aufgefunden. Dem ersten Anschein nach stürzte der von der Jagdkanzel und hat sich dabei eine massive Gesichtsverletzung zugezogen, die vermutlich auch zu seinem Tod geführt hat. Soeben hat ein Notarzt den Tod des Geschädigten bestätigt. Also da ist Handlungsbedarf angesagt. Fahrt mal raus und seht nach, denn dummerweise fehlt dem Opfer nicht nur sein Gewehr, auch andere mitgeführte Utensilien sind laut des vor Ort befindlichen Hinweisgebers verschwunden. Da stimmt was nicht. Die genaue Wegbeschreibung schick ich dir aufs Handy. Robert und sein Team habe ich schon mal vorausgeschickt«, beendete Heidi das Telefonat.

Es war kurz nach fünfzehn Uhr, als Schorsch Bachmeyer und seine Kollegin, Gunda Vizthum, den Lorenzer Reichswald erreichten. Schon von Weitem konnten Sie einen Rettungswagen, zwei Einsatzfahrzeuge ihrer uniformierten Kollegen und den weißen Mercedes Sprinter ihrer Tatortgruppe sehen. Zwei Kollegen waren gerade dabei, mit Absperrband die Zufahrt zum Waldgebiet zu blockieren. Schorsch legte die Anhaltekelle mit der Aufschrift »Polizei« auf die Frontablage und näherte sich im Schritttempo und mit heruntergelassener Scheibe den Einsatzkräften.

»Servus miteinander, Vizthum und Bachmeyer vom K11, wir wurden verständigt, dass es hier einen Toten gibt.«

»Ja, ihr werdet schon erwartet.« Die Kollegin hob das Absperrband an und zeigte in Richtung der Unglückstelle. »Dorthin fahren, bis zu dem grünen Jimny, dann geht es fußläufig noch zirka zweihundert Meter in den Wald hinein. Wir haben den Weg gerade farblich gekennzeichnet,« erläuterte sie.

Schorsch und Gunda stellten ihr Dienstfahrzeug ab und orientierten sich am Absperrband, wo sie kurze Zeit später an einer Waldlichtung eintrafen.

»Servus Gunda, Servus Schorsch«, begrüßte sie Robert

Schenk, der Leiter ihrer Spurensicherung, »wir sind fast fertig mit unserer Tatortarbeit. Da hat jemand ganze Arbeit geleistet und die letzten drei Sprossen vom Hochsitz von hinten angesägt. Der Geschädigte ist dann von zirka fünf bis sechs Meter gestürzt und hat sich dabei tödliche Verletzungen am Schädel zugezogen. Der Täter muss vor Ort gewesen sein. Das Makabre an der Geschichte, dem Geschädigten wurde ein Fichtenzweig in die Mundhöhle gesteckt.« Robert schüttelte nachdenklich seinen Kopf und blickte in die Runde.

»Unter Jägern sagt man dazu letzter Bissen«, antwortete ein unbekannter grauhaariger Mann, Ende fünfzig, der in Jagdbekleidung unweit des Tatorts auf einem Baumstumpf saß. Sichtlich schockiert stützte er mit seinen beiden Handflächen seine linke und rechte Wange und verfolgte mit starrem Blick die Arbeit der Tatortgruppe.

Robert Schenk nickte bejahend und deutete auf ihn: »Das ist Bruno Sugula, ein Jagdkollege des Geschädigten und ein ehemaliger Kollege von uns. Bruno hat früher bei der PI West seinen Dienst verrichtet, bis er vorzeitig in den Ruhestand wechselte. Er hat das Opfer, Joseph Gottlieb, so vorgefunden. Dieser wollte heute Morgen auf die Bockjagd. Hier seine mitgeführten Ausweispapiere und sein Autoschlüssel.« Robert überreichte Schorsch eine Asservatentüte mit den persönlichen Gegenständen des Opfers und fügte hinzu: »Seine Jagdwaffen und mögliche Gegenstände, die man zur Jagd eigentlich immer mitführt, also das Fernglas oder ein Jagdrucksack, fehlen jedoch. Es sieht so aus, als ob sich diese Gegenstände jemand widerrechtlich angeeignet hat.«

In diesem Augenblick klingelte Sugulas Mobiltelefon. Es war Traudl Gottlieb, die Frau des Opfers. Sugula drückte die Anruferin wiederholt weg und bemerkte: »Das ist schon wieder die

Traudl, seine Frau. Die will wissen, was mit Sepp los ist. Ich kann ihr das am Telefon nicht sagen.«

Schorsch und Gunda sahen nachdenklich zu ihm herab. »Wir machen das schon«, sagte Gunda und fasste den trauernden Kollegen an seine rechte Schulter.

»Aber Robert, wie kommt es zu den massiven Verletzungen im Kopfbereich?«, fragte Schorsch, der sich zwischenzeitlich mit Gunda einen Schutzoverall übergezogen hatte und kniend neben der Leiche dessen Gesichtsverletzung betrachtete.

Robert begann: »Schorsch, diese markanten Verletzungen, die vermutlich zum Tod von Gottlieb geführt haben, dazu kann uns nur Doc Fog etwas Genaueres sagen. Es sieht so aus, als wäre da ein stumpfer Gegenstand in den Unterkiefer eingedrungen. Zuerst dachte ich an einen Schuss, also einen herkömmlichen Jagdunfall. Aber wir konnten keine Schusswaffen am Tatort vorfinden. Fest steht zumindest, dass die Sprossen durch einen Dritten angesägt, also manipuliert wurden. Der Geschädigte hat meines Erachtens in der Dämmerung beim Aufbaumen diese Manipulation nicht bemerkt. Das sieht mir nach einem vorsätzlichen Kapitalverbrechen aus«, schloss Robert.

»Wie, beim Aufbaumen?«, fragte Schorsch.

»Aufbaumen bedeutet in der Waidmannsprache das Besteigen der Jagd-einrichtung, also hier der Kanzel«, antwortete Robert, der selbst seit achtzehn Jahren diesem Hobby frönte.

»Du wieder mit deiner Jägersprache«, schmunzelte ihm Schorsch entgegen. »Aber Robert, ganz ehrlich, ich wollte auch schon immer mal die Jägerprüfung machen. Mein Großvater war damals als Jäger bei einem Rittergutbesitzer in Ostpreußen angestellt. Sehr oft war damals mein Vater als Kind bei der Pirsch dabei, wusste also schon als kleiner Junge über die Jagd Bescheid. Er selbst hatte nie einen Jagdschein besessen, aber die

Jagd in seiner Kindheit mit seinem Vater hat ihn dazu geprägt, selbst auf die Jagd zu gehen. Allerdings ohne Jagdschein. Er war schlichtweg ein Wilderer, der sich nie hatte erwischen lassen. Sein Revier lag direkt vor unserer Haustüre. Der Faberwald. Aber nun wieder zurück zu unserer Leiche«, schloss Schorsch nachdenklich.

Gunda kniete vor dem Toten und betrachtete die klaffende Wunde am Unterkiefer, als sie kurze Zeit später anmerkte: »Was sind das für Ausscheidungen hier?« Sie ergriff mit ihrer rechten Hand den Unterkiefer von Sepp Gottlieb. Die eintretende Erstarrung seiner Kaumuskeln aufgrund der einsetzenden Leichenstarre machte sich bereits bemerkbar, Gunda benötigte beide Hände, um den Kiefer nach unten zu drücken. Sie entfernte vorsichtig den Fichtenzweig, Gottliebs Mundhöhle und sein Rachenraum war mit Erbrochenem gefüllt. Gunda richtete ihren Blick zu Robert und Schorsch und erläuterte: »Es könnte sein, dass er sich durch den Sturz eine Schädelbasisfraktur zugezogen hat und dann an seinem Erbrochenem erstickt ist. Oder er verlor durch den Sturz und durch die massive Gewalteinwirkung im Unter- und Oberkiefer sofort sein Bewusstsein. Über die genaue Todesursache werden wir aber erst aufgeklärt, wenn ihn Doc Fog auf seinen Tisch hatte.«

»Ja, Alois wird das herausfinden«, entgegnete Schorsch, der noch einmal die Sprossen der Leiter in Augenschein nahm. »Robert, der Täter wusste genau, was er machte und was er damit wollte. Er nahm den Sturz und den Tod unseres Opfers nicht nur billigend in Kauf, unser Täter hat diese Tat perfide geplant und den Tod von Gottlieb beabsichtigt. Aber warum gerade hier?«, fragte Schorsch in die Runde.

Bruno Sugula, der immer noch sichtlich betroffen auf dem Baumstamm saß und den Ausführungen der Kollegen lauschte, entgegnete: »Wieso wusste der oder vielleicht auch die Täter, dass Sepp genau diese Kanzel für seine Bockjagd nutzte? Wir haben noch fünf andere Jagdeinrichtungen hier in diesem Abschnitt, vielleicht sollten wir dort auch mal nachsehen.«

Robert Schenk bestätigte ihm nickend sein Anliegen und sagte dann in die Runde: »Das sollten wir in jedem Fall gleich im Anschluss tun. Wer sagt uns, dass unser Täter nicht noch Gehilfen hatte und diese noch andere Manipulationen vorgenommen haben? Vielleicht finden wir zudem noch verwertbare Spuren, mögliche DNA oder sonstige Beweismittel.«

»So machen wir das, wenn die beiden Herren ihre Arbeit getan haben«, erwiderte Gunda, die ihren Blick auf die ankommenden Bestatter warf, die mit einem Leichenbergesack nahe der angrenzenden Fichtenschonung sich gerade einen Weg durch das unwegsame Gelände frei kämpften.

Es dauerte keine fünf Minuten, bis Sepp Gottlieb eingetütet war und einer der Bestatter fußwärts von Gottlieb mit seinem Mittelfinger in einen silbernen Metallring griff und mit einem kratzenden Geräusch den Reißverschluss nach oben zog, um den Bergungsvorgang des Opfers abzuschließen.

Schorsch bemerkte: »Meine Herren, der kommt nach Erlangen in die Rechtsmedizin, Professor Dr. Nebel wird sich den ansehen.« Dann holte Schorsch sein Telefon hervor und wählte dessen Mobilfunknummer.

»Ja Schorsch, was gibt es? Ich bin gerade an der Wiesent, heute ist die Schonzeit für die Forellen vorbei. Ich habe schon eine Rotgetupfte im Körbchen liegen.« Der Doc erkannte Schorschs Mobilfunknummer.

»Nicht nur die Forellen«, entgegnete Schorsch, »auch der Bock ist heute offen, seine Jagdsaison hat heute ebenso begonnen.«

»Bist edzerdla unter die Jäger ganga?«, fragte Alois Nebel nach, der von allen Ermittlern nur Doc Fog genannt wurde.

»Wäre ich gerne, aber ich habe heute mit Gunda Bereitschaft. Ich rufe dich wegen eines Opfers an, das du dir morgen mal anschauen solltest.« Als er dem Doc die Auffindesituation von Gottlieb erklärt hatte, machten sie sich unter Führung von Sugula auf den Weg zu den weiteren Kanzeln im Reviergebiet.

Dienstag, 1. Mai 2018, 16.02 Uhr, Lorenzer Reichswald

Bruno Sugulas Furcht, dass noch an anderen Kanzeln im Revier ein Anschlag vorgenommen wurde, hatte sich bestätigt. Bei allen fünf Jagdkanzeln wurden an den letzten drei Stufen Manipulationen vorgenommen. Der oder die Täter sägten die Sprossen bis zur Hälfte durch und kaschierten dann heimtückisch die Sägestellen mit einer brau-grauen Masse, sodass diese später nicht auffielen und jeder, der diese Leiter besteigen würde, in die Falle tappte, sein Gleichgewicht verlor und mit großer Wahrscheinlichkeit abstürzte.

Robert Schenk und sein Team sicherten Teile dieser undefinierbaren Masse, dokumentierten und asservierten die angesägten Sprossen und kennzeichneten die defekten Leitern mit einem Polizeiabsperrungsband, das sie gut sichtbar an den beschädigten Hochsitzen anbrachten.

Schorsch, Gunda, Robert mit seinem Team und Jäger Sugula waren wieder an Gottliebs Jimny angelangt. Schenk durchsuchte den Geländewagen, um kurze Zeit später festzustellen: »Es sieht wirklich so aus, als ob der oder die Täter die Waffen und sonstige jagdlichen Utensilien des Opfers mitgenommen haben. Wir müssen wissen, was Herr Gottlieb heute Morgen dabeihatte.«

Bruno Sugula, der aufmerksam das Geschehen mitverfolgte, begann: »Sepp hatte zur Bockjagd immer seine .308 Bockbüchse der Marke Blaser dabei. Sein Schulterholster für seinen Revolver, einen Smith & Wesson im Kaliber .357 Magnum, fehlt ebenso. Zudem fehlen sein Rucksack und sein Fernglas. Diese Gegenstände muss jemand mitgenommen haben. Es wird uns Gewissheit geben, wenn wir in seinem Waffenschrank nachsehen. Wir müssen ja sowieso seiner Frau die traurige Nachricht überbringen«, schloss der Jagdkollege.

Nickend sah Gunda zu Sugula und fügte hinzu: »Am besten wäre es, wenn wir das gemeinsam machen, Sie kennen seine Frau ja persönlich. In solch einer schmerzlichen Stunde braucht man jemanden, der einem seelisch beisteht und tröstende Worte findet. Ein guter Freund und Weggefährte scheinen hier am besten angebracht zu sein. Es wäre nett, wenn Sie uns hierbei unterstützen und gerade im Hinblick auf die entwendeten Waffen ist ein Fachmann und Jagdkollege sehr hilfreich für uns«, sah ihn Gunda mit fragendem Blick an.

»Natürlich, das ist meines Erachtens die beste Lösung, denn Traudl braucht jetzt jemanden, der ihr in dieser schmerzlichen Zeit nahesteht, also fahren wir«, schloss Sugula in sich gekehrt und schlenderte mit gesenktem Kopf zu seinem Fahrzeug.

2. Kapitel

Mittwoch, 2. Mai 2018, 17.28 Uhr,
N'Djili International Airport, Kinshasa

Sie hatten es geschafft und das Check-in hinter sich gelassen. Hier in der ehemaligen Kolonie Belgisch-Kongo und späteren Republik Zaire wurden die Sicherheitsvorkehrungen nicht so strenggenommen. Über ihre belgischen Reisepässe brauchten sie sich ohnehin keine Gedanken machen, diese hielten jeder Kontrolle stand. Ihr Kontaktmann in der kongolesischen Botschaft – Rue Marie de Bourgogne 30, 1000 Brüssel – hatte ganze Arbeit geleistet, denn die visarechtlichen Einreisedokumente für ihren Aufenthalt waren Originale, ausgestellt auf den belgischen Staatsangehörigen Dr. Mohamed Goossens, geboren am 05.01.1979 in Antwerpen, und Hassan Ibrahim Buhari, geboren am 05.06.1977 in Zaire. Hatten sie die belgische Hauptstadt einmal erreicht, würde der Weiterreise nach Franken nichts mehr im Wege stehen. Innerhalb der Europäischen Union war man zwischenzeitlich unter den muslimischen Glaubensbrüdern gut vernetzt, man konnte nicht nur schnell untertauchen, sondern es bestand seit Ende 2015 zudem die Möglichkeit, ohne Überwachung Kontakt mit Führungsgrößen des IS aufzunehmen.

Denn die Flüchtlingsströme der Asylbewerber bestanden nicht nur aus überwiegend jungen Männern aus Syrien, Afghanistan, dem Irak oder Nordafrika, die in Europa Schutz oder ihr Glück suchten. Auch der Islamische Staat hatte diesen Weg, ihren Glauben in die westliche Welt zu exportieren, entdeckt und wusste ihn zu nutzen. So wurden bestimmte Glaubensbrüder ausgewählt, welche sich in den Strom der tatsächlich Asylsuchenden oder der regulären, auch akademischen Zuwanderer mischten. Die schiere Menge und heterogene Struktur der Neuankömmlinge begünstigte es, in der Masse unterzutauchen. Die sogenannten Schläfer des Islamischen Staates konnten sich etablieren.

Nur mit ihnen konnte man ein Terrornetzwerk bei den Ungläubigen unterhalten und gezielt durchdachte Terroranschläge im Namen Allahs durchführen. Egal ob dies nur kleine gezielte Nadelstiche beinhaltete, einen Anschlag mit dem Auto oder LKW in einer Menschenmasse oder einen Sprengstoffanschlag. Terror zu verbreiten, die Ungläubigen im Namen Allahs in Angst und Schrecken zu halten und dafür noch in den Medien die passende Plattform zu gewinnen, das war das große Ziel. Genau diese Strategie verfolgte der Islamische Staat.

Als perfektes Kommunikationsmittel hierfür standen auch dem IS die seit Beginn der 2000er-Jahre zunehmend ausgebauten mobilen Breitbandnetze in seiner ursprünglichen Heimat zur Verfügung. Der Rückstand an technologischer Infrastruktur – Telefon, Computer, Internet – wurde auch in weiten Teilen Afrikas und des Nahen Ostens durch einen Sprung direkt in die mobile Kommunikationstechnologie aufgeholt. Wozu aufwändig Kabel bis in entlegene Gegenden und jedes Haus verlegen, wenn der Mobilfunk doch längst oft bessere Lösungen bietet? Auch der Geldverkehr wird in manchen Ländern weit selbstverständlicher über mobile Anwendungen erledigt, als in Europa üblich. Der damit entstandene Markt für Mobiltelefone war so attraktiv, dass alle großen Hersteller mit regional erschwinglichen Gerätevarianten oder Second-Hand-Ware die Nachfrage deckten. Nahezu jeder Asylsuchende brachte so bereits ein Smartphone oder wenigstens ein Handy mit, oft als einzigen Wertgegenstand und überlebenswichtigen Begleiter auf der Reise. Der Minicomputer für die Hosentasche ersetzt die Brieftasche, den Straßenatlas, den Postkasten, das Telefonbuch und das Fotoalbum. Kommunikation ist ein Grundbedürfnis. Sei es mit Verbliebenen im Heimatland oder mit denjenigen, die sich noch auf der Flucht befanden oder an einem anderen Ort gestrandet waren. Sei es mit Schleppern oder anderen Helfern oder Behörden.

Die Kommunikationsmöglichkeiten von WhatsApp, Viber, Facebook und Co. ermöglichten ein günstiges oder kostenfreies, mitunter verschlüsseltes Telefonieren, wenn man nur eine Prepaid-Sim-Karte und einen öffentlichen WLAN-Hotspot für den Internetzugang hatte. Jeder Hauptbahnhof, viele Fastfood-Restaurants und einige Modeketten oder Discounter bieten in Deutschland längst unbegrenzt oder zumindest für eine Stunde kostenlosen Netzzugang. Diese Option machte sich auch der Islamische Staat zu eigen. Wer sollte schon in der Menge der VoIP-Gespräche ins Ausland gezielt ihre Telefonate herausfiltern? Lediglich in dortigen Führungspositionen griff man vereinzelt noch auf die Satellitentelefonie zurück.

Das große Ziel des IS war jedoch, ein globales Netzwerk im Darknet aufzubauen, um mit verschiedenen Terrororganisationen, wie z. B. Al Qaida, ein gemeinschaftliches, schlagkräftiges Terrornetzwerk zu etablieren, welches dann unter gewissen Strukturabläufen weltweit operieren konnte.

Es war kurz nach achtzehn Uhr, als die Boeing 777-300 der Ethiopian Airlines abhob. Erst nach einem fast zwanzigstündigen Nachtflug mit einem Zwischenstopp in Wien würden sie ihr Ziel, den Flughafen Brüssel Zaventem, erreichen. Ihre tödliche Fracht hatten sie sicher vor einer möglichen Zollkontrolle in einem Geheimversteck deponiert. Dazu nutzten sie eine Cola-Dose, die als präparierter Flaschentresor diente. Solche industriell angefertigten Geheimverstecke dienten nicht nur

Kriminellen als mögliches Drogenversteck, auch in so manchem Haushalt wurde dieser getarnte Gegenstand zur Aufbewahrung von Geld oder Wertgegenständen benutzt. Der Erwerb war ziemlich einfach. Bei Amazon und Co. gab es hierfür unter dem Schlagwort »Dosensafe« oder »Geldversteck« eine große Auswahl. Von der Cola- und Raviolidose bis zum Energiegetränk, das einem Flügel verlieh, fand jeder sein passendes Geheimdepot.

Donnerstag, 3. Mai 2018, 14.28 Uhr, Flughafen Brüssel Zaventem

Es lief alles wie am Schnürchen. Auch hier in Belgien war, wie in der Bundeshauptstadt, das Sicherheitssystem von muslimischen Clans unterwandert. Hatte man im November 2017 bei der Berliner Polizei das Problem der gesteuerten Unterwanderung durch kriminelle arabische Clans erkannt, die im Bereich der organisierten Kriminalität eingesetzt waren, wurde hier in Brüssel diese Thematik weitgehend verdrängt. Zu groß waren die Bedenken der dortigen Regierenden, dass aufgrund der Vielzahl unterschiedlicher Kulturen in diesem Land der Rassismus in den Sicherheitsbehörden neu aufleben würde. Belgien war neben Frankreich sehr multikulturell geprägt, zumal erst 1962 die letzten Kolonien von Belgien ihre Unabhängigkeit erhielten und der Zustrom von Einwanderern aus den ehemaligen Kolonien allgegenwärtig war.

Kurz nach den grenzpolizeilichen Einreiseformalitäten begaben sich Mohamed Goossens und Hassan Ibrahim Buhari zum Gepäckband, wo sie unbehelligt ihr Reisegepäck aufnehmen konnten und die Zollkontrolle passierten. Es war geschafft, sie hatten wieder die Europäische Union erreicht. Ab hier war man sicher, man hatte den Tod der Ungläubigen im Gepäck, den

Stoff, der bald schon ein neues teuflisches Kapitel in der Geschichte des Abendlandes schreiben würde. Der ältere der beiden zog sein Mobiltelefon aus seiner Jackentasche, scrollte nach einer Telefonnummer. Kurz nachdem sich die Verbindung aufgebaut hatte, sprach er sein Losungswort: »Die Kāfir würden zu Lämmern werden und ihr Weg zur Schlachtbank würde von Blut und stinkenden Exkrementen begleitet werden.«

Sein Gegenüber antwortete: »Allahu Akbar, fahrt vorsichtig zurück. Unsere ganze Hoffnung, euer aller Tun wird getragen vom Allmächtigen!« Die Zufriedenheit von Kalif Ibrahim war allgegenwärtig, als er das Telefonat beendete.

Kurz nach fünfzehn Uhr hievten sie ihr Gepäck in den Kofferraum ihres Leihwagens und kurze Zeit später wurde eine Nürnberger Zieladresse im Display ihres Navigationsgeräts berechnet.

3. Kapitel

Mittwoch, 2. Mai 2018, 08.07 Uhr, PP Mittelfranken,
K11, Besprechungsraum 1.102

Der Feiertag war vorbei und die K11er saßen zur Frühbesprechung zusammen. Neben den üblichen Tagesgeschäften sowie dem Verlauf der aktuellen Ermittlungen gab es Neues zu berichten. Außer Kommissariatsleiter Schönbohm war auch Polizeipräsident Dr. Mengert anwesend. Mengert, der selbst der Jägerei nachging, hatte bereits am späten Abend des 1. Mai von einem Jagdkollegen von dem Verbrechen gehört und sich Einzelheiten über den Kriminaldauerdienst mitteilen lassen.

Der Polizeipräsident ergriff, nachdem Schönbohm sein Team begrüßt hatte, das Wort: »Tja liebe Kollegen, das gestern im Lorenzer Reichswald war ein geplanter heimtückischer Mord. Ich kannte den Geschädigten sehr gut, Sepp war ein Jagdfreund, der für jedermann da war. Der Täter hat mit Wissen und Wollen diese Tat geplant. Sepp Gottlieb konnte nichts Böses ahnen und in keiner Weise diesen feigen Anschlag vorhersehen oder sich schützen. Zum Tatzeitpunkt herrschte Dunkelheit. Er war somit dem Täter und dessen Tatvollendung hilf- und schutzlos ausgeliefert.« Bedacht griff sich Mengert an sein Kinn und zog nachdenklich mehrmals an seiner Kinnspitze, als er kurz darauf fortfuhr und einen Blick auf Schorsch richtete: »Herr Bachmeyer, Sie und Frau Vizthum waren gestern vor Ort. Ich möchte, dass Sie den Täter finden und die Tat zeitnah aufklären. Aufgrund der vorliegenden Tatumstände – der Täter hat sich mit großer Wahrscheinlichkeit die Schusswaffen von Sepp Gottlieb angeeignet – ist nicht auszuschließen, dass er womöglich weitere Straftaten gegen uns Jäger planen wird. Es ist daher Eile geboten, dem Täter habhaft zu werden. Ich möchte deshalb bitte täglich über jeden neuen Sachstand in diesem Verfahren unterrichtet werden. Die Aufklärung dieses Kapitalverbrechens hat äußerste Priorität. Die Wahrscheinlichkeit, dass nichts passiert, ist ungefähr so, als wenn Sie einem alten, erwachsenen Gorilla, also einem Silberrücken, unbescholten mit einer Pinzette seine Augenbrauen zupfen«, gab der Polizeipräsident mit ernster Miene in die Runde.

Schönbohm ergänzte: »Ja, dieser Täter hat es auf die Jägerschaft abgesehen. Das ist unstrittig. Wir werden daher neben unserem alltäglichen Tagesgeschäft mit Hochdruck an diesen Fall rangehen und eine Mordkommission einrichten. Der Kollege Bachmeyer wird mit der Leitung der Ermittlungen betraut«, stimmte Schönbohm seinem Polizeipräsidenten zu.

Zufrieden nickte Schorsch Schönbohm und Dr. Mengert zu. Er hatte Witterung aufgenommen wie ein Bayerischer Gebirgsschweißhund, der soeben auf Schalenwild angesetzt wurde. Horst Meier, sein langjähriger Zimmerkollege aus dem Nürnberger Land, der neben Schorsch saß, tippte ihm mit der Hand auf den Arm: »Gell, ich bin fei a dabei«, flüsterte er ihm zu.

Schorsch nickte erneut zustimmend und bekräftigte in die Runde: »Dann sollten wir in jedem Fall unverzüglich an Presse und Medien herantreten. Denn wer sagt uns, ob der Täter seine Sabotageakte nur bei uns in Nürnberg oder dem Nürnberger Land umsetzt? Dieser Fall muss präventiv überregional an die Öffentlichkeit. Alle privaten Jagdpächter und auch die staatliche Bundesforstverwaltung müssen umgehend darüber unterrichtet werden. Mit großer Wahrscheinlichkeit haben wir es mit einem Wiederholungstäter zu tun, der in einer Nacht- und Nebelaktion versuchen wird, weitere Jäger oder Jägerinnen zu töten.«

»Sehr guter Vorschlag Herr Bachmeyer, das sollten wir gleich umsetzen nachdem Sie Ihr Team zusammengestellt haben«, gab Schönbohm in die Runde. Alle K11er blickten erwartungsvoll zu Schorsch, der es sich nun nicht mehr nehmen ließ, sein eigenes Team zusammenzustellen: »Waltraud, du bist leider diesmal nicht mit dabei. Ich würde dich lieber in das übliche Tagesgeschäft mit einbinden. Die allgemeinen Abklärungen dürfen wir nicht schleifen lassen, du wirst dich daher mit unseren Cold Cases auseinandersetzen. Da muss unbedingt jemand dranbleiben«, ordnete Schorsch an, der für diese Entscheidung insgeheim große Zustimmung der übrigen Kollegen erntete.

Waltraud Becker, die immer makellos studiogebräunte Mitdreißigerin der K11er, war erst seit ein paar Jahren im Team und böse Zungen behaupteten, dass sie nur über ihren Onkel mütterlicherseits das notwendige Vitamin B dazu erhalten hatte. Polizeidirektor Dr. Johannes Mengert schätzte seine Nichte tatsächlich sehr. Das wusste und schätze wiederum die Kriminaloberkommissarin Becker, die ihre besondere Stärke und Anziehungskraft allerdings eher dem Beauty-Bereich zuschrieb. Kurzum, sie stand ihren Kollegen mehr mit Puderquaste und Haarspray im Weg herum, weshalb Schorsch sie lieber mit der Aufbereitung von alten, nicht abgeschlossenen Tötungsdelikten betraute, bei denen ihr mangelndes berufliches Engagement weniger Schaden anrichten konnte.

Ganz anders hingegen waren die anderen angestammten Kollegen, auf die Georg Bachmeyer auch dieses Mal unter keinen Umständen verzichten wollte.

Gunda Vizthum, die brünette Mitfünfzigerin, hatte viele Jahre beim Bundeskriminalamt ihren Dienst verrichtet und dort sehr gute Kontakte zu in- und ausländischen Strafverfolgungsbehörden sowie zu Geheimdiensten aufgebaut. Sie war eine Bereicherung im Team der Nürnberger Mordkommission und gehörte eindeutig zum Inventar.

Ebenso war Sebastian »Basti« Blum, ein ausgefuchster Oberpfälzer, fester Bestandteil der K11er. Überstunden zogen ihn geradezu magisch an, er war überaus engagiert.

Aber auch der Erlanger Hubert Klein, von allen »Hubsi« genannt, war wieder in Schorschs Team. Hubsi, der seit sechs Jahren in einer festen Lebenspartnerschaft mit seinem Freund Oliver war, hatte knapp noch sieben Jahre bis zu seinem Ruhestand. Mit seinem Partner Olli, wie er seine bessere Hälfte nannte, wollte er auf Gran Canaria eine Bar für Gleichgeschlechtliche eröffnen. Das war ihr großer Plan. Hubsi war bei der Arbeit grundsätzlich sehr bei der Sache, hatte immer einen guten Spruch parat und war aus beiden Gründen beliebt. Mit seiner markanten nasalen Aussprache verheimlichte er keineswegs seine sexuelle Orientierung. Hubsi stand dazu.

Nicht wegzudenken war natürlich Blacky. Der Deutschamerikaner und Womanizer, dessen Ausstrahlung bei so mancher Polizeianwärterin Begehrlichkeiten entfachte, wurde nicht nur für seine Hilfsbereitschaft geschätzt bei den K11ern. Roland Löw, wie er im richtigen Leben hieß, war zudem immer für unvorhergesehene Ermittlungen einsatzbereit. Egal ob am Wochenende oder bei Durchsuchungsaktionen zu später Stunde. Blacky war dabei.

Schorschs Blick galt auch Eva-Maria Flinn. Die Oberkommissarin, erfolgreiche Violinistin, stand zwar vereinzelt an den Wochenenden mit einem namhaften Orchester auf der Bühne, aber Eva-Maria glich bei den K11ern ihr künstlerisches Engagement dadurch aus, dass sie unter der Woche keine Überstunden scheute. Sie war da, wenn man Leute für spontane Einsätze brauchte.

Speziell für diesen Fall war Günther Gast mit seinem »Ermittlungs- und Analyseunterstützendem EDV-System«, kurz EASy genannt, ein wichtiger Bestandteil des diesmaligen Teams, wenn es darum ging, Beziehungen zwischen Personen, Informationen und Sachen in Schaubildern darzustellen. Dieses Programm, die bayrische Variante der länderübergreifend verwendeten Software rsCASE, erlaubte es den Ermittlern nicht nur, eine vereinfachte Telekommunikationsüberwachung durchzuführen, diese Technik gestattete zudem eine ganz neue Zusammenarbeit zwischen den verschiedenen Polizeidienststellen. Wird zum Beispiel eine Telefonüberwachung in Würzburg und Sonthofen durchgeführt und von beiden Telefonanschlüssen aus wird dieselbe Nummer angewählt, dann bekommen beide Polizeidienststellen eine Treffermeldung. Die Beamten können sich dann absprechen, ob die Telefonnummer wichtig ist und ob vielleicht ein kausaler Zusammenhang mit ihren jeweiligen Verfahren und den Anrufern besteht. Ein weiterer Vorteil dieser EDV: Der zuständige Provider übermittelt nicht nur automatisch die Verbindungsdaten, sondern auch die akustischen Daten, also die Telefonmitschnitte, welche dann von den Beamten abgehört und bei Relevanz für das Ermittlungsverfahren protokolliert werden. Zugleich erfolgt über rsCASE bzw. EASy eine automatische Anschlussinhaberfeststellung im System. Ein möglicher Mittäter, Gehilfe oder Zeuge steht somit sofort fest. Günther war daher beim aktuellen Fall der K11er ein wichtiger Pfeiler für die Aufklärung dieses Kapitalverbrechens. Damit waren die K11er wieder einmal komplett.

»Die Aussage, dass der Täter erneut zuschlagen wird, irritiert mich ein wenig«, griff Gunda die Überlegungen zum bisherigen Wissenstand wieder auf. »Bisher haben wir zwar einen toten Jäger, aber wer sagt uns, ob Gottlieb nicht ganz persönliche Feinde hatte und der Anschlag nur ihm gegolten hat? Wer sagt uns, dass ein zweiter Anschlag folgen wird? Wir sollten sein Umfeld und die Jägerschaft unter die Lupe nehmen, vielleicht haben wir es ja wirklich nur mit einem gezielten Anschlag zu tun. Wir sollten daher seinen Freund und Jagdkollegen Bruno Sugula näher befragen, vielleicht gab es in der Vergangenheit irgendwelche Hinweise auf mögliche Feindschaften, sei es im Bereich der Jagdausübung oder eben rein persönlicher Natur.«

Schönbohm ergriff das Wort: »Ja Frau Vizthum, diese möglichen Ansatzpunkte sollte in jedem Fall in die Ermittlungen mit einfließen, das übliche Prozedere gehört ja mit dazu. Aber was mich vor allem irritiert, ist die Tatsache, dass man das Opfer mit diesem letzten Bissen drapiert hat. Das lässt meines Erachtens schon darauf schließen, dass sich der Täter mit der Thematik Jagd zumindest auseinandergesetzt hat.«

Schorsch entgegnete: »Natürlich sind solche Zeichen Hinweise darauf, Herr Schönbohm, aber Frau Vizthum hat hier gar nicht so unrecht. Eine Abklärung seines persönlichen Umfelds und im jagdlichen Bereich scheint in jedem Fall sinnvoll. Schon möglich, dass wir mit den Spuren nur auf eine falsche Fährte gelockt werden sollen und es tatsächlich um etwas ganz anderes geht. Vielleicht gab es aber trotzdem in der Vergangenheit irgendwelche Zwischenfälle in deren Revier. Einen Wilderer oder einen fanatischen Tier- und Umweltaktivisten, einen Jägerhasser sozusagen, der auch nicht vor einem Mord zurückschreckt.« Schorsch blickte fragend in die Runde.

Robert Schenk, der in der hintersten Reihe Platz genommen hatte, erwiderte: »Ja Schorsch, an so etwas mache auch ich meinen ersten Verdacht fest. Trotzdem ist Gundas Einwand, ob es sich nicht nur um einen Einzelfall handeln könnte, nicht von der Hand zu weisen. Gottliebs Umfeld ist also ein wichtiger Ansatz, zumal ja andere Jagdeinrichtungen in deren Revier ebenso manipuliert wurden. Vielleicht hatte es jemand tatsächlich nur auf Joseph Gottlieb abgesehen und um sicher zu gehen, hat er alle Kanzeln, die er in seinem Revier nutzen könnte, sabotiert«, schloss Robert.

Hier schaltete sich Horst ein: »Gut, dann setzen wir bei dem Kollegen Sugula und bei der Witwe an. Ich kenne beide flüchtig und wäre daher gerne bei der Befragung dabei.« Sein Blick galt Schorsch, der ihm nickend zustimmte.

»Also dann fahren wir ins Nürnberger Land«, übernahm Bachmeyer die Aufgabenverteilung. »Hubsi und Eva-Maria, ihr klärt mal ab, ob es in den vergangenen sechs Monaten gleich gelagerte Fälle in Bayern gab, wo irgendwelche Aktivisten Anschläge im jagdlichen Bereich verübt haben. Also Unfälle mit und ohne Todesfolgen. Und Günther übernimmt wie immer die Abklärung der Einloggdaten aller Handys an den dort befindlichen Funkmasten zur möglichen Tatzeit. Also wann hat sich Gottliebs Mobiltelefon dort zuletzt mit welchen anderen fraglichen Handys eingeloggt. Und Günther, wenn du schon dabei bist, wäre ein zweistündiges Bewegungsbild vor Gottlieb Tod anhand der Daten seines Mobiltelefons gar nicht verkehrt. Vielleicht hat er jemanden vorher getroffen oder unser Täter hat ihm aufgelauert. Vielleicht hat sich unser Täter sogar vor ihm in den besagten Funkmasten eingeloggt und unmittelbar nach seinem Tod wieder ausgeloggt. Wer weiß? Deshalb geh bitte alle möglichen Varianten an Registrierungen bei den Funkmasten durch. Also pack mers!«, schloss Schorsch die Besprechung.

Mittwoch, 2. Mai 2018, 11.09 Uhr,
Friedrich-Luber-Str. 72, 90592 Schwarzenbruck

Es war kurz nach elf Uhr, als Horst und Schorsch bei Frau Gottlieb eintrafen. Vor dem Anwesen stand ein schwarzer Mercedes mit der Aufschrift:

Moschewski Bestattungen aller Art
– auch dein letzter Weg führt zu uns –

»Edzerdla kommen wir vermutlich ein wenig unpassend, oder was meinst Du?« Schorschs Blick galt Horst, der gerade versuchte, ihren Dienstwagen einzuparken.

»Freilich, edzerdla, weil du des sagst, vielleicht sollten wir lieber zuerst diesen Sugula aufsuchen«, entgegnete Horst.

»Des wird schwierig werden, denn der parkt genau vor uns. Der ist bei der Witwe«, bemerkte Schorsch trocken.

»Also, was machen wir?« Horst streichelte sich nachdenklich über seinen Seehundbart, den er schon seit dreißig Jahren trug, und blickte auf seine Armbanduhr. »Dann ziehen wir halt unser Mittagessen vor. Wohin gehen wir?«

»Wohin wohl, zu Leos Cousin! Wenn wir schon im Nürnberger Land sind, dann sollten wir Angelo in Wendelstein einen Besuch abstatten.« Schorsch griff nach seinem Mobiltelefon und googelte nach der Adresse. »Hier, in der Schwander Straße 10, das Cucina Italiana. Angelo öffnet um halb zwölf Uhr.«

Sein Kollege war begeistert: »Super Idee, Schorsch, also lass uns beim Angelo einparken.«

Angelo Gullo, der Cousin von Leonardo Pinneci, kurz Leo, der bis 2017 sein Restaurant am Jakobsmarkt in Nürnberg unterhielt, hatte sich im Ortsteil Sorg zum Edelitaliener gemausert. Seine hervorragende Küche war über die Grenzen des Landkreises Roth bekannt. Schorsch kannte Angelo und Leo seit seiner Jugend. Damals waren alle drei im selben Vespa-Club gewesen und hatten an den Wochenenden gemeinsam an ihren Mopeds herumgeschraubt. Angelo war ein sehr guter Freund und Vertrauter von Schorsch. Der Kalabrese war zugleich ein wichtiger Informant für seine Ermittlungen. Er kannte viele dubiose Größen aus dem fränkischen Umland.

Für Schorsch und seine Lebensgefährtin Rosanne war Angelo einer der besten Edelitaliener schlechthin, denn das ehemalige Ristorante seines Cousins Leo gab es leider nicht mehr. Am zweiten Weihnachtsfeiertag 2017 kam alles anders als erwartet, der blanke Horror. Es war kurz nach vier Uhr nachts, als im Keller und im Erdgeschoss seines Restaurants am Jakobsplatz Feuer ausbrach. Die Feuerwehr war zwar schnell zur Stelle und hatte das Feuer in kurzer Zeit unter Kontrolle, aber es war nichts mehr zu retten. Das Ristorante brannte vollständig aus. Die Stadt Nürnberg verschärfte daraufhin die bestehenden Feuerschutzrichtlinien, die Auflagen in der Nürnberger Altstadt waren nun zu streng. Und auch gesundheitlich hatte der Brand Leonardo Pinneci sehr mitgenommen. Leo erlitt einen Herzanfall. Nach einer Reha im März 2018 entschied er sich zu »back to the roots« und setzte sich in seinem Heimatdomizil in Sizilien zur Ruhe.

Mittwoch, 2. Mai 2018, 11.53 Uhr, Ristorante Cucina Italiana,
Schwander Str. 10, 90530 Wendelstein

Kurz vor zwölf erreichten sie das Ristorante Waldschänke in der Schwander Straße. Sie parkten den Wagen vor der Tür und traten ein. Im Hintergrund lief Toto Cutugno mit L'Italiano, ein Lied aus dem Jahr 1983, das sich neun Wochen in den Charts hielt und es auf Platz 36 brachte. Einmalig. In Schorsch wurden Erinnerungen wach. Erinnerungen an den Sommer 1984. Es war Schorschs Sturm-und-Drang-Zeit. Eine Zeit mit Höhen und Tiefen, wobei die Höhen überwogen.

Juli 84, es war das Jahr, in dem Angelos Tante Alessandra ihren Bruder Guiseppe, Angelos Vater, besuchte. Die zierliche Alessandra war Ende dreißig und strahlte etwas aus, was Männer anzog. Sie hatte langes dunkelbraunes Haar, ihre smaragdgrünen Augen hoben sich eindrucksvoll von ihrem dunklen, südländischen Teint ab. Alessandra verstand es, ihre Figur, ihre gesamte Erscheinung gekonnt zur Schau zu stellen. Sie war modebewusst, stilsicher und wusste genau, worauf es bei Männern ankam. Leder war unübersehbar ihre Leidenschaft und sie verstand es bravourös, ihren perfekt geformten Hintern, die atemberaubende Taille und ihre beachtliche Oberweite in Szene zu setzen. Es war die Zeit, in der sich die Szene Nürnbergs im Tanzpalast, Charlie M und im Ofenrohr präsentierte. So auch Alessandra. Angelo stellte sie Schorsch damals zu später Stunde im Tanzpalast vor. Sie tanzten, lachten, der Alkohol floss und ehe sich die beiden versahen, war es drei Uhr.

Schorsch war mit seinen knapp zwanzig Lenzen fasziniert von dieser Frau. Sie strahlte etwas aus, was er vorher noch nicht erlebt hatte. War es ihr Alter, also ihre sexuelle Erfahrung, die sie als Frau mitbrachte, was Schorsch ganz kribbelig werden ließ? Oder waren es ihre traumhaften Maße, der Charme, den sie versprühte? Oder war es das Lied L'Italiano von Toto Cutugno? Es war wohl alles in einem, die besondere Stimmung dieser berauschenden Nacht in Gesellschaft dieser imponierenden Frau, und bevor sich der junge Polizeianwärter versah, lag er eine halbe Stunde später bei ihr auf der Couch.

Die ersten Vögel hatten schon zu zwitschern begonnen und Schorsch wollte Alessandra natürlich nur vor ihrer Wohnung absetzen, als sie ihn fragte: »Nah mein Lieber, der neue Tag beginnt, kommst du noch auf einen Kaffee mit hoch?« Er konnte – und wollte – damals nicht Nein sagen, offenbar hatte es diese reife Frau auf ihn abgesehen.

Alessandra bewohnte eine große Zweizimmerwohnung in der Nordstadt, nicht weit von Schorschs Wohnung in der Pilotystraße entfernt. Ihre Einrichtung war geschmackvoll im italienischen Flair gehalten. Es war ein Spagat zwischen Antike und Moderne. Es war der Charme der »Dolce Vita«, der hier in ihren eigenen vier Wänden mit filigraner Designsprache herrschte. Es war eine einladende, luftige Wohnung mit sandigen Farben, bunten Kissen und mediterranen Pflanzen. Vom Wohnzimmer hatte man einen Blick in ihr Schlafzimmer, dessen Zimmerdecke, ebenso wie im Wohnzimmer, von einer großen Glaskuppel durchbrochen wurde. Die letzten Sterne und der Mond tauchten gemeinsam mit dem anbrechenden Tag ihre Wohnungseinrichtung in einen mystischen Schein. Schorsch war beeindruckt, solch eine architektonische Leistung und Vielfalt hatte er bisher noch nicht oft gesehen.

»Na mein Lieber, stoßen wir nochmal auf den schönen Abend an. Ein Cinzano auf Eis und ein Glas Schampus sind jetzt, für diesen Moment, genau das Richtige …

Comunque, al tuo secondo giorno, amico«

…, sagte sie leise, als sie das Getränketablett auf dem Tisch abstellte und der versprochene Filterkaffee in weite Ferne rückte.

Alessandra Augen funkelten im Kerzenschein ihrer Wohnung, sie genoss seinen Anblick. Schorsch war gefesselt von ihrem Auftreten, von ihrer Leichtigkeit im Umgang mit ihm, dem kaum Erwachsenen. Es kam ihn vor, als ob Angelos Tante ein Spiel mit ihn plante. Seine Neugier wuchs förmlich und das war nicht das Einzige. Es regte sich etwas. Er verspürte Lust und Begierde. Seine mangelnde Erfahrung mit dem weiblichen Geschlecht verunsicherte ihn, gleichzeitig war er gespannt auf das Hier und Jetzt. Jeder Schritt von Alessandra in diesem Spiel, das sie im Gegensatz zu Schorsch nach allen Regeln der Kunst beherrschte, reizte ihn.

Angelos Tante wiederum ließ sich durch seine Unschuld inspirieren, eine spezielle Rolle in einer für sie vorhersehbaren Sexsession zu übernehmen. Kurzerhand verschwand sie hinter einer Trennwand im Schlafzimmer, um wenige Minuten später zum Klang italienischer Schmusesongs nur mit einer schwarzen Lederkorsage, schwarzen Nahtstrümpfen und High Heels bekleidet vor Schorsch zu stehen. Offenbar war sie eine leidenschaftliche Rollenspielerin. Sie kniete sich nieder, öffnete seine Hose und entkleidete ihn genüsslich, bis er splitterfasernackt war. Dann nahm sie ihn wie ein Kind an der Hand und führte ihn ins Schlafzimmer. Ihr goldenes Metallbett war mittig im Raum platziert, ringsherum hatte Alessandra in einem Abstand von einem Meter rote Stumpenkerzen aufgestellt, die nun den Raum zusammen mit der schwindenden Nacht und dem anbrechenden Morgen stimmungsvoll illuminierten. Sie führte ihn zum Bett und schob ihn sanft bestimmend so hinein, dass Schorsch ausgestreckt auf dem Rücken auf dem Bett lag. Gekonnt stieg sie über ihn. Schorsch wollte seine Erektion zügeln.

Aber egal, an welche abtörnenden Sachen er pflichtschuldig dachte, er ragte in die Höhe.

Alessandra griff über Schorsch und holte an der Stirnseite der Matratze mit den Worten: »Entspanne dich mein Lieber, vertrau mir«, ein bereits gefaltetes schwarzes Seidentuch hervor. Mit sanfter Stimme, »Du wirst diese Nacht nicht mehr aus deinem Gedächtnis verbannen können«, verband sie damit seine Augen, griff unter ein Kissen, holte zwei Erotik-Handschellen hervor und fixierte Schorschs Händen an ihrem Metallbett. Schorschs Aktionsmöglichkeiten waren damit plötzlich begrenzt, seine sinnlichen Wahrnehmungen stellten sich unwillkürlich auf die ungewohnte Einschränkung ein und verstärkten den Empfang der verbliebenen Sinneskanäle. Genau das wollte Alessandra erreichen. Gekonnt zog die Italienerin alle Register ihrer sexuellen Fantasien. So wurde aus der nach Außen ehrbaren, netten und zuvorkommenden Mitdreißigerin hier – in dieser intimen Situation – eine verruchte Liebesgöttin. Ungezwungen entpuppte sich die scheinbar zurückhaltende Alessandra in dieser Nacht zu einer dezenten, aber bestimmenden Verbalerotikerin. Es gehörte nicht nur zu ihrem Repertoire, Schorschs Ohren mit ihrer Zunge zu stimulieren, Schorsch erlebte eine unanständige MILF, die es auskostete, einen willigen Jüngling vor sich zu haben. In lässiger Dirty-Talk-Manier und unter gezieltem Einsatz nicht nur ihrer flinken Zunge entdeckte sie Stellen an Schorschs Körper, die ihn nahezu zum Explodieren brachten. So etwas hatte Schorsch bis zu dieser Zeit im Zwielicht am frühen Morgen noch nicht einmal in seinen Fantasien erlebt. Einen Liebesakt mit einer erfahrenen Frau, die es verstand, ihr gefesseltes Gegenüber nicht nur mit ihrem Mund zu verwöhnen. Sie beherrschte ihn regelrecht. Sie verstand es, mit ihrem Lust-sklaven all das zu tun, was jedem Mann Spaß bereitete. Ein Happy End bei Schorsch herbeizuführen, dass er niemals vergessen würde. Es war genau der Moment der Welle voller Glückseligkeit, als Alessandra eine Stumpenkerze nahm und das heiße Wachs über Schorschs Brust und Bauchregion ergoss.

Kurz darauf lag er glückselig erschöpft, aber wieder vollkommen Herr seiner Sinne neben ihr. Angelos Tante lächelte und hielt ihm eine gefüllte Champagnerflöte entgegen. »Prost, mein Lieber, ich konnte nicht widerstehen. Du warst einfach zu verlockend.«

Angelo, der gerade an einem Tisch einem Ehepaar sein aktuelles Tagesangebot mit einer großen Schiefertafel präsentierte, wies sie auf einen freien Tisch hin und holte Schorsch damit abrupt in die Gegenwart zurück. Er trug eine graue Kochschürze und wie immer seine Entenschnabelmütze à la Gatsby, die ihm eine gewisse Einmaligkeit verlieh. Kurze Zeit später stand er vor den beiden Kommissaren und begrüßte sie: »Ciao, Schorsch, wie gehts dir? Was macht Rosanne? Servus, Horst, lange nicht gesehen!« Bei Angelo ging es nicht ohne Umarmung, also standen beide noch einmal auf. »Schön, dass ihr mich besuchen kommt, was treibt euch beide ins fränkische Umland?«

»Wir sind gerade dabei, ein Kapitalverbrechen aufzuklären und wollten dazu zwei Leute befragen. Aber es ist ja jetzt Mittagszeit und zudem haben wir vor dem Anwesen des Opfers das Fahrzeug des Bestatters gesehen, die besprechen vermutlich gerade die Trauerfeierlichkeiten. Da wollten wir nicht stören, stattdessen lassen wir uns lieber von dir und deiner Küche verwöhnen. Schön hast du es hier.« Schorsch betrachtete aufmerksam die Theke und das neue Interieur.

Die hellen holzgetäfelten Wände waren geschmackvoll mit Schwarzweißbildern von verschiedenen italienischen Musikern und Schauspielern dekoriert. Sie vermittelten den Gästen ein Italien im Flair der Sechzigerjahre. Angelos Küche war vorzüglich und hatte sich hier im Umland von Nürnberg und Roth prächtig entwickeln. Viele seiner Stammgäste schätzten die außergewöhnliche Küche, seine Speisekarte und die Kreidetafel boten Spezialitäten, die man kaum sonst fand. Egal ob Vor-, Haupt- oder Nachspeise, Angelo genoss es, seine Gäste zu verwöhnen.

»Was kann ich euch bringen?«

»Was kannst du uns heute zu Mittag empfehlen?«, wollte Horst wissen. Er wusste genau, auf Angelos Rat war Verlass.

»Naja, wenn ihr großen Hunger habt, dann würde ich euch beiden als Vorspeise ein Carpaccio vom Tintenfisch empfehlen, das ist reichlich und reicht für zwei Personen. Als Hauptspeise unbedingt meine Calamaretti mit dünnen Knoblauch-Spaghettini und zum Schluss meine Birnensäckchen aus Nudelteig.« Angelo betrachtete seine beiden Gäste, zog dabei seine buschigen Augenbrauen in die Höhe, hob seine rechte Hand, bildete mit seinem Daumen und Zeigefinger einen Kreis und fügte hinzu: »Picobello.«

Mittwoch, 2. Mai 2018, 13.36 Uhr,
Friedrich-Luber-Str. 72, 90592 Schwarzenbruck

Es war kurz nach dreizehn Uhr dreißig, als sie in der Friedrich-Luber-Straße in Schwarzenbruck eintrafen. Das Fahrzeug des Bestattungsinstituts war verschwunden, ledig der Geländewagen von Bruno Sugula parkte neben der Hofeinfahrt. Die Gottliebs besaßen einen kleinen Bungalow aus den Siebzigerjahren. Das Grundstück war kaum einsehbar, da es mit verschiedenen Nadelgehölzen umgeben war. In der Mitte hatte Sepp Gottlieb einen Gartenteich angelegt. Schorsch und Horst öffneten das Gartentürchen und betraten das Grundstück. Traudl Gottlieb saß mit Bruno Sugula auf der angrenzenden Terrasse, beide durchblätterten Aktenordner. Augenscheinlich waren sie so in deren Durchsicht vertieft, dass sie die herannahenden Kommissare nicht bemerkten.

Sichtlich erschrocken zuckten beide zusammen, als Schorsch mit einem »Grüß Gott« die unterste Terrassenstufe betrat.

»Mensch Meier, haben Sie uns jetzt erschreckt«, entgegnete Traudl Gottlieb, die schlagartig ihren Leitzorder schloss, ihren Stuhl nach hinten schob und auf die beiden Kommissare zulief. Sie streckte Schorsch ihre rechte Hand entgegen, ihre linke Hand hielt sie dabei noch sichtlich erschrocken unter ihrem Herzen fixiert.

»Kommen wir gerade ungelegen?«, bemerkte Horst, der aus seinem linken Augenwinkel Schorsch betrachtete.

»Nein, nein überhaupt nicht«, warf Bruno Sugula ein, der ebenso jäh seinen Leitzorder zuklappte, diesen ruckartig auf dem Gartentisch ablegte und sich sichtlich überrascht aus dem Gartenstuhl erhob, um sich den beiden Ermittlern zuzuwenden. Offenkundig verlegen fügte er hinzu: »Wir sind gerade dabei, ein paar Akten von Sepp durchzusehen, vielleicht finden wir was.«

»Und was wollen Sie finden?«, fragte Horst.

»Äh, naja, vielleicht irgendwelche Hinweise auf … Hinweise halt«, stammelte Traudl Gottlieb.

»Gab es denn irgendwelche Hinweise auf ein Verbrechen oder Ungereimtheiten?«, erkundigte sich Schorsch.

Zögerlich kam Traudls Antwort: »Hmhm, der Sepp hatte vor kurzer Zeit einen Z-Promi auf einer seiner Wildkameras. Es war eine äußerst pikante Situation, die eine der Kameras festgehalten hat, und vielleicht hat er ja noch Hinweise hierzu in seinen Akten vermerkt.«

»Was wissen Sie über diese pikante Situation denn?« bohrte Horst, der seine Lippen zusammenpresste und seinen Blick wechselseitig auf die Witwe und Bruno Sugula richtete, nach.

»Ja, wie soll man das näher beschreiben?«, begann Sugula verdruckst. »Wir, also unsere Jagdgemeinschaft, unterhalten im Revier mehrere Wildkameras. Diese werden meist an Kirrungen, das sind angelegte Lockfütterungen mit Mais, Getreide oder anderen pflanzlichen Stoffen, platziert, um exakt festzustellen, wann z. B. Schwarzwild dort auftaucht und wie lange es dort verweilt, also Nahrung zu sich nimmt. Bei einer dieser Kirrungen, sie liegt unweit der Stelle, wo man Sepp tot aufgefunden hat, wurde ein Pärchen in einer eindeutigen Situation gefilmt.«

»Im Klartext beim Poppen«, schob Traudl Gottlieb ein.

Bruno Sugula fuhr fort: »Jeder von unserer Jägerschaft hat natürlich diese Videosequenzen mit dem besagten Z-Promi und seiner Geliebten gesehen.«

»Warum hat er jedem das Video gezeigt und wurde der Aufgenommene darüber informiert?«, fragte Schorsch.

»Sepp musste das Filmchen nicht einzeln zeigen, jeder von unserer Jägerschaft bekommt per E-Mail die aufgezeichneten Videosequenzen. Also wenn sich etwas in diesem Überwachungsabschnitt bewegt, löst die Falle aus und jeder von uns bekommt das Bewegungsbild direkt auf sein Smartphone gepusht.« Bruno Sugula zog sein Mobiltelefon aus der Hosentasche, tippte und wischte und hielt kurze Zeit später Schorsch und Horst das besagte Video vor die Nase. »Kennen Sie den? Einer von unseren ›Bunten‹, der seit Jahren jeden Jäger an den Pranger stellt, jedoch offensichtlich den Wald für gewisse Neigungen aufsucht«, schloss Sugula mit einer süffisanten Mimik.

»Das ist doch dieser Landtagsabgeordnete, na, wie heißt der gleich wieder …« Horsts Blick galt Schorsch, der mit gespannter Miene das Video betrachtete.

»Bert Reither oder auch der schöne Berti genannt«, schmunzelte Schorsch, hob den Kopf und blickte zu Sugula.

»Genau, der schöne Berti«, bestätigte der Jäger und drehte seinen Kopf in Richtung Traudl Gottlieb.

Mit leichter Empörung in der Stimme erläuterte die Witwe den beiden Kommissaren: »Seit Jahren engagiert sich Reither bei der Tierrechtsorganisation Bayerischer Tierrechts Verein (BTRV). Da sind teilweise richtige Tierrechtsfanatiker dabei, also Aktivisten, die auch nicht vor Gewalt zurückschrecken.«

»Das müssen Sie uns jetzt schon näher erklären, jeder Hinweis hierbei ist wichtig«, hakte Schorsch nach.

»Gut, dann fange ich mal an. Aber vielleicht sollten wir uns dazu setzen«, bemerkte Sugula und zeigte auf Stühle für Schorsch und Horst. »Es war im vergangenen Winter, unsere Drückjagd war vorbei und wir saßen alle beim Schüsseltreiben, also beim gemeinsamen Essen der Jäger und Treiber, als sich uns eine Gruppe von Leuten näherte, die Schweine- und Hasenköpfe aus Plüsch über den Kopf gezogen hatten und Plakate mit blutigen Tieren hoch hielten und sich grölend mit den Worten: ›Jäger sind ehrlose Mörder!‹, vor uns positionierten. Natürlich war alles generalstabsmäßig und medientechnisch perfekt verwertbar organisiert. Dazu brachten sie ein Fernsehteam und einen Professor der Biologie mit. Letzterer bestätigte natürlich in einem Interview vor Ort, dass es ein Skandal sei, wenn Hobbyjäger ihren grausamen Blutsport an wildlebenden Tieren umsetzen dürften. Jede Jagd sei überflüssig, denn die Natur regele sich von selbst. Unter Anleitung des schönen Bertis filmte das Team das erlegte und bereits aufgebrochene Wild. Es war in der Tat kein schöner Anblick, sie hatten genau das Bildmaterial gefunden, um uns Jäger in der Öffentlichkeit zu diskreditieren, denn in den Medien finden jagdkritische Positionen unverhältnismäßig große Resonanz und genau dieses

Ziel verfolgten sie.« Sugula nickte mit nachdenklich-grimmiger Miene zu Schorsch und Horst.

»Und fünf Monate später trifft man den schönen Berti wieder an, diesmal ohne Filmteam, aber in eindeutigen Posen mit einem sehr jungen Mädchen. Ich würde mal sagen, die ist noch keine sechzehn Jahre alt«, bemerkte Traudl Gottlieb sichtlich angewidert.

»Ja, und genau das ist es ja«, bestätigte Sugula und fuhr fort: »Einige unserer Jagdkollegen haben natürlich sofort die Gelegenheit zur Revanche gewittert, dem schönen Berti eins auszuwischen. Reither ist doch seit Jahren mit der Unternehmerstochter Katja Bassin-Reither, von Bassin & Partner, verheiratet. Dieser Gesichtskrapfen ist bestimmt zwanzig Jahre älter als ihr schöner Berti. Und das hier, das ist definitiv nicht seine Frau. Dieses Mädchen ist meines Erachtens viel jünger, das hat noch kindliche Züge«, Sugula schüttelte offenkundig geschockt seinen Kopf und ergänzte: »Meines Erachtens ist das Mädchen keine sechzehn Jahre alt, dann sind wir ohne Umschweife beim sexuellen Missbrauch angelangt.«

»Aber mit dem Alter von Kindern nehmen es die Bunten nicht so genau, das ist Fakt und seit Jahren hinlänglich bekannt«, warf Traudl Gottlieb ein. »Das ging doch in den Achtzigern durch die Presse und war 2013 noch einmal öffentliches Thema. Das kann man überall im Internet nachlesen.«

»Kurzum, wir, also Sepp und ich, haben das brisante Filmmaterial vor drei Wochen der regionalen Presse zukommen lassen«, setzte Sugula zu weiteren Erklärungen an. »Mit dem Hinweis: ›Im Wald und auf der Heidi – unser Landtagsabgeordneter Bert Reither auf der Jagd nach jungem, sehr jungem Fleisch.‹ Reaktionen gab es bis dato noch nicht. Entweder hat man das unter den Tisch gekehrt oder man will partout verhindern, dass diese pikante Geschichte eines Bunten-Politikers an die Öffentlichkeit kommt. Am 14. Oktober stehen die Landtagswahlen an und die Bunten spielen, weil sie in fast allen Bundesländern das für die Jagd zuständige Ressort besetzen, eine jagdpolitische Schlüsselrolle. Denn unter den Jägern ist man sich nicht mehr sicher, ob man den Bunten und den ihr nahestehenden Naturschutzverbänden überhaupt noch trauen kann. Stimmen werden laut, die Jagd Schritt für Schritt abzuschaffen«, schloss Sugula.

»Das ist ja interessant. An wen genau haben Sie das Filmchen mit Herrn Reither denn geschickt?«, fragte Horst.

»Wir haben es Mitte April dem Chefredakteur vom Nürnberger Express zugeleitet«, kam die Antwort von Sugula.

»Rolf Müller, unter Kollegen auch als rasender Rolf bekannt«, schmunzelte Schorsch. »Der wittert eigentlich hinter jeder spannenden Kriminal- oder Sexgeschichte das ganz große Kino. Unter dem Motto ›Sex & Crime für Rolfi allein‹. Mich wundert es daher auch, dass der Schmierfink darüber noch nicht berichtet hat. Und wer genau ist ›Wir‹? Wer von Ihnen hat Müller und in welcher Form und unter welchem Namen das Filmchen zukommen lassen?« Schorschs fragender Blick richtete sich an Sugula und an Traudl Gottlieb.

»Jeder von uns hatte das Video, aber der Sepp hat ihm die Videosequenz per E-Mail geschickt. Und natürlich alle Jagdkollegen bei dieser Mail ins CC gesetzt. Warum Müller bis heute noch nichts darüber berichtet hat, ist uns allen schleierhaft. Wir haben eigentlich täglich damit gerechnet, dass die Presse darüber berichtet. Vergebens«, berichtete Traudl Gottlieb.

»Wir sollten also Müller unbedingt mal einen Hausbesuch abstatten«, Schorsch griff sich an sein Kinn, zupfte nachdenklich mit Daumen und Zeigefinger daran und insistierte: »Aber um noch einmal auf ihren Mann zurückzukommen, hatte er irgendwelche Feinde, sei es in der Jägerschaft, privat oder beruflich?«

Schweigend und mit starrem Blick sah Traudl Gottlieb auf einen der zugeklappten Leitzorder. Es war so, als ob sie Schorschs Frage nicht verstanden hätte. Als dieser sie kurz darauf wiederholte, schaute sie Hilfe suchend zu Bruno Sugula.

»Ich glaube, die ganze Sache nimmt Traudl sehr mit. Sepp ist noch nicht begraben und Traudl wird mit Tausenden von Fragen konfrontiert. Es ist vielleicht gescheiter, nach der Trauerfeier die Befragung fortzusetzten. Wir haben bis dahin jede Menge vorzubereiten und sehen das jetzt irgendwie als Behinderung an. Können wir nicht nächste Woche weitermachen?«, versuchte Sugula die Sache zu beenden.

»Können wir, aber noch abschließend eine Frage. Können Sie es mit Gewissheit ausschließen, dass er keine Feinde in der Jägerschaft hatte?«, fragte Horst.

»Nein, diese Antwort habe ich Ihnen doch schon mehrmals gegeben. Es gab darüber keinerlei Hinweise. Sepp war unter Kollegen immer gern gesehen. Er war beliebt«, fügte Sugula abschließend hinzu.

4. Kapitel

Donnerstag, 3. Mai 2018, 22.11 Uhr,
Mittlere Kanalstraße 17c, 90429 Nürnberg

Die Dämmerung hatte bereits eingesetzt, als die beiden Wissenschaftler ihre gut sechshundert Kilometer von Brüssel nach Nürnberg hinter sich gebracht hatten und ihren Leihwagen am Airport Nürnberg zurückgaben. Von hier aus war es mit dem Taxi nur ein Katzensprung bis Gostenhof. Dieser Ortsteil, der lange Zeit als Nürnberger Bronx oder Glasscherbenviertel verschrien war, wurde überwiegend von ärmeren und ausländischen Familien bewohnt. Im Gostenhofer Kerngebiet sowie in der Bärenschanze betrug der Ausländeranteil nahezu fünfzig Prozent und setzte sich aus Angehörigen von über vierzig Nationen zusammen. Hier fiel man als Fremder nicht auf und die angemietete Wohnung unter der Hausnummer 17c diente primär nicht für Zwecke der wohnlichen Unterkunft. Diese Zweieinhalbzimmerwohnung im Hinterhaus eines alten Sandsteingebäudes aus der Gründerzeit diente Angehörigen des Islamischen Staats dazu, sich auf terroristische Aktionen vorzubereiten. Hier befand sich eine Sende- und Empfangsanlage, ausgestattet mit einem schnellen WLAN-Anschluss und zwei Laptops, auf denen VPN-Wechsler installiert waren, welche die offiziell zugewiesenen IP-Adressen online anonymisierten. Dadurch war garantiert, dass weder ihrem Internet-Service-Provider noch Cyber-Crime-Hackern – sei es von privater Natur oder aber von polizei- oder geheimdienstlicher Ebene – ihre Online-Aktivitäten bekannt wurden. Sie hatten alle möglichen Vorsichtsmaßnahmen getroffen, Kontaktaufnahmen mit Kalif Ibrahim sollten daher nur über diesen anonymisierten Anschluss erfolgen. Herkömmliche Internet-Cafés etwa waren für eine direkte Kommunikation mit ihrem Auftraggeber tabu, da bei diesen öffentlichen Internetzugängen seitens der Bundesnetzagentur kein VPN-Wechsler aktiviert werden konnte. Hakim Bin Shaheen, der jüngere der beiden Biologen, aktivierte das E-Mail-Programm und setzte folgende Nachricht ab:

»Wir sind angekommen. Es lief alles wie am Schnürchen, schon am Wochenende werden wir das Ergebnis präsentieren können. Gott ist groß und allmächtig.«

Kurz nach elf Uhr nachts verließen sie das Anwesen und starteten einen grünen Toyota mit Erlanger Kennzeichen, um kurze Zeit später auf die A 73 Richtung Fürth zu fahren.

Universität Freitag, 4. Mai 2018, 06.55 Uhr,
Universität Erlangen-Nürnberg, Institut für Biochemie,
Fahrstraße 17, 91054 Erlangen

Es war kurz vor sieben Uhr, als Zahid Abu Takir und Hakim Bin Shaheen den Gebetsraum im Keller der Friedrich-Alexander-Universität verließen und sich in die Zeiterfassung des Instituts für Biochemie einloggten. Abu Takir und Bin Shaheen waren mit zwei unterschiedlichen wissenschaftlichen Studien beschäftigt. Zahid, der ältere der beiden, war Wissenschaftler im Bereich Biochemie und Molekularbiologie mit Schwerpunkt Mikrobiologie, Immunologie und Virologie. Seit drei Jahren lag der Schwerpunkt seiner Forschungsarbeiten im Wesentlichen im Bereich der medizinischen Mikrobiologie. Neben der Behandlung und Prävention von Virusinfektionen arbeitete Abu Takir vor allem an der Erforschung spezifischer Eigenschaften einzelner Virenstämme, insbesondere den Bedingungen der Pathogenese und Reproduktion, also der Verbreitung und Vermehrung der Mikroben. Seine wissenschaftliche Arbeit zur Erlangung der Doktorwürde an der University of Chicago bezog diese Forschungsschwerpunkte auf den Bereich der Filoviridae, einer Virusfamilie, zu der meist fadenförmige, behüllte Einzel-Minusstrang-RNA-Viren gehören wie auch der Ebola-Virus.

Sein Kollege Hakim Bin Shaheen dagegen war auf Grundlage seines Fachgebiets der molekularen Biomedizin spezialisiert auf die wissenschaftliche Disziplin der Epidemiologie, womit er in ihrem Zweierteam der Experte für Ursprungsbedingungen, Verbreitung und Auswirkungen von Erkrankungen war. In diesem Zusammenhang gehörte Shaheen an der New Yorker Columbia University einem interdisziplinären wissenschaftlichen Konsortium an, das den Ursprung der zentralafrikanischen Ebola-Epidemie genauer untersuchte. Beide Wissenschaftler waren daher mit den Anforderungen und Risiken im Umgang mit Erregern der Ordnung Mononegavirales bestens vertraut.

Kurz nach neun Uhr vormittags, viele der deutschen Kollegen und Kolleginnen waren in der Brotzeitpause, analysierte Abu Takir unter Schutzvorkehrungen eine Gewebeprobe der verstorbenen männlichen Person aus der Provinz Beni unter dem Elektronenmikroskop. Langsam hob er seinen Kopf vom Okular ab, seine rechte Hand umklammerte dabei weiterhin den Einstellknopf des Rastermikroskops. Blitzschnell senkte er seinen Kopf wieder, um das vorher Gesehene nochmals zu überprüfen. Dann richtete er sich auf, sein Blick wanderte zu Hakim, der gespannt neben ihm stand und Zahid mit gestochen scharfem Blick erwartungsvoll beobachtete. Dieser blinzelte, zog seine Augen zusammen und flüsterte seinem Gegenüber zu: »Der Strang, der fadenförmige, behüllte Einzelstrang bewegt sich, sieh Bruder. Allahu Akbar, er ist allgegenwärtig.«

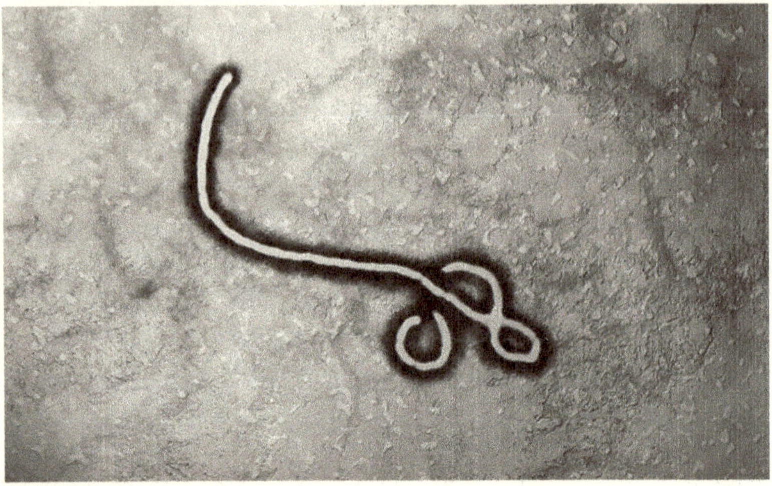

Seit Wochen hatten die beiden Wissenschaftler ein befristetes Forschungsprojekt laufen, dessen Ziel es war, neue Erkenntnisse zu einem besonders aktuellen Thema der Forschung zu bekommen. Das Projekt beschäftigte sich jedoch nicht mit Marburg- oder Ebola-Viren. Ihr Forschungsauftrag sah vor, die Familie der Rhabdoviridae weiter zu erforschen, unter deren Vertretern das Rabies-Virus als Verursacher der Tollwut am bekanntesten ist.

Und genau hier konnten die beiden Wissenschaftler den bereits genehmigten Forschungsauftrag

6*19Q_Beni

für ihre Zwecke verfälschen. Hier konnten sie ihr Projekt nämlich in den Bereich der weiteren Erforschung des Mokola-Virus ausdehnen.

Bisher waren in Nigeria zwar nur zwei Fälle einer akuten Infektion durch das Mokola-Virus bekannt, dass wiederum dieselben Symptome wie bei einer Tollwutinfektion aufwies. Die Betroffenen litten unter Lähmungen ihrer Extremitäten, außerdem stellte sich eine Enzephalitis, also eine Entzündung des Gehirns ein. Sie verstarben wenige Tage, nachdem sie ins Koma gefallen waren.* Das wissenschaftliche Interesse, die bisher noch recht umfassenden Kenntnislücken über Wirtsspektrum sowie mögliche epidemiologische Auswirkungen auf den Menschen zu schließen, war aufgrund der Nähe von Mokola- und Rabies-Virus groß. Wie der Tollwuterreger ebenfalls ein Rhabdovirus aus der Untergruppe der Lyssa-Viren und wie die Filoviridea Ebola und Marburg ein Angehöriger der Mononegavirales, waren die Abweichungen im wissenschaftlichen Umgang klein genug, dass das Geheimprojekt nicht auffallen würde.

Ihr gefakter Forschungsauftrag, dessen Fördergelder von öffentlicher und industrieller Hand finanziert wurden, gab vor, bei der weiteren Erforschung des Mokola-Virus eine Forschungsreihe mit fünf Primaten durchzuführen. Und da es bisher noch keinen Impfstoff gegen dieses Virus gab, waren diese Versuchstiere die beste Tarnung dafür, hier einen Zwischenwirt für das Ebola-Virus zu finden. Von den fünf zur Verfügung stehenden Berberaffen sollten zwei Primaten mit RNA-Viren das Ebola-Virus aus Beni infiziert werden. In ihren Zellen würde sich das tödliche Virus vermehren und sein Erbmaterial für die weitere Zucht im Bioreaktor bereitstellen. Nach dem Tod der Affen würden Zahid und Hakim die Tausenden neuen Ebola-Viren extrahieren und ihnen bei der Suche nach frischen Wirtszellen behilflich sein. Der neue Wirt sollten die Ungläubigen werden.

---

* https://de.wikipedia.org/wiki/Mokola-Virus

Yazeed Fadl Allah Shadids ideologisches Ziel war es, mithilfe seiner fanatischen Wissenschaftler einen Terroranschlag in der westlichen Welt umzusetzen, der die Ungläubigen in ihren elementaren weltanschaulichen Grundfesten erschüttern würde. Die Gefahr, bei dieser militärisch geplanten Aktion durch den Islamischen Staat auch muslimische Glaubensbrüder zu gefährden, ja ebenso einer tödlichen Gefahr auszusetzen, betrachtete der Kalif schlichtweg als Kollateralschaden. Ungläubige zu töten, der westlichen Welt aufzuzeigen, dass der Islam die einzig wahre Religion war und keine weitere neben sich duldete, war sein Ziel.

»Mein Bruder es ist bald so weit«, Abu Takir übereichte seinem Gegenüber eine Folienmappe mit der Aufschrift:

Versuchsreihe 6*19Q_Beni

und ergänzte: »Denn wie schon die Zahl 19 in der 74. Sure, Vers 30 und 31, über das göttliche Gericht geschrieben steht: 19 Engel bewachen den Ungläubigen und Frevler in der Hölle. Wenn die Posaune erschallt, wird dieser Tag für die Ungläubigen ein Tag des Kummers und der Not sein, 74. Sure, Vers 8 bis 10. Dieser Tag naht, mein Bruder, und es gibt kein Zurück mehr, Kalif Ibrahim gibt uns die Kraft und das Verständnis, die Ungläubigen mit diesem Virus zu bestrafen, bis sich über ihren Leibern ein kalter rauer Hauch bildet, der Hauch von Todesschweiß.«

5. Kapitel

Donnerstag, 3. Mai 2018, 08.47 Uhr, PP Mittelfranken,
K11, Besprechungsraum, 1.102

Alle Kollegen der neuen Mordkommission (MoKo) Isegrim hatten sich eingefunden. Auch Prof. Alois Nebel, von allen nur Doc Fog genannt, war gekommen, der am Vortag die Obduktion von Joseph Gottlieb durchgeführt hatte und nun bereit war, sein Ergebnis den Ermittlern vorzutragen. Fast alle hatten sich zur Besprechung aus dem Kaffeevollautomaten bedient und sich zu Gundas selbstgebackenem Mohnkäsekuchen überreden lassen. Gunda war nicht nur eine Ermittlerin mit Leib und Seele, sie verstand es auch mit ihren privaten Backkünsten, ihre Kollegen immer wieder zu begeistern und für ihr leibliches Wohl zu sorgen. So auch heute, als Schorsch und Horst den Raum betraten und sich die beiden letzten Kuchenstücke ergatterten, waren die Lobeshymnen über ihre Backkünste das gewohnte Hintergrundthema.

»Vorzüglich wie immer, Gunda, perfekt«, kauend sah Schorsch zu Gunda, die ihm dankend zunickte, als kurze Zeit später die Besprechung begann.

»Ja, wo fangen wir an? Am besten bei uns.« Schorschs Blick galt Horst, der neben ihm Platz genommen hatte. »Wir waren gestern ja in Schwarzenbruck bei Traudl Gottlieb und haben dort auch Herrn Sugula angetroffen, den Jagdkollegen des getöteten Jägers.« Schorsch erzählte von seinen Eindrücken auf der Terrasse – mit dem offensichtlich interessanten Leitzordner – und von der Tatsache, dass der Bunten-Politiker Bert Reither mit einer offenbar recht jungen Gespielin in eindeutiger Pose von einer Wildkamera aufgenommen wurde. Diese pikanten Aufnahmen seien durch Joseph Gottlieb dem Chefredakteur des Nürnberger Express zugespielt worden.

Gunda sprang sofort darauf an: »Ein Filmchen! Da hatte wir doch schon mal einen Fall, mit diesem Blaublüter, von und zu, auf und davon, wie hieß der gleich nochmal, der hat noch ein paar Jährchen abzusitzen, oder?«

»Freiherr zu Dunkerwald aus Bayreuth, ein bisschen bi schadet nie«, warf Hubsi lachend ein und ergänzte: »Na da ist doch schon mal ein möglicher Ansatz für ein Motiv vorhanden, diesen schönen Reither sollten wir mal näher unter die Lupe nehmen.«

»Ja Hubsi, das sehe ich auch so, was mich wundert, ist jedoch die Tatsache, dass die Presse hier stillhält«, stimmte Gunda grübelnd zu.

»Da stinkt was, wenn die Presse von so einem Vorfall erfährt, das Filmchen auch noch parat hat, dann ist das doch eine Story, die die Auflage hochpuscht, warum wurde darüber nicht berichtet«, bestätigte Basti.

»In der Tat Basti, da stimmt was nicht. Warum geht unser rasender Rolf damit nicht an die Öffentlichkeit? Das wäre eine Berichterstattung, die sich gewaschen hätte«, schloss sich auch Schorsch an, der sich nachdenklich am Hinterkopf kratzte und dabei seine Augen zusammenpresste. Dann fügte er hinzu: »Aber das ist in jedem Fall ein Ansatz, da bin ich voll bei euch. Wir sollten daher unserem rasenden Rolf und diesem schönen Berti mal einen Besuch abstatten, auf die Reaktionen bin ich gespannt. Andererseits gehen mir diese Aktenordner bei Traudl Gottlieb nicht aus dem Kopf. Warum klappen beide fast wie ertappt bei unserem Erscheinen diese Ordner zu? Haben die vielleicht etwas zu verbergen? Birgt einer der Ordner ein Geheimnis? Aber was auch immer Interessantes drinstehen mag, bisher gibt es keinerlei Hinweise auf einen konkreten Tatverdacht, der es rechtfertigen würde, einen richterlichen Beschluss zu erwirken, um diese Leitzordner mal näher unter die Lupe zu nehmen. Aber wir sollten das mal im Hinterköpfchen behalten. Gut, dann konzentrieren wir uns auf unseren Pressefritzen und auf unseren Abgeordneten. Gibt es schon Ergebnisse von einer Funkzellenauswertung?«, schloss Schorsch sein langes Resümee ihrer bisherigen Erkenntnisse. Sein Blick galt nun Günther Gast, der mit einer roten Umlaufmappe schon darauf wartete, mit seinen Ergebnissen loslegen zu können.

»Ja, wir sind dran. Bisher haben wir die Einwähldaten des Opfers von seiner Wohnanschrift bis zur Auffindesituation im Lorenzer Reichswald verifizieren können. Am letzten Einwahlpunkt seines Mobiltelefons, also am Funkmast TK90FB8, haben wir zum möglichen Tatzeitpunkt minütlich zirka einhundert Einloggsignale. Das Problem ist, dass sich das Handy unseres Opfers an diesem Funkmast nahe der Autobahn A 9 eingewählt hat. Schorsch, da fahren im Sekundentakt Fahrzeuge vorbei. Es war zwar jede Menge Arbeit, aber die konnten wir natürlich mit den nachfolgenden Einloggdaten abklären und sortiert filtern. Also die Fahrzeuge ausschließen, die in Richtung München und Berlin weitergefahren sind, und die Fahrzeuge listen, die die ersten beiden nachfolgenden Abfahrten runtergefahren sind. Die Mobilfunknummern, die nach dieser Ausschluss-Filterung für weitere Abklärungen in Frage kommen, da sind wir drüber, vorausgesetzt, der Täter hatte auch ein Mobiltelefon zum Tatzeitpunkt dabei. Also noch etwas Geduld«, schloss Günter.

Das war die Gelegenheit für den Gerichtsmediziner Doc Fog: »Also, wenn jetzt alle durch sind, dann würde ich euch gerne das Obduktionsergebnis präsentieren. Ich habe heute noch zwei Obduktionen vor mir, die Zeit läuft mir davon«, bat Doc

Fog und sah mit fragendem und erschöpftem Blick in die Runde.

»Gerne Alois, wir sind so weit erst einmal durch«, entgegnete Schorsch.

Professor Nebel schritt zum Beamer, schaltete ihn ein und stelle sich dann hinter ein Stehpult, das rechts von der Eingangstür zum Besprechungsraum stand. Dann schlug er einen Schnellhefter auf, richtete seinen Laserpointer auf das erste projizierte Bild und begann mit seinen Ausführungen:

»Tja, unser Jäger hat einen furchtbaren und sehr schmerzvollen Tod erlitten. Es war eine stumpfe Gewalteinwirkung, die zu seinem Tod geführt hat. Nach der Rekonstruktion an der Leiter zum Hochsitz und der Auffindesituation zu urteilen, muss das Opfer beim Aufbaumen, also beim Hockklettern zur Kanzel, sein Jagdgewehr geschultert haben, und zwar mit dem Gewehrlauf nach vorne zur Holztreppe, also vor seinem Bauch. Beim Durchbrechen der angesägten Holzsprossen hat Gottlieb offensichtlich sein Gleichgewicht verloren. Sein Versuch, sich dabei seitlich an der Leiter festzuhalten, scheiterte. Er stürzte und fiel von der Kanzel herab. Sein Gewehr berührte dabei zuerst den Boden, hier einen der vier Betonsteine, auf der die jagdliche Einrichtung gestellt war.« Doc Fog zeigte mit dem Laserpointer auf einen der vier Betonsteine, welche die Füße der Kanzel vor Fäulnis oder sonstigen Witterungseinflüssen schützen sollten, bevor er mit seinen Ausführungen fortfuhr: »Gottlieb schlug dabei so unglücklich mit seinem Unterkiefer auf dem Gewehrlauf auf, dass sich dieser durch die große Wucht in seinen Schädel bohrte. Es müssen heftige Schmerzen gewesen sein, bis er dann vermutlich irgendwann sein Bewusstsein verlor. Der Gewehrlauf durchbohrte die Mandibula, also den Unterkiefer, und die Maxilla, den Oberkiefer, bevor er dann das

Keilbein, die Os sphenoidale, durchschlug und dort stecken blieb. Plastisch gesagt: Der Gewehrlauf hat seinen Weg durch die Kinnlade und den oberen Gaumen bis weit in den Schädel in den Bereich hinter Nasen- und Augenhöhlen gefunden. Das sind verheerende Verletzungen. Da wir am Tatort kein Gewehr vorgefunden haben, gehe ich fest davon aus, dass der Täter nach seiner Tat das Opfer aufgesucht hat und die Schusswaffe aus dem Schädel des Geschädigten, durch kräftiges Herausziehen, entfernt hat. Ob der Geschädigte dabei noch bei Bewusstsein war, kann ich nicht sagen.« Der Doc zeigte nun auf ein Bild mit dem aufgesägten Schädel des Opfers und ergänzte: »Hier sehen wir am Schnittmodel die tödlichen Verletzungen an der Os sphenoidale, die den Tod herbeigeführt haben. Aufgrund der vorgefundenen Anhaftungen von Nitrocellulosepulver hier am Keilbein und der weiteren äußeren Verletzungsmerkmale muss es so gewesen sein. Eine andere Erklärung kommt mir nicht in den Sinn. Hinzu kommt, dass Gottlieb durch das heftige Einwirken zudem eine Schädelbasisfraktur erlitten hat. Er wäre durch diese Verletzungen, auch wenn man ihn zeitnah gefunden hätte, auf Lebzeit schwerstbehindert gewesen.« Der Doc machte eine kurze Gedankenpause und fuhr dann fort: »Beim inneren Verletzungsbild kann gesagt werden, dass der Geschädigte durch den Sturz sich zudem eine offene Fraktur am Oberschenkelhals, hier links, zugezogen hat. Außerdem führte der Sturz zu einem Riss der Bauchschlagader. Dabei kam es zu einem großen Blutverlust mit massiven Einblutungen in den Bauchraum, der zu Schwindel, Bewusstlosigkeit und schließlich zu einem Kreislaufzusammenbruch geführt hätte. Also zu einem hämatogenen Schock. Das Erbrochene verschloss zudem seine Luftzufuhr, er hätte also auch noch ersticken können. Entscheidend für seinen Tod waren aber die Verletzungen im Schädelbereich.«

Doc Fog sah in die trotz aller Gewohnheit betretene Runde. »Zum Zustand seiner Organe. Gottlieb hatte zudem ein Karzinom am Enddarm, noch nicht groß, aber in den kommenden Wochen hätte es sich durch Blutungen bemerkbar gemacht. Sonst noch irgendwelche Fragen? Leute denkt also daran, alle paar Jahre zur Krebsvorsorge zu gehen. Ganz wichtig hierbei die Magen- und Darmspiegelung«, der Professor blickte mahnend mit erhobenem Zeigefinger sein Publikum an, bevor er den Knopf des Beamers betätigte und seinen Vortrag mit den Worten, »Fertig für heute, gibt es noch irgendwelche Fragen?«, schloss.

»Danke Alois für deine Ausführungen. Ja, mit einer letzten Ermahnung sollte man nicht schludern«, kam es trotz aller Praxis auch von Schorsch etwas mitgenommen. »Oberstaatsanwalt Dr. Menzel, als alter Jäger, hat es sich nicht nehmen lassen, diesen Tötungsdelikt an sich zu ziehen. Er wird dich bei Zeiten über die Freigabe der Leiche informieren«, beendete Georg Bachmeyer die geschätzte Anwesenheit des Gerichtsmediziners.

Donnerstag, 3. Mai 2018, 13.20 Uhr,
Staatsanwaltschaft Nürnberg-Fürth

Schorsch und Gunda hatten mit Dr. Menzel einen Termin vereinbart. Seine Strategie, den Abgeordneten Bert Reither in seine Ermittlungen mit einzubeziehen, war ein heikle Angelegenheit, zumal dieser Immunität besaß und man sich daher mit einer gewissen Sensibilität an Reither herantasten musste. Zumindest war der Gedanke, dass Reither möglicherweise etwas mit der Sache zu tun hatte, nicht von der Hand zu weisen.

Schorsch und Gunda mussten daher Dr. Menzel überzeugen, dass Reither, wenn er von dem Filmchen wusste, zumindest ein Tatmotiv haben könnte. Hinzu kam der Verdacht, dass der Abgeordnete mit minderjährigen Kindern sexuelle Handlungen vollzogen hatte. Allein dies rechtfertigte einen Ermittlungsansatz in beide Richtungen.

Es war kurz vor halb zwei Uhr, als sie in Dr. Menzels gemütlicher Besprechungsecke Platz genommen hatten. Der Oberstaatsanwalt hatte ein Faible für alte Stilmöbel. Seine Vorliebe galt dem Art déco, einer viele Gestaltungsbereiche prägenden Stilrichtung, die speziell ab dem Oktober 1925 in Paris bei der Ausstellung »Exposition Internationale des Arts Décoratifs« durch ihr einfaches, strenges und geometrisches Design die ornamentalen Formen und fließenden Konturen des Jugendstils ablöste und die industriellen Fertigungstechniken in den Vordergrund rückte. Was gab es daher für einen Liebhaber solcher Möbel Schöneres, als seine Gäste dort mit einer formvollendeten Tasse Tee oder Kaffee zu empfangen? Gunda und Schorsch hatten entsprechend in den beiden gegenüberliegenden Sesseln Platz genommen. Man saß tatsächlich angenehm in Menzels Besprechungsecke. Die beiden Sessel aus massivem Nussbaum – ebonisiert und mit Schellack aufpoliert – samt einem authentischen Federkerninnenleben, das gepflegt und neu mit blutrotem Stoff bezogen war, waren nicht nur eine ästhetische Wohltat. Selbst dem, dem sich der Stil nicht sofort erschloss, dessen modern geplagter Rücken aber für ein gutes Sitzmöbel zu haben war, konnte diesem zeitlos guten Gefühl nicht widerstehen. Zusammen mit einem Ölgemälde »Rehe im Schnee« von Ernst Zahn stellte sich dann neben dem Gefühl von vertrauter Geborgenheit auch eine Idee davon ein, was waidmännische Achtsamkeit bedeuten könnte. Dass gutes Jagdhandwerk viel mehr ist, als der bloße Abschuss.

»So Frau Vitzthum, Herr Bachmeyer, was gibt es Neues in ihrer MoKo *Isegrim*?« Menzel nahm in seinem großen cognacfarbenen Ledersessel Platz, öffnete eine gelbe Umlaufmappe, zückte seinen Tintenfüller und richtete seinen Blick wechselseitig auf seine Ermittler.

»Dr. Menzel, wie schon am Telefon angekündigt, haben wir ein sehr pikantes Filmchen mitgebracht.« Schorschs Blick galt nun Gunda, die ihren Laptop aufklappte und kurz darauf dem Strafverfolger das besagte Filmchen vorspielte, der kurz darauf sichtlich geschockt in die Runde blickte und antwortete: »Das ist ja ekelhaft, ich fasse es nicht, der schöne Berti, unglaublich. Bei Geld mangelt es bei dem ja nicht. Warum nimmt der sich kein Hotel? Einfach widerlich!«

»Na ja, wenn der mit der Kleinen in ein Hotel will, dann könnte das weitere Fragen aufwerfen. Der ist bekannt wie ein bunter Hund. Wenn der dort mit einem jungen Mädchen was machen wollte, auch in beiderseitigem Einvernehmen, dann könnte so mancher Portier misstrauisch werden und das möglicherweise weitererzählen. Kommt natürlich immer darauf an, bei welcher Partei der ist. Wenn es die falsche ist, dann könnte unser schöner Berti bei einer Veröffentlichung gewaltige Bauchschmerzen bekommen. Im Wald ist es für ihn wesentlich ungefährlicher und zudem sehr unwahrscheinlich, dass dort jemand Verdacht schöpft. Gerade an diesem abgelegenen Ort, wo Reither unbemerkt diese Kamerafalle ausgelöst hat, kommen sehr selten Spaziergänger vorbei, sonst würde eine Wildkamera dort ja keinen Sinn machen. Und wie man hier schön sehen kann«, Schorsch tippte mit dem Kugelschreiber auf den Bildschirm, »hier im Hintergrund dieser Filmsequenz stehen zwei Fahrräder. Vermutlich haben sich die beiden abgesprochen, um sich dort zu treffen. Das ist am unauffälligsten für das Liebespärchen. Die beiden vergnügen sich und es kehrt wieder Stille ein«, schloss Schorsch.

Gunda ergänzte: »Das mit dem Treffpunkt Wald klingt plausibel und unser Abgeordneter hat dabei eine gute Tarnung als Radfahrer. Aber bis jetzt wissen wir ja gar nicht, wie alt das Mädchen überhaupt ist, vielleicht ist sie ja schon sechzehn Jahre alt und die Ermittlungen wegen sexuellen Handlungen an Minderjährigen laufen ins Leere.«

»Ja, schon klar, Frau Vitzthum, das müssen wir unbedingt abklären. Aber selbst wenn das Mädchen sechszehn Lenze hinter sich haben sollte, dann steht immer noch sein Ansehen in der Öffentlichkeit im Raum. Reithers Reputation könnte durch ein Techtelmechtel nicht unerheblich in Mitleidenschaft gezogen werden, denken wir zurück an das Tötungsdelikt mit unserem Freiherren aus Bayreuth«, bemerkte Dr. Menzel.

»Ja, das sehe ich auch so, wir sollten daher erst einmal mit unserem rasenden Rolf, dem Chefredakteur vom Express, anfangen. Wenn er tatsächlich von Gottlieb das Filmchen erhalten hat, sollten wir uns bzw. ihn fragen, warum er es nicht veröffentlicht hat. Mein erster Anlauf wäre daher der Nürnberger Express«, antwortete Schorsch.

»Nichtsdestotrotz sollten wir im Anschluss gleich an Reither herantreten. Bisher schützt ihn zwar seine Immunität vor Strafverfolgung, aber alleine schon der Gedanke, Reither über die Ermittlungen gegen ihn in Kenntnis zu setzen, veranlasst in mir ein innerliches Wohlbefinden, ja eine Genugtuung. Manche von diesen Politikern nehmen ihre Immunität so wichtig, als könnten sie machen was sie wollten. Frau Vitzthum, Herr Bachmeyer, sie kennen mich, mit mir nicht. Wir werden Reither und dieses pikante Filmchen mit seiner doch sehr jungen Gespielin lückenlos aufklären. Sie habe meine volle Rückendeckung«, stellte der Oberstaatsanwalt klar, der sich nun genüsslich, mit einer Kaffeetasse in der rechten Hand, in seinen wuchtigen Ledersessel zurücklehnte und einen Schluck Kaffee zu sich nahm.

Freitag, 4. Mai 2018, 09.37 Uhr, Nürnberger Express, Winklerstraße, 90403 Nürnberg

Es war kurz nach halb zehn, als Schorsch und Horst das Foyer des Verlagshauses betraten und von Müller begrüßt wurden.

»Na, was treibt denn meine beiden Kommissare zu mir? Sie haben es aber spannend gemacht am Telefon, Herr Bachmeyer«, eröffnete Müller und führte beide in sein Büro, das er sich zwischenzeitlich, als Chefredakteur, in der obersten Etage mit Blick auf die Nürnberger Burg hatte einrichten lassen. »Nehmen Sie bitte Platz, ich habe für uns Kaffee und Bamberger Hörnchen geordert. Wir machen mal eine kleine Brotzeit. Greifen Sie zu, meine Herren, es kostet nix.« Gediegen ließ Müller seinen gönnerischen Blick über die beiden Kommissare schweifen und dirigierte sie zu einer nahegelegenen Sitzgruppe, wo für jeden bereits ein Kaffeegedeck mit dem angekündigten Schmalzgebäck stand. Dann griff er zu einer silbernen Kaffeekanne und schenkte seinen Gästen ein.

»Soderla, also was verschafft mir die Ehre?« Genussvoll biss Müller in das Hörnchen und richtete einen erwartungsvollen Blick auf Horst und Schorsch.

Schorsch zückte sein Mobiltelefon, tippte auf das Display und hielt es Müller mit den Worten: »Kennens des aah?«, vor die Nase.

Gespannt blickte Müller auf das Video, das ihm dann aber offensichtlich sofort bekannt vorkam. Er rutschte mit seinem

Hinterteil hin und her, ähnlich dem Krankheitsbild von Hunden, welche von Bandwürmern befallen waren und dabei einen verstärkten Juckreiz am After verspüren. Mit einem süffisanten Grinsen und erhobenem rechten Zeigefinger entgegnete er: »Na, da haben sie wohl den schönen Berti drangekriegt. Wie peinlich aber auch. Und noch dazu mit einem jungen Mädchen. Oh, oh, wenn das seine Gattin, Frau Bassin-Reither, erfährt. Gar nicht gut. Gar nicht gut für seinen bevorstehenden Wahlkampf, sehr brisantes Material.«

»Genau deshalb sind wir hier. Kennen Sie das Video?«, ließ Horst nicht locker, wusste er doch nicht, ob er sich über das ungeschickt widersprüchliche Verhalten des rasenden Rolf ärgern oder amüsieren sollte.

»Äh, na ja, ich habe davon gehört.« Müllers Gesichtsfarbe hatte sich schlagartig von weiß in rosarot geändert.

»Was jetzt Herr Müller, mal Butter bei die Fische, wie das die Fischköpfe gerne sagen. Seit wann ist Ihnen das Filmchen bekannt und warum haben Sie daraus keine Story für Ihre Leser gezaubert, Sex and Crime geht doch immer, oder nicht?«, hakte Schorsch nach und sah Müller mit erwartungsvollem Blick in die Augen.

»Also, ich habe das Bildmaterial, besser gesagt Filmmaterial, vor ein paar Wochen zugespielt bekommen. Ja, ganz ehrlich, es sind da äußerst pikante Szenen dabei, die keineswegs für unseren Landtagsabgeordneten förderlich wären. Ich habe Bert Reither daraufhin kontaktiert und ihm auch da Filmmaterial zugesandt. Ich kenne den ja seit meiner Jugend. Berti ist ein guter Spezi von mir, daher habe ich darüber nicht berichtet. Der Berti hat schon immer alles mitgenommen, was nicht bei drei auf dem Baum war, Sie verstehen.« Rolf Müller grinste, klatschte sich in die Hände und rieb sich dabei die Handflächen. »Ganz ehrlich, bei dem Nachttopf, was der zu

Hause hat, da würde ich mich auch nach etwas anderem umsehen.«

»Haben Sie Ihren Freund, wenn ich Herrn Reither mal so nennen darf, auf das Mädchen angesprochen?«, fragte Horst.

»Freilich, des interessiert doch jeden Moo, wo der so eine Junge widder aufgrissen hat. Der Berti is scho a alder Rumzuuch. Wenn der a mal Witterung aufgnommen hat, dann ghört dem die Chick, des könnens mer fai glahm, des war scho immer so«, konterte Müller im tiefsten Fränkisch und nickte den beiden Kommissaren zu.

»Gut, was hat er denn über das Video so alles erzählt und wie lange kennt er denn die, die ..., sappradi edzerdla fällt mir der Name nicht mehr ein«, sah ihn Schorsch erwartungsvoll an.

»Die Schandal kommt aus Fischbach und was des Schneggerla in die Händ nimmt, des wächst und gedeiht, hat er gesagt«, Müller lachte und fuhr fort, »Aber des sehen Sie ja selbst gestochen scharf in dem Video.«

»Hat er etwas gesagt, wo und wann er die Schandal kennengelernt hat?«, hakte Schorsch nach.

»Erinnerlich dieses Jahr am Fasching. Der Berti war doch unser Faschingsprinz und die Schandal muss irgendwie in der Prinzengarde von ihm getanzt haben. Ein ganz junges Luder, ein richtiges Luder halt, die das erste Mal dabei war und die ein wenig in den Blickpunkt wollte, so der Berti. Das hat sich der Berti natürlich nicht nehmen lassen und hat zugeschlagen, verstehens?«, schloss Müller.

Horst war noch nicht zufrieden: »Aber um noch einmal auf das Video zurückzukommen, was hat denn Herr Reither dazu gesagt, als er erfahren hat, dass dem Nürnberger Express das Filmchen zugespielt wurde?«

»Der Berti brauchte sich doch darüber keine Gedanken zu machen. Der weiß genau, dass ich als Chefredakteur nichts veröffentlichen werde, was ihm schaden könnte. Ganz ehrlich, dazu kennen wir uns zu lange. Und als er dann noch ein wenig über Schandal aus dem Nähkästchen geplaudert hat, habe ich ihm versprochen, dass die Geschichte unter uns bleibt.« Rolf Müller hatte sich offenbar wieder gefangen und gab weiter bereitwillig Auskunft: »Wissen Sie, Herr Bachmeyer, ich bekomme von Berti immer die guten Hinweise, wenn es um irgendwelche Demonstrationen oder pressewirksame Einsätze von Aktivisten geht. Solch eine Quelle schätzt man natürlich.« Müller grinste zufrieden, hob beide Augenbrauen in die Höhe und fuhr fort: »Und als Chefredakteur bin ich darauf bedacht, meine Auflagen immer ganz oben zu halten, solch einen Informanten wie den Berti werde ich daher niemals verbrennen lassen. Oder um es auf den Punkt zu bringen, eine Hand wäscht die andere. Aber ganz ehrlich, ich habe heute schon viel zu viel gesagt und möchte mich jetzt lieber auf mein Zeugnisverweigerungsrecht als Journalist berufen und darüber keine Angaben machen.«

»So viel haben Sie uns ja nicht erzählt. Wir wollten lediglich wissen, ob Sie mit Herrn Reither diesbezüglich Kontakt aufgenommen haben und warum diese pikante Geschichte nicht pressewirksam vermarktet wurde«, gab ihm Schorsch zu verstehen und ergänzte: »Wenn einen eine jahrelange Freundschaft verbindet, dann kann man das gut verstehen, wenn Freunde mit ihrer öffentlichen Berichterstattung eine gezielte Auswahl treffen.« Schorsch hob verächtlich seine Augenbrauen, rümpfte seine Nase und gab Müller damit unmissverständlich zu verstehen, was er von dieser einseitigen Berichterstattung hielt.

»Gut, Herr Müller, das war es eigentlich schon«, gab sich auch Horst zufrieden, als sie sich kurz darauf erhoben und beide das Pressegebäude verließen.

Schorsch und Horst hatten erreicht, was sie wollten. Müller hatte gar nicht bemerkt, wie beide Kommissare ihn ausgefragt hatten. Der nächste Schritt gegenüber Reither war, dass sie ihn aufgrund seines Immunitätsstatus als Landtagsabgeordneter über die Ermittlungen gegen ihn informieren mussten. Schorsch kontaktierte Dr. Menzel und informierte ihn über Müllers Auskünfte, die Tatsache, dass der Chefredakteur freundschaftlich mit dem schönen Berti verbandelt war und dass dieser nunmehr von seinem Aussageverweigerungsrecht als Journalist gegenüber Reither Gebrauch mache.

Als weiterer Ansatz war nun abzuklären, ob ein möglicher sexueller Straftatbestand mit der gewissen »Schandal« vorlag. Wer also war das besagte Gardemädchen und vor allem, wie alt war sie? Horst googelte nach dem Faschingsprinzen »Berti« und wurde fündig. Die Unternehmerstochter Katja Bassin-Reither, von Bassin & Partner, war Hauptsponsorin der Narrhalla Faschingsgesellschaft Grün-Gelb e. V. Fischbach. Daher wunderte es auch keinen, dass just ihr Mann zum Faschingsprinzen auserkoren wurde. Aber nicht nur der Prinz und seine Vita waren im Netz zu finden, auch das Tanzmariechen und Gardemädchen Chantal Römming versprach mit ihrer recht offenen und freizügigen Darstellungen in den sozialen Netzwerken, Licht in die fortlaufenden Ermittlungen zu bringen.

Samstag, 5. Mai 2018, 07.31 Uhr, Pilotystraße, Nürnberg

Schorsch drehte sich nochmal auf die andere Seite. Nur noch vage konnte er sich an den letzten Jacky-Cola erinnern, irgendwie hatte er einen leichten Filmriss. Rudi Mandlik, der Leiter ihres Mobilen Einsatzkommandos, kurz MEK, hatte zu seinem runden Geburtstag geladen. Es war spät geworden, als Angelo die letzten Gäste verabschiedete und sich die beiden letzten Sammeltaxis von Wendelstein in Richtung Nürnberg in Bewegung setzten. Es war ein schöner Abend, Angelo hatte seine große Terrasse festlich dekoriert und vorsorglich mit vier Heizpilzen bestückt, die bis weit nach Mitternacht eine wohlige Wärme verbreiteten. Keiner seiner Gäste hatte daher Ambitionen Rudis Einladung schon frühzeitig zu verlassen. Und so kam es wie es kommen musste, Rosanne und Schorsch hatten sich wieder als harter Kern der Runde geoutet. Heute, als keiner der beiden fahren musste, gehörte man zu denjenigen, die in das Wort »letzte Order« mit einstimmten und sich dann freudig vom Gastgeber verabschiedeten. Es war kurz nach drei Uhr, als sie im Bett lagen und nach einer kleinen Kuschelrunde beide in einen tiefen Schlaf fielen.

Rosanne öffnete ihre Augen und betrachtete ihren Liebsten, der mit seinem rechten Arm fest sein Kuschelkissen umklammerte und sichtlich entspannt mit einem leichten Schnarchen seine Liebste aus dem Schlaf holte. Rosanne blickte an die Zimmerdecke, an die durch einen LED-Wecker wechselnd die Zeit und eine Temperaturanzeige projiziert wurde. Es war kurz nach halb acht, durch das gekippte Fenster konnte man das Morgenkonzert verschiedener Singvögel hören. Eigentlich waren die vier Stunden Schlaf zu wenig, dachte Rosanne, die sich wegen Schorschs Schnarcherei abwechselnd von links nach rechts wälzte und nicht mehr einschlafen konnte. Aber es waren nicht nur Schorschs Schlafgeräusche, die sie wachhielten, es machten sich auch gewisse Frühlingsgefühle bei Rosanne bemerkbar. Sie hatte eine spontane Lust auf ihren Schorsch, der jedoch immer noch tief und fest schlummerte. Irgendwie musste sie ihn so weit bringen, dass auch ihn seine sexuellen Gelüste überkamen. Sie drehte sich zu ihrem Liebsten, der immer noch dabei war, seine Schäfchen zu zählen. Keine Chance, den jetzt wachzurütteln, dachte sie. Aber just in diesem Moment hatte Rosanne einen Geistesblitz: Vorsichtig zog sie ihr Bett zur Seite und schlich sich in das Gästezimmer, das ihr Schorsch zu einem kleinen Ankleidezimmer eingerichtet hatte.

Beide hatten immer noch ihre eigenen Wohnungen und wechselten daher wöchentlich ihre Aufenthaltsorte, einmal fuhr Schorsch für das Wochenende nach Bamberg, die kommende Woche hatte Schorsch seine Siemensianerin wieder bei sich in Nürnberg. Beide suchten seit geraumer Zeit nach einer passenden Wohnung, eine Vierzimmerwohnung mit großer Dachterrasse. Rosanne und Schorsch spekulierten natürlich auf einen Altbau mit hohen Wänden, schönen Stuckdecken, Echtholzparkett oder Holzdielen. Genau um diese bezahlbare Traumwohnung zu bekommen, studierten sie seit Wochen nicht nur die Tagespresse, sondern auch die speziellen Internetplattformen. Beide hassten es zudem, dass der Sonntagabend nicht wirklich für Entspannung sorgte. Entweder saß Schorsch in Bamberg auf Kohlen, um montags pünktlich zur Frühbesprechung in Nürnberg zu sein, oder Rosanne fing schon nach dem »Tatort im Ersten« am Sonntag an, ihre Sachen für den nächsten Arbeitstag vorzubereiten und stellte abmarschbereit ihre Taschen im Flur ab. Man suchte also nach einer Lösung, einer Lösung, die das Paar für immer zusammenführen sollte. Denn beide wollten mehr voneinander, die kleine Fernbeziehung war störend und beide hofften daher, ihr Glück in einer gemeinsamen Wohnung zu finden. Eine repräsentative Wohnung, die auf beide zugeschnitten war, in der man moderne Kunst mit antiken Möbeln kombinieren konnte. Eine Altbauwohnung. Und wie jeden Samstag waren so die regionalen Mietangebote zur Pflichtlektüre geworden.

Nur diesen Samstag, Rosanne wurde von einer gewissen Wuschigkeit übermannt, hatte sie sich eine kleine erotische

Überraschung für ihren Liebsten ausgedacht. Sie wusste, Schorsch liebte erotische Rollenspiele. Rollenspiele, die beide in ihren sexuellen Fantasien befriedigten. Was also sprach dagegen, die beiderseitige Lustbefriedigung an einem Samstagmorgen mit seinem Partner auf eine imaginäre Schiene zu verlagern und ihn damit aus seinem Schlummerschlaf zu wecken?

Samstag, 5. Mai 2018, 04.12 Uhr, Lorenzer Reichswald,
Steckerlaswald nahe Feucht

Die ersten Vögel begannen ihr Morgenkonzert, als Frauke Ebersfeld mit ihrem Mercedes GL in Ochenbruck die Kuhbrücke über die Bahnlinie der S-Bahn S 3 nach Nürnberg passierte, rechts den Waldweg zum Dreibrüderberg hinauffuhr und kurze Zeit später 200 Meter vor dem nahe gelegenen Brunngraben ihr Fahrzeug abstellte. Hier, im Ausläufer des Lorenzer Reichswalds, hatten die Bayerischen Staatsforsten ihr Revier. Viele Jäger, die kein eigenes Revier hatten, übten mit einem Begehungsschein, also einer Jagderlaubnis für einen bestimmten Pirschbezirk, hier ihre Jagd aus. So auch Frauke Ebersfeld. Es war kurz vor halb fünf, Frauke überprüfte noch einmal die Windrichtung und pirschte sich an die nahegelegene Eichelkanzel heran. Seit Wochen hatte sie in ihrem Jagdbezirk Ausschau auf Reh- und Schwarzwild gehalten.

Frauke Ebersfeld gehörte zu einer Klientel, die von den sozialen Medien regelrecht beherrscht wurde. Kein Tag verging, an dem die 33-jährige Jungjägerin ihre neuen Jagderlebnisse nicht in den sozialen Netzwerken postete. Es war ihr schlichtweg egal, ob sie nach einem geposteten Fuchs-Abschuss von Naturschützern mit Shitstorm-Nachrichten regelrecht zugeschüttet wurde. Die Jägerin vertrat ihre Meinung im Netz und ließ sich auch durch Drohgebärden Dritter nicht davon abhalten, ihre jagdlichen Erfolge der Öffentlichkeit zu präsentieren. Frauke Ebersfeld war daher nicht nur in den sozialen Medien bekannt, auch seitens der Tier- und Umweltschützer hatte man in regionalen Zeitschriften von der burschikosen und rücksichtslosen Jägerin im Nürnberger Land berichtet. Sie war sprichwörtlich bekannt wie ein bunter Hund.

Die morgendliche Dämmerung setzte langsam ein, als die Jägerin ihre Kanzel bezog und anschließend mit ihrem Nachtsichtgerät und dem Infrarotstrahler die angrenzende Waldlichtung, den Wildacker und die nahe gelegene Schwarzdornhecke abscannte. Hier, in diesem dichten Geflecht, hatte sie schon so manchen kapitalen Keiler ausgemacht. Der kleine Waldbach, ein Ausläufer des nicht weit entfernten Gauchsbaches, der kurz vor der Dornenhecke das Waldstück teilte, war eine ideale Stelle, an der sich das Schwarzwild suhlen konnte. Es war eigentlich nur eine Frage der Zeit, bis sich ein Schwarzkittel zeigen würde. Weit und breit war nichts zu sehen, obwohl der Wind passte und in den vorangegangenen Tagen sich um diese Uhrzeit Wild zum Äßen gezeigt hatte. Es war kurz vor fünf, als das anhaltende Vogelkonzert durch ein lautes Knacken gestört wurde. Schwarzwild. Angespannt beobachtete Ebersfeld die Umgebung und strahlte dabei das Umfeld hin zur Schwarzdornhecke erneut aus, als Sekunden später ein lauter Schuss die Stille des Morgens zerfetzte. Ebersfeld sackte tödlich getroffen zusammen. Ruhe kehrte ein, die Dämmerung lockerte sich auf, es wurde hell, der leichte Bodennebel, der den Waldboden mit seiner Flora in eine gespenstische Landschaft verwandelte, hatte sich verzogen. Ein neuer, sonniger Tag brach an. Die vom vorangegangenen Schuss verursachte Stille endete, als der größte Singvogel, ein Kolkrabe, seinen Morgengruß in den düsteren Wald verhallen ließ.

5. Mai 2018, 12.57 Uhr, Osteria Da Nico,
Pyrbaum, OT-Oberhembach,
Grenzgebiet zum Moosbüffelland

Fast minütlich blickte Gunnar Ebersfeld auf das Display seines Mobiltelefons. Beide hatten sich bei Nico zum Mittagessen verabredet. Die Osteria in Oberhembach lockte ihre Besucher nicht nur durch das altertümliche Flair, den dieser Ort ausstrahlte. Das alte Sandsteingebäude und der lauschige Biergarten luden viele Fans der italienischen Küche ein, hier das hervorragende Preisleistungsverhältnis von Nico in Anspruch zu nehmen. Dafür war der Italiener mit seiner ausgewählten Speisekarte bekannt.

Eigentlich wollte sich Gunnars Frau bereits am frühen Vormittag bei ihm melden. Daher aktualisierte er halbstündlich seine Apps zu den sozialen Netzwerken, um die neuesten Nachrichten seiner Jungjägerin und ihres morgendlichen Jagderfolges abzurufen. Vergebens. Frauke Ebersfeld meldete sich nicht, ihr letzter Online-Kontakt war vor Stunden, seitdem war Funkstille eingekehrt. Ebersfeld machte sich Sorgen, eigentlich war seine Frau immer pünktlich. Heute jedoch sagte ihm sein Bauchgefühl, dass etwas nicht in Ordnung war. Als Beamtin hatte Frauke Ebersfeld ihren Tagesplan genau durchstrukturiert: Bei einem erfolglosen Ansitz wollte sie noch einem Kurs der Ausbildung zum brauchbaren Jagdhund des Jagdschutz- und Jägervereins Nürnberger-Land beiwohnen, der heute um neun Uhr vormittags auf der Waldnutzfläche unterhalb des Dreibrüderbergs stattfand. Geplagt von einer sichtlichen Unruhe und der Tatsache, dass Frauke eigentlich immer pünktlich ihre Termine und Absprachen einhielt, machte er sich Gedanken über ein mögliches Unglück. Hatte sie einen Jagdunfall, war sie in eine Notlage geraten, aus der sie sich nicht mehr befreien konnte? Oder lag es vielleicht doch an ihrem Mobiltelefon, das seinen Geist aufgegeben hatte, und sie würde nur leicht verärgert in den kommenden fünfzehn Minuten erscheinen?

Hoffnungsvoll blickte er auf seine Uhr. Dreizehn Uhr zweiundzwanzig. Noch acht Minuten, dann würde er sich auf die Suche in den Lorenzer Reichswald aufmachen, denn Fraukes jagdliche Einrichtung war nicht nur ihm, sondern auch vielen ihrer Follower in den sozialen Netzwerken, insbesondere auf Instagram bekannt.

Samstag, 5. Mai 2018, 08.22 Uhr, Pilotystraße, Nürnberg

Nach viermaligem Klingeln und schlaftrunken, ertastete Schorsch sein am Boden liegendes Mobiltelefon und guckte verdutzt auf das Display. Rosanne. Blitzschnell drehte er sich um, um im gleichen Augenblick festzustellen, dass Rosanne nicht mehr im Bett lag. Er nahm das Gespräch an.

»Servus Mausl, hast du mich erschreckt, ich dachte du liegst neben mir. Wo bist Du?«

»Schorsch, ich habe gerade frische Brötchen und die Nürnberger Zeitung für uns geholt, der Haustürschlüssel liegt aber noch auf dem Sideboard neben der Wohnungstüre. Lässt du mich rein?«

»Natürlich, mein Schatz!« Schorsch sprang auf und zog die Jalousien hoch, um Licht ins dunkle Schlafzimmer zu lassen, öffnete das Fenster und huschte in den Flur, um seiner Partnerin die Haustür zu öffnen. Er öffnete die Wohnungstür und blieb erwartungsvoll am Eingang stehen. Ein Klacken von beschlagenen Absätzen hallte durch das Treppenhaus. Gespannt hörte er, wie die Schritte immer näher kamen und kurze Zeit später Rosanne auf der Plattform im Treppenhaus zwischen dem ersten und zweiten Stock stehen blieb und ihre Einkaufstasche auf den Boden abstellte.

»Hallo mein Kommissar, ausgeschlafen?« Rosanne hatte ihren kurzen Popeline-Mantel übergezogen. Sie stellte den rechten Fuß auf die erste Treppe, ihr kurzer Mantel öffnete sich dabei und gab einen Teil ihres Oberschenkels frei. Genüsslich und mit einem verschmitzten Lächeln zwinkerte sie ihm zu, als sie kurz darauf die Schleife ihres Mantelgürtels aufzog. Schorschs spontaner Ausruf: »Leck mich am Ärmel!«, waren genau die Worte, die seine Partnerin hören wollte. Raffiniert und gekonnt langsam öffnete sie mit beiden Händen ihren Mantel und gab Schorsch mehr Blickfeld frei.

»Mein Gott, bin ich scharf auf dich, wo bleibst du denn?«, grinste Schorsch. Rosannes erotische Überraschung war ihr gelungen: Alles, was sie außer den Popeline-Mantel trug, waren ihre High Heels und schwarze Strümpfe, die an den Strumpfbändern einer schwarzen Korsage befestigt waren. Ihr Höschen hatte sie offensichtlich vergessen.

»Na, mein Lieber, ausgeschlafen? Ich habe frische Brötchen und die Wochenendausgabe besorgt. Aber bevor wir mit dem Frühstücken beginnen, möchte ich ...«, Rosanne griff in die Manteltasche und holte Schorschs Handschließen hervor, die er wie immer im Schlafzimmer aufbewahrte, «... von meinem Kommissar bis ins kleinste Detail genommen, äh, vernommen werden. Ich war böse, richtig böse, mein Lieber.«

Schorsch gieriger Blick war auf seine Liebste gerichtet, die nun – trotz der wieder aufgenommenen Tasche – formvollendet mit offenem Mantel die restlichen Stufen bis zur Wohnung emporschritt. »Mensch Meier, wenn du einen Unfall gehabt hättest! Was sollen die Leute denken?«

Rosannes Lust, ihren Schorsch zu beeindrucken, war jedoch

größer als ihre Sorge, was dabei hätte alles schiefgehen können. Er ergriff ihren linken Arm, zog sie in seine Wohnung. Rosanne ließ die Einkaufstasche fallen und zog ihren Mantel aus.

»Wow, ich bin sprachlos, genau mein Ding«, flüsterte er. Dann hob er Rosanne hoch und bahnte sich den Weg ins Schlafzimmer, legte Rosanne auf dem Bett ab und schloss das Fenster. Sofort mitten im Spiel raunte Schorsch: »Na, Sie waren unartig und böse? Da habe ich eine ganz besondere Vernehmungsmethode für Sie.« Schorsch ergriff die Handschließen, die Rosanne immer noch in ihrer linken Hand hielt, packte diese und fixierte in einem Atemzug ihre linke Hand an der Stirnseite seines Metallbettes. »So, dann fangen wir mal an …«

Es war kurz vor zehn, als beide auf seinem sonnigen Balkon Platz genommen hatten und zum kulinarischen Frühstück übergingen. Rosanne zwinkerte ihrem Liebsten mit einem sanften Lächeln zu und flüsterte: »Wir habe so ziemlich alles gemacht, was zwei erregten Menschen einfallen kann … Jetzt weiß ich, dass es sich lohnt, bei dir die Hüllen auch mal etwas schneller fallen zu lassen.«

Schorsch neigte sich zu ihr und flüsterte: »Schatzl, ich liebe Dich und von deinen extravaganten Rollenspielen zehre ich die ganze Woche.« Dann küsste er sie auf die Wange.

Samstag, 5. Mai 2018, 14.22 Uhr, Lorenzer Reichswald, Steckerlaswald nahe Feucht

Der Himmel hatte seine Schleusen geöffnet, es goss in Strömen. Ein Gewitter zog auf. Hinzu kam ein kräftiger Wind, der die Baumwipfel der Föhren links und rechts vom Wegesrand gegeneinander peitschen ließ. Eine gewisse Weltuntergangsstimmung machte sich bei Gunnar Ebersfeld breit, als er kurz darauf den Mercedes GL seiner Gattin entdeckte. Ein mulmiges Gefühl überkam ihn, Angst fuhr in ihn. Es blitzte und donnerte. Wo war Frauke, was war passiert? Er parkte sein Fahrzeug hinter ihrem Mercedes. Bei ihrem Wagen angekommen, stellte er fest, dass alle Türen verschlossen waren. Dann machte er sich auf den Weg zur Kanzel, die trotz der dunklen Gewitterwolken im Tageslicht gut sichtbar am Horizont erschien. Der Regen peitschte, durch den heftigen Wind brachen kleine Äste ab und fielen zu Boden.

Es war kurz nach halb zwei, als Gunnar unterhalb der Jagdeinrichtung feststellen musste, dass nicht nur die Plexiglasscheiben der Kanzel geöffnet waren. Auch die Zugangstüre stand sperrangelweit offen und schlug durch den heftigen Sturm gegen die Kanzel. Irgendwo musste seine Frau sein. Beklommen stieg Ebersfeld die Sprossen der Leiter hinauf. Da lag sie, die Jungjägerin. Frauke Ebersfeld lag zusammengesackt und blutüberströmt auf dem Boden. Hunderte von summenden Schmeißfliegen hatten sich zwischenzeitlich in der Jagdkanzel eingefunden und übersäten den blutigen Kopf des Opfers. Gunnar Ebersfeld wurde flau. Hatte sie einen Jagdunfall erlitten? Er stieg in die Kanzel, drehte seine Frau zur Seite und musste kurz danach feststellen, dass in der Jagdeinrichtung keine Waffe zu sehen war. Fraukes Büchse, ihre Kurzwaffe sowie ihr Jagdrucksack fehlten. Außer dem Leichnam und dessen Kopffragmenten, die sich durch die Wucht des Geschosses, die hintere Kopfhälfte von Frauke war völlig zerfetzt, auf der Rückwand und Sitzbank der Kanzel verteilten hatten, war die Kanzel leer. Wie aufgeräumt. Sämtliche Jagdutensilien von Frauke Ebersfeld fehlten.

Samstag, 5. Mai 2018, 15.34 Uhr, Lorenzer Reichswald, Steckerlaswald nahe Feucht

Es war kurz nach halb vier, Petrus hatte seine Schleusen wieder geschlossen, als die Beamten der Schwabacher Mordkommission das Waldstück erreichten und bereits von zwei Redakteuren des Nürnberger Express zu einem Interview gedrängt wurden.

»Können Sie uns schon sagen, was da genau mit der Jägerin passiert ist?«, stellte sich einer der jüngeren Pressefritzen vor den Wagen einer Ermittlerin, die gerade versuchte, aus ihrem Fahrzeug zu steigen.

»Gehts noch, ich fasse es nicht, ich glaub mein Schwein pfeift! Was machen Sie hinter der Polizeiabsperrung? Hinter die Absperrung, aber schnell! Und Sie!«, die Beamtin deutete mit einem anklagenden Zeigefinger auf den älteren der beiden Pressevertreter: »Sie begeben sich ebenso hinter das Trassierband. Und sonst nirgendwohin, haben Sie mich verstanden?«

Ein junger Staatsanwalt, der zeitgleich mit den Todesermittlern am Tatort eintraf, kommentierte süffisant: »Zum ersten Mal in meinem jungen Staatsanwaltsleben darf ich zwei leibhaftige Schreiberlinge schweigend erleben. Liebe Kollegen, das ist ein historischer Moment.« Nachdem er die resolute Beamtin mit einem anerkennenden Nicken bedacht hatte, wandte er sich den Journalisten zu: »Fragen können Sie später stellen, erst einmal müssen wir hier unsere Tatortarbeit beginnen.«

Die beiden Redakteure lachten pflichtschuldig, aber keineswegs überzeugend und hielten sich schmollend an die Anweisung der Beamtin. Es war Oberkommissarin Lydia Hrdlicka, eine blonde Mitvierzigerin mit kurzen Haaren und sportlicher Figur, immer einen coolen Spruch parat. Sie hatte Bereitschaftsdienst und übernahm die ersten Ermittlungen. Hrdlicka war sehr naturverbunden, in ihrer Freizeit widmete sie sich ebenfalls der Jagd. Gemeinsam mit Robert Schenk hatte sie vor sechs Jahren ihren Jagdschein bei der Jagdschule Frankenland erworben, war Mitglied im Bayerischen Jagdverband und hatte selbstverständlich von dem Anschlag auf Sepp Gottlieb gehört. Lydias erster Eindruck am Tatort gab ihr das Gefühl, dass hier womöglich Parallelen zum Verbrechen vom 1. Mai vorlagen.

»Hallo Doc, was lesen Sie aus dem Spurenbild?«, fragte Lydia die Bereitschaftsärztin, nachdem sie die Leiter zur Kanzel hochgeklettert war und die Plattform der Jagdeinrichtung erreicht hatte.

Inka Ruckdeschel, eine engagierte Gerichtsmedizinerin, hatte kniend vor dem Opfer Position bezogen und sprach Gesprächsnotizen in ihr Aufzeichnungsgerät: »Der Tod trat sofort ein ...« Ruckdeschel unterbrach ihre Aufzeichnung und wandte sich der Kommissarin zu: »Sie haben es sicher am Fuß der Kanzel gesehen: Der Ehemann musste sich nach dem Anblick hier erst einmal übergeben und hat es gerade noch so geschafft, uns dann anzurufen. Er hat das hier alles als erster gesehen und es stammelnd den Kollegen berichtet: das Blutbad, die fehlenden Jagdgegenstände samt Waffen und das Bruchzeichen. Die Spurensicherung sortiert hier sicherlich alles.« Damit startete Inka wieder ihr Aufnahmegerät, um sowohl der Kommissarin als auch ihrer eigenen Gesprächsnotiz weiter Auskunft zu geben: »Näheres werde ich sagen können, wenn ich den Schusskanal ausgemessen habe. Aber ich bin mir fast sicher, der Täter muss ein guter Schütze gewesen sein. Hier sieht man noch die Überreste von ihrem Nachtsichtgerät mit dem Infrarotstrahler«, sie deutete auf den Holzboden der Jagdkanzel, wo sich erkennbar ein zerstörtes optisches Gerät befand und fuhr fort: »Ich bin mir ziemlich sicher, dass es sich um eine Art Hinrichtung gehandelt hat. Ich prophezeie, wenn wir sie herumdrehen, dann werden wir den Kugelaustritt an der Regio occipitalis, also am Hinterkopf finden. Wahrscheinlich ist die Regio occipitalis komplett zerschmettert.« Sie richtete ihren Blick auf die blutverschmierte Rückwand der Kanzel, die von Schmeißfliegen hart umkämpft wurde. Dann griff sie an den Hüftgürtel der Toten und drehte diese mit mehrmaligem Nachsetzen auf den Bauch. »Wusste ich es doch, die Regio occipitalis ist großflächig zerstört.« Anschließend fasste die Medizinerin in ihre abgestellte Kunststofftasche, holte ein Skalpell und eine Schere hervor und durchtrennte den Hosenboden des Opfers. Routiniert zerschnitt sie das olivfarbene Höschen der Jägerin und führte die Metallsonde ihres Temperaturmessers in den Anus ein. Kurze Zeit später, nach einem Blick auf die elektronische Anzeige, fuhr Ruckdeschel fort: »Das Messgerät berechnet exakt in Korrelation mit der heutigen Umgebungstemperatur die noch vorhandene Körpertemperatur der Geschädigten. Danach zu urteilen, ist sie seit etwa elf, maximal zwölf Stunden tot. Aber das werde ich nach der Obduktion noch besser präzisieren können. Bei einer vermutlichen Tatzeit können wir uns daher zwischen vier und fünf Uhr morgens festlegen. Jedenfalls war es in der Morgendämmerung, als sie starb. Mehr kann ich momentan nicht sagen.«

»Gut, danke«, nickte Lydia, dachte nach und ließ sich den aktuellen Fall von Sepp Gottlieb durch den Kopf gehen. Auch bei Frauke Ebersfeld hatte der Täter seinem Opfer einen Fichtenzweig in die Mundhöhle gelegt, den letzten Bissen. Zudem fehlten ebenso alle Schusswaffen des Opfers. Auch der von ihrem Mann beschriebene Jagdrucksack war nicht auffindbar, sowohl im Mercedes GL als auch in unmittelbarer Nähe des Tatorts verlief die Suche ergebnislos. Die Oberkommissarin konnte sich des Verdachts nicht erwehren, dass hier ein gemeinsamer kausaler Zusammenhang mit dem Tötungsdelikt am Maifeiertag in Nürnberg-Fischbach vorlag. Hrdlicka griff zum Telefon und verständigte den Kriminaldauerdienst des Polizeipräsidiums Mittelfranken, um die Nürnberger Todesermittler über ihre Verdachtsmomente zu informieren. Sollte es sich demnach um einen gleich gelagerten Fall handeln, wäre es für die weiteren Ermittlungen von Vorteil, die zuständigen Kollegen des K11 vor Ort, also hier am Tatort mit einzubinden.

Die Schwabacher Tatortgruppe war gerade dabei, die letzten Fotoaufnahmen vom Tatort zu fertigen, als das Mobiltelefon klingelte und Lydia Hrdlicka das Gespräch annahm: »Hrdlicka, mit wem spreche ich?«

»Hallo Kollegin, Bachmeyer, K11.« Schorsch erkannte die Stimme und fuhr fort: »Lydia, bist du dran? Hier ist der Schorsch vom Jakobsplatz.«

»Hallo Schorsch, wie gehts, ich wollte über den Dauerdienst den Sachbearbeiter für das Tötungsdelikt am Maifeiertag sprechen. Dann bist du das, richtig?« Lydia freute sich merklich.

»Ja freilich, die Heidi hat mich gerade angerufen und mir von der toten Jägerin im Nürnberger Land erzählt. Nach deinem ersten Eindruck könnte es sich möglicherweise um denselben Täter handeln?«, fragte Schorsch nach.

Die Kollegin konnte nur mit Bedauern bestätigen: »Davon ist nach der jetzigen Spurenlage fast auszugehen. Bei der Geschädigten fehlen alle Gegenstände, die sie zur Jagdausübung dabeihatte, sogar ihr Mobiltelefon und ihr Autoschlüssel sind verschwunden. Der Täter hat wohl alles mitgenommen. Wie ich im System bei uns gelesen habe, ist der Jäger am 1. Mai wegen der Sabotagehandlung an der Leiter in die Tiefe gestürzt und an seinen Verletzungen gestorben. Hier hat der Täter wohl gezielt auf das Opfer geschossen, also ein klassisches Tötungsdelikt«, schloss die Kollegin.

»Mmh, soll ich noch rauskommen oder seid ihr schon so weit fertig?«, wollte Schorsch wissen.

Hrdlicka gab ihm weitere Informationen zum Stand der Dinge: »Die Bestatter sind gerade gekommen und laden die Verstorbene ein. Sie haben Anweisung, Frau Ebersfeld in die Gerichtsmedizin zu überführen. Was noch ansteht, ist die übliche Befragung ihres Mannes, aber der ist so fertig mit der Welt, das wird wohl erst am Montag was werden. Aber wir versuchen es schon einmal. Und wie es bisher aussieht: Also, wenn es sich um den Täter handelt, der auch für deinen Fall in Frage kommt, dann werdet ihr sowieso auch diesen Tatkomplex mit übernehmen. Ich gehe nicht davon aus, dass es sich hier um einen Jagdunfall handelt, oder sehe ich das falsch?«, stellte Lydia fest.

»Ja, natürlich, das siehst du richtig. Ich komme dann nicht mehr raus, aber ich versuche mal, meinen Zimmerkollegen Meier, den Horst Meier aus Schwarzenbruck, zu erreichen. Der soll sich den Tatort heute noch ansehen. Könntest du auf den noch warten? Ich versuche ihn zu erreichen, ich melde mich gleich wieder«, schloss Schorsch.

Es dauerte keine zehn Minuten, Horst Meier und seine Frau Petra waren gerade dabei, ihren Garten wieder auf Vordermann zu bringen, als Schorsch ihm die Situation schilderte.

Sein Bürokollege fackelte nicht lange und fuhr zum direkt in seiner Nähe gelegenen Tatort, wo er mit der Schwabacher Oberkommissarin die Auffinde-situation anhand des Bildmaterials nachvollziehen konnte. So wie es aussah, war hier der Täter am Werk, der auch Sepp Gottlieb auf dem Gewissen hatte. Sie hatten also keinen Einzeltäter. Anhand der Parallelen musste der Täter beide Taten geplant und gut vorbereitet haben. Obwohl Horst aufgrund der Tötung mit einem Gewehr auch ein möglicher Wilderer durch den Kopf ging, der vielleicht von Frauke Ebersfeld überrascht worden war. Aber irgendwie verdrängte er den Wilderer wieder aus seinen Gedanken, denn die Ablage eines Fichtenzweiges in der Mundhöhle von Frauke Ebersfeld zeigte eindeutige Parallelen zu Sepp Gottlieb. Es musste derselbe Täter sein. Anhand der Spurenlage, der Schusseinwirkung auf Ebersfelds Schädel, konnte annähernd die Schussposition des Täters hinter der Schlehenhecke festgestellt werden. Die Spurenermittler wurden genau dort fündig und sicherten eine Patronenhülse im Kaliber .308 Winchester, die vermutlich vom Täter stammte. Hier also musste er seinem Opfer aufgelauert haben, darüber waren sich Horst und Lydia ziemlich sicher. Gewissheit darüber würde ihnen aber erst der Einsatz des Doppelstrahllasers bestätigen, der die exakte Schussposition mittels einer speziellen EDV-Software ermittelte.

Gut eine Stunde später

Horst und Lydia wollten gerade den Tatort verlassen, als sein Mobiltelefon klingelte. Es war Heidi Baumann vom KDD: »Hallo Horst, bist du noch am Tatort oder erwische ich dich wieder beim Garteln?«, fragte Heidi.

»Wir sind gerade dabei abzubrechen, der Abschlepper war eben da und bringt den Mercedes zu uns ins Präsidium. Da muss unsere Spurensicherung am Montag ran. Es kann nicht ausgeschlossen werden, dass der Täter das Fahrzeug geöffnet und durchsucht hat, da die Autoschlüssel des Opfers nicht auffindbar sind. Aber gibt es noch was deinerseits?«

»Tja, deswegen rufe ich ja an. Eine makabre Sache kam eben rein. Auf Facebook und Instagram gibt es schon Fotos vom Opfer, also von der Geschädigten«, entgegnete Heidi hörbar nicht besonders glücklich.

»Was? Das ist jetzt nicht wahr, Heidi!« Horst sah mit angespanntem Blick auf Lydia, als er Sekunden später die Mithörtaste drückte und Heidi bat, das soeben Gesagte zu wiederholen.

»Ja, unglaublich, Horst. Der Täter muss sein Opfer mit deren Mobiltelefon fotografiert haben, hat dann diese Bilder auf ihren eigenen Accounts hochgeladen und mit folgendem Kommentar eingestellt:

Habe heute meine Jagdleidenschaft endgültig für das Tierwohl eingestellt, Waidmannsheil Eure Jägerin Frauke.

Unfassbar, oder?«

»Das gibt es doch nicht. Wie kann der Täter das hochladen, hat der einen Zugang, kannte der ihr Passwort?«, fragte Lydia.

»Das frage ich mich auch. Wie kommt der Täter an ihren Facebook-Account? Ist ihr Ehemann noch am Tatort? Vielleicht kann der uns Informationen darüber geben. Wir müssen die Fotos auf Instagram und Facebook jedenfalls sperren lassen«, entgegnete Heidi.

Horst war gleich bei der Sache: »Wir fragen ihren Mann. Der hat inzwischen die Ersatzschlüssel von ihrem Wagen gebracht und sich auch wieder recht gut gefangen. Vielleicht weiß der mehr darüber und womöglich sollten wir ihn doch heute noch vor Ort befragen.«

Horst lief mit Lydia direkt auf Gunnar Ebersfeld zu, der unweit entfernt das Aufladen des Mercedes GL verfolgte und die Kommissare auf sich zukommen sah.

»Herr Ebersfeld, wir haben noch ein paar Fragen. Hatte Ihre Frau einen Passwortschutz auf ihrem Mobiltelefon?«, fragte Lydia.

»Gut, dass Sie mich das fragen. Wir müssen die Rufnummer sperren lassen, sonst kann der in der ganzen Welt mit Fraukes Handy rumtelefonieren«, entgegnete Ebersfeld.

»Das wird wohl das kleinere Übel sein. Der Täter hat Bilder von Ihrer Frau hochgeladen. Bilder von ihrem Tod, schreckliche Bilder, die er zudem noch kommentiert hat. Das muss ein Psychopath sein«, sagte Horst, der auf seinem Mobiltelefon gerade das Facebook-Profil von Frauke Ebersfeld aufrief und Sekunden später ihrem Mann die schaurigen Bilder präsentierte.

»Um Gottes willen, wer macht so etwas?« Sichtlich geschockt, sah Ebersfeld auf den Bildschirm und ergänzte: »Frauke war ein Handyjunkie, Passwörter störten. Das einzige Passwort, das an ihrem Mobiltelefon aktiv war, war das Einloggen beim Einschalten, also das Freischalten ihrer SIM-Karte, sonst war das Telefon ohne jegliche Sperrfunktion. Warum auch? Sie hatte es immer bei sich und hatte ihre Passwörter über eine Passwort-Manager-App gespeichert, sodass es nicht mehr notwendig war, für Bankgeschäfte, Amazon oder eben den Zugang zu sozialen Medien dauernd mit einer Passworteingabe zu entsperren. Deshalb gibt es ja eben diese Passwort-Manager, da muss man sich nicht jedes Mal das Hirn über das Zugangspasswort zermartern«, schloss Ebersfeld.

»Sehen Sie, aber genau dann kann so etwas passieren. Dass ein Unbefugter mit Ihrem Mobiltelefon Schindluder treibt. Sie sollten daher schleunigst das Mobiltelefon sperren lassen, wenn es überhaupt noch möglich ist. Das ist grob fahrlässig, sonst räumt Ihnen der Täter noch alle Konten leer«, gab Horst ermahnend zu bedenken und steckte sein Handy in die Hosentasche.

Ebersfeld war perplex und fiel aus allen Wolken über die Auswirkungen: »Jeder, der Frauke kannte, wusste, dass sie Passwörter als lästig empfand. Wir haben das jetzige Problem einfach verdrängt. Jetzt ist sie tot und der Täter macht noch Witze über sie. Schrecklich, einfach schrecklich. Ich muss nach Hause und die Bilder von diesen Plattformen löschen.«

»Tun Sie das gleich im Anschluss, bevor der Täter noch die Zugangskennung ändert und wir als Strafverfolger an die Netzwerkbetreiber herantreten müssten. Das spart uns jede Menge Arbeit«, meinte Horst, der nicht gefühllos sein wollte. Nur war keinem geholfen, wenn er seine Aufgaben aus dem Blick verlor: »Aber beantworten Sie uns bitte noch einige wichtige Fragen, bevor wir hier abbrechen. Hatte Ihre Frau in letzter Zeit irgendwelche negative Erfahrungen bei ihren Netzwerkkontakten oder auch von privater Natur? Bekam sie Drohanrufe, irgendwelche Hinweise, auch wenn diese kaum der Rede wert sind? Hinweise vielleicht unter dem Scheibenwischer ihres Fahrzeugs oder per Post, am Arbeitsplatz oder in sonstiger Form. Denken Sie mal darüber nach. Fällt Ihnen dazu spontan etwas ein?«, fragte Horst.

Ab da war der Witwer nicht mehr zu stoppen: »Wie gesagt, Frauke war nicht immer beliebt, gerade was ihre Veröffentlichungen in den sozialen Netzwerken bezüglich der Jagd angeht. Da gab es schon mal den einen oder anderen Shitstorm, aber das war Frauke relativ wurscht. Sie fand es sogar in mancher Hinsicht lustig, wenn sich der eine oder andere über ihre Jagdtrophäen ausgelassen hat. Manchmal hat sie es aber regelrecht provoziert. Wie zum Beispiel die Geschichte mit ihrer Fuchsjagd im Januar. Da hat sie an einem Samstag sieben Füchse geschossen und die Fotos eingestellt. Was meinen Sie, was das für einen Aufstand gab. Es gab sogar Todesdrohungen. Am besten, Sie schauen sich ihre Facebook- und Instagram-Einträge mal genauer an, vielleicht finden Sie dort einen Hinweis auf den Täter. Ich habe ihr zigmal erklärt, dass Fotos von der Jagd dort nichts zu suchen haben, aber irgendwie war Frauke davon nicht abzubringen. Es war eine regelrechte Sucht, ihre jagdlichen Erfolge dort Dritten zugänglich zu machen. Ganz ehrlich, Herr Meier, ich habe es nicht geschafft, dass ich das meiner Frau ausrede. Irgendwie wird mir jetzt erst richtig bewusst, was sie damit im Netz angerichtet hat. Teilweise brüstete sie sich förmlich mit ihren Negativreaktionen. Es ging sogar so weit, dass Jagdkollegen keine oder fast keine Reaktionen auf ihre Posts zeigten. Denn gerade im Hinblick auf ihre Veröffentlichungen hatten die Jagdkollegen regelrecht Angst, darauf zu antworten. Es gab da ja die Gefahr, ebenso mit negativen Antworten vollgetextet zu werden. Manchmal meine ich, dass Frauke durch ihre provokante Art ihrer Posts, den Hass vieler Tier- und Naturschützer regelecht heraufbeschworen hat. Wie naiv, ja unbelehrbar sie doch war auf diesem Terrain! Das konnte niemals gut gehen, Herr Meier.« Traurig ließ Gunnar Ebersfeld den Kopf hängen.

Das brachte Lydia Hrdlicka auf eine Idee: »Und unter Jagdkollegen, gab es da vielleicht Kritiker oder sagen wir Leute, die Ihre Frau deswegen gehasst haben? Der Mörder muss zudem ein guter Schütze gewesen sein. Die Distanz von der Position der Schussabgabe und dem Trefferpunkt, also den Kopfbereich Ihrer Frau, erfordert eine gewisse Erfahrung im Umgang mit Schusswaffen.«

»Ja, das stimmt, aber fast jeder von uns war doch bei der Bundeswehr«, begann Ebersfeld seine Antwort. »Es gehört nicht viel dazu, mit einem Jagdgewehr umzugehen. Ich würde den Täter nicht in den Reihen der Jägerschaft suchen, das ist abwegig, Frau Hrdlicka«, ergänzte Ebersfeld.

Das wollte Lydia nicht so einfach stehen lassen: »Die Bundeswehr allein macht doch noch lange nicht aus jedem einen guten Schützen. Und der Umgang mit Jagdwaffen hat schon so manchen erst einmal überfordert.«

»Wir müssen allen noch so kleinen Spuren oder Hinweisen nachgehen,« sprang Horst ihr zur Seite und nickte zustimmend seiner Kollegin zu. »Für heute sind wir hier erst einmal durch. Was wir noch brauchen, ist der Rechner Ihrer Frau. Vielleicht findet unsere Kriminaltechnik noch verwertbare Hinweise. Den würden wir heute, nachdem Sie die schrecklichen Bilder von den beiden Plattformen entfernt haben, gleich mitnehmen. Denn wir sollten den PC zeitnah zur Auswertung geben«, beendete Horst das Gespräch.

6. Kapitel

Montag, 7. Mai 2018, 07.39 Uhr, Universität Erlangen-Nürnberg, Institut für Biochemie, Fahrstraße 17, 91054 Erlangen

Das Virus zeigte Wirkung, einer der Primaten saß zusammengekauert in der Ecke seines Käfigs. Die Symptome waren eindeutig. Der Versuchsaffe zeigte eine schwere Bindehautentzündung, zusätzlich war Blut in seinen Exkrementen zu sehen. Zudem stellten Zahid und Hakim eine stark erhöhte Temperatur bei dem Tier fest. Es hatte heftiges Fieber.

Viren besitzen keinen eigenen Stoffwechsel. Unter Wissenschaftlern wird vielmehr immer noch diskutiert, ob Viren überhaupt als »lebendig« bezeichnet werden können. Um zu überdauern und sich zu vermehren, benötigten sie Wirtszellen, um diese zu befallen und ihren Reproduktionszyklus über deren vitale Nährstoffressourcen aufrecht zu erhalten. Genau das tat das in Beni gewonnene Virusmaterial offensichtlich gerade im Körper des armen Berberaffen. Aus seinem Siechtum würden sie genug vitales Material gewinnen können, um den Erreger für ihre Zwecke weiter zu kultivieren.

Dazu gab es in der Forschung zwei unterschiedliche Methoden. Zum einen konnte das Virus über keimfreie Hühnereier vermehrt werden. Hier könnten die Viren nach einer gewissen Brutzeit aus den Hühnereiern entnommen, mit einer aufwendigen Prozedur gereinigt und so das tödliche Virus gewonnen werden. Die zweite Methode war die bessere Alternative, um zeitnah den tödlichen Stoff für eine Ebola-Epidemie zu gewinnen. Es war die Züchtung und Vermehrung über tierische Zellen. Dieser Prozess dauerte nur wenige Tage –, was das Versuchstier soeben am eigenen Leib erlitt. Mit Zellen aus Hunde- oder

Affennieren war es seit den Fünfzigerjahren möglich, ein Virus ohne großen Zeitaufwand in Bioreaktoren zu züchten. Der große Zeitaufwand für das aufwendige Brutverfahren fiel bei diesem Vorgehen weg. Hinzu kam für Zahid und Hakim, dass der Einsatz eines Fermenters für ihre offizielle Experimentierreihe plausibler war und so die Gefahr dezimierte, vorzeitig aufzufliegen. Solange niemand bemerkte, dass die Symptome ihrer Versuchstiere nicht ganz zu den Infektionen passten, die sie offiziell erforschten, hatten sie mit unter den Kollegen aufkommenden lästigen Fragen zu ihrem Forschungsprojekt nicht zu rechnen.

Mit der Herstellung der tödlichen Substanz in einem Bioreaktor werden die gewonnenen Mikroorganismen aus den Versuchsaffen unter besten Voraussetzungen fermentiert. Hierzu wird in einer speziellen Nährlösung die Form der Biokatalyse dahingehend gesteuert, dass bei diesem chemischen Vorgang das benötigte Enzym als biologischer Katalysator dient, der das Virus entweder isoliert oder als lebende Zelle in der Katalyse dann als chemische Reaktion verwendet. Dieser Stoffwechselvorgang birgt zudem eine hohe Effizienz und enorme Selektivität im Bereich der Abspaltung und Verbreitung von wässrigen Lösungen, was dazu führt, dass sich eine rasante Weiterverbreitung des Virus in einer gewissen Kettenreaktion beim menschlichen Organismus niederschlägt. Genau dieses Ziel verfolgten beide Wissenschaftler, um das Virus zu verteilen.

Einige Stunden später

»Mein Bruder, ich habe den Fermentierungsprozess in Gang gesetzt. Schon bald werden wir die tödliche Substanz in unseren Händen haben. Allahu Akbar, unser Kalif wird stolz auf uns sein«, verkündete Hakim Bin Shaheen.

Zahid Abu Takir hob seinen hochgestreckten Zeigefinger und blickte zur Decke: »Wohl wahr, mein Bruder. So wie es in Sure 9 in Vers 111 geschrieben steht:

*Allah hat von den Gläubigen ihr Leben und ihr Gut für den Garten erkauft: Sie kämpfen für Allahs Sache, sie töten und fallen – eine Verheißung, bindend für Ihn, in der Thora und im Evangelium und im Koran. Und wer hält seine Verheißung getreuer als Allah? So freut euch eures Handels mit Ihm; denn dies fürwahr ist die höchste Glückseligkeit.**

Hakim, als Märtyrer werden wir ins Paradies gelangen, wenn wir unsere Aufgabe für unseren Kalifen erfüllt haben. Allahu Akbar!«

»Haben wir schon den genauen Zeitpunkt, wann wir loslegen und die Ungläubigen bestrafen werden?«, fragte Hakim.

»Der Pfingstsonntag, der 20. Mai 2018, wird neu in die Geschichtsbücher aufgenommen werden. Bis dahin haben wir noch genügend Zeit, es sind noch fast zwei Wochen. Lass uns überlegt und in Demut handeln, so wie es in Sure 25, Vers 70 geschrieben steht:

*Außer denen, die bereuen und glauben und gute Werke tun, denn deren böse Taten wird Allah in gute umwandeln; Allah ist ja allverzeihend, barmherzig.«***

* Quelle: https://www.koran-auf-deutsch.de/sure-9/ (Zuletzt eingesehen September 2019)

** Quelle: https://www.koran-auf-deutsch.de/sure-25/ (Zuletzt eingesehen September 2019)

Montag, 7. Mai 2018, 08.47 Uhr, Generalkonsulat des Staates Israel, Barer Str. 119, 80333 München

Ben Löb öffnete die Umlaufmappe, die er soeben von einer Botin erhalten hatte. Es war ein protokolliertes Telefonat einer Telekommunikationsüberwachung, deren Inhalt ihm den Atem stocken ließ. Er griff zum Telefon und wählte über das Krypto-Telefon die Nummer 009723-677xxx90. Es war kurz vor neun Uhr vormittags, als Joseph Meir Cohen, von allen Mitarbeitern nur kurz »Yossi« genannt, das Telefonat vermittelt bekam.

»Schalom, Benjamin, was gibt es so Wichtiges am frühen Morgen in München?« Yossi hatte die Telefonnummer erkannt.

»Schalom, Yossi, ich habe gerade ein sehr brisantes Telefonat von höchster Dringlichkeit erhalten. Es geht um einen geplanten Anschlag in meiner ehemaligen Heimat Franken«, berichtete Ben alarmiert.

Meir Cohen schlug einen beschwichtigenden Tonfall an, obwohl auch er in größter Sorge war: »Ich weiß, Ben, wir haben gestern Vormittag ein Telefonat mittels Spracherkennungssoftware ausgewertet. Die aufgeschlagenen Suchbegriffe, also die Keywords, haben uns veranlasst, das Gesprochene zu extrahieren und in einen lesbaren Text umzuwandeln. Ben, das abgehörte Gespräch ist in der Tat genau so detailliert beschrieben worden, wie du es vorliegen hast. Wir haben zeitgleich die Meldung an die National Security Agency und an den Bundesnachrichtendienst, Abteilung 7, im Bundeskanzleramt herausgegeben. Wir gehen fest davon aus, dass zwei radikalisierte Islamisten einen Anschlag für den Islamischen Staat planen und in den kommenden Wochen auch durchführen werden. Ihr Auftraggeber, Yazeed Fadl Allah Shadid, von denen nur der Kalif genannt, wurde als Gesprächspartner einwandfrei identifiziert. Ben, wir müssen rasch handeln. Bis dato haben wir keinen Namen seines Gesprächspartners. Alles, was wir wissen ist, dass es um einen Anschlag geht, der viele Ungläubige mit einem Virus töten soll. Allah Shadid benutzte ein Satellitentelefon. Das konnten wir zwar lokalisieren, aber er hat es unmittelbar nach seiner Botschaft wieder ausgeschaltet. Wir haben es zwar seit gestern Abend in unserer Überwachung, aber Yazeed Fadl Allah Shadid ist vorsichtig. Unsere Auswertung hat ergeben, dass das Telefonat über eine Messenger-App geführt wurde. Der Verbindungsknoten, also die Einwahl über das Voice-over-IP-Netz, erfolgte über einen der Netzknoten in Nürnberg. Es muss sich also um eine Tätergruppierung handeln, die dort ansässig ist beziehungsweise sich dort vorübergehend aufhält. Vielleicht kommen die deutschen Strafverfolgungsbehörden über den lokalisierten Einwahlknoten weiter. Es könnte die einzige Chance sein, dort an diese islamistischen Schläfer heranzukommen. Wenn wir nicht einwandfrei die Stimme von Allah Shadid mit einer Sprachanalyse identifiziert hätten, dann wäre unsere Telekommunikationsüberwachung mit den aufgeschlagenen Suchbegriffen vermutlich erst bei einem Meldungsvorprodukt mit ihrer Auswertung angelangt. Ben, bis wir diese Meldung dann auf den Schreibtisch gehabt hätten, wären Tage vergangen. Alles, was wir mit großer Gewissheit sagen können: Wir hatten den Kalifen in der Leitung, deshalb diese Brisanz. Die Deutschen sind jetzt gefordert und wir können und dürfen unsere Freunde da nicht in Stich lassen. Wir müssen den oder die Gesprächspartner in Franken identifizieren. Denn es stellt sich die Frage, um was für einen Virus es sich handelt und wie er im Rahmen eines Anschlags ausgebracht werden soll. Das ist noch die Unbekannte, die es aufzudecken gilt. Du wirst heute vermutlich viele Anfragen aus Berlin erhalten. Benjamin, ich wollte nur, dass du vorbereitet bist. Sobald wir neue Erkenntnisse haben, melde ich mich. Ach ja, und gib mir über die möglichen Erkenntnisse der Deutschen Bescheid. Schalom, mein Freund.«

Joseph Meir Cohens Redeschwall ließ keinen Zweifel daran, dass hier etwas am Laufen war, das wirklich schlimm werden könnte. Ben Löb dachte nach, ob sein Freund Schorsch über den bevorstehenden Anschlag in seiner Heimat schon unterrichtet war. Aber wie sagt man das einem Freund, dem man berufswegen nicht immer alles sagen darf?

Ben hatte Schorsch vor zehn Jahren auf einem Seminar in München kennengelernt. Die Staatsschutzabteilung des Bayerischen Landeskriminalamts hatte damals mit dem Bundesnachrichtendienst ein Seminar für Todesermittler ins Leben gerufen, an dem auch befreundete Nachrichtendienste mitwirkten. Benjamin Löb war damals als Dozent des Mossad, also des israelischen Geheimdienstes, tätig. Seit dieser Zeit verband Schorsch und Ben eine außergewöhnliche Freundschaft. Nicht nur, weil Ben ursprünglich aus Fürth stammte und er bis zu seinem zwölften Lebensjahr dort gelebt hatte. Ben und Schorsch verstanden sich auch privat sehr gut. Bens Lebensgefährtin, Suzanne Rock, die er vor acht Jahren bei einem Auslandsaufenthalt in Großbritannien kennengelernt hatte, war zwischenzeitlich eine gute Freundin von Rosanne Mills, Schorschs Lebensgefährtin, geworden. Alle vier hatten zudem eine besondere Affinität für Kreuzfahrten, die sie seit Jahren gemeinsam planten und umsetzten. Ben hatte seinen Fürther Dialekt nie ganz abgelegt und war auch nach all den Jahren in seiner Heimatstadt noch fest verwurzelt. Im Herzen war Fürth sein Zuhause geblieben.

Seine Familie, ein Onkel väterlicherseits, unterhielt in Fürth eine kleine Diamantschleiferei und jedes Jahr zur Fädda Kerwa kam Ben mit Suzanne für mehrere Tage in seine Geburtsstadt.

Ben hatte in Haifa studiert und war seit 2002 Angehöriger des israelischen Konsulats in München. So lautete die offizielle Bezeichnung der Geheimdienstleute bei den jeweiligen Auslandvertretungen.

Ben griff zu seinem Mobiltelefon klickte auf seine Threema-App, dann scrollte er zum Kontakt »Schorsch privat«, klickte und wartete, bis sich kurze Zeit später sein Gegenüber auf der verschlüsselten Telefonverbindung meldete.

»Ben, was gibts? Gut, dass du mich auf dem Handy anrufst, bin gerade zur Brotzeit bei Anneliese in unserer Kantine. Und es gibt wie immer ihren guten Leberkäse, wobei mir jetzt auch Münchner Weißwürste schmecken würden.«

»Schorsch, dir wird gleich der Appetit vergehen, störe ich gerade oder können wir ungestört reden?«

»Schieß los. Die Gunda sitzt neben mir, einen schönen Gruß soll ich dir ausrichten. Aber warum soll mir bei meinem Leberkäsweckla der Appetit vergehen, also was gibt es so Dringendes?«

Ben erzählte Schorsch von dem ausgewerteten Telefonat des israelischen Geheimdienstes und der Tatsache, dass er vermutlich in kürzester Zeit Gesprächsbedarf mit den Kollegen vom Bundeskriminalamt haben würde.

Schorsch blieb jetzt doch der Bissen im Hals stecken. Gunda, die Bruchstücke des Telefonats mitbekommen hatte, sah Schorsch mit ernster Miene an, als Schorsch Bens Erkenntnisse vor ihr wiedergab. Das hatte gesessen.

Aber Gunda behielt trotz allem einen relativ kühlen Kopf: »Wenn das wirklich so sein sollte, dann werden sich zeitnah meine ehemaligen Kollegen von ST 24 bei uns melden. Die Abteilung Staatsterrorismus wird die Ermittlungen übernehmen. Mensch Schorsch, das ist eine heiße Kiste. Wenn die Informationen der Israelis zutreffen, dann hat dieser Fall absolute Priorität. Wie ich die Kollegen kenne, werden die das ganz große Besteck auspacken. Du wirst sehen, das geht heute noch los. Und wenn es sich tatsächlich um einen bevorstehenden Anschlag hier in Deutschland handelt, dann dürfen keinerlei Informationen an die Presse. Denn dann wird eine Hysterie und Panik losbrechen, die Deutschland noch nicht gesehen hat.« Jetzt verlor Gunda doch etwas die Contenance und begann, sich in Rage zu reden: »Leck mich am Ärmel, Schorsch. Ich wusste es, irgendwann setzen diese islamistischen Fanatiker ihre hasserfüllte Ideologie bei uns um. Wir haben jahrelang zugesehen, wie sich islamistische Gefährder bei uns radikalisieren und ihren fanatischen Glauben weiterverbreiten. Denen passiert nichts, die wussten genau, wie sie unseren Rechtsstaat unterwandern und dabei ein effizientes Netzwerk aufbauen konnten. Glaub mir, die sind weltweit besser vernetzt als manches Wirtschafts- und Sicherheitsunternehmen. Und was den zukünftigen Terror angeht, da sind die Anschläge auf den Berliner Weihnachtsmarkt oder die Twin Towers in New York erst der Anfang. Schorsch, die Diskriminierung von Andersgläubigen zieht sich wie ein roter Faden durch die radikal islamische Kultur. Der Islam ist die einzig wahre Glaubensrichtung, daher können andere Religionen keineswegs gleichberechtigt sein, so legen es ihre Suren aus. Eine religiöse Toleranz schließt der Islam kategorisch aus. Sie ist daher nur ein Wunschbild des Abendlandes. Terror ist bei diesen Fundamentalisten das einzig probate Mittel, bei den Ungläubigen Angst und Schrecken zu verbreiten. Wir Christen werden vor die Wahl gestellt, sich bekehren zu lassen oder den ›Dhimmi-Status‹, also die Kopfsteuer zu bezahlen. Lehnst du beide ab, dann wird dich das ›Schwert‹ richten. Und Schorsch, nur noch ein klitzekleiner Hinweis sei mir gestattet: Der Westen selbst, also unsere, die abendländische Kultur zeigt doch zwischenzeitlich deutlich, dass sie sich mit einer vorauseilenden Unterwürfigkeit gegen den Islam verhält und genau ihre christlichen Werte selbst untergräbt, indem sie vielerorts zum Beispiel keine Christbäume mehr aufstellt, in den Kindergärten und Schulen keine Weihnachtslieder mehr gesungen werden. Auf den Punkt gebracht haben es zwei deutsche Bischöfe, die den Tempelberg in Jerusalem besucht haben. Beide nahmen ihre Kreuze ab, um den muslimischen Hausherren ihren Respekt zu zollen, sich förmlich zu unterwerfen. Ich vertrete daher den Standpunkt: Ihr habt eure Religion und ich habe meine, lasst sie uns einfach friedlich und respektvoll ausleben.«

Schorsch hatte sich das alles geduldig angehört. Sein Brotzeitappetit war ihm ohnehin vergangen, ganz so konnte er es dennoch nicht stehen lassen: »Na ja, Gunda, das ist schon etwas heftig und ein wenig von Vorurteilen geprägt. Des kann man doch so nicht sagen. Du kennst doch unseren ehemaligen Übersetzer und Dolmetscher der arabischen Sprache, den Amar Siradi. Der hat doch jahrelang für das Polizeipräsidium Mittelfranken gearbeitet und lebt seit 1986 in Nürnberg. Der ist auch Muslim und eigentlich ein halber Franke, seit er mit einer gebürtigen Schwanderin verheiratet ist. Der hat unsere fränkische Kultur lieben und leben gelernt, hat sich für die Gleichberechtigung junger Araberinnen und deren Rechte in Franken eingesetzt. Gunda, der hat niemals gegen unsere Religion in irgendeiner Form gelästert, geschweige denn Anstalten gemacht, sie abzulehnen. Da gehst jetzt schon a bisserla zu weit, meinst ned?«, schloss Schorsch.

»Schorsch, es ist vermutlich mühsam, über unsere Religionen hier zu diskutieren«, kam ihm Gunda entgegen. »Auch bei unserer westlichen Kultur, die überwiegend noch katholisch oder protestantisch-pietistisch geprägt ist, gibt es Fanatiker, die die

Bibel so oder so auslegen. Bei uns sind es halt die Scheinheiligen, die sich hinter ihrem Glauben verstecken und sich unter diesem Deckmantel das nehmen, was andere höchst verwerflich, kriminell und verbrecherisch finden. In der Vergangenheit haben beide christlichen Kirchen mit Hexenverbrennungen oder mit Kreuzzügen ihren Glauben durchgesetzt oder erkämpft. Heutzutage wird durch die Medienvielfalt sogar der Missbrauch von Kindern und Schutzbefohlenen durch die katholische Kirche öffentlich. Darüber sollte man mal nachdenken. Du weißt ja, wer frei von Sünde ist, werfe den ersten Stein«, konterte Gunda.

»Gut das ist jetzt wirklich der falsche Zeitpunkt für solch eine Diskussion über unsere Religionen. Am besten, wir führen diese spannente Thematik mal bei einem Schoppen Wein weiter, da bin ich ganz bei dir. Aber abschließend stimme ich dir in gewisser Weise zu, also das, was die Weihnachtszeit betrifft. Hier sehe ich auch, dass unsere abendländische Kultur und unser Glaube immer mehr verdrängt werden. Da wünsche ich mir mehr Respekt und Anerkennung unserer christlichen Prägung – egal, welcher Konfession. Denn Fakt ist, dass mir keine Religion oder deren Fundamentalisten bekannt sind, die ihren Glauben mit solchem Terror verbreiten. Kennst du einen Christen, Juden oder Hindu, der sich als Fanatiker in die Luft gesprengt hat, nur um seinen Glauben anderen aufzuzwingen? Ich nicht. Bisher waren es immer nur Muslime.« Schorsch blickte auf sein Männerspielzeug, seine Armbanduhr Rolex GMT-Master II, und fuhr fort: »Pack mers Gunda, lass uns hochgehen. Da laufen bestimmt schon die Telefone heiß und unser Schönbohm hat sicher schon ein Suchkommando losgeschickt, um uns beide aufzustöbern.«

Es war kurz vor elf Uhr spätvormittags, als Beamte der Staatsschutzabteilung aus Bonn-Meckenheim im großen Besprechungsraum Platz genommen hatten. Polizeipräsident Dr. Johannes Mengert begrüßte seine Gäste und ein Vertreter des Generalbundesanwalts, Bundesanwältin Regina Fegmann, trug das aktuelle Lagebild vor:

»Nach bisherigen Erkenntnissen der Nachrichtendienste lag der Einwahlknoten der geführten Kommunikation im Nürnberger Ortsteil Gostenhof-Bärenschanze«, begann Frau Fegmann zu referieren und fuhr weiter fort: »Von dort aus erfolgte am Sonntagmorgen um fünf Minuten vor sechs Uhr die Einwahl über eine Internetverbindung in das Satellitentelefon von Yazeed Fadl Allah Shadid. Das Telefonat wurde von einem befreundeten Dienst vormittags mit einer Spracherkennungssoftware zwischengespeichert, transkribiert und mit speziellen Keywords durchsucht und übersetzt. Zwei unabhängige Krypto-Sprachwissenschaftler von befreundeten Diensten haben die Echtheit des Telekommunikationsinhalts bestätigt. Meine Damen, meine Herren, wir haben es mit mindestens zwei Tätern zu tun, die gemeinschaftlich diese Tat planen und vermutlich auch umsetzen werden. Der eine Täter sprach ›Standard-Irakisch-Arabisch‹ der andere sprach den ›Levantischen Dialekt‹, der mit dem libanesischen, palästinensischen und jordanischen Dialekt sehr verwandt ist. Fakt ist jedoch, dass der Angerufene als Yazeed Fadl Allah Shadid zweifelsfrei identifiziert werden konnte. Die Gesprächsinhalte bezogen sich auf einen Anschlag mit einem Virus, das über eine Sprühvorrichtung oder besser gesagt über einen Sprühvorgang«, die Bundesanwältin blätterte in ihrem Skript und fuhr fort, »ausgebracht werden soll. Dabei sollen so viele Ungläubige wie möglich infiziert werden, so Yazeed Fadl Allah Shadid. Es muss ihm also bekannt sein, um welchen Stoff oder besser gesagt Virus es sich handelt. Beide seiner Gesprächspartner sprachen fachbezogen, sie müssen Fachleute sein, also etwas mit Biochemie oder dergleichen zu tun haben. Beide bestätigten gegenüber Allah Shadid, dass das Virus in kürzerer Zeit zu heftigen Fieberanfällen bei den Ungläubigen führen wird und schlossen dabei auch den Tod muslimischer Brüder durch eine enorme Infektionsgefahr nicht aus. Yazeed Fadl Allah Shadid, der in dem Gespräch unterwürfig mit ›Kalif Ibrahim‹ angesprochen wurde, machte daraus keinen Hehl, dass das Abendland seinen Tribut unter den Gläubigen finden werde. Dies, so Allah Shadid, könne man nicht verhindern und werde, wie es die Amerikaner immer nennen, als Kollateralschaden in die Geschichte eingehen. Allein der Gedanke, dass bei diesem Anschlag ein großer Teil der westlichen Bevölkerung den Zorn des Allmächtigen zu spüren bekämen und qualvoll in der Hölle verbrennen würden, rechtfertige den Anschlag. Alle gläubigen Muslime des Islamischen Staates würden diesem Anschlag mit Freude und Dankbarkeit entgegensehen.« Nun begann Frau Fegmann den weiteren Wortlaut des Telefonats zu zitieren: »Ihr, diejenigen, die Allahs Zorn und Schmach über die Ungläubigen bringt, werdet so wahrlich Gott will, als Märtyrer in das ewige Paradies gelangen.« Bundesanwältin Fegmann gab weiter den O-Ton von Kalif Ibrahim wieder: »So höret:

Und sprich nie von einer Sache: ›Ich werde es morgen tun‹,
Es sei denn: ›So Allah will.‹ Und gedenke deines Herrn, wenn du es
vergessen hast, und sprich: ›Ich hoffe, mein Herr wird mich noch
*näher als dies zum rechten Wege führen.‹«**

Bundesanwältin Regina Fegmann musste sich einen Moment fassen, ehe sie fortfahren konnte: »Meine Damen, meine Her-

* Quelle: https://www.koran-auf-deutsch.de/sure-18/, Vers 23 und 24. (Zuletzt eingesehen September 2019)

ren, uns bleibt vermutlich sehr wenig Zeit. Wir wissen nicht, wo und wann der Anschlag umgesetzt wird. Was wir wissen, ist, er soll zeitnah umgesetzt werden. Da sind wir uns alle sicher, wir müssen deshalb zielgerichtet vorgehen und mit allen verfügbaren technischen Mitteln an die Hintermänner dieses selbst ernannten Kalifen kommen. Wer also kommt für solch einen Anschlag in Frage? Wer sind diese Männer, die sich mit Viren, also mit biologischen Vorgängen auskennen? Wie kommen die an ein tödliches Virus? Um welche Art von Virus handelt es sich? Und vor allen Dingen, wie: Nach welcher Strategie soll dieser Stoff ausgebracht werden? Ich setzte daher voraus, dass deren Entschluss, also das Ausbringen der Viren, detailliert vorbereitet wurde. Dem Gesprächsinhalt zu folgen, sind die am Ende ihrer Vorbereitung angelangt. Wie also sollen wir an diese beiden Männer, die vielleicht auch noch andere Mittäter in ihre Planung mit eingezogen haben, herankommen? Vorschläge bitte!«, sah die Bundesanwältin auffordernd und mit sichtlich bewegtem Gesichtsausdruck in die Gesprächsrunde.

Gunda wagte den ersten Vorstoß: »In der Tat wäre es hilfreich, wenn wir wissen würden, um welchen Stoff, also welches Virus es sich handelt. Spontan zu Fieber fällt mir da Ebola ein, das in Afrika eine Epidemie verursacht hat. Die konnten es zwar eingrenzen, aber das auch nur, weil die Bevölkerungsdichte dort nicht so groß ist wie hier bei uns in Europa. Pocken können es nicht sein, da die Weltgesundheitsorganisation 1980 die Welt für pockenfrei erklärt hat. Was auch sein kann, ist die Tatsache, dass die Amis und Russen in geheimen Biowaffenlabors mit Viren experimentieren. Aber ich kann mir beim besten Willen nicht vorstellen, wie Terroristen in solche Biowaffenlabors eindringen können. Und wäre es passiert, dann hätten wir davon erfahren. Also gehe ich mal davon aus, dass der Islamische Staat sich dieses Virus irgendwie besorgt haben muss.

Das wiederum stelle ich mir sehr, sehr schwierig vor. Man kann so ein tödliches Virus nicht einfach so erwerben, auch nicht über Umwege. Ich gehe daher fest davon aus, dass die beiden Gesprächspartner von diesem Kalifen in diesen Bereichen, vielleicht in der Forschung, beruflich tätig sind. Dort werden wir die finden. Eine andere Möglichkeit halte ich für nahezu ausgeschlossen, zumal die Ansteckungsgefahr bei einem Virus exorbitant hoch ist. Wir müssen also die Spur zu zwei Männern finden, die genau in dieser Branche aktiv sind.«

Schorsch hatte sein Tablet vor sich und warf ein: »Also im Arzneimittel oder Forschungssektor. Wo setzen wir da an, welche Institute checken wir ab?« Schorsch suchte weiter auf seinem Tablet nach möglichen Treffermeldungen von Forschungslabors, bis er kurze Zeit später vermelden konnte: »Hier in Nürnberg. Die Technische Hochschule, die haben ein Forschungslabor, dort finden die Praktika zu Grundlagen der Biochemie für Fortgeschrittene statt. Dort werden verschiedene molekularbiologische Techniken angewendet, deren Labor ist sogar als Gentechniklabor der Sicherheitsstufe S 1 zugelassen, aber jetzt kommt es:«, Schorsch kratze sich an seiner rechten Schläfe, schüttelte dabei seinen Kopf und ergänzte seinen Satz: »Von den dort verwendeten Organismen geht keine Gefahr für Mensch und Umwelt aus. Wir brauchen also eine Forschungsanstalt oder ein biotechnisches Unternehmen, an dem der Umgang mit gefährlichen Stoffen deren tägliches Brot ist. Und da findet sich in Nürnberg nichts, aber in Erlangen. Hier an der FAU. Im Institut für Biochemie könnte ein erster Ansatz für uns sein. Hier forschen nicht nur Deutsche.« Schorsch tippte auf seinem Tablet und ergänzte: »Auch ausländische Wissenschaftler haben an diesem Institut für Biochemie und Pathobiochemie einen Lehrstuhl.«

»Was ist begrifflich diese Pathobiochemie?«, fragte Fegmann.

Schorsch las weiter konzentriert seine Suchergebnisse auf seinem Tablet: »Das ist ein Ableger der Biochemie. Pathobiochemie beschäftigt sich mit der Forschung bei biochemischen Vorgängen im menschlichen Körper bei verschiedenen Krankheitsbildern, also eine Mischung von Biochemie, Pathophysiologie und der Pathologie. Frau Fegmann, hier sollte einer unserer Ansätze sein. Biochemisch Vorgänge im menschlichen Körper bei verschiedenen Krankheitsbildern. Ich fresse einen Besen, wenn wir hier nicht richtig liegen sollten. Wir müssen dorthin, und zwar schleunigst!«

7. Kapitel

Montag, 7. Mai 2018, 10.57 Uhr,
Bayerischer Landtag/Maximilianeum,
Max-Planck-Straße 1, 81675 München

Bert Reither öffnete eine gelbe Umlaufmappe, die mit einem großen roten X versehen war, das sich über die ganze Seite zog und mit der Aufschrift – SOFORT zu ERLEDIGEN – beschriftet war.

Sein Gesichtsausdruck veränderte sich schlagartig, als er das Schreiben in den Händen hielt und leise vor sich her las:

Aufgrund der vorliegenden Ermittlungen der Staatsanwaltschaft Nürnberg-Fürth, welche in Beziehung mit einem Tötungsdelikt vom 1. Mai 2018 stehen und in deren Zusammenhang aufgrund vorliegender Beweismittel Verdachtsmomente sexueller Handlungen an Minderjährigen nicht auszuschließen sind, waren zur Untersuchung dieses Deliktsbereichs Maßnahmen aus der Strafprozessordnung unumgänglich. Auf Antrag der Staatsanwaltschaft Nürnberg-Fürth ist daher zu prüfen, ob in einem konkreten Fall sexuelle Handlungen Ihrerseits an Jugendlichen einvernehmlich stattgefunden haben und ob eine Strafbarkeit nach den §§ 178 oder 182 *hierbei auszuschließen ist.*

Der Bayerische Landtag mit seinen Abgeordneten wird daher heute Nachmittag, 7. Mai 2018, 14.30 Uhr, in einer Sondersitzung über die Aufhebung Ihrer Immunität entscheiden.

…

Eine beglaubigte Abschrift des Antrags der Staatsanwaltschaft Nürnberg-Fürth, mit dem die Genehmigung des Bayerischen Landtags eingeholt worden ist (Nr. 192 Abs. 3 Satz 2 RiStBV) und die Mitteilung über die erteilte Genehmigung sind zu den Akten des nunmehr einzu-

leitenden Verfahrens zu nehmen. Das Gleiche gilt, sofern sie übermittelt werden, für die Ausfertigung des Beschlusses, mit dem die Genehmigung erteilt worden ist, und für die beglaubigte Abschrift der Verhandlungen des Bayerischen Landtags …

Sichtlich schockiert schloss Reither die Umlaufmappe, holte sein Mobiltelefon hervor, klickte auf die App Threema, dann auf »Mäuschen« und wartete gespannt, bis sich eine Verbindung aufbaute.

»Hallo, mein geiler süßer Daddy, jetzt um die Zeit? Ich dachte, du bist in München. Wann sehen wir uns wieder? Hält Dich dein Drachen zu kurz?«, antwortete Chantal Römming am anderen Ende der Verbindung.

»Hallo, mein Mäuschen. Ich bin in einer zwickeligen Lage. Irgendwie hat die Staatsanwaltschaft Wind von unserer Beziehung bekommen. Mir steht das Wasser bis zum Hals, meine Immunität als Abgeordneter soll heute Nachmittag aufgehoben werden. Die wissen von unserem Verhältnis, wie auch immer. Es sollen Beweismittel vorhanden sein, die uns beide bei sexuellen Handlungen zeigen. Vermutlich eine Zufallserkenntnis, die die Staatsanwaltschaft angeblich im Zusammenhang mit einem Tötungsdelikt in Erfahrung gebracht hat. Ich frage mich, wie die zu so einem Scheiß kommen wollen.« Bert Reither musste Luft holen, um seinem Gschpusi weitere Infos geben zu können: »Nach dem mir vorliegenden Schriftstück soll es sich um eine rechtmäßig erlangte Beweisinformation handeln, die in einem Ermittlungsverfahren des sexuellen Missbrauchs verwendet werden soll, die aber nichts mit dem ursprünglichen Fall, also diesem Tötungsdelikt, zu tun hat, aber dort irgendwie gefunden wurde. Ich zermartere mir schon das Gehirn, was die von uns beiden haben könnten. Aber ich habe eine Vermutung. Ich habe dir doch vor ein paar Wochen erzählt, dass unser Treffen im Wald heimlich von einer Wildkamera aufgenommen wurde. Mein Spezi Rolf vom Nürnberger Express hält dicht. Aber die Deppen haben mir dann auch diese Videoszene zugeleitet. Du machst darin eine ganz gute Nummer«, Reither lachte verschmitzt, wurde aber gleich wieder ernst: »Ich wollte dich da eigentlich raushalten, Mäuschen. Verstehst du? Vielleicht haben diese Jäger das an die Polizei weitergegeben. Vermutlich, um dem Politiker Bert Reither vom Block 91, die Bunten eines auszuwischen, weil ich eine andere Auffassung gegenüber der Jägerei teile. Nur so kann es sein! Einer von diesen dummen Jägern wurde in den vergangenen Tagen ermordet. Und jetzt kommen auf einmal Fragen auf, ob wir beide überhaupt miteinander vögeln dürfen. Chantal, nur das kann ich mir eigentlich vorstellen. Etwas anderes können die ja nicht haben. Der Shitstorm ist schon vorprogrammiert. Meine Alte dreht durch. Leck mich am Arsch. Was wir jetzt tun können, ist abwarten und erst mal genau checken, was die für Fragen an uns beide haben. Merke: ›Reden ist Silber, Schweigen ist Gold!‹ Also Maul halten, mein Mäuschen. Wir, oder besser ich, muss mir etwas mit meinem Anwalt dazu einfallen lassen. Die werden vermutlich bald bei dir aufkreuzen und dich über mich ausquetschen. Du darfst nichts sagen, hörst du? Es klärt sich alles von selbst auf, glaub mir. Aber sage bitte erst mal nichts, ich werde die Sache noch heute Nachmittag mit einem Anwalt besprechen. Bis dahin ist Funkstille. Versprichst du das deinem Daddy, mein kleines liebes Luder?«

»Natürlich Berti. Wenn die hier auftauchen, werden die nix von mir erfahren, darauf kann sich mein Daddy verlassen. Stell dir mal vor, was da los wäre, wenn das dein Drachen mitbekommt. Ehrenwort, die erfahren nichts. Und halte mich bitte auf dem Laufenden, was bei dir in München passiert«, antwortete Chantal.

»Gut so, mein Mäuschen«, antwortete der schöne Berti. »Wir sollten uns erst einmal ein paar Tage nicht sehen. Die haben mich, besser gesagt uns, auf dem Schirm und passen auf wie die Schießhunde, um mir eins auswischen zu können. Wenn wir uns treffen, dann gebe ich dir über die App Bescheid. Und bitte lösche den bisherigen Verlauf auf ›Threema‹, versprichst Du mir das?«, entgegnete Reither.

»Natürlich. Ich tue alles für meinen Berti, das weißt du doch. Also halte mich auf dem Laufenden, was diese Arschlöcher von uns wollen. Glaub mir, die beißen auf Granit. Also, bis später. Ich freue mich auf dich und deinen … Na, du weißt schon«, das Gespräch war beendet.

Es war kurz nach sechzehn Uhr, als dem Bayerischen Landtag das Abstimmungsergebnis über die Aufhebung von Reithers Immunität vorlag. Alle Abgeordneten, bis auf die Fraktion von Block 91, die Bunten, sprachen sich für eine Aufhebung von Reithers Immunität aus. Dr. Menzels Antrag auf Aufhebung hatte die Abgeordneten überzeugt. In seinen detaillierten Ausführungen in seinem Schriftsatz wahrte er nicht nur das Ansehen des Politikers, er hob zweifelsfrei hervor, dass gegen Bert Reither keineswegs Verdachtsmomente in Bezug auf ein Kapitalverbrechen vorlagen. Lediglich ein vorgefundener Hinweis in Bezug auf durchgeführte sexuelle Handlungen an einer Jugendlichen sollten ausgeräumt werden. Eine Klärung dieses Sachverhalts, ob dies in beidseitigem Einvernehmen stattgefunden hatte, würde zeitnah Rechtssicherheit schaffen. Um dies vollumfänglich abzuklären, war die Aufhebung von Reithers Immunität unumgänglich, so der fränkische Strafverfolger.

Montag, 7. Mai 2018, 14.47 Uhr, Universität Erlangen-Nürnberg, Institut für Biochemie, Fahrstraße 17, 91054 Erlangen

Gunda, Schorsch, Bundesanwältin Regina Fegmann und drei Beamte des Bundeskriminalamtes wurden an der Pforte des Eingangs zum Institut für Biochemie von Professor Dr. Siegward Hasemann erwartet. Professor Hasemann, ein schmächtiger Mitfünfziger mit grauem und vollem lockigen Haar, hatte eine gewisse Ähnlichkeit mit Albert Einstein. Sein watschelnder Gang ging auf eine Bewegungsstörung zurück, die den Professor seit Jahren durch einen Gelenkverschleiß begleitete und einen gewissen Mobilitätsverlust bei ihm verursachte. Hasemann hatte seit zwölf Jahren einen Lehrstuhl an der FAU und war bundesweit eine Koryphäe seines Gebiets. Seine wissenschaftliche Forschung und Lehre zeichneten ihn im Bereich Molekular- und Biomedizinischer Forschung aus. Seine körperlichen Einschränkungen, die ihn seit Jahren begleiteten, steckte der Professor mit einem gewissen Ausdruck von Humor gegenüber seinen Mitmenschen weg.

»Bitte nehmen Sie Platz. Was verschafft mir die Ehre? Am Telefon wollten Sie ja nicht so richtig raus damit. Also, wo drückt der Schuh?« Professor Hasemann hob die rechte Hand und wies die Ermittler in seine Besprechungsecke. »Darf ich Ihnen etwas anbieten? Kaffee, Tee oder ein Wasser?« Seine Sekretärin hatte bereits ein Tablett auf dem Besprechungstisch abgestellt und stellte Kaffeegedecke und eine silberne Thermoskanne auf dem Tisch ab, der zugleich mittig mit verschiedenen Erfrischungsgetränken bestückt war.

Schorsch nahm das Wort: »Besten Dank, Herr Professor. Es geht um Hinweise über einen bevorstehenden Anschlag, der mit einem hoch ansteckenden Virus ausgeführt werden soll. Nach Geheimdienstinformationen handelt es sich um mindestens zwei Männer, die auf dem Gebiet der Biochemie so weit involviert sein müssen, dass man sie als Fachleute bezeichnet. Hinzu kommt, dass es sich um Angehörige oder zumindest um Sympathisanten des Islamischen Staats handeln muss. Unsere Frage daher, gibt es hier in ihrem Forschungskreis Kollegen oder Wissenschaftler, die sich mit der Materie von Viren, insbesondere mit der Vervielfältigung solcher hoch infektiösen Stoffe auskennen? Also in einem aktuellen Projekt hier beschäftigt sind. Sei es in der Herstellung von neuen Impfstoffen oder in einer Forschungsreihe, bei der man solche Experimente mit hoch ansteckenden biologischen Substanzen verschleiern kann. Wenn ja, gibt es solch ein Projekt bei Ihnen? Und wer ist maßgeblich daran beteiligt?«

»Ja, Herr Bachmeyer, wir forschen hier an der FAU nicht nur im Bereich von neuen Arzneimitteln«, kam Hasemanns schnelle Antwort. »Speziell beschäftigen sich momentan einige Forschungsreihen im Bereich der Virologie mit der Herstellung von neuartigen Impfstoffen. Aber auch an der Forschung und Entwicklung im Bereich neuer Antibiotika, also auch Reserveantibiotika, arbeiten etliche Wissenschaftler hier. Wir unterhalten aktuell zum Beispiel ein Projekt für die Weltgesundheitsorganisation, die WHO: ›List of Essential Medicines‹. Diese Forschungsreihe beschäftigt sich mit den weltweit häufigsten bakteriellen Infektionskrankheiten und listet in drei Kategorien derzeit verfügbare Antibiotika auf. Die Kategorie ACCESS muss hierbei immer verfügbar sein. Für ein erhöhtes Resistenzpotenzial gibt es die Kategorie WATCH, deren Vertreter nur als erste oder zweite Wahl bei spezifischen Indikationen eingesetzt werden. Schlussendlich liegt unser Schwerpunkt auf der Kategorie RESERVE, deren Vertreter nur als letzte Option bei dem Versagen aller herkömmlichen Alternativen zur Anwendung kommen. Wir sprechen hier im Wesentlichen von dem Wirkstoff der Cephalosporine der vierten und fünften Generation.«

Siegward Hasemann referierte weiter konzentriert über die aktuellen Projekte seines Instituts, begann aber gleichzeitig, gezielt nach entsprechenden Unterlagen zu suchen und diese durchzublättern. »Bei diesen Forschungsreihen werden die Test- und Forschungsergebnisse in speziell abgeschirmten Laboreinheiten durchgeführt. Laboreinheiten, die also nicht nur für die Forschung im Hinblick auf Bakterien abgeschirmt sind. In diesen Labors werden auch hoch infektiöse Versuchsreihen mit Tieren durchgeführt, denn nur so können valide Ergebnisse im Hinblick auf Reserveantibiotika, aber auch auf verschiedene Virenstämme erreicht werden. Derzeit läuft in unserem Haus ein Projekt, das sich mit der Erforschung des Mokola-Virus beschäftigt. Ein Virus, das dem Tollwutvirus ähnelt und daher verwandte Symptome aufweist. Die Betroffenen in Afrika leiden hierbei unter Lähmungen an ihren Extremitäten, hinzu kommt eine Entzündung des Gehirns. Das Virus gehört zu der Familie der Rhabdoviridae, also der Vesiculo- und Lyssa-Viren, die im Wesentlichen weniger infektiös für den Menschen und seltener letal sind. Am bekanntesten ist immer noch das Rabies-Virus, das die Tollwut auslöst. Bei uns ist die Tollwut bei Mensch wie Tier fast ausgerottet, dennoch herrscht in verschiedenen Erdteilen eine gewisse Infektionsgefahr, die weiter eingedämmt werden muss, so die WHO.«

Hasemann blätterte in seinen Papieren, kratzte sich nachdenklich an seiner rechten Schläfe, blickte in die Gruppe der zuhörenden Beamten und sagte dann in einem leisen, aber nachdenklichen Tonfall: »Herr Bachmeyer, zwei meiner Gastmitarbeiter arbeiten seit geraumer Zeit an einem Forschungsauftrag, genannt:

6*19Q_Beni.«

Der Professor hielt inne, blätterte zwei Seiten in seinem Hefter zurück und kratzte sich nun an seinem Hinterkopf. Dann sagte er wie aus der Pistole geschossen: »Meine Damen, meine Herren, da stimmt was nicht. Dieses Projekt könnte der Schlüssel zu ihren Erkenntnissen sein.«

»Warum, Herr Professor, wie kommen Sie darauf, dass dies vielleicht der Schlüssel sein könnte?« Frau Fegmanns fesselnder Blick war nun gespannt auf Hasemann gerichtet. Ihre Erwartungshaltung unterstrich die Bundesanwältin, indem sie ihre rechte Hand hob und ihren Zeigefinder in die Höhe streckte und auf eine Antwort wartete.

»Na ja, Frau Fegmann, die beiden Mitarbeiter, Dr. Takir und Dr. Shaheen, sind muslimischen Glaubens, was heutzutage ja keinerlei Einschränkungen in der Ausführung ihres Berufes mit sich bringen sollte.« Professor Hasemann war bemüht, den richtigen Ton zu treffen: »Wir sind tolerant und in unserem Land gilt die Religionsfreiheit. Jeder meiner Mitarbeiter kann, soll und darf seinen Glauben so ausleben wir er möchte. Beide haben in den Vereinigten Staaten von Amerika ihr Studium beendet und sind hoch angesehene Wissenschaftler, da verbürge ich mich. Was mich in diesem Zusammenhang ein wenig nachdenklich stimmt, ist die Tatsache, dass beide ohne Familie hier in Deutschland sind. Takir und Shaheen forschen nicht nur gemeinsam an diesem Projekt, beide verbringen auch ihre Freizeitaktivitäten zusammen.« Hasemann blickte nickend in die Runde, als ob der Professor irgendwie in eine plötzlich auftretende Nachdenklichkeit vertieft war.

»Fahren Sie fort, Herr Professor, wir sind ganz bei Ihnen«, warf Gunda ein.

Der Professor hing weiter seinen Gedanken nach und teilte sie mit den Ermittlern: »Merkwürdig, jetzt, weil Sie mich so fragen. Beide waren im April gemeinsam verreist. Wenn ich mich recht erinnere, wollten sie Vorbereitungen für den Haddsch treffen, der dieses Jahr im August stattfindet. Dr. Shaheen und Dr. Takir wollten während dieser Pilgerfahrt bei einem medizinischen Zentrum in Mekka ehrenamtlich aushelfen. Sie begründeten das damit, dass es immer wieder zu Massenpaniken während des Haddsch käme. Nach offiziellen Angaben gab es im September 2015 in Mina bei Mekka an die achthundert Tote, inoffiziell sollen es sogar über viertausend gewesen sein, die dort ihr Leben ließen. Ich kann daher das Engagement meiner beiden Mitarbeiter nur begrüßen, dort mitzuhelfen, wo Not am Mann ist.« Siegward Hasemann kämpfte sichtlich mit sich und fuhr fort: »Beide sind ja sehr gläubig und haben für diesen Zeitraum sogar einen Teil ihres Jahresurlaubs beantragt. Aber ob beide direkt nach Saudi-Arabien geflogen sind, weiß ich nicht, ich gehe aber fest davon aus. Ich habe auch bei ihrer Rückkehr nicht nachgefragt, denn beide sind eher verschlossen und reden nicht viel über ihr Leben, ihren Glauben. Warum auch? Politik und Glauben sollte man im beruflichen Alltag strikt trennen, jeder kann in seinem Urlaub machen, was er will. Und da sich beide in ihrem Urlaub für den Haddsch engagieren, da fallen mir hier nur zwei Worte ein: löblich, löblich. Es gibt auch keinerlei Kritik an ihren Forschungsaufgaben, beide scheuen keine Überstunden. Dr. Takir und Dr. Shaheen sind meistens die letzten, die das Institut abends verlassen. Sie kommen morgens gemeinsam und gehen abends gemeinsam, wie zwei Brüder.«

»Brüder sind die alle«, warf Gunda ein.

Hasemann war noch nicht fertig: »Die beiden gehen sogar gemeinsam in unseren Gebetsraum, eigentlich machen die alles zu zweit. Aber das sollte jetzt keineswegs einen Verdacht gegen die beiden Wissenschaftler hinsichtlich einer Homosexualität schüren. Die beiden sind Muslime, die ihren Glauben ernst nehmen. Aber meine Damen und Herren …« Der Professor stockte kurz mit seinen Ausführungen und fuhr, nachdem er sich wieder an seinem Hinterkopf kratzte, fort: »Ich, ich kann zwar bestätigen, dass Dr. Shaheen und Dr. Takir ihrem Glauben sehr zugewandt gegenüberstehen, aber dass die beiden einen Anschlag planen, mag ich nicht denken. Dass ist völlig absurd und abwegig. Wir können beide Biologen gerne zu uns hereinholen und mit ihnen reden, wenn Sie das möchten. Das sehe ich als vernünftigen Weg. Beide werden sich gerne äußern und mögliche Unklarheiten ausräumen, glauben Sie mir, das sind mit meine besten Mitarbeiter.«

Der Professor stand auf, ging zu seinem Schreibtisch und griff zum Telefonhörer, als Schorsch eingriff: »Stopp, Herr Professor. Das weitere Prozedere in unserer Vorgehensweise sollte Sie lieber uns überlassen. Wir schätzen sehr wohl, dass Sie zu Ihren Mitarbeitern stehen und dass sich vielleicht die ganze Angelegenheit auch schnell aufklären wird, aber wir haben unsere spezielle Vorgehensweise bei unseren Ermittlungen, da sollten wir überlegt handeln.«

Jetzt schaltete sich auch Bundesanwältin Regina Fegmann ein: »Ja, Professor Hasemann, nichts gegen Ihr Institut oder Ihre Mitarbeiter, aber wir sollten konsequent unsere weiteren Ermittlungen in dieser Angelegenheit nicht mit voreiligen Schnellschüssen gefährden. Beziehungsweise Verdachtsmomente heraufbeschwören, wo noch gar keine sind. Daher schließe ich mich Herrn Bachmeyer an. Wir checken beide Personen erst einmal ab, ohne sie darüber zu informieren. Sie haben uns bisher sehr gut geholfen und wir werden deshalb unser weiteres Vorgehen mit Ihnen absprechen. Schnellschüsse sind uns fern. Wir brauchen konkrete Beweise und möchten daher keineswegs Dr. Takir und Dr. Shaheen jetzt schon einem Tatverdacht aussetzen. Aber wir möchten –ja wir müssen – beide noch genauer unter die Lupe nehmen«, schloss die Bundesanwältin.

Hier ergriff Schorsch wieder das Wort: »Ich habe noch eine Frage, Herr Hasemann. Wann genau waren Ihre beiden Mitarbeiter abwesend, also verreist? Wissen Sie vielleicht noch den genauen Zeitraum? Ist möglicherweise bei einem Gespräch irgendein Name von einem Flughafen oder einer Airline gefallen? Das wäre sehr wichtig für uns und wir wären umso schneller mit unseren Abklärungen durch. Sie verstehen«, Schorschs Blick richtete sich auf den Professor, der sich Notizen darüber machte und kurz darauf entgegnete:

»Herr Bachmeyer, das mit dem Urlaub beziehungsweise ihrer Abwesenheit sollte kein Problem sein, mein Sekretariat wird uns dabei helfen.« Der Professor griff zum Telefon, wählte eine Telefonnummer und entgegnete gleichzeitig: »Welche Airline oder welcher Flughafen, das entzieht sich meiner Kenntnis, darüber redet doch keiner.« Sehr schnell reagierte das Sekretariat auf den Anruf des Professors: »Hasemann hier, liebe Frau Broder. Können Sie mir beziehungsweise der Polizei kurz sagen, wann Dr. Takir und Dr. Shaheen zuletzt verreist waren? Die beiden wollten doch in ihrem letzten Urlaub irgendwelche Vorbereitungen für ihre Unterstützung bei der Pilgereise in Saudi-Arabien treffen. Oder liegen Ihnen andere Informationen vor? Ich stelle mal kurz den Lautsprecher an, damit alle mithören können.«

Im Hintergrund war das Tippen der Computertastatur zu hören, als kurz darauf die Sekretärin antwortete: »Dr. Shaheen und Dr. Takir waren vom 25. April bis einschließlich Donnerstag den 3. Mai im Urlaub. So weit ich mich erinnern kann, ging ihr Flieger von Frankfurt ab. Am Freitag waren beide wieder hier.«

»Danke, das war es schon, Frau Broder.« Der Professor beendete das Gespräch und fügte an: »Tja, die beiden haben zwar für ihren Kurzurlaub den Brückentag mit ausgenutzt, aber sind dafür den Freitag wieder voll engagiert in ihr Forschungsprojekt eingestiegen. Vorbildlich, löblich, löblich.« Hasemann musste kurz nachdenken: »Muslimen ist der Freitag doch heilig. Richtig?«

Gunda blieb bei der Sache und machte sich Notizen: »Das ist doch schon mal etwas, damit kommen wir schon mal weiter. Was wir noch benötigen, sind die persönlichen Daten Ihrer beiden Mitarbeiter, also den vollständigen Namen mit Geburtsdatum, aber das sollte ja kein Problem sein.« Gundas Blick galt weiter Professor Hasemann.

»Das haben wir gleich, Frau Vizthum.« Der Professor drehte sich mit seinem Stuhl zur Computertastatur und tippte, als kurze Zeit später der Laserdrucker einen Personalbogen der beiden Wissenschaftler ausspuckte. »Hier die Daten der beiden Herren.«

»Danke Herr Hasemann, damit haben Sie uns sehr geholfen.«

Gunda zückte ihr Mobiltelefon, scrollte, betätigte das Anrufsymbol. Sie wartete, als sich kurze Zeit später am anderen Ende der Verbindung Heidi Baumann vom Kriminaldauerdienst meldete.

»Hallo Heidi, Gunda hier. Ich benötige mal eine schnelle IATA-Abfrage über zwei Personen, die im Zeitraum vom 25.04. bis 26.04.2018 vom Frankfurter Airport weggeflogen sind.«

»Dann schieß mal los«, antwortete Heidi und gab die Daten der beiden Herren in die Abfragemaske ein. Blitzschnell kam die Antwort: »Bingo, Gunda, ich habe die beiden gefunden. Ein Dr. Zahid Abu Takir und Dr. Hakim Bin Shaheen sind von Frankfurt nach Goma geflogen«.

»Goma, wo liegt das?«, hakte Gunda nach.

»Im Osten der Demokratischen Republik Kongo, Zentralafrika«, entgegnete Heidi Baumann.

»Gibt es auch einen Rückflug der beiden? Die müssen im Zeitraum bis zum 3. Mai wieder zurückgeflogen sein.«

»Negativ. Über einen Rückflug gibt IATA nichts her. Entweder sind die mit dem Auto zurück oder …«

»Wie, oder?«, fragte Gunda.

»Mit einer anderen Identität«, antwortete Heidi. »Anders kann ich mir das nicht vorstellen. Die International Air Transport Association (IATA) erfasst weltweit alle Flugreisenden. Jeder Passagier kann mit einer einzigen Buchung problemlos mit mehreren Fluggesellschaften reisen. Er muss sich dabei auch nicht um sein Gepäck kümmern. Bis auf die Vereinigten Staaten von Amerika organisiert der Verband weltweit die Abrechnungen der Flugtickets, das sind jährlich über vierhundert Millionen Tickets. Mit diesen IATA-Codes kann daher eine lückenlose Identifizierung von Flughäfen, Fluggesellschaften, Flugzeugtypen und eben der Reisenden durchgeführt werden. Rückreisedaten der beiden Personen liegen mir aber nicht vor. Das ist merkwürdig. Irgendwie müssen die ja wieder nach Deutschland gekommen sein. Da stimmt was nicht Gunda, die sind unmöglich mit dem Auto oder Zug von Zentralafrika wieder zurückgefahren, geschweige denn mit einem Schiff oder – wie man meinen könnte – mit einem fliegenden Teppich.«

»Danke Heidi, da stimmt wirklich was nicht. Kannst du die beiden mal durch alle Systeme laufen lassen? Und liegt bei den beiden eine Meldeadresse vor oder gibt es mehrere Wohnsitze? Ich melde mich wieder«, schloss Gunda.

Schorsch, Bundesanwältin Fegmann und die BKAler, die das Telefonat teilweise mitbekommen hatten, machten sich Gedanken. Auch Professor Hasemann blickte erstaunt in die Runde und wollte wissen: »Wie ist Ihr weiteres Prozedere, Frau Fegmann, Herr Bachmeyer?«

Schorsch dachte nach. Wenn beide keinen Rückflug gebucht hatten, dann konnten sie jetzt unmöglich aus Zentralafrika hier sein. Die ganze Angelegenheit stank zum Himmel. »Herr Hasemann, wir möchten, dass dieses Gespräch unter uns bleibt. Keiner Ihrer Mitarbeiter darf davon erfahren. Aufgrund der uns vorliegenden Informationen sind noch dringende Abklärungen durchzuführen. Wir melden uns bei Ihnen. Besten Dank für Ihre Bereitschaft, diesen Sachverhalt aufzuklären. Keinesfalls dürfen Herr Takir und Herr Shaheen von unserem Besuch erfahren. Können Sie uns das zusichern?« Schorschs Blick galt dem Professor.

»Natürlich, meine Damen, meine Herren, Verschwiegenheit ist garantiert. Ich werde auch meine Sekretärin dahingehend vergattern«, schloss Hasemann, als die Besprechung aufgelöst wurde und die Ermittler ihren Weg nach Nürnberg antraten.

Montag, 7. Mai 2018, 17.27 Uhr, PP Mittelfranken, K11, Besprechungsraum, 1.102

Brainstorming und Überstunden waren angesagt. Frau Fegmann hatte alle Ermittler und auch Oberstaatsanwalt Menzel zu Pizza eingeladen. Alle Beamten hatten sich dazu im Besprechungsraum eingefunden, als Schorsch im Beisein von Schönbohm das Wort ergriff und alle über das Ergebnis in Erlangen unterrichtete:

»Leute, weiß einer von euch, wie man innerhalb von sechs Tagen aus dem Kongo, Zentralafrika, wieder ins Frankenland kommt, ohne dabei den Flieger zu nutzen? Es dürfte schwierig, wenn nicht gar unmöglich sein.«

Horst machte den Anfang: »Na ja, wenn die beiden mit einer

anderen Identität reisen, dann sollte es kein Problem sein. Nur wie wollen wir das beweisen?«

»Gut Horst, auf den Trichter sind wir auch schon gekommen«, antwortete Schorsch. »Ich frage mich daher, warum die beiden dann nicht mit einer anderen Identität dort runtergeflogen sind. Sollte die These der falschen Identität zutreffen. Irgendwie müssen die zurückgekommen sein. Was wäre, wenn die über einen anderen Flughafen reingekommen sind und dabei falsche Papiere genutzt haben? Das wäre möglich«, fügte Schorsch an.

»Herr Bachmeyer, das glaube ich auch. Die müssen geflogen sein, nur unter welchen Namen und über welchen Airport erfolgte die Rückreise? In Nürnberg landen keine Maschinen aus Afrika. Es muss sich daher um einen Großflughafen handeln. Und wenn wir es global betrachten oder nur auf die Europäische Union, dann müssten wir es doch herausfinden, wie oft dieser besagte Flughafen angeflogen wird und wie oft von dort Flüge abgehen. Und wohin«, entgegnete die Bundesanwältin.

Stille kehrte ein, lediglich der Duft von frischer Pizza füllte den Raum, als Schorsch kurze Zeit später wieder das Wort ergriff: »Was wäre, wenn die beiden mit falschen Papieren zurückgekommen sind? Okay, das wäre möglich. Es gibt viele Großflughäfen, die aus Zentralafrika angeflogen werden. Gehen wir mal davon aus, die sind in Wien gelandet. Wie kommst du dann am schnellsten nach Nürnberg? Mit dem Flieger von Wien nach Nürnberg? Fliegen die täglich hin und zurück? Oder nehmen wir als Beispiel Paris. Wie oft fliegen da Flieger nach Nürnberg? Täglich? Was wäre, wenn die beiden von ihrem Zielflughafen mit dem Leihauto zurückgefahren sind?«

Gunda nahm den Faden auf: »Schorsch, das stimmt. Nehmen wir mal diese Situation an. Um unter falscher Identität zu reisen, benötigst du falsche Papiere. Die müssen gut und maschinenlesbar sein, sonst klappt es nicht. Für einen Leihwagen braucht man lediglich einen Führerschein. Ich gehe mal davon aus, dass Leute, die sich eine andere Identität beschaffen, großen Wert auf diese besonderen Merkmale legen. Also Papiere, die zur Täuschung im Rechtsverkehr tipptopp sind. Dazu gehört, dass sie maschinenlesbar sind. Da ranzukommen, das erfordert gute bis ausgezeichnete Kontakte. Oder aber, du bist bei einem Geheimdienst oder als verdeckter Ermittler tätig. Diese beiden Varianten können wir aber ausschließen, oder?«, fügte Gunda an.

Hier war wieder Schorsch zur Stelle: »Richtig, Gunda. Aber wenn ich mir eine neue Identität besorge, die absolut wasserdicht ist, dann bin ich zufrieden. Denke ich dann auch an einen Führerschein mit derselben Identität? Eher nicht. Daran denken vielleicht Geheimdienstler oder eben verdeckte Ermittler. Was wäre also, wenn unsere beiden Wissenschaftler in der Tat mit falscher Identität zurückgeflogen sind, dann aber bemerkt haben, dass zum Ausleihen eines Autos eine gültige Fahrerlaubnis notwendig ist? Das Wesentliche war doch der Flug mit einer anderen Identität. Wenn die beiden wirklich so gereist sind, also mit guten gefälschten Papieren, vielleicht haben sie für einen Leihwagen einen Führerschein mit der richtigen Identität benutzt. Das könnte ein Ansatz sein, wo und wie die beiden wieder nach Deutschland gekommen sind«, schloss Schorsch.

»Sehr gut, Herr Bachmeyer«, konterte Kriminaldirektor Schönbohm, der genüsslich an seinem Stück Pizza kaute und trotzdem aufmerksam dem Gedanken-Pingpong seiner Ermittler folgte.

Schorsch nickte und fuhr fort: »Heutzutage sind doch alle vernetzt. Wenn einer der beiden ein Leihauto irgendwo in

Deutschland – oder sagen wir Europa – im besagten Zeitraum gebucht hat, dann sollte das feststellbar sein. Vorausgesetzt, die beiden fuhren allein ins Frankenland zurück. Bleiben wir bei dieser These, um das noch ein klein wenig besser auf den Punkt zu bringen. Wenn ich in Afrika bin, brauche ich Geld, also ein Zahlungsmittel. Was nimmt man im Ausland, also dort unten? Eine Kreditkarte? Was nimmt man zum Autoausleihen? Eine Kreditkarte?«

Schorsch hatte völlig vergessen, zu essen. Keine Pizza der Welt hätte ihn jetzt noch von seiner Fährte abbringen können. Er hatte Witterung aufgenommen: »Die meisten Autoverleihfirmen verfahren genau nach diesem Schema. Zusammengefasst heißt das, die beiden können vermutlich mit einer falschen Identität gereist sein, aber zum Buchen eines Leihwagens ist in neunundneunzig Prozent der Fälle eine Kreditkarte notwendig. Ebenso ein Führerschein. Also müssen wir dort ansetzen. Wir sollten schleunigst ein Bewegungsprofil ihrer Kreditkarten und eine mögliche Vorlage ihrer Führerscheine bei den uns bekannten Autoverleihfirmen checken. Wir brauchen einen Beschluss.« Schorschs Blick richtete sich nun auf Dr. Menzel und Bundesanwältin Regina Fegmann.

»Den sollte wir auch schnell bekommen. Ich kümmere mich gleich darum«, entgegnete die Bundesanwältin. Sie blickte zu den beiden BKAlern und fuhr fort: »Dann, meine Herren, an die Arbeit. Laden Sie mal in Ihren Laptops das Formular für den Beschluss hoch, der Generalbundesanwalt setzt eine sofortige Umsetzung der Auskunftspflicht bei allen Kreditkarten- und Leihwagenunternehmen an. Meine Herren, ich unterschreibe. Karlsruhe wird den Beschluss vorab fernmündlich bestätigen.« Fegmann griff zum Telefon und wählte die 0721…

Es war kurz vor zwanzig Uhr dreißig, als Schorsch die Auswertung der Kreditkartenabklärung beendete. Sie hatten die Bestätigung: Zahid Abu Takir hatte am Donnerstag, dem 3. Mai 2018, um einundzwanzig Uhr einundvierzig am Nürnberger Flughafen einen am Brüsseler Airport geliehenen 3er-BMW zurückgegeben. Takir hatte für den Leihwagen seine American-Express-Karte verwendet. Ebenso konnten die Ermittler feststellen, dass Abu Takir am Dienstag, dem 1. Mai 2018, in Kinshasa mit seiner Kreditkarte zwei Flugtickets bei der Ethiopian Airlines bezahlt hatte. Ausgestellt waren die Flugtickets auf den belgischen Staatsangehörigen Dr. Mohamed Goossens und auf einen Hassan Ibrahim Buhari.

Im Kommissariat liefen die Drähte heiß. Die Ermittler wussten inzwischen, dass beide Wissenschaftler unter einer falschen Identität nach Deutschland zurückgekommen waren. Wovon sie nichts wussten, war die tödliche Fracht, die die beiden bei sich gehabt hatten. Und waren es wirklich die Stimmen ihrer Verdächtigen, die in dem abgehörten Telefonat von einem Anschlag sprachen?

Schorsch Bachmeyer blickte auf sein Männerspielzeug. Seine GMT-Master II verriet ihm, dass höchste Eile geboten war. Die Beamten mussten auf Nummer sicher gehen. Um alle Zweifel auszuschließen, benötigten die Nürnberger Ermittler nicht nur die Sprachsequenz, also die Telekommunikationsaufzeichnungen der Geheimdienste, die das Gespräch analysierten und auswerteten. Wichtig war zudem, dass man zumindest einen der Wissenschaftler heute noch für diesen Sprachabgleich ans Telefon bekam. Für eine Telekommunikationsüberwachung der beiden Biologen hatten die Ermittler zu wenig, die Beweismittel für eine Maßnahme gemäß Paragraf 100a der Strafprozessordnung lagen nicht vor. Sie mussten einen anderen Weg finden, um an eine Aufzeichnung zu kommen. Nur wie? Sie brauchten ein Telefonat in arabischer Sprache. Am besten ein Telefonat mit beiden Verdächtigen, das keinerlei Verdacht schöpfen ließ, also unverfänglich war. Schorsch hatte eine Idee. Wenn ihnen jetzt einer helfen konnte, dann war es ihr ehemaliger Übersetzer und Dolmetscher Amar Siradi.

Schorsch griff zum Mobiltelefon und wählte die Nummer von Amar: »Schorsch, du zu so später Stunde. Wie kann ich meinem Freund helfen?«, reagierte Amar, der Schorschs Mobilfunknummer erkannt hatte.

Schorsch berichtete Amar, dass er für eine potenzielle Verdachtsabklärung rund um einen furchtbaren Terroranschlag eine Stimmenanalyse zweier Männer benötigte. Amar sollte daher mit beiden Männern telefonisch in Kontakt treten. Dabei war es notwendig, dass das Gespräch zwischen Siradi und Dr. Takir sowie Dr. Shaheen aufgezeichnet wurde. Nur so könnten anschließend Sprachanalytiker des Bundeskriminalamts feststellen, ob einer der beiden Personen der Gesprächspartner von Kalif Ibrahim, also Yazeed Fadl Allah Shadid, war.

Siradi war sofort bereit: »Schorsch, ich ziehe mir nur noch meine Schuhe an. Ich bin in fünfzehn Minuten im Präsidium«, beendete Amar das Telefonat.

Es war einundzwanzig Uhr siebenunddreißig, als Amar Siradi über das Informationssystem SYBORG die Mobilfunknummer von Zahid Abu Takir anwählte und eine männliche Stimme das Telefonat mit einem »Masa al Khir« annahm.

Amar begrüßte sein Gegenüber ebenso mit einem guten Abend und stellte sich als neuen islamischen Religionsgelehrten vor, der künftig in der Blauen Moschee in Erlangen das Gebet, also den Salat abhalten werde. Takir schöpfte keinerlei Verdacht, er fragte Siradi, frei heraus, woher er käme und wie lange er schon hier in Franken ansässig sei. Sollte die Frage aufkommen, woher Amar seine Telefonnummer habe, sollte er angeben, dass er über einen Bekannten, der regelmäßig den Gebetsraum an der FAU besuche, seine Telefonnummer erhalten habe. Als neuer Religionsgelehrter war sein vorgebliches Ziel, so viele Kontakte wie möglich zu seinen Glaubensbrüdern knüpfen. Daher die heutige Kontaktaufnahme. Takir sprang auf den Zug auf und Amar hatte genug Geschick, um das Telefonat in die Länge zu ziehen. Mit einer freundlichen Verabschiedung beendete Siradi das Gespräch.

Ebenso verfuhr er kurze Zeit später mit Dr. Hakim Bin Shaheen. Auch er ging auf Amars Vorstellungstelefonat ein, war gesprächig und verschaffte so den Ermittlern das notwendig Aufzeichnungsmaterial für die nachfolgende Sprachanalyse.

Es war kurz nach dreiundzwanzig Uhr, als Gewissheit vorlag. Dr. Hakim Bin Shaheen und Dr. Zahid Abu Takir waren zweifelsfrei die Gesprächspartner des Kalifen Ibrahim.

Günther Gast hatte zwischenzeitlich ein Bewegungsbild über die Einloggdaten der beiden Tatverdächtigen erstellt und über eine EMA-Abfrage deren Wohnsitz eruiert. Aber dem Ermittler ließ eine Tatsache nicht in Ruhe. Beide, Takir und Shaheen, loggten sich regelmäßig über einen Funkmast im Nürnberger Ortsteil Gostenhof ein. Beide Biochemiker fast immer zur gleichen Zeit. Es musste demzufolge irgendeinen Unterschlupf, eine Wohnung geben, die entweder von den beiden konspirativ genutzt wurde, oder es war ein gleichgesinnter Freund, Bruder oder irgendein Bekannter, den sie dort gemeinsam aufsuchten. Gab es womöglich einen Dritten, der ebenso über den Anschlag informiert war? Handelte es sich um eine

Person, die den Anschlag womöglich ausführen würde? Alles Fragen, auf die die Ermittler keine Antwort hatten. Fest stand nur, dass beide Wissenschaftler ab sofort nicht nur als mutmaßliche Gefährder, sondern als die mutmaßlichen Täter anzusehen waren. Fest stand zudem, dass eine Festnahme der beiden Islamisten unumgänglich war. Beide mussten daher heute Nacht noch dingfest gemacht werden.

Es war kurz nach Mitternacht, der neue Tag hatte begonnen, als die Krisensitzung ihren Höhepunkt erreichte. In einer Konferenzschaltung mit dem Bundeskanzleramt, dem Innenministerium sowie der Bundesanwaltschaft stand fest, dass die beiden Biochemiker nicht nur für einen Anschlag ausgewählt wurden und auf Abruf zur Verfügung standen. Die Worte von Professor Hasemann gaben zudem der ganzen Angelegenheit das ausschlaggebende Fünkchen für eine unumgängliche Durchsuchung des abgeschotteten Bereichs der Forschungsanstalt an der Friedrich-Alexander-Universität.

Wurde dort das tödliche Virus hergestellt oder sogar gelagert? Um was für ein tödliches Virus handelte es sich und wie gelangten die Täter an den Stoff? Fragen über Fragen, auf die keiner eine Antwort wusste. Fest stand jedoch, dass die Strafverfolgungsbehörden Fachleute, also Biochemiker rekrutieren mussten, die mit dem Umgang mit diesen lebensgefährlichen Stoffen vertraut waren und mit ihrer Vorgehensweise Leib und Leben von Menschen nicht gefährdeten. Es bahnte sich eine Situation für die Ermittler an, deren Gefährlichkeit keineswegs abschätzbar war. Denn sonst konnte man bei allen anderen Ermittlungshandlungen seine Vorgehensweise in gewisser Hinsicht planen und einschätzen. Hier jedoch war alles anders. Allein der Hinweis, dass es sich um ein tödliches Virus handelte, musste von vornherein als Tatsachenbehauptung gewertet werden. Eine Tatsachenbehauptung, die von den Ermittlern forderte, dass das tödliche Virus erkannt, isoliert und vernichtet werden müsste. Ein noch so klitzekleiner Fehler würde eine Katastrophe heraufbeschwören, welche bislang nicht abschätzbar war und die westliche Welt in ihren Grundfesten erschüttern würde. Ein Terroranschlag, den es bis dato noch nicht gegeben hatte und dessen Folgen und Tragweite nicht nur einen immensen Hass auf den Islam heraufbeschwören würde. Dieser Anschlag und seine tödlichen Auswirkungen, hätten vermutlich auch das Potenzial, Kreuzzüge in der Neuzeit zu entfachen. Es würde eine Welle der Gewalt auslösen und rechtsgerichteten Zeitgenossen einen Aufwind bescheren, der ihre gewaltbereite Gesinnung gegenüber Muslimen weiter forcieren würde. Muslime, die ihren Glauben in friedfertiger Weise ausleben, würden Opfer von Gewalthandlungen werden. Ein radikaler Glaubenskrieg, der mit großer Wahrscheinlichkeit aus dem Ruder laufen würde, stand im Raum.

Dienstag, 8. Mai 2018, 02.01 Uhr:
Universität Erlangen-Nürnberg, Institut für Biochemie,
Fahrstraße 17, 91054 Erlangen,
Polizeipräsidium Mittelfranken, Nürnberg,
Reihenhaussiedlung, 91096 Möhrendorf

Die zweite Stunde des 8. Mai 2018 hatte gerade begonnen, als Professor Hasemann ein Team von Wissenschaftlern verschiedener Fakultäten rekrutiert hatte und mit ihnen gemeinsam nach einem gesonderten Notfallplan mit speziellen Schutzanzügen den Zugang zum Forschungsprojekt

6*19Q_Beni

erreichte. Zeitgleich hatten die K11er, Regina Fegmann und die BKAler im Lagezentrum des Polizeipräsidiums Mittelfranken eine neue Beurteilung der Lage vorgenommen. Dr. Menzel hatte neben der Bundesanwältin Platz genommen und sah auf einer großen Projektionsleinwand, wie sich das Lagebild im Einsatzprotokollsystem, kurz EPS-Web, im Minutentakt veränderte. Aufgrund des vorhandenen Notfallplans der Friedrich-Alexander-Universität waren Vertreter von Katastrophenschutz, Feuerwehr und technischem Hilfswerk ebenso vor Ort und hatten im Lagezentrum ihre Plätze bezogen.

Schorsch, Gunda, Horst und Basti wollten bei der Operation »Virus Ibrahim«, wie der Zugriff im Einsatzprotokoll genannt wurde, mit in Möhrendorf an der Wohnadresse der Verdächtigen dabei sein. Dafür hatte das SEK Nordbayern in unmittelbarer Nähe der Zielpersonen einen Mercedes-Benz Sprinter als Einsatz- und Übertragungswagen platziert. Um zwei Uhr vierunddreißig erreichten sie den Einsatzort. Ein Zugriff auf Dr. Shaheen und Dr. Takir konnte erst erfolgen, wenn alle Notfallvorkehrungen der genannten Einsatzkräfte abgestimmt waren, zumal man nicht ausschließen konnte, dass die Attentäter bei ihrem besagten Forschungsprojekt irgendwelche Vorkehrungen gegenüber Dritten getroffen hatten. So musste ausgeschlossen werden, dass möglicherweise durch eine elektronische Steuerung, sei es durch einen Anruf mit einem Mobiltelefon oder in sonstiger Weise, also ähnlich wie bei Sprengfallen, eine Vorrichtung aktiviert wurde, die dann das Virus unkontrolliert freisetzte. Beide Schläfer des Islamischen Staates mussten daher zeitgleich von Spezialkräften überwältigt werden, ohne dass es den Tätern möglich war, eine unkontrollierte Handlung zu begehen. Um zwei Uhr fünfundfünfzig, hatten die Spezialkräfte des SEK Nordbayern sowie eine Einsatzgruppe der Grenzschutzgruppe 9 der Bundespolizei das angemietete Reihenhaus von Dr. Takir und Dr. Shaheen in Möhrendorf abgeschirmt und ihre Einsatzbereitschaft gemeldet. Nur Sekunden später vernahmen die Zugriffskräfte »Virus Ibrahim go!« über ihre Funkeinrichtung. Über eine besondere Abhörtechnik sowie über eine Aufklärungsdrohne mit Wärmebildkamera war den Ermittlern bereits in der Vorabklärung bekannt, dass sich beide Attentäter in separaten Räumen aufhielten und schliefen.

Dr. Takir bewohnte ein Zimmer im ersten Stock, Dr. Shaheen hatte seinen Rückzugsort im Keller des Wohnhauses gewählt. Von den räumlichen Gegebenheiten des Reihenhauses war den Kräften bekannt, dass vom Flurbereich eine Treppe in das Untergeschoss und zugleich in das Obergeschoss führte. Der Zugriff über eine Sturmleiter zum ersten Stock musste ausgeschlossen werden, da alle Jalousien am Objekt heruntergelassen waren und so ein Stürmen des Gebäudes unter Einsatz einer Sturmleiter mit einem zeitgleichen Eindringen über ein vergittertes Kellerfenster nicht zielführend erschien. Was den Spezialkräften blieb, war der Zugriff über den Haupteingang.

Es war zwei Uhr siebenundfünfzig, als mit einer Stoßenergie von drei Tonnen die Einmann-Türramme das Schloss der Wohnungstür mit brachialer Gewalt zum Bersten brachte. Die fünfzehn Kilo schwere Ramme erfüllte ihren Zweck und legte die Zugriffsbereiche zum Obergeschoss und zum Keller frei. Über die Helmkameras der Spezialeinheiten konnten die Ermittler die Festnahme der beiden Täter live mitverfolgen. Beide Islamisten wurden in ihren Betten überwältigt und gefesselt auf dem Boden abgelegt.

Die elektronische Zeitanzeige im Lagezentrum sprang gerade auf drei Uhr, als das Einsatz-Protokollsystem die Sicherheit des Objekts bestätigte. Mit einem erleichterten tiefen

Schnaufen und einem dankbaren Ausruf: »Den ersten Schritt hätten wir getan!«, bestätigte Schönbohm, dass seitens der beiden Festgenommenen keine Gefahr für Leib und Leben ausgehen könne, beide befanden sich in Polizeigewahrsam.

Rudi Mandlik, Eva-Maria Flinn, Roland Löw und Hubsi hatten ihren Einsatzabschnitt in der Friedrich-Alexander-Universität, kurz FAU, bezogen und warteten auf die Anweisungen des Polizeiführers. Unmittelbar, nachdem Schönbohm die Festnahme der beiden Täter bestätigt hatte, veranlasste er Professor Hasemann mit seinen Fachkräften ihren Notfallplan umzusetzen und eine mögliche Verbreitung des Virus zu verhindern.

In Möhrendorf hatte man zwischenzeitlich beide Tatverdächtige isoliert in Streifenwagen untergebracht. Beide Islamisten sollten auf Weisung der Bundesanwaltschaft noch am gleichen Tag in Karlsruhe dem Ermittlungsrichter vorgeführt werden. Bis zu ihrer Überführung, für die eigens zwei Hubschrauber geordert wurden, verbrachten die Beschuldigten ihre Nacht getrennt in Polizeigewahrsam in der Region. Dr. Takir belegte eine Einmannzelle bei der PI Erlangen, Dr. Shaheen erhielt eine Pritsche im gefliesten Haftraum der Polizeiinspektion Forchheim.

Schorsch und sein Team durchsuchten mit den BKAlern das angemietete Reihenhaus in Möhrendorf, Eva-Maria, Hubsi und Roland durchsuchten auf Weisung von Bundesanwältin Fegmann die Büros der beiden Tatverdächtigen in der FAU.

In den frühen Morgenstunden, um sechs Uhr zwölf, unterrichtete Schorsch Kriminaldirektor Raimar Schönbohm über die Ergebnisse der Durchsuchungsmaßnahme in Möhrendorf. Neben unzähligen Aufzeichnungen in arabischer Sprache fanden die Ermittler in einem Kellerraum des Anwesens eine speziell angefertigte Vorrichtung, die in zwei große Trekkingrucksäcke eingearbeitet war. Es waren Hochleistungssprühgeräte mit der Bezeichnung 510 T aus robustem Edelstahl, die normalerweise für den Einsatz bei der Pflanzenpflege und dem Pflanzenschutz vorgesehen war. Laut vorgefundener Beschreibung wurde aufgrund des hohen Betriebsdrucks von sechs Bar dem Nutzer ein langes Arbeiten mit einer konstanten Ausbringungsmenge bis zu einer Höhe von neun Metern und einem Fassungsvermögen von zehn Litern zugesichert. Jeweils an der rechten Polsterung des Trekkingrucksacks war eine mit schwarzem Klebeband fixierte Sprühlanze angebracht, mit der man das eingefüllte Medium versprühen konnte. Beide Sprühgeräte waren leer und die Rucksäcke waren so gut präpariert, dass man als Außenstehender nicht erkennen konnte, dass sich im Innenleben der Trekkingsäcke eine Sprühvorrichtung befand.

Schorsch hatte einen Verdacht: Waren das womöglich Vorrichtungen, mit denen das tödliche Virus am Tag X ausgebracht werden sollte? Die Rucksäcke waren zudem mit verschiedenen Aufnähern bestückt. Zwei davon trugen die Jakobsmuschel des Camino Francés, also des Jakobswegs nach Santiago de Compostela. Zwei andere Aufnäher wiesen den Betrachter darauf hin, dass der Eigentümer des Rucksacks 2017 eine Pilgereise nach Lourdes durchgeführt hatte. Ein weiterer Aufnäher zeigte das Wappen des Vatikans. Zudem waren beide Gepäckstücke mit einem Rosenkranz versehen, der gut sichtbar auf der Rückseite angebracht war.

Die perfekte Tarnung, dachte Schorsch. Damit ginge jeder Träger eines solchen Rucksacks als Pilger durch, egal, wo er auftaucht. Jeder würde von einem friedliebenden Pilger ausgehen, der andächtig zum Beispiel einer Messe beiwohnt, dann aber, wenn sehr viele Gläubige versammelt sind, das tödliche Medium in die Menge sprüht und Menschen damit infiziert. Ein perfekter Anschlag, dachte sich Schorsch. Wenn die beiden sich damit auf der Empore einer Kirche positioniert hätten, den Rucksack vor ihre Füße gestellt, dann hätte bei diesem tödlichen Szenario niemand Verdacht schöpfen. Das wäre in der Tat ein Anschlag gewesen, ein Verbrechen gegen die Menschlichkeit, mit dem die zwei fanatischen Handlanger von Yazeed Fadl Allah Shadid Geschichte geschrieben hätten. Hunderte, ja Tausende von Unschuldigen – egal, welcher Glaubensrichtung – hätten den Tod gefunden. Schorsch lief ein Schauer den Rücken hinunter.

Inzwischen war auch Robert Schenk im Möhrendorfer Reihenhaus eingetroffen. Der Leiter der Tatortgruppe sicherte nicht nur diverse schriftliche Aufzeichnungen in arabischer und englischer Sprache. Roberts Spurensicherer fanden einen Schlüsselbund mit Wohnungsschlüsseln, die keineswegs zur gegenständlichen Wohnung in Möhrendorf passten. Aber Kommissar Zufall hatte es mal wieder gut mit den Guten gemeint: Bei der weiteren Durchsuchung des Reihenhauses der beiden Verdächtigen fanden die Beamten auch einen Hefter mit einem Aufkleber »Rented Apartement«.

In diesem Ordner, in dem neben verschiedenen Verträgen von Gas- und Stromzulieferern, Telefon und Internet auch Nebenkostenabrechnungen abgelegt waren, befand sich ein Mietvertrag über eine Wohnung in der Mittleren Kanalstraße 17c, 90429 Nürnberg. Schorsch war begeistert: Von Zahid Abu Takir war eine Wohnung in Gostenhof angemietet worden. Was würde man dort noch alles finden?

Eine Anschlussdurchsuchung dieses Objekts war nun von großer Priorität. Fand dort das abgehörte Telefonat mit Yazeed Fadl Allah Shadid statt? Was würde man dort alles über den geplanten Anschlag finden? Lag dort der Schlüssel, der alle Hintergründe für die Tat preisgeben würde?

Bundesanwältin Fegmann und Schorsch waren sich einig: Genau dort, in der Mittleren Kanalstraße, musste heute Nacht noch eine Durchsuchungsmaßnahme unter besonderen Sicherheitsvorkehrungen durchgeführt werden.

Beide Festgenommenen machten von ihrem Aussageverweigerungsrecht Gebrauch und machten daher keinerlei Angaben zu den Tatvorwürfen der Bundesanwaltschaft. Da nicht ausgeschlossen werden konnte, dass möglicherweise Gefahrenstoffe oder aber sogar das tödliche Virus dort gelagert wurden, entschied Polizeiführer Schönbohm, dass an diesem neuen Einsatzabschnitt nur mit äußerster Sorgfalt, also unter Einbeziehung von Spezialisten in besonderer Schutzkleidung, eine Durchsuchung durchgeführt werden konnte. Schönbohm entschied deshalb, dass nach Öffnung der Wohnungstür zuerst Biowissenschaftler durch Inaugenscheinnahme das Objekt auf mögliche Gefährdungen untersuchen sollten. Erst danach sollten die Ermittler mit der Spurensicherung ihre Arbeit aufnehmen.

Kommissariatsleiter Schönbohm, der alte Oberpfälzer, war jemand, der in punkto Sicherheit darauf bedacht war, dass seine Beamten in jedweder Gefahrensituation immer eine neue Lagebeurteilung durchführten. Das hatte den Vorteil für ihn, dass mancher Schnellschuss und dessen Folgen in seinem Kommissariat verhindert wurden. Nach seiner Devise: »Ich möchte, dass meine Beamten, gleichwohl in welcher Gefahrensituation sie sich befinden, jedes Fehlverhalten ausschließen«, wurden diese Worte in jeder Dienstbesprechung – ja fast schon gebetsmühlenartig – vorgetragen. Seine Beamten kannten ihn recht gut. Schönbohm war ein Kniefiesler, der von einer gewissen Kontrollangst geprägt war. An manchen Tagen brachte diese Kleinkariertheit solch einen Missmut auf, dass viele Kolleginnen und Kollegen ihm aus dem Weg gingen. Aber so war er halt. Schönbohm, der aus Neuhaus in der Oberpfalz stammte, pflegte zudem eine innige Beziehung zu seiner Mutter. Wann immer es möglich war, besuchte er sie und schwärmte bei den dienstlichen Veranstaltungen, wie gut seine Mutter backen und kochen konnte. Obwohl man ihm Pfennigfuchserei vorwarf, scheute er es nicht, die Backkünste seiner Mutter im Kommissariat zu präsentieren. »Mei Mudda«, wie er sie immer liebevoll nannte, hielt ihn mit Mitte fünfzig immer noch unter ihren Fittichen, denn jeden Jahresurlaub, jedes Oster- oder Weihnachtsfest verbrachte er gemeinsam mit ihr. Im Kommissariat belächelte man ihn daher und gab ihn spöttisch den Namen »Mamahansala«.

Dienstag, 8. Mai 2018, 07.48 Uhr,
Mittleren Kanalstraße 17c, 90429 Nürnberg

Kurz vor acht Uhr am Morgen erreichten sie die Mittlere Kanalstraße. Ein Fahrzeug des Katastrophenschutzes parkte bereits vor dem alten Sandsteingebäude, dessen Zugang zum Hinterhaus zuvor von einer Polizeistreife mit einem Absperrband gesichert worden war. Professor Hasemann hatte sich mit einer Expertengruppe im Innenhof schon auf den Einsatz vorbereitet. Eine Biologin war gerade dabei, in ihren Schutzanzug zu steigen, als Schorsch mit den Kollegen aus Möhrendorf eintraf und geradewegs auf Hasemann zulief:

»Na, Herr Professor, in Erlangen ist alles glatt gelaufen, wie ich gehört habe. Konnten Sie das Virus lokalisieren?«, sah Schorsch ihn fragend an.

»Ja, Herr Bachmeyer, alles gut. Trotzdem sind wir bei einer Situation angekommen, die das Unfassbare fassbar macht. Meine Vermutung, dass das Forschungsprojekt

6*19Q_Beni

tatsächlich nur als Anlass diente, einen weit gefährlicheren Virus zu produzieren, ja zu vermehren, hat sich leider bestätigt. Das Projekt 6*19Q_Beni hat sich offiziell mit der weiteren Erforschung des Mokola-Virus befasst. Beide, Herr Takir und Herr Shaheen, waren in dieser Forschungsarbeit federführend. Sie hatten dabei freie Hand. Alles, was dazu notwendig war, konnten sie aus dem bewilligten Haushaltsbudget nehmen. Aber es war nicht das Mokola-Virus, wie es das Projekt vorgab. Nein. Es war ein viel gefährlicheres Virus!«

Der bisher unerschütterliche und immer hilfsbereite Professor Dr. Siegward Hasemann war sichtlich außer sich und fuhr fort: »Ein Virus, das mit heftigem Fieber beginnt und in nahezu allen Fällen tödlich endet. Ein Virus, dessen Ausbruch hier bei uns zu einer Epidemie führen würde. Vergleichbar, wie vor ein paar Hundert Jahren die Pestilenz. Es würden Hunderte, ja Tausende von Menschen sterben – und das in kürzester Zeit. Die beiden haben das Ebola-Virus kultiviert! Das Ebola-Virus würde im dicht besiedelten Deutschland eine Kettenreaktion verursachen und wäre daher nur sehr schwer einzudämmen. Anders als in Afrika. Hier bei uns würde eine Verbreitung dieses Virus zu einer Katastrophe noch nie dagewesenen Ausmaßes führen. Aber, Herr Bachmeyer, wir haben es gefunden. Dr. Zahid Abu Takir und Dr. Hakim Bin Shaheen haben ihre

Forschungsreihe samt Versuchstieren missbraucht. Sie haben offenbar ihre Berberaffen mit infektiösem Material angesteckt, wo auch immer sie das herhatten.« Hasemann war schlicht erschüttert: »Danach hatten sie genug Material, um das Virus in einem Bioreaktor weiter zu züchten und eine wässrige Lösung zu gewinnen. In einer Schleuse, die speziell von den beiden mit einem Warnschild vor Biogefährdung gekennzeichnet wurde, standen zwei Fünfliterkanister mit dem tödlichen Virus. Wie und mit welchen Instrumenten diese Flüssigkeit ausgebracht werden sollte, dafür haben wir keine Hinweise gefunden«, schloss Hasemann.

»Wir schon«, hatte Bachmeyer die Antwort. »Wir haben zwei Vorrichtungen dafür gefunden, die in Rucksäcken eingearbeitet waren. Zwei Hochleistungssprühgeräte, wie sie normalerweise zum Versprühen von Pflanzenschutzmitteln verwendet werden. Die Rucksäcke waren generalstabsmäßig für den Tag X vorbereitet. Mit christlichen Aufnähern und einem Rosenkranz versehen, was die Rucksackträger als Pilger erscheinen lassen sollte. Damit wären die Terroristen vermutlich in jede Kirche hineingekommen. Das ist bis jetzt zwar nur meine Vermutung, aber wenn man alles zusammenzählt … Denn warum sonst hätten Abu Takir und Bin Shaheen nicht nur heimlich das Ebola-Virus gezüchtet, sondern auch noch eine wässrige Lösung damit hergestellt? Ein Versprühen solch einer Substanz wäre ein sehr effizienter Angriff, oder was meinen Sie?« Schorsch blickte dem Wissenschaftler unverwandt ins Gesicht.

»In der Tat, Herr Bachmeyer, etwas Schrecklicheres als das Ebola-Virus mit einem Sprühgerät zu verbreiten …« Der Professor stockte kurz und fuhr dann fort: »Das wäre ideal und zugleich katastrophal. Ich bin zwar kein Kriminaler, aber diese professionelle Tarnung der Rücksäcke spricht tatsächlich dafür, dass das Virus, dort, wo man viele Christen – also in deren Augen ›Ungläubige‹ – trifft, ausgebracht werden sollte. In einer Kirche. Unfassbar und ein schrecklicher Gedanke, der einen gar nicht mehr loslässt.« Siegward Hasemann stand das Entsetzen ins Gesicht geschrieben. Er hing weiter laut seinen Gedanken nach: »Ich frage mich schon seit Langem, warum nur bei dieser Glaubensrichtung der Fanatismus so groß ist. Die beiden Kollegen waren immer nett, hilfsbereit, wenn auch ein wenig verschlossen. Gut, Herr Bachmeyer, vielleicht ist man in der heutigen Zeit offener im Umgang mit ausländischen Mitbewohnern. Beide haben eine ausgezeichnete Reputation. Bessere Mitarbeiter zu bekommen in diesem Fachbereich, ist sehr schwer. Ich frage mich natürlich, wie solche Leute, deren Lebensinhalt eigentlich sein sollte, mit ihren Forschungsergebnissen Menschenleben zu schützen, zu retten, sich dazu verleiten lassen, einen Anschlag für den Islamischen Staat zu planen. Und diesen Anschlag dann auch auszuführen. Mir fehlen da die Worte, Herr Kommissar. Ich habe im Bekanntenkreis viele Muslime. Einige von ihnen leben ihren Glauben auf hohem Niveau. Sie beten mehrmals täglich, richten ihr gesamtes Leben danach aus.«

Hasemann war die Hochachtung für gläubige Menschen anzumerken. Gleichzeitig rang er um seine persönliche Haltung angesichts der furchtbaren Situation, in der er sich gerade wiederfand. »Andere hingegen bezeichnen sich als Muslime, trinken aber Alkohol, hören westliche Musik und leben friedfertig unter uns. Haben sich quasi hier bei uns im Abendland integriert, akzeptieren, dass es bei uns eine Religionsfreiheit gibt. Was ich jedoch an diesem Glauben gar nicht verstehe, ist die Tatsache, dass es von denen Glaubensbrüder gibt, die keinen anderen Glauben akzeptieren und sich fanatisch dafür einsetzen, dass nur ihr Glaube der richtige ist. Dafür fehlt mir in der heutigen Zeit, ganz ehrlich, das Verständnis. Ich bin ja jetzt auch schon in einem Alter angekommen, wo man die letzten Jahre seines Lebens Revue passieren lässt. Aber wenn ich die vergangenen Jahrzehnte so betrachte … Ich kenne keinen Gläubigen der großen Weltreligionen, seien es Hindus, Christen, Juden oder Buddhisten, die als Fanatiker andere Menschen wegen ihres Glaubens mit einem Selbstmordanschlag oder dergleichen in den Tod gerissen hätten.« Hasemann war in den Grundfesten seines Weltbilds erschüttert und machte weiter seinem Herzen Luft: »Vermutlich sind wir alle zu weltoffen, Herr Bachmeyer. Die heutige Zeit ist nicht mehr vergleichbar mit unserer Jugend. Damals gab es keine Selbstmordattentate. Wir haben bei Wind und Wetter draußen gespielt, hatten viele Freunde, keine Allergien.« Jetzt wurde Siegward nostalgisch und kam weiter vom Hütchen aufs Stöckchen: »Heutzutage sitzen die Kinder mit zehn Jahren vor ihrem Handy, begeistern sich an Ballerspielen. Wenn Sie heute in die Stadt gehen, dann dauert es keine Minute, bis man Leute sieht, die sich mit ihrem Handy beschäftigen. Es gibt keine Indianer- oder Cowboyspiele mehr, Mädels spielen nicht mehr mit Puppen. Puppen braucht man nicht mehr, dafür gibt es zwischenzeitlich eine virtuelle App. Und wenn sie einen aus ihrem Bekanntenkreis fragen, was er gern am Wochenende zur Grilleinladung essen möchte, kommt immer mehr die Antwort: Kein Fleisch, bitte nur vegan. Und wenn es Fisch geben darf, dann kommt die Frage, ob der auch artgerecht, also ohne Schleppnetz gefangen wurde. Herr Bachmeyer, ich frage Sie, ist das Leben da noch lebenswert? Werden da nicht unsere alten Werte in dieser neuen Zeit verdrängt?«

Professor Dr. Siegward Hasemann als gebildeter und rechtschaffener Mensch hatte Probleme, musste seinem Herzen jetzt einfach Luft machen: »Wer an nichts mehr glaubt, glaubt eben an alles. Der spricht ein Halleluja auf die neuen Vielgeschlechtlichen, also auf das neue ›divers‹ oder ›ES‹, wie ich es gern bezeichne.« Hasemann hatte sich endgültig in Rage geredet. »Ein Gottlob auf unsere Klimaapostel, ein Halleluja auf die Überallnaziseher und ein Gottseidank auf die Veganer. Ist es diese Welt, die uns gerade lenkt und uns dabei auf neue, gefährliche Wege führt? Wege weg von der eigenen Kultur und Weltanschauung«, mit einem lauten Seufzer und mit einem Blick in den Morgenhimmel von Nürnberg beendete der Professor seine Ausführungen.

Schorsch musste einen Moment nachdenken und den Ausbruch des Professors erst einmal verdauen: »Professor Hasemann, ich kann Sie so gut verstehen! Aber ich muss mit Ihnen noch wichtige Dinge rund um das Virus klären. Es ging ja relativ schnell, bis sie das Virus genau benennen konnten. Wie haben Sie die Behälter mit dem Virus sichergestellt? Aufgrund der gefährlichen Substanzen ist das eine nicht unerheblich schwere Aufgabe. Wo stehen diese Beweismittel jetzt und wie können wir sie sicher einlagern?«

Bei den Fakten blieb Professor Dr. Siegward Hasemann weiter unerschütterlich: »Ich habe mich natürlich mit meiner Expertengruppe abgesprochen, wie wir bei diesem hoch ansteckenden Virus vorgehen. Nach der Analyse haben wir beschlossen, dass wir nur zwei kleine Rückstellproben für ihr Ermittlungsverfahren bei uns asservieren werden. Wir haben darum unter höchsten Schutzvorkehrungen zwei kleine Kunststoffbehältnisse mit der vorgefundenen Substanz gefüllt und diese unter biochemischen Sicherheitsvorkehrungen verschlusssicher für die Bundesanwaltschaft aufbewahrt. Eine Probe bleibt bei uns, eine Rückstellprobe wird in einer Bundeswehreinrichtung eingelagert.

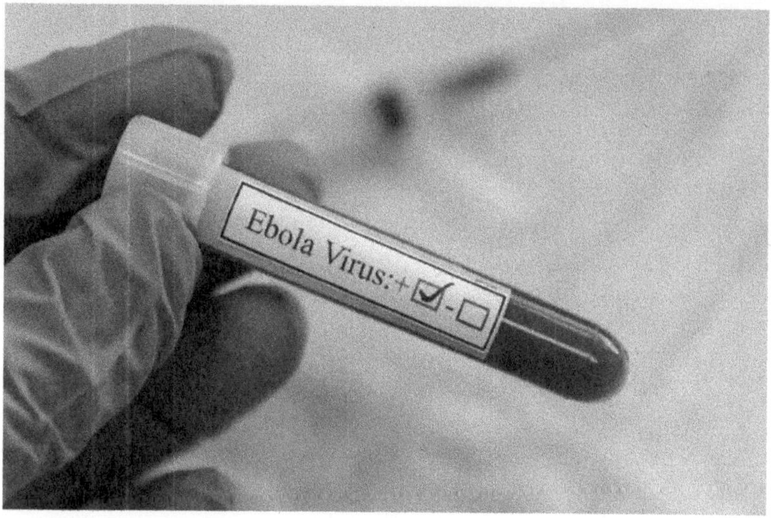

Unser Katastrophenschutz übernimmt dafür den Transport. Alle vorgefundenen Behältnisse, in denen das Virus festgestellt wurde, wurden ebenso isoliert und werden zeitnah einer thermischen Vernichtung zugeführt. Herr Bachmeyer, ich mag gar nicht daran denken, was passiert wäre, wenn sie diesen Hinweis nicht bekommen hätten. Eine Katastrophe von noch nie dagewesenem …

Schorsch bemerkte, wie sich der sichtlich schockierte Professor weiter in die Geschichte hineinsteigerte und unterbrach ihn: »Herr Professor, der Herrgott hat es gut mit uns gemeint. Wir haben alles richtig gemacht und müssen jetzt erst einmal wieder runterkommen. Auch für mich, für uns alle waren es Momente, die wir in unseren Leben, in unserer Laufbahn vermutlich nie wieder erleben werden. Wir können dankbar sein, dass wir in der heutigen Zeit als Strafverfolgungsbehörde auch mit den Nachrichtendiensten gut vernetzt sind. Ohne deren Mithilfe wäre uns dieser Zugriff auf Dr. Takir und Dr. Shaheen nie gelungen. Auch die Gegenseite ist vorsichtig und weiß, wie man in der heutigen Zeit unbemerkt kommunizieren sollte. Wir hatten in dieser Sache einfach nur Glück oder sagen wir mal, Kommissar Zufall hat uns geholfen. Aber wir werden gleich sehen, welche Überraschungen uns hier in diesem Anwesen noch erwarten. Ihre Hilfe und Ihr Sachverstand in diesem Verfahren sind das Wichtigste. Wir hätten Gott und die Welt rebellisch gemacht und die Öffentlichkeit wäre darüber informiert gewesen, was unter allen Umständen nach Rücksprache mit Berlin zu vermeiden war. Informationen über einen Anschlag mit einem Todesvirus hätte die Bevölkerung in zwei Lager gespalten. Das galt es zu verhindern. Das soll aber nicht bedeuten, dass für uns eine Einschränkung der Pressefreiheit im Vordergrund stand. Nein, in diesem Fall wurde auf Weisung von Berlin das öffentliche Interesse gewahrt und deshalb der Informationsfluss eingeschränkt. Die Parole ›Auge um Auge-Zahn um Zahn‹ durfte nicht zur Rechtfertigung rechter Gewalt werden, das Ganze musste daher geheim gehalten werden und bleiben. Nur so konnten wir verhindern, dass auf unsere hier lebenden Muslime Hass geschürt wurde. Und das ist gut so«, betonte Schorsch. »Trotzdem wird man der Presse natürlich Informationen über die beiden Wissenschaftler zuspielen. Informationen über Anschlagspläne, die jedoch weit davon entfernt waren, in irgendeiner Weise umgesetzt zu werden und die hier lebende Bevölkerung zu gefährden. Somit bleibt die Pressefreiheit gewahrt und der tägliche Alltagstrott nimmt wieder seinen Lauf. Und glauben Sie mir, Herr Hasemann, schon nach kurzer Zeit redet keiner mehr darüber, das ist gut für unsere Politiker und gut für das Volk«, schloss Schorsch seine Ausführungen und machte sich auf den Weg zur angemieteten Wohnung.

Robert Schenk und sein Team hatten spezielle Overalls der FAU angelegt und eine besondere ABC-Schutzmaske aufgesetzt, die ihnen Professor Hasemann gegeben hatte. Es war exakt acht Uhr siebenundvierzig, als die Tatortgruppe unter Leitung von Robert Schenk mit Experten der FAU Erlangen die Wohnung betrat. Schon nach kurzer Zeit konnte bezüglich einer Gefährdung durch Viren oder andere biologische Reagenzien Entwarnung gegeben werden.

Offensichtlich war die Altbauwohnung als konspirative Wohnung der beiden Verdächtigen genutzt worden. So befand sich neben einem eingerichteten Wohnzimmer ein kleines Arbeitszimmer, das eine Schlafgelegenheit bot und mit zwei Laptops ausgestattet war, die über eine Sende- und Empfangsanlage mit schnellem WLAN ausgestattet waren. Im Schreibtisch befanden sich zahllose Dokumente in arabischer und englischer Sprache, neben dem Schreibtisch war eine Pinnwand von zwei Metern Länge und etwa einem Meter Breite befestigt, die mit verschiedenen Fotos bestückt war.

Schorsch erkannte sofort, dass die Aufnahmen zwei Nürnberger Kirchen zeigten. Auf einem Bild war eine Außenaufnahme der Lorenzkirche zu sehen, der Eingangsbereich war markiert. Auf vier weiteren Aufnahmen der Lorenzkirche war der Innenraum zu sehen. Ein Foto zeigte den Aufgang zur Orgel und zum Glockenturm. Am untersten Bildrand stand in Arabisch irgendein Hinweis.

Unter der Bilderreihe waren fünf Bilder der Stadtpfarrkirche »Unserer Lieben Frau« angeheftet. Diese katholische Kirche, die zum Erzbistum Bamberg gehört, befindet sich direkt am Hauptmarkt und ist allen Besuchern des Nürnberger Christkindlesmarkt bekannt. Von hier aus begrüßt alljährlich das Nürnberger Christkind seine Gäste auf der Empore der Frauenkirche unterhalb des Männleinlaufens in Richtung Hauptmarkt. Die Außenaufnahme der Kirche, speziell die Empore, war ebenso mit einem roten Stift markiert worden. Ein Foto vom Innenraum der Kirche, es zeigte den Zugang zur Empore, war ebenso markiert und mit arabischen Schriftzeichen versehen worden.

Links oben zeigte die Pinnwand ein Bild einer männlichen Person, die im Schneidersitz auf einen Gebetsteppich vor einer weißen Wand Platz genommen hatte. Es war eine Aufnahme von Yazeed Fadl Allah Shadid, auch Kalif Ibrahim genannt. Rechts von ihm stand ein AK 47 Schnellfeuergewehr mit eingeklappter Schulterstütze. Yazeed Fadl Allah Shadid war in ein weißes Gewand gehüllt, sein Haupt war mit einer Art Turban bedeckt. Der bärtige Mann hatte seine rechte Hand zur Faust erhoben, sein Zeigefinder ragte dabei mahnend zum Himmel.

Die Spurensicherung asservierte neben den vorgefundenen Bildern zahlreiche schriftliche Aufzeichnungen und zwei Reisepässe. Ein Ausweisdokument, ausgestellt auf den belgischen Staatsangehörigen Dr. Mohamed Goossens, geboren am 05.01.1979 in Antwerpen, zeigte den Biochemiker Dr. Takir. Der andere Reisepass war mit einem Foto von Dr. Shaheen versehen, er hieß nun Hassan Ibrahim Buhari, geboren am 05.06.1977 in Zaire. Auch er hatte die belgische Staatsbürgerschaft. Beide Ausweispapiere wiesen auf der Innenseite die typischen Hologramme und Stempelabdrücke auf und waren auf den ersten Blick als echt anzusehen.

Schorsch dachte nach. Volltreffer. Es waren die beiden Personen, deren Tickets mit der besagten American-Express-Kreditkarte gebucht worden waren. Die beiden Tatverdächtigen kamen aus Kinshasa und nutzten diese Identitäten zur Einreise in die Europäische Union. Schorsch griff zum Telefon und bat Amar um Hilfe. Auf Amar Siradi war Verlass. Sein ehemaliger Übersetzer und Dolmetscher der arabischen Sprache war zuverlässig und einer von Ihnen.

In der Vergangenheit gab es hin und wieder schwarze Schafe in dieser Branche. Übersetzer und Dolmetscher, die ihren Glaubensbrüdern eher nahelegten, den Mund bei den Strafverfolgern zu halten, als Angaben zur Sache zu machen. Diese Leute verfolgten keineswegs das Ziel, vertrauensvoll mit den Strafverfolgungsbehörden zusammenzuarbeiten. Sie wussten zwar, dass ihre Entlohnung über die Staatskasse erfolgen würde, schienen aber überzeugt davon zu sein, dass man Glaubensbrüder vor der deutschen Gerichtsbarkeit schützen müsse. Daher mied Schorsch es, für ihn unbekannte Dolmetscher mit der Auswertung und Übersetzung von arabischen Schriftstücken zu beauftragen, die in einem Strafverfahren sichergestellt wurden.

Es war kurz vor dem Mittagsläuten, als die letzten der Ermittler die Dienststelle erreichten. Es lagen 29 Einsatzstunden hinter ihnen. Der Einsatz hatte bei jedem Spuren hinterlassen, die Erschöpfung machte sich bei allen bemerkbar. Fest stand, dass sich zwei potenzielle Attentäter oder auch Handlanger hinter Schloss und Riegel befanden. Das tödliche Virus war gefunden und isoliert worden. Zu keiner Zeit während war eine maßgebliche Gefährdung für die öffentliche Sicherheit und Ordnung gegeben.

Jeder Beamte sehnte sich jetzt nach einer Mütze Schlaf. Schorsch hatte Amar, dem man bereits sein altes Büro zugewiesen hatte, die sichergestellten Unterlagen zur Auswertung übergeben. Für Schorsch und Frau Fegmann war der Tag noch nicht zu Ende. Für siebzehn Uhr war die Vorführung der beiden Islamisten beim Ermittlungsrichter am Bundesgerichtshof in Karlsruhe geplant. Bis dahin waren die ersten Auswerteergebnisse der sichergestellten Unterlagen anzufertigen.

Schon nach kurzer grober Sichtung der Unterlagen konnte

der Dolmetscher Amar Siradi die Anschlagspläne bestätigen. Es war, wie Schorsch es beim Auffinden der Sprühvorrichtung in den eigens präparierten Pilgerrucksäcken und der vorgefundenen Fotos in der Wohnung in Gostenhof geahnt hatte. In beiden Kirchen sollten evangelische und katholische Gläubige während eines Gottesdienstes oder der Heiligen Messe mit dem tödlichen Virus infiziert werden. Der Islamische Staat würde dann, so die Aufzeichnungen, unmittelbar nach dem Anschlag über den Nachrichtensender »Al Jazeera« die Tat für sich reklamieren.

8. Kapitel

Donnerstag, 10. Mai 2018, 10.07 Uhr, PP Mittelfranken, K11, Besprechungsraum, 1.102

Die K11er hatten anstrengende Tage hinter sich. Der Ermittlungsrichter hatte gegen beide Beschuldigte Haftbefehl erlassen. Dr. Takir wurde der Justizvollzugsanstalt Stuttgart-Stammheim zugeführt, sein Kollege Dr. Shaheen wurde in der Haftanstalt München-Stadelheim bis zur Anklageerhebung untergebracht.

Das Tagesgeschäft und die Aufklärung der Mordserie an den Jägern konnte wieder fortgesetzt werden. Nach einer längeren Dienstbesprechung, Gunda hatte einen Mohn-Käse-Streusel mitgebracht, stand fest, dass zeitnah der Politiker Bert Reither und seine Freundin Chantal Römming befragt werden mussten.

Reithers Immunität war aufgehoben, es war somit für die Ermittler abzuklären, ob der Abgeordnete möglicherweise ein Motiv für das Tötungsdelikt besaß beziehungsweise, ob der Verdacht bestand, dass der schöne Berti einen Missbrauch an Minderjährigen begannen hatte. Günther Gast, der mit der Funkzellenauswertung am Tattag des 30. April und 1. Mai 2018 betraut gewesen war, stellte auch fest, dass Chantal Römming erst am 21.04.2018 das sechzehnte Lebensjahr vollendet hatte. Die vorliegenden Videoaufzeichnungen waren jedoch datiert auf den 8. April 2018, einen Sonntag. Hier hatte sich das Mobiltelefon des Liebespaares in den naheliegenden Funkmasten TK90FB8, unweit der Autobahn A 9, eingewählt. Beide, Reither und Römming, waren in Übereinstimmung mit der Videoaufzeichnung an diesem Sonntag für siebenunddreißig Minuten vor Ort. Am Tattag, dem 1. Mai 2018, konnten keine Einloggdaten der beiden an den besagten Funkmasten festgestellt werden. Das hieß, dass Reither entweder sein Mobiltelefon ausgeschaltet hatte oder an einem ganz anderen Ort eingeloggt war. Letzteres gab den Ermittler die Gewissheit, dass Reither zur Tatzeit ein Alibi hatte. Am Tattag hatte sich sein Mobiltelefon unmittelbar in den Funkmast bei seiner Wohnung eingeloggt. Dort führte er zur Tatzeit mehrere Telefonate und verschickte Kurznachrichten an Freunde, Bekannte und Chantal Römming. Somit konnte glaubhaft ein Alibi bestätigt werden. Reither konnte mit dem Tötungsdelikt am 1. Mai 2018 nichts zu tun haben.

Die Ermittler hatten ihn allerdings wegen der sexuellen Handlungen an Minderjährigen am Schlafittchen. Beide sollten sich daher zum Straftatbestand äußern. Was folgte, war eine schriftliche Zeugenladung von Chantal Römming.

Es war kurz vor zwölf Uhr mittags, als Schorsch sein Protokoll über die Durchsuchung fertiggestellt hatte, als sein Telefon klingelte. Die Erlanger Vorwahl sagte ihm, dass es der Anschluss des Rechtsmediziners Professor Alois Nebel war.

»Servus, Alois, willst Du mir das Mittagessen versauen? Wir sind gerade auf dem Sprung zu Anneliese in die Kantine, die hat heute ein feines Kesselgulasch für uns gekocht – all you can eat, wie man so schön auf Neudeutsch sagt, heute von zwölf bis zwölf Uhr dreißig. Und du weißt ja, Anneliese ist eine Küchenzauberin, bei ihr schmeckt einfach alles. Da geht natürlich auch ein zweiter Teller. Liebe geht eben durch den Magen. Und weil man heute ja nur einmal bezahlen muss, lacht auch der Beamtengeldbeutel. Da ist also vermutlich schon ziemlich viel los. Also was gibts, schieß los!«, entgegnete Schorsch.

»Tja, mein Guter, ich hatte ja die beiden Waidmänner auf

dem Tisch- oder besser gesagt, einen männlichen und einen weiblichen Jäger.« Der Professor hielt kurz inne und fuhr dann schmunzelnd fort: »Aber Schorsch, um heutzutage alles richtig zu machen, könnte ja einer der beiden auch unter die Bezeichnung divers fallen. Du weißt ja, das ist verdammt wichtig – aber die Frage kann ich dir leider nicht beantworten«, Alois Nebel konnte sein süffisantes Schmunzeln nicht verbergen und legte nach: »Du weißt ja, Toiletten bauen für das dritte Geschlecht und Gesetze erlassen, dass ab sofort bei jeder Stellenanzeige die Bezeichnung ›männlich-weiblich-pervers … äh divers‹ stehen muss, das kriegen wir hin, dazu ist der deutsche Michel in der Lage, aber beim Bau eines Hauptstadtflughafens … Na ja, das wird es dann ein Jahrhundertprojekt.«

Schorsch konnte sein Lachen nicht mehr verbergen: »Meine Worte, Alois, was da draußen in der Politik abläuft, ist kaum noch in Worte zu fassen. Aber weg von der Politik, was gibt es mit den beiden Jägern?«

»Das Obduktionsergebnis von Gottlieb habe ich ja schon mit Euch besprochen. Hätte er den Sturz von der Kanzel überlebt, dann wäre er Zeit seines Lebens geistig behindert gewesen. Bei der Jägerin sieht das Verletzungsbild anders aus. Frau Ebersfeld wurde, wie mir jetzt durch das Schussgutachten des Bayerischen Landeskriminalamts bestätigt wurde, durch ein Projektil im Kaliber .308 Winchester getötet. Laut den Unterlagen hatten wir ja am Tatort eine Patronenhülse gefunden und den Verdacht geäußert, dass von der Fundstelle aus der Schuss auf sie abgegeben worden sein müsste. Das Projektil haben ja eure Spurenermittler gefunden. Und jetzt kommt es, Schorsch, ein kriminalistischer Datenabgleich des Geschosses brachte es ans Tageslicht. Frauke Ebersfeld wurde mit der Waffe von Joseph Gottlieb ermordet. Punkt.«

Schorsch erwiderte: »Unsere Kriminaltechniker vom BLKA

konnten also die Herkunft der Waffe ermitteln, prima. Dann liegt meine Vermutung nahe, dass der Mörder für beide Taten infrage kommt. Durch den vorsätzlich herbeigeführten Unfall von Gottlieb kam er zu dessen Jagdgewehr. Bei der zweiten Tat benutzte er die Waffe und schoss damit Frauke Ebersfeld in den Kopf. Sie fand augenblicklich den Tod. Laut deines ersten Berichts drang das Kaliber in Höhe des Nasenbeins ein, verformte sich und drang am Hinterkopf wieder aus.«

»Ihr müsst also nach nur einem Mörder suchen. Beide Tötungsdelikte wurden von ein und demselben Täter ausgeführt«, erklärte Dr. Nebel.

»Ich frage mich, was das für einer ist und welches Motiv er hat«, erwiderte Schorsch. »Was bewegt ihn dazu, Jäger zu töten oder deren Tod durch Manipulationen an der Leiter zur Kanzel billigend in Kauf zu nehmen? Der weiß genau, was er will, und ich glaube, Alois, dass die beiden Opfer nicht die letzten waren. Der macht weiter.«

»Meine ich auch, Schorsch, aber jetzt geh erst einmal zu Anneliese, sonst wird das Kesselgulasch kalt. Nur noch so viel, wenn sich Angehörige bei dir melden sollten, die Freigabe der beiden Leichen wird zeitnah, also vermutlich noch heute, durch die Staatsanwaltschaft erfolgen. Also an Goudn«, schloss Alois das Telefonat.

Es war kurz vor dreizehn Uhr fünfzehn, als Horst und Schorsch wieder ihr Büro erreichten. Annelieses fränkisch-ungarisches Kesselgulasch mit Wacholderbeeren, Zwiebeln, Kümmel, Majoran, Schweineschmalz, Paprikaschoten, Knoblauch, Kartoffeln und dem Fleisch einer Schweineschulter hatte nicht nur den richtigen Dampf für hungrige Polizeikollegen parat. Es schmeckte unvergleichlich, denn schon seit den frühen Morgenstunden köchelte das Gericht vor sich hin und entwickelte eine Geschmacksnote, deren Duft sich durch das halbe Präsidium zog. Anneliese verstand ihr Handwerk und wurde daher von allen Kollegen und Kolleginnen für ihre Kochkünste und charmante Art hoch geschätzt.

Satt und zufrieden machten sich die Ermittler bei einem Espresso Gedanken über die weitere Vorgehensweise in Sachen Jägerschaft. Schorsch wollte mehr darüber erfahren, Robert Schenk und die Schwabacher Kollegin Lydia Hrdlicka hatten ihn in Sachen Jägerei ein wenig angefixt. Schon als Kind war Schorsch an der Jagd interessiert. Vielleicht lag es ja daran, dass sein Großvater in den Dreißiger- und Vierzigerjahren bei einem schlesischen Rittersgutbesitzer als Jagdaufseher angestellt war und er den Jagdtrieb irgendwie im Blut hatte. Schorsch dachte noch gerne zurück – an seine Kindheit, als sein Vater einen Hasen oder ein Reh aus der Decke schlug. Denn sein Vater hatte ja die Jägerei von seinem Vater gelernt. Auch er war damals als Kind dabei, lernte das Schießen, wusste alles über das Verhalten im Revier und über den Wald. Aber auch über die Gefährlichkeit der Jagd, denn als Zwölfjähriger hätte es fast einmal einen tödlichen Ausgang gegeben.

Damals, es war im Sommer 1940, herrschte Krieg in Europa und Heinz Vater Erich wurde zur Reichsbahn eingezogen. Heinz hatte damals seine jagdliche Erfahrung genutzt, um für das Überleben seiner Familie zu sorgen. Nach der Schule ging er auf die Jagd. Und weil man es damals mit den Sicherheitsvorschriften beim Umgang mit Schusswaffen nicht so genau nahm, passierte es eines Tages: Heinz hatte die Büchse seines Vaters durchgeladen und geschultert. Als er dann einen Hochsitz erklimmen wollte, rutschte er auf der Leiter aus, fiel zwei Stufen nach unten, der Gewehrkolben schlug auf eine Sprosse und ein Schuss löste sich. Die Kugel verfehlte wohl nur um

Zentimeter seinen Hinterkopf. Es war ein Erlebnis, dass Schorschs Vater prägen sollte. Ein leichtsinniger Umgang mit Schusswaffen kann in Sekunden ein Leben beenden. Daher war Sicherheit das Wichtigste, das man beim Umgang mit Schusswaffen zu beachten hatte. Bei der Polizei wurden die sicherheitsrelevanten Vorschriften jedem Polizeianwärter gebetsmühlenartig eingeschärft. Schorsch sah sein Gegenüber an:

»Horst, was mich schon seit Tagen beschäftigt: Bräuchten wir vielleicht bei unserer Mordserie mehr jagdliche Hintergrundinformationen? Wollen wir nicht auch unter die Jäger gehen? Das ist was ganz anderes, als sich am Golfplatz rumzutreiben oder mit der Fliegenrute Forellen nachzustellen. Beim Jagen hat man Spaß an der Natur und findet Entspannung. Irgendwie sind wir doch alle Jäger und Sammler, der eine mehr, der andere weniger. Vielleicht machen wir uns auch viel zu wenige Gedanken darüber, wo unser Fleisch herkommt und wie es produziert wird. Wenn du zum Einkaufen gehst, dann stehst du vor der Fleischtheke und siehst, wie billig heutzutage das Fleisch angeboten wird. Warum? Weil alles aus der Massentierhaltung kommt. Mit Proteinen gemästet und zudem tagtäglich Antibiotika ins gute Mastfutter, damit keine Krankheiten auf treten.«

Schorsch wollte seinen Kollegen nicht belehren, aber das Thema schien ihm wichtig zu sein. »Weißt du eigentlich, was wir täglich auf den Teller bekommen, was da alles drin ist? Welche gesundheitsgefährdenden Stoffe wir als Konsumenten durch diesen immer größer werdenden Fleischkonsum zu uns nehmen? Rosanne und ich machen uns da seit geraumer Zeit Gedanken darüber. Siehst du auf den Verpackungen, wie und mit welchen Mitteln die Tiere gemästet wurden? Sei es beim Geflügel, bei Rindern oder beim beliebten deutschen Hausschwein. Ganz ehrlich, Horst, nix wissen wir. Die erschreckenden Bilder unserer Masthaltungen schrecken den Fleischkonsumenten nicht ab. Da muss ich auch mal eine Lanze für unsere Tierschützer brechen, die so manchen Tierskandal der letzten Jahre aufgedeckt haben. Ich bin zwar kein Freund der Bunten, aber manche Ansichten, was Tierschutz betrifft, teile ich.«

Nach seinem Ausflug in die Politik kam Schorsch wieder auf sein eigentliches Anliegen zu sprechen: »Ich meine: Zurück zur Natur! Wildtiere leben in einer natürlichen Umgebung, sind nicht ein Leben lang angekettet oder auf engstem Raum zusammengepfercht. Ihr Fleisch ist unbehandelt, es sind Tiere, die ihr Leben in der freien Natur genießen und irgendwann, mitten im Leben durch einen gezielten Schuss getötet werden. Ohne jemals die Strapazen eines Viehtransports zur Schlachtbank miterlebt zu haben.«

Der Beamte redete begeistert weiter: »Jäger sind meines Erachtens die einzigen Naturschützer, die eine staatliche Prüfung ablegen müssen und die Kosten von Ausbildung und Ausrüstung allein bestreiten. Die Jägerschaft übernimmt eine gesamtgesellschaftliche Aufgabe, denn sorgen dafür, dass es nicht zu viel Wild in Wald und Flur gibt. Jäger übernehmen umweltpolitische Maßnahmen, indem sie der Seuchengefahr Einhalt gebieten, sie sind zuständig dafür, Biotope zu erhalten und zu schaffen. Alles Aufgaben, die mir immer mehr bewusst werden.«

»Edzerdla, warst du auf einer Veranstaltung der Bunten oder woher hast du das?«, Horst schaute ihn fragend an.

»Nein, Rosanne und ich haben uns schon eine ganze Weile mit dem Thema beschäftigt. Weißt du eigentlich, dass immer mehr Frauen die Jagdleidenschaft packt und sie sich zur Jägerin ausbilden lassen?« Schorsch öffnete eine Schreibtischschublade, holte eine Informationsbroschüre hervor und reichte sie seinem Gegenüber.

»Jagdschule Frankenland, mit uns sicher zur Jägerprüfung! Bei uns stimmt der Preis und die Leistung«, las Horst und ergänzte, »das ist ja gleich bei mir um die Haustür! In Feucht gibt es eine Jagdschule, interessant«. Horst blätterte in der Broschüre.

»Tja, Horst, haben wir das echt ins Auge gefasst. Wir wollen uns mal vor Ort informieren, die bieten sogar Wochenendkurse an. Aber vielleicht machen wir das auch in einem Dreiwochenmodul. Ein Hobby, das uns beiden zusagt – wir sind ja beide sehr naturverbunden – und neue Einsichten und Erkenntnisse eröffnet. Also, warum eigentlich nicht? Zu zweit macht ein Hobby doch viel mehr Spaß, man redet drüber, hat Gemeinsamkeiten, die man teilt.«

»Könntest Du denn ein Tier schießen?« Horst sah den Kollegen fragend an.

»Warum nicht? Ich habe mal gehört, dass ein Wald, bei dem keine Jagd auf Wild stattfindet, in kürzester Zeit seine Fauna verändern wird. Der Wald geht kaputt, Wildschäden nehmen überhand und die Natur leidet. Und mit ihr natürlich die Menschheit. Eine freie Natur würde es nicht mehr geben, wenn eine jagdliche Hege und Pflege in unseren Wäldern unterbleiben würde. Somit sind wir wieder bei den Jägern, die Naturschützer, von denen keiner etwas hören möchte, weil sie das arme Bambi schießen und den bösen Fuchs killen. Mehr weiß der Bürger darüber meistens nicht.«

Der Ermittler sah auch einen Zusammenhang mit den Morden, die sie aufzuklären hatten: »Somit schließt sich der Kreis auch wieder zu unseren beiden Getöteten. Welcher Hass schlägt den Jägern von manchen Weltverbesserern entgegen! Hass, der möglicherweise so weit gehen kann, dass der Täter vor einem Mord nicht zurückschreckt. Wir müssen besser verstehen, was in solch einer Jägerschaft vor sich geht. Weißt du, all diese

Dinge könnte man vielleicht als Außenstehender besser begreifen, wenn man sich mit der Materie mehr beschäftigen würde. Wir, also Rosanne und ich, sind daher fest entschlossen, die strapaziösen Wochen einer Jägerausbildung auf uns zu nehmen. Wir möchten einen tieferen Einblick in die Natur, in die Wildnis unserer deutschen Wälder zu gewinnen. Das Handwerkszeug der Jägerschaft verstehen und es selbst anwenden. Das erlegte Tier genießen, wissen, woher es kommt und wie es aufgewachsen ist.«

»Ja, das kann ich in gewisser Weise schon nachvollziehen. Aber du hast meine Frage immer noch nicht beantwortet, kannst du auf ein Tier schießen?«, wandte Horst ein.

»Klar, sonst brauchst du ja keine Jägerprüfung zu machen. Das gehört zu diesem Handwerk, das gehört zu den Aufgaben eines Jägers. Wissen, wann man das Wild erlegen darf und wann das Wild zu schonen ist. Im Winter da zu sein, wenn das Wild gefüttert werden muss. Es geht also nicht nur um schießen, schießen, schießen.«

»Stimmt schon, irgendwie klingen deine Argumente sehr plausibel. Das Fleisch dieser Tiere ist unbelastet und auf so etwas sollte man heute schon Wert legen. Aber ist das nicht ein teures Hobby? Der Lehrgang zur Jägerprüfung, dann die Ausstattung, was man da alles als Jäger so braucht. Und dann noch: Wo gehst du jagen? Willst du dir etwas pachten oder wie kommst du zu deinem Wildbret?«, wollte Horst wissen.

»Wie gesagt, bei der Jagdschule in Feucht kannst du in drei Wochen deinen Jagdschein machen. Das Preis-Leistungs-Verhältnis finde ich super, in den 2400 Euro ist alles in der Ausbildung eingeschlossen. Also alle Unterlagen zu den jeweiligen Prüfungsfächern einschließlich der Schießausbildung, was will man mehr? Und im Netz findet man nur lobende Worte über die Ausbilder. Leicht ist das grüne Abitur allerdings nicht, dafür musst du eine Menge büffeln, aber wenn du die Prüfung dann nach drei Wochen erfolgreich bestanden hast, bekommst du den Jagdschein, der bundesweit gültig ist. Damit kannst du dir das Werkzeug kaufen, das du für dein zukünftiges Hobby benötigst«.

»Wieviel Waffen bekommst du dann als Jäger?«

»Langwaffen, also Büchsen und Flinten, kannst du dir kaufen, so viel dein Herz begehrt, da gibt es keinerlei Mengenbegrenzungen für Jäger. Bei den Kurzwaffen kannst du dir maximal drei Stück zulegen, egal welches Kaliber du dir kaufen möchtest, zum Beispiel einen Revolver im Kaliber .357 Magnum oder eine Pistole im Kaliber .50 Action Express, also eine Dessert Eagle, damit haut es auch einen Elefanten um. Leute, die in einem Schützenverein ihrem Hobby nachgehen, haben natürlich eine Mengenbegrenzung bei der Anzahl von Schusswaffen. Da musst du jeden Kauf einer Waffe beantragen und genehmigen lassen. Als Jäger gehst du ins Waffengeschäft und kaufst ein, was dir gefällt, ohne einen Antrag stellen zu müssen. Deshalb wird bei Jagdscheininhabern eine Zuverlässigkeit im Umgang mit Schusswaffen immer vorausgesetzt.«

»Das klingt alles sehr interessant«, meinte der Kollege, »damit könnte ich mich auch anfreunden. Aber wie kommst du an ein Revier?«

»Als ausgebildeter Jäger kannst du dir zum Beispiel einen Begehungsschein beim Staatsfort holen, dann hast du die Möglichkeit, dort zu jagen, also dir da dein Wildbret zu schießen. Und Horst, das ist gar nicht so teuer. Solch eine Jahresgebühr liegt zwischen 450,– und 600,– Euro. Oder du findest einen Jagdgenossen, der dich in seinem Revier mit jagen lässt. Wenn du heute in einem Anglerverein bist, dann kostet eine Gewässerkarte im Jahr auch um die sechshundert Euro. Da sitzt du dann und wartest, bis ein Fisch anbeißt, das würde mich weniger reizen. Als Jäger sitzt du entweder an oder du pirschst dich an das Wild heran, das du erlegen möchtest. Glaub mir, du bist eins mit der Natur. Natürlich ist der Stoff, das Wissen, das du in deiner Jägerausbildung bewältigen musst, gewaltig. Umso mehr freut es dich dann, wenn du deinen Jägerbrief nach bestandener Prüfung überreicht bekommst. Dann bist du die ersten drei Jahre Jungjäger und lernst erst einmal das Jägerhandwerk von der Pike auf«.

»Du bist ja schon voll informiert, wie lange beschäftigst du dich schon damit?«, fragte Horst.

»Schon eine ganze Weile, aber nach den beiden Tötungsdelikten ist das Thema bei Rosanne und mir wieder auf die Tagesordnung gekommen. Unser gemeinsamer Entschluss steht fest. Wie gesagt, wir machen den Kurs bei dieser Jagdschule in Feucht. Im Netz kann man nur Positives über seine Ausbilder lesen. Und Feucht liegt ja gleich vor der Haustür, ist nur ein Katzensprung für uns. Und ich habe so viele Überstunden aufgebaut, die ich irgendwann abfeiern muss. Die dreiwöchige Ausbildung bietet sich dafür förmlich an«.

»Also gut, dann bin ich ja mal gespannt, wie ihr beide das hinbekommt«, beendete Horst die Unterhaltung, als kurz darauf Schorschs Telefon klingelte.

»Bachmeyer, K11« meldete er sich.

»Hallo Herr Bachmeyer, hier ist Sugula, Bruno Sugula, der Freund von Sepp«.

»Wie kann ich Ihnen helfen?«

»Na ja, wir haben uns ja in der ganzen Jägerschaft Gedanken gemacht, wer für die Ermordung der beiden Jagdgenossen infrage kommen könnte. Sepps Leiter wurde angesägt, dann der Mord an der Jägerin Frauke Ebersfeld, das hinterlässt Spuren in der Jägerschaft, die so manche Fragen aufwerfen, wer macht so etwas? Und ganz ehrlich, das Video mit dem schönen Berti, ich glaube nicht, dass sich ein Politiker auf ein Kapitalverbrechen einlässt. Die Filmsequenz ärgert ihn natürlich, aber einen Mord an Jägern zu begehen, auch wenn die politischen Ansichten seiner Partei gegen die Jägerschaft sprechen, halte ich persönlich für eher ausgeschlossen. Obwohl sich Reither für die Tierrechtsorganisation BTRV und für den Bayerischen Tierrechts Verein engagiert, wir haben uns doch damals bei Traudl Gottlieb auf der Terrasse darüber unterhalten. Erinnern Sie sich?«

»Ja freilich, da soll es Tierschutzaktivisten geben, die auch gewalttätig sein sollen. Aber bis jetzt haben wir keinerlei Hinweise auf Namen oder mögliche Kampagnen aus diesen Reihen erhalten«, entgegnete Schorsch.

»Daher rufe ich ja nochmal an«, entgegnete Sugula: «Wir haben vielleicht eine Spur, einen Hinweis auf eine Organisation, die es sich auf die Fahnen geschrieben hat, auch mit Gewalt gegen Leute vorzugehen, die nach deren Ansicht das Tierwohl mit Füßen treten. Es ist die ALF, die Animal Liberation Front.«

»Die Animal Liberation Front, davon habe ich noch nie gehört, wer soll das sein?«, erkundigte sich Schorsch.

»Die ALF ist eine militante Gruppe der Tierbefreiungsbewegung, die international agiert und dezentral aufgestellt ist. In den USA wird diese Gruppierung vom Federal Bureau of Investigation, also FBI, als terroristische Vereinigung klassifiziert. Ihr Ziel ist es nicht nur, Tierversuche oder das Töten von Tieren zu verhindern – ob auf medizinischer und kosmetischer Ebene oder bei der Züchtung in Pelzfarmen. Jeder, der für die Tötung von Tieren ist, wird von Ihnen radikal verfolgt. Die schrecken auch nicht von brutalen Angriffen gegen Jäger oder jagdliche Einrichtungen zurück.«

Sugula schien über die Organisation bestens informiert zu sein: »Diese Untergrundbewegung von autonomen Gewalttätern ist selbst nicht vernetzt, daher kommt man schlecht an die Straftäter heran. Die Tierbefreiungsfront setzt sich zusammen aus voneinander unabhängig agierenden Aktivisten, die es sich zum Ziel gemacht haben, Gewalt nicht um der Gewalt willen anzuwenden. Ihr Kodex zielt darauf ab, das Leiden von Tieren in jedweder Art zu verhindern. So kann in Notwehrsituationen es ein probates Mittel sein, Gewalt gegenüber denjenigen anzuwenden, die gegen das Tierwohl sind, zum Beispiel, wenn Jäger auf die Bockjagd gehen. Die Aktivisten argumentieren, dass sich Tiere selbst nicht wehren können und der Willkür der Menschen schutzlos ausgeliefert sind. Daher ihr Aufruf zur Gewaltanwendung gegenüber Jägern, Metzgern, Viehzüchter und Verantwortlichen der Pharmaindustrie, die aus ihrer Sicht als solidarische Notwehr anzusehen ist, um Tierversuche und Tötungen zu verhindern. So werden Hochsitze umgesägt, Leitern angesägt oder einfach abgefackelt. Ganz ehrlich, Herr Bachmeyer, ich traue denen auch einen Angriff gegen Leib und Leben von Jägern zu. Das sind autonome Fanatiker, die keine Gewalt scheuen. Deren Slogan lautet: ›Kein Friede mit Tiermördern‹, kann gut sein, dass wir den Mörder in diesen Reihen zu suchen haben- Ein kleiner Hinweis: Googeln Sie mal im Netz, dort werden viele Aktionen dieser Aktivisten eingestellt«, schloss Sugula seine Informationen.

»Das ist ein guter Hinweis, Herr Sugula, dem wir auf jeden Fall nachgehen werden. Haben Sie sonst noch welche Erkenntnisse in der Angelegenheit? Ich hoffe, ihre Jagdkollegen sind durch die beiden Verbrechen sensibilisiert worden, es ist nicht auszuschließen, dass unser Täter wieder zuschlägt.«

»Noch eine Frage, Herr Bachmeyer, haben Sie schon einen Hinweis erhalten, wann die Freigabe der Leichen durch die Staatsanwaltschaft erfolgen wird?«, interessierte sich Sugula.

»Gut, dass sie mich darauf ansprechen«, war Schorsch sofort

zu einer Antwort bereit. »Die Freigabe für die Bestattung der beiden Opfer wird vermutlich noch heute durch die Staatsanwaltschaft erfolgen. Die beiden werden also schon bald ihre letzte Ruhe finden. Aber Herr Sugula, ich habe noch einmal eine ganz andere Frage, eine Frage über die Jagd und der zugehörigen Ausbildung. Ich wollte mal Informationen aus erster Hand von einem Jäger. Was halten Sie von dieser Jagdschule in Feucht bei Nürnberg?«, kam Bachmeyer zu einem ganz anderen Thema.

»Ach, Sie sprechen mich auf die Jägerschule in Feucht an?« Natürlich kannte Bruno Sugula die Jagdschule Frankenland.

»Exakt«, war Schorsch froh über schnelle die Antwort. »Ich habe zwar schon viel im Netz darüber gelesen, aber gerne würde ich die persönliche Meinung eines erfahrenen Jägers dazu einholen«, meinte Schorsch.

»Gut, bei Ihnen hapert es vermutlich, wie bei vielen heutzutage, mit der Zeit. Wenn Sie viel Zeit haben, dann machen sie die Vorbereitung bei einer Hegegemeinschaft des Bayerischen Jagdverbands. Die bieten diese Vorbereitungslehrgänge an, die ungefähr ein halbes Jahr dauern. Diese Lehrgänge sind dann meist jeden Samstag und Sonntag ganztägig. Dort wird Ihnen dann das Jägerhandwerk in Praxis und Theorie vermittelt. Leichter und weniger zeitintensiv sind Blocklehrgänge, die in Vollzeit durchgezogen werden.« Bruno Sugula hatte offensichtlich kein Problem mit dieser gern geschmähten vermeintlichen Abkürzung zum Jagdschein und fuhr fort: »Da finden solche Lehrgänge in Wochenkursen statt. Also Montag bis Sonntag von acht bis sechzehn Uhr. Aber diese Kurse sind nicht zu unterschätzen, da der Stoff abends vom Lehrgangsteilnehmer noch nachgearbeitet werden sollte. Die Lehrinhalte sind identisch zu der langwierigen klassischen Ausbildung. Haben Sie schon einmal versucht, Sommerrapps und Winterrübchen in Samenbeuteln zu unterscheiden? Beides kleine, schwarze Saatkörnchen. Kurzum, es sind drei harte Wochen, wo man jede Menge Stoff pauken und gleichzeitig gute Schießergebnisse zeigen muss. Ich sag mal, das grüne Abitur ist nicht einfach, in drei Wochen Intensivunterricht bei Johannes Lippert und seinem Ausbilderteam aber machbar. Und genau dazu ist eben diese Jagdschule prädestiniert. Dieser Lippert hat sehr gute Ausbilder, die ihnen den wichtigsten Stoff der Jägerei in kürzester Zeit vermitteln. Also nochmal zum Mitschreiben: Wenn Sie viel Zeit haben und in sechs Monaten kein freies Wochenende mehr haben möchten, dann melden Sie sich bei einer Hegegemeinschaft an. Wenn es schnell und gut gehen soll, dann sind Sie mit einem Intensivkurs von drei Wochen in Feucht bestens bedient.«

Bachmeyer hatte seine Informationen: »Besten Dank, Herr Sugula, damit haben Sie mir bei meiner Entscheidungsfindung sehr geholfen. Vieles im Netz spricht für diese komprimierte Ausbildung, ich wollte es nur noch einmal von einem erfahrenen Jäger bestätigt bekommen«, schloss Schorsch das Gespräch, als seine Bürotür aufging und Günther Gast mit einer Umlaufmappe in sein Büro kam.

»Servus Schorsch, die Staatsanwaltschaft, Dr. Menzel, hat gerade bei mir angerufen, unsere beiden Jäger wurden freigegeben, können also beerdigt werden. Und was unseren schönen Berti betrifft, der wird da aus der Nummer mit Chantal Römming nicht mehr rauskommen. Beischlaf mit einer Jugendlichen zwischen vierzehn und sechzehn Jahren ist auch bei einvernehmlichem Sex strafbar, wenn der Täter älter ist als einundzwanzig und die fehlende Fähigkeit des Opfers zur sexuellen Selbstbestimmung ausnutzt. Denn der Altersabstand, den Reither und Römming nicht haben, soll vor dem Gesetz sicherstellen, dass nur Fälle eines gefährdungstypischen Machtgefälles verfolgt werden und nicht jugendtypische Beziehungen zwischen gleichaltrigen Personen. Tja, und da Reither schon einige Jahrzehnte auf dem Buckel hat, haben wir den Hallodri. Ich bin gespannt, wie sein Anwalt das vor Gericht vertreten wird. Schorsch, glaub mir, der Reither versucht mit allen Mitteln, seinen Hals aus der Schlinge zu ziehen«, schloss Günther.

»Das meine ich auch, Günther, aber mal sehen, vielleicht reicht die Geschichte für seinen Rücktritt und dafür, die Presse damit zu impfen.«

»Diese Chantal Römming hat, wie vorhergesehen, alles abgestritten und sogar Filmmaterial mit eindeutigen Szenen mit ihr als manipuliert, also als Fälschung, bezeichnet. In der heutigen Zeit könne man mit einer speziellen Software jeden Film verändern und jede Person in solche abscheulichen Videosequenzen einbauen, so ihre Einlassung.«

»Na ja, für die Tatzeit an Joseph Gottlieb hat Reither ja ein Alibi. Das wiederum schließt die Täterschaft an Frauke Ebersfeld aus, da der Täter mit der gestohlenen Waffe von Gottlieb auf sie geschossen hat«, bekräftigte Schorsch und erzählte Günther von dem soeben geführten Telefonat mit Sugula. Günther war erstaunt, auch er hatte von dieser ALF noch nie etwas gehört. Aber in Hinblick auf die Tatsache, dass Frauke Ebersfeld gerade in den sozialen Netzwerken sehr aktiv war und Abschussbilder sowie ihre Trophäen postete, könnte sie diese Art von lebensgefährlichen Followern auf sich aufmerksam gemacht haben.

Daher war es eigentlich unstrittig, dass hier ein Motiv für die Tat liegen könnte, Frauke Ebersfeld aufgrund ihrer Veröffentlichungen im Netz zu töten. Und vielleicht war daher Joseph

Gottlieb nur zur falschen Zeit am falschen Ort. Vielleicht plante man seitens dieser ALF zum 1. Mai, also zur Eröffnung der Bocksaison, nur Anschläge auf Jagdeinrichtungen und wollte damit nicht jemand gezielt treffen, sondern irgendeinen, der unachtsam solch eine manipulierte Leiter bestieg. In diesem Fall Sepp Gottlieb.

Andererseits sprach gegen diese Theorie, dass der Täter vor Ort gewartet haben musste, bis jemand die Jagdeinrichtung bestieg. Man wartete also gezielt auf jemanden. Auf jemanden, den man vielleicht tags zuvor beobachtet hatte und wusste, dass er genau an diesem Tag zur Bockjagd diese Kanzel besteigen würde. Das würde auch den Diebstahl seiner Jagdausrüstung erklären. Das Team musste darüber unterrichtet werden. Schorsch blickte auf sein Männerspielzeug. Es war kurz vor Feierabend, noch bevor die K11er die Dienststelle verlassen konnten, griff er zum Telefon und rief spontan eine Besprechungsrunde ein.

16.55 Uhr, PP Mittelfranken, K11.

»Liebe Kollegen, ich will es kurz machen, damit noch jeder in den wohlverdienten Feierabend und in seinen Biergarten kommt. Aber macht euch bitte mal bis morgen Gedanken über die ›Animal Liberation Front‹, kurz ALF genannt.« Schorsch zeigte auf seiner Pinwand, wo er zwischenzeitlich das Logo dieser Autonomen Szene angeheftet hatte. Dann informierte er seine Leute über den Hinweis von Sugula und die Tatsache, dass nach seinen eigenen Recherchen es nicht auszuschließen sei, dass beide Mordopfer auf das Konto der ALF gingen und die Ermittlungen gegen den schönen Berti aufgrund seines Alibis nur noch im Bereich eines Sexualdelikts zu führen waren. Und weil das Ermittlungsverfahren gegen Dr. Takir und Dr. Shaheen weiter seitens des Generalbundesanwalts geführt wurde, konnte man sich neben des allgemeinen Tagesgeschäftes endlich wieder den zwei Morden im Jägermilieu widmen.

9. Kapitel

Freitag, 11. Mai 2018, 20.42 Uhr, Traunfeld, 92283 Lauterhofen

Lukas Kehlmeier, von den ansässigen Bauern nur Luk genannt, hatte die letzte Fuhre Heu für seine Nutztiere eingefahren und machte sich mit seinem Fendt-Traktor auf den Nachhauseweg in Richtung Dippersricht. Es war kurz vor dreiviertel neun, die Dämmerung hatte bereits eingesetzt, als er unweit einer Waldlichtung einen dunklen Land Rover bemerkte, dessen Fahrzeugtüren sperrangelweit geöffnet waren. Kehlmeier bremste ab und stellte seinen Fendt auf dem Flurbereinigungsweg ab. Im Schein der Dämmerung marschierte er zielgerichtet, mit einer Taschenlampe bewaffnet, auf den Geländewagen zu und leuchtete den Innenraum aus. Es schien, als ob jemand das Fahrzeug verlassen hätte und dabei absichtlich beide Fahrzeugtüren offengelassen hatte. Vielleicht wollte jemand etwas aus dem Fahrzeug ausladen.

»Merkwürdig«, dachte Kehlmeier, als er im Frontbereich der Windschutzscheibe ein grünes Hinweisschild mit der Aufschrift »Jagdschutz Bayern« wahrnahm. Das Fahrzeug musste also einem Jäger gehören. Der Vollerwerbsbauer kannte die hiesige Jägerschaft und deren Fahrzeuge genau, diesen Wagen hatte er aber noch nicht gesehen. Er schloss die Türen und drehte sich in Richtung seines Traktors um, als er das Knacken eines Asts hörte. Er drehte sich und bekam einen harten Schlag ins Gesicht, auf seine rechte Jochbeinseite. Kehlmeier verlor das Gleichgewicht und fiel zu Boden, krümmte sich vor Schmerzen und klammerte sich in den Boden, als er Sekunden später einen Schlag auf den Hinterkopf spürte, der ihm das Bewusstsein nahm.

Johann Kehlmeier blickte auf die Küchenuhr, es war zweiundzwanzig Uhr sieben, eigentlich müsste sein Vater schon längst von der Heuernte zurück sein. Seit gut einer halben Stunde versuchte er vergeblich, ihn telefonisch zu erreichen, immer wieder wurde er auf die Mailbox von Vaters Mobiltelefon verwiesen. Irgendetwas stimmte nicht. Der Jungbauer ging zur Garderobe, zog seine Jacke an, nahm den Jet-Helm von der Hutablage, startete Minuten später sein Quad und nahm den Flurbereinigungsweg Richtung Kucha. Von Weitem konnte er die Scheinwerfer eines Traktors erkennen, der mit laufendem Motor auf dem Schotterweg abgestellt war. Es war der Traktor seines Vaters. Vom dem war aber weit und breit nichts zu sehen. Im Scheinwerferlicht waren aber Fußspuren zu sehen. Langsam fuhr Johann Kehlmeier der Spur hinterher, die in Richtung Waldlichtung führte.

Freitag, 11. Mai 2018, 20.48 Uhr, Cucina Italiana,
Schwander Straße 10, 90530 Wendelstein, OT Sorg

Rosanne hatte sich bereits das zweite Glas Ronchedone, einen hervorragenden und gehaltvollen Rotwein aus der Lombardei, bestellt. Mit seinen 14,5 Umdrehungen verzauberte dieser Tropfen nicht nur den Gaumen jedes Genießers. Seine balsamische Note mit dem Duft roter Früchte hinterließ beim Abgang eine regelrechte Geschmacksexplosion von saftig frischen Nuancen, die vergleichbar einer sanften Beerenkonfitüre zum Ausdruck kamen.

Es war kurz vor einundzwanzig Uhr, als eine reifere Seniora hinter der Theke das Tablett mit den Getränken ergriff und auf den Tisch von Rosanne und Schorsch zulief. Ihre vollen grauen

Haare waren flott geschnitten und das sonnengebräunte Gesicht ließ ihre smaragdgrünen Augen umso mehr strahlen. Ihre annähernd siebzig Lenze sah man der modisch, aber mit ihrem eigenen Chic gekleideten Frau nicht an. Und nicht nur manch älterer Mann schien die charmante Dame ausgesprochen anziehend zu finden.

Die Frau war sich ihrer Wirkung durchaus bewusst und wusste, ihre noch immer schönen weiblichen Formen mit ihrer Kleidung vorteilhaft zu unterstreichen. Auch Schorsch kam ins Nachdenken. Und dann fiel es ihm ein: diese schwingenden Hüften, die Oberweite und dieser knackige Hintern: Er kannte die Frau!

Sie stellte das Tablett vor ihm ab und meinte lächelnd: »Es ist eine Menge Wasser die Pegnitz runtergelaufen, viel Zeit vergangen. Du hast dich ja fast nicht verändert, lediglich der Pornobalken ist verschwunden und die Haare sind nicht mehr so voll und sind grau geworden. Servus Schorsch, kennst du mich noch?«

»Mein Gott, wie die Zeit vergeht, bist du die A… nah, hilf mir, die Alessandra?«

»Siehst du, irgendwas ist damals hängen geblieben in der lauschigen Sommernacht, hätte mich auch gewundert, mein Bester«, Alessandra lächelte Schorsch an und zwinkerte ihm zu.

Der sah Rosanne an, die schon erwartungsvoll auf eine Erklärung wartete, den Stil ihres Weinglases umklammerte und Alessandra von oben bis unten musterte.

»Ja, also …«, meinte Schorsch nicht gerade überzeugend, »das ist eine alte Bekannte von mir, Alessandra. Alessandra ist die Tante von Angelo und Leo, wir kennen uns von früher her. Ist ja schon ewig her.« Jetzt lächelte Schorsch Alessandra zu, die ihre rechte Hand auf seine Schulter gelegt hatte und antwortete: »Na, mein Lieber, willst du deine alte Bekannte nicht ordentlich begrüßen?«

Verlegen stand Schorsch auf, rückte mit den Kniekehlen den Stuhl zurück und spürte im gleichen Moment, wie Alessandra ihren Arm um seine Schulter legte und ihn zu sich hinzog. Spielerisch gab sie ihrem alten Bekannten ein Küsschen auf die Wangen und reichte dann Rosanne die Hand: »Ich darf mich kurz vorstellen, ich bin Alessandra und du bist vermutlich Schorschs Frau, habe ich recht?« Die beiden Gäste sahen sie erstaunt an.

»Alessandra, gut siehst du aus!«, sagte Schorsch, »was zieht dich wieder ins Frankenland, meine Liebe? Hast dich fast nicht verändert, immer noch der Lederfreak wie damals«, Schorsch blickte anerkennend auf ihre schwarze, enganliegende Lederhose, die ihren Hintern sehr schön zur Geltung brachte, dann wanderte sein Blick aufwärts. Alessandra trug eine weiße Bluse mit nicht gerade prüdem Dekolleté und eine hautenge Lederweste.

»Klar, mein Bester, das Leder lässt mich nicht mehr los, schön dass du dich noch daran noch erinnerst.« Alessandra klopfte ihm mit ihrem rechten Zeigefinger auf die Brust.

»Wie lange bist du denn schon hier und wie lange bleibst du noch?«, fragte Schorsch, der Alessandra mit einem schmeichelnden Blick ansah, der Rosanne nicht verborgen blieb.

»Erst Ende Juni gehts wieder in die Heimat. Bis dahin muss ich noch jede Menge meiner alten Freunde besuchen. Schorsch, du weißt ja, man wird nicht jünger und da sollte man die alten guten Erinnerungen noch einmal ins Leben zurückrufen, du verstehst, was ich meine.« Alessandras sah nun Rosanne an, die sie mit nachdenklichem Blick beobachtete und zwischenzeitlich einen Schmollmund zog, der auch Schorsch nicht entging.

»Na ja, dann freu ich mich für dich, vielleicht sehen wir uns ja bis dahin noch einmal. Wir sind ja öfters hier bei deinem Neffen, die Küche ist immer hervorragend. Wohnst du denn hier bei Angelo?«

»Der Schorsch, wie immer mit allem zufrieden, so kenne ich ihn«, Alessandras blinzelte ihm zu, »Angelo ist genauso wie mein Neffe Leonardo schon immer bodenständig geblieben, seine Stammkunden wissen seine Küche und Gastfreundschaft sehr zu schätzen. Das gibt unserer Familie Rückhalt und das gewisse Maß an Sicherheit. Und Familie bedeutet eben auch, dass man sich besucht, die alten Familienbande zusammenschweißt, du verstehst, Schorsch«.

»Ja natürlich, Alessandra, man wird ja nicht jünger, man muss das Leben einfach genießen, morgen kann es schon zu spät sein. Daher lautet meine Divise: Lebe den Tag, als wenn es dein letzter wäre.« Schorsch lächelte sie an, als Angelo seine Tante zur Theke beorderte und Rosanne das Wort ergriff.

»Du siehst aber gut aus … Mensch Schorsch, gehts noch? Was will die Frau von dir? Das ist doch mehr als eine Bekannte! Los, raus damit!«

Schorsch drehte seinen Kopf zu seiner Partnerin: »Eifersüchtig? Oder höre ich da was anderes raus, meine Beste?«

»Mein Bester, meine Beste … Spinnst du? Diese Schabracke nennt dich mein Bester, du nennst mich meine Beste. Hallo, gehts noch!«

»Du wieder, das ist eine alte, gute Bekannte, mehr nicht!«

»Aber, nur eine Bekannte? Da war doch mehr, sonst würde sie ja nicht mein Bester antworten. Und interessant, das mit dem Leder, daran kannst du dich noch erinnern … Gib zu, da war was mit der!«

»Mein Gott, was soll ich zugeben, vielleicht einer meiner Jugendsünden, wenn man überhaupt von Jugendsünde sprechen darf.«

»Jugendsünde nennt man das heute also«, konterte Rosanne.

»Nein, keine Jugendsünde, eine schöne Erfahrung in meiner Singlezeit«, erwiderte Schorsch.

»Du streitest es also ab?«

»Was soll ich abstreiten, ich habe gerade gesagt, es war keine Jugendsünde. Es war damals halt so in den Achtzigern, eine unbescholtene Zeit, wo man Erfahrungen gesammelt hat und das HIV-Virus noch nicht bekannt war. Erfahrungen mit einer älteren Frau. Ist das schlimm?«

»Erfahrungen also nannte man das. Und du hattest einen Pornobalken, klingt ja interessant, sehr interessant, Herr Bachmeyer.«

»Bist du jetzt sauer? Die Alessandra hat dir doch nichts getan. Dein Gesicht müsstest du mal sehen«, Schorsch strich über sein Mobiltelefon, öffnete die Kamera, hielt das Objektiv Rosanne entgegen und betätigte den Auslöser, als er Sekunden später entgegnete: »Schau mal dein Mumpfelgesicht an! Edzerdla hör auf damit, das gehört eben zu meiner Vergangenheit. Ist das wirklich so schlimm?«

»Schlimm nicht, aber interessant. Du hast damals vermutlich auch alles mitgenommen, was nicht bei drei auf dem Baum war. Sei ehrlich, Herr Bachmeyer«, Rosanne lächelte ihn nun wieder verschmitzt an.

»Will ich ja nicht bestreiten, die Zeit war damals halt anders. Und früher sagte man, auf älteren Pferden lernt man das Reiten. Also geh mal in dich, irgendwie ist an dem Satz schon was Wahres dran. Oder? Sag jetzt bloß nix falsches, Madame«, Schorsch nachdenklicher und strenger Blick entlockten seiner Siemensianerin wieder ein süffisantes Lächeln.

»Also, dann erzähle doch mal von ihr, wie war sie? Wenn du

dich schon so genau an den Lederfreak von damals erinnerst, dann ist da vermutlich auch was hängen geblieben. Oder? Ich bin gespannt auf deine Erzählungen«, Rosanne griff zum Weinglas und prostete ihm zu.

»Du bist so was von neugierig! Frage ich dich nach alten Liebeleien?«

»Hast du noch nicht, aber du weißt ja, Frauen sind neugierig und forschen gerne ihre Männer danach aus. Also leg los, was hat sie alles mit dem Jüngling von damals gemacht, schieß los, ich bin gespannt«, dann sah sie zu Alessandra, die zwischenzeitlich wieder hinter der Theke stand und aus den Augenwinkeln die Konversation der beiden beobachtete. Rosanne nahm den letzten Schluck aus dem Weinglas und orderte mit Gestik und Mimik, das dritte Glas bei der Frau hinter der Theke. Denn der Abend bei Angelo war noch lange nicht vorbei.

Samstag, 12. Mai 2018, 09.55 Uhr, Pilotystraße, Nürnberg

Die beiden saßen auf dem kleinen Balkon, tranken Kaffee, warfen einen Blick in die Wochenendausgabe des Nürnberger Express und ließen den gestrigen Abend Revue passieren.

Es war spät geworden, nachdem Rosanne das dritte Weinglas bei Alessandra geordert hatte, kam sie so richtig in Stimmung, um ihrem Schorsch ein paar alte Geheimnisse von seiner Sturm-und-Drangzeit zu entlocken. Und Schorsch haderte nicht, er merkte, wie er bei seiner Partnerin dabei ihre Neugierte entfachte. Die Neugier, mehr über Schorschs damaliges Liebesleben zu erfahren. Wie er war, was er damals suchte und natürlich was er in seinen jungen Jahren schon alles so erlebt und mit dem weiblichen Geschlecht ausprobiert hatte. Und Schorsch war sich bewusst, dass er dabei seiner wissbegierigen

Partnerin in gewisser Hinsicht selbst erotische Erfahrungen entlocken konnte.

Das dritte Glas Wein half ihm dabei, der alte Ermittler drehte mit seinen Fragen gekonnt den Spieß um. Und auf einmal hatte er sie dort, wo er sie haben wollte, leicht beschwipst plauderte Rosanne auch über ihre erotischen Erlebnisse und Geheimnisse aus dem Nähkästchen, die Schorsch bis dahin noch nicht so im Detail bekannt waren. Rosanne hatte erst in den letzten Jahren ihre Affinität für sexuelle Rollenspiele entwickelt. Es war eine Steigerung, die sich langsam entwickelte.

Eine Kollegin aus Erlangen hatte sie dazu animiert. Die organsierte eine Werbe- und Verkaufsveranstaltung, also einen Mädelsabend, mit einem Anbieter für Erotikartikel, Sexspielzeug, Reizwäsche, Lack, Leder und Latex. Geboten war ein vielfältiges Sortiment, das die Frauen unter viel Gelächter vor Ort ausprobieren, testen und bestellen konnten. Dabei unterhielten sich die Frauen auch darüber, wo und wann sie damit ihren Partner überraschen konnten und wie erotisch sie dabei auf ihn wirken würden. Die Damengruppe zeigte natürlich untereinander großes Interesse daran, welche Erfahrungen jede Einzelne mit den Artikeln schon gemacht hatte und wie ihr Gegenüber darauf reagiert hatte. Zu später Stunde räumte Rosanne ein, dass auch sie, genau wie Alessandra, auf Leder stand und dessen Geruch mochte. Schwarzes Leder auf nackter Haut mit ihrem Partner zu erleben, würde ihr so manchen Kick geben und ihr gemeinsames Liebesleben bereichern.

Bei ihrem Frühstück war aber nicht nur der gestrige Abend ein Thema. »Schau mal, da hat dieser Chefredakteur einen Artikel über die beiden Morde an den Jägern verfasst, der weiß offensichtlich mehr als ihr«, Rosanne reichte Schorsch den Zeitungsartikel und der las ihn vor:

»Nach dem tragischen Tod zweier Jäger im Lorenzer Reichswald, wir berichteten darüber, liegt nun dem Nürnberger Express ein anonymes Bekennerschreiben vor. Unbestätigten Angaben zufolge, das Schreiben ging gestern Abend kurz vor Redaktionsschluss bei uns ein, reklamiert die Animal Liberation Front (ALF) die beiden Todesfälle für sich. Beide Jäger, so die ALF, haben seit Jahren rücksichtslos, kaltblütig und respektlos Wildtieren nachgestellt und sie aus grobem Eigennutz getötet. Getötet, um Spaß dabei zu haben, ihre Machtpositionen dabei auszuspielen, zu entscheiden, wann ein Tier den Tod findet und das Leiden der Tiere dann der Öffentlichkeit in sozialen Medien zugänglich gemacht. Aktivisten der ALF konnten dabei nicht mehr länger zusehen und haben sich entschlossen, den beiden Jägern ihr schmutziges Handwerk zu legen.«

Schorsch war empört: »Das gibt es doch nicht, warum hat uns dieser Müller nicht darüber informiert und wir erfahren von diesem Bekennerschreiben erst aus der Zeitung! Dieser geltungsbedürftige Chefredakteur hat vermutlich jedem das Schreiben gezeigt und damit geprahlt, wie toll er doch ist. Ich bin gespannt, ob auf dem Bekennerschreiben unsere Kriminaltechnik noch verwertbare Spuren findet. Zum Kotzen, dieser rasende Rolf!« Schorsch griff zum Telefon und kontaktierte den Kriminaldauerdienst, der umgehend das Bekennerschreiben sicherstellen sollte. Vielleicht bestand ja noch ein Fünkchen Hoffnung, dass noch verwertbare Spurenanhaftungen vorgefunden werden konnten.

»Kriminaldauerdienst, Baumann«, meldete sich eine weibliche Stimme.

»Servus Heidi, hier ist der Schorsch«.

»Das war jetzt wohl Gedankenübertragung, ich habe gerade versucht, dich auf deinem Mobiltelefon zu erreichen, aber da ist nur die Mailbox dran. Gut, dass du anrufst, hast du heute schon Zeitung gelesen?«, fragte Heidi.

»Deshalb rufe ich ja an, du meinst den Artikel aus dem Nürnberger Express von Müller über das Bekennerschreiben an den beiden Jägermorden?«

»Ja genau, ich habe schon jemanden in die Redaktion geschickt, um das Schreiben sicherzustellen. Vielleicht findet sich ja eine Spur zu den Tätern.«

»Genau darum wollte ich dich anrufen. Das war wirklich Gedankenübertragung«, schmunzelte Schorsch und ergänzte: »Heidi, ich habe kein Handy gehört.«

»Kannst du auch nicht, weil es bei deinem Freund in Wendelstein liegt. Der hat heute Morgen beim Aufräumen dein Telefon auf seiner Eckbank gefunden. Da er deine private Telefonnummer nicht hat, er aber wusste, dass es sich nur um dein Telefon handeln könnte, hat er gerade bei uns angerufen.«

»Mensch Meier, da fällt mir jetzt ein Stein vom Herzen, danke Heidi, ich habe den Verlust noch gar nicht bemerkt«, Schorsch blickte erleichtert zu Rosanne, die das Gespräch mitbekommen hatte und bestätigend ihren rechten Daumen in die Höhe hob.

Es war kurz vor halb zwölf, Schorsch und Rosanne waren unterwegs zu Angelo, als sein Mercedes-Benz Strich-Acht kurz nach der Abfahrt nach Wendelstein zu ruckeln begann, der Motor klackerte und der Wagen nach zirka vierhundert Metern endgültig stehen blieb.

»So ein Mist, was ist denn jetzt los«, fluchte Schorsch und sah zu seiner Beifahrerin, die ihren Blick auf die Tachoanzeige gerichtet hatte und entgegnete: »Sprit ist noch genügend im Tank, des war's, dein alter Daimler hat den Geist aufgegeben«.

»Des gibt es doch nicht, kein Handy dabei, eine Panne und

des am Samstag, wo die meisten Werkstätten geschlossen haben«, entgegnete Schorsch.

»Frau denkt mit«, konterte Rosanne, zog ihr Mobiltelefon aus der Handtasche und gab es Schorsch.

»Gott sei Dank, vielleicht erreichen wir noch jemanden beim ›Freundlichen‹ in Wendelstein, die können mir helfen.« Schorsch öffnete das Handschuhfach, zog sein Serviceheft heraus und blätterte hastig in den Seiten, »da ist sie, hier am Servicestempel«. Er tippte die Telefonnummer in das Mobiltelefon, um kurze Zeit später mit dem Autohaus verbunden zu werden.

Erleichtert standen Schorsch und Rosanne kurze Zeit später in der Mercedeswerkstatt, wo ein Fachmann einen geschulten Blick in den Motorraum seines Oldtimers warf. Seit Jahren gab Schorsch hier seinen Daimler zur Wartung. Er erinnerte sich an Erwin Löhlein, den Gründer des Autohauses, der ihm vor fast dreißig Jahren den Tipp von seinem alten Strich-Acht gab. In einer Scheune eines Bauernhofs in Burgthann hatte damals ein Landwirt das Fahrzeug seines verstorbenen Vaters abgestellt und sich nicht darum gekümmert. Der alte Löhlein konnte sich noch sehr gut an den Oldtimer erinnern. Aber der Besitzer wollte partout das Fahrzeug nicht an den Mercedeshändler verkaufen. Schorsch suchte den Landwirt unter dem Vorwand auf, Kartoffeln bei ihm zu kaufen, als er das verstaubte und ungepflegte Schmuckstück in einer alten Scheune entdeckte. Es war Liebe auf den ersten Blick. Er überzeugte den Bauern, ihm den Wagen zu verkaufen.

Erwin Löhlein staunte nicht schlecht, als Schorsch eines Tages mit seinem selbst restaurierten Strich-Acht auf dem Hof des Mercedeshändlers vorfuhr. Löhlein erkannte das Fahrzeug sofort, das Fahrzeug, das er Schorsch vor geraumer Zeit empfohlen hatte. Mit glänzenden Augen lief er damals auf Schorsch zu und der konnte sich heute noch an die Worte des alten Herrn erinnern: »Was für ein Zufall, Herr Bachmeyer, so schließt sich der Kreis im Leben, man muss nur warten können, jeder findet sein Glück, mal früher mal später.«

»Tja, Herr Bachmeyer, der hat ja schon knapp 180 000 runter, das Klackern bedeutet nichts Gutes, der Motor ist am Ende.«

»Allmächd, des auch noch, mein schöner Daimler. Rentiert es sich überhaupt noch, den zu reparieren?«, Schorsch rümpfte die Nase, hob die Augenbrauen und blickte zu Rosanne.

»Ich hole mal den Chef, der kennt sich mit Oldtimern sehr gut aus, vielleicht hat der einen Rat«, entgegnete der Monteur.

Gespannt warteten Rosanne und Schorsch auf den Autohausbesitzer, der kurze Zeit später mit seinem Angestellten in der Werkstatt erschien und Rosanne und Schorsch freundlich mit einem Handschlag begrüßte.

»Von der Hellen, mein Name, das schöne Stück hat wohl den Geist aufgegeben.«

»Können wir den noch retten?«, fragte Schorsch flehend.

»Herr Bachmeyer, ein neuer Motor wird schwierig, was ich Ihnen anbieten könnte, wäre vielleicht eine Motorreparatur. Aber die ist nicht billig und wir müssen die Teile erst einmal herbekommen, das kann dauern. Ich rede jetzt nicht von ein paar Tagen, das kann Wochen, vielleicht sogar Monate dauern. Aber machbar ist es in jedem Fall. Haben Sie in der Zwischenzeit ein Ersatzfahrzeug?«, fragte ihn der Mercedeshändler.

Rosanne warf ein: »Schorsch, wenn du deinen Jagdschein bestanden hast, dann wirst du kaum mit dem alten Strich-Acht auf die Jagd fahren, der Daimler ist doch dafür nicht geeignet, vielleicht findet sich hier und heute noch eine Alternative zur Reparatur und wir finden endlich ein Auto für dich mit Klimaanlage.«

Von der Hellen entgegnete: »Der Strich-Acht war wirklich eine erfolgreiche Baureihe und für damalige Zeiten ein klasse Auto, aber der technische Stand in der heutigen Zeit, das sind Welten, Herr Bachmeyer. Ich kann meine Kunden sehr gut verstehen, ein Oldtimer ist nicht einfach nur ein Fortbewegungsmittel, das ist Leidenschaft. Aber damit diese Leidenschaft lebendig bleibt, ist eine akkurate und fachkundige Pflege, die heutzutage nicht sehr günstig ist, unabdingbar. Man investiert viel Zeit und Herzblut in ein solches Fahrzeug und vernachlässigt dabei den Kostenfaktor. Der ist unstrittig. Ein Oldtimer ist und bleibt eine Sparbüchse. Wir von Löhlein Classics haben natürlich die Zeit und das Fachpersonal, unser Kompetenzzentrum in Allersberg hat sich eben auf die Reparatur und Aufbereitung solcher klassischen Fahrzeuge spezialisiert. Daher hätte ich für Sie eine passende Lösung parat. Wenn Sie künftig vielleicht eine andere Leidenschaft entwickeln, sagen wir die Jagd, dann brauchen Sie dazu das passende Fahrzeug. Ein alter Strich-Acht ist da fehl am Platz. Da machen Sie mehr kaputt, als Sie Freude daran haben. Ich hätte das passende Fahrzeug für Sie. Für den alten Daimler könnte ich Ihnen noch einen guten Preis geben, kommen Sie mal mit, es muss ja kein neuer Mercedes sein.«

Till von der Hellen führte die beiden auf sein Verkaufsgelände und stellte ein Modell vor: »Hier ein GLA 200, der ist letzte Woche erst reingekommen. Es ist der kleinste SUV von Mercedes und bietet Ihnen für ihr zukünftiges Hobby alles, was sie dafür brauchen. Der hat sogar noch die Off-Road-Ausführung, ist also im Gegensatz zum herkömmlichen Serienmodel noch höher gebaut. Das bedeutet nicht nur eine höhere Sitzposition, der Daimler überzeugt auch im Gelände mit seiner überragenden Bodenfreiheit. Nehmens doch einfach mal Platz oder machen Sie mal eine Probefahrt. Dafür sind wir doch am

Samstag da, das Fahrzeug wird Sie überzeugen und über den Preis unterhalten wir uns später. Zwischenzeitlich lasse ich von einem meiner Mechaniker ihr Fahrzeug mal durchsehen.«

Es war kurz vor halb zwei, als Rosanne und Schorsch bei ihrer Probefahrt bei Angelo in Sorg anhielten, Schorsch sein Telefon entgegennahm und sie ihrem Italiener den kleinen schwarzen SUV vorstellten. Angelos Meinung überzeugte die beiden, es war ein Fahrzeug, das nicht nur optisch zu den beiden passte. Schorsch und Rosanne genossen zudem die vielen Features, die das Fahrzeug hatte. Rosanne gefiel die schwarze Lackierung und die sportliche Form des SUV, sie liebte diese edle und zugleich zeitlose Farbe. Für sie waren die Würfel gefallen, das Auto musste her.

Als beide kurz nach vierzehn Uhr auf das Firmengelände in Wendelstein fuhren, hatte die Probefahrt auch Schorsch überzeugt. Egal, mit welcher Leidenschaft er an seinen alten Strich-Acht noch hing, die Probefahrt hatte in ihm nicht nur eine neue Leidenschaft geweckt, er spürte eine innere Zufriedenheit. Es war ein Fahrfeeling, dass er bis dato noch nicht gekannt hatte. Schorsch fühlte sich eins mit dem Wagen, dessen Technik überzeugte.

»Also, wie gefällt Ihnen der kleine Daimler? Der hat alles drin, was heutzutage zweckmäßig und natürlich bezahlbar ist«, begrüßte sie Till von der Hellen.

»Sehr schön, gefällt mir sehr gut«, entgegnete Schorsch und Rosanne ergänzte: »Gefällt uns beiden, aber der Preis ist entscheidend. Was würden wir für unseren alten Daimler denn noch bekommen?«

»Gut, der Zustand ist für das Baujahr hervorragend, man sieht, dass das Fahrzeug mit Liebe gefahren und regelmäßig von uns gewartet wurde. Wie klingt das, ihr Wagen bleibt hier und sie legen noch 15 000,– Euro drauf. Dann hätten Sie ein sehr modernes Fahrzeug, das keine drei Jahre und wenig Kilometer auf dem Buckel hat«, mit einer freundlichen, nickenden Geste reichte ihnen von der Hellen seine rechte Hand.

»Abgemacht, ein Angebot, das man eigentlich nicht ausschlagen kann«, schlug Schorsch in die ausgestreckte Hand des Firmeninhabers ein.

Schorsch und Rosanne waren zufrieden, denn der Strich-Acht hatte sich in den letzten Jahren in der Tat als Sparbüchse erwiesen. Hinzu kam der Ärger mit dem El-Gadouchi-Clan, der Schorschs alten Daimler unbedingt aufkaufen wollte und ihn immer wieder mit Vandalismus-Attacken in Atem hielt. Irgendwie war es eine Erleichterung für den Kommissar, als er den Kaufantrag des Autohauses in den Händen hielt und zufrieden auf seinen neuen Wagen blickte.

»Gute Wahl, Herr Bachmeyer, der Wagen wird von uns noch aufbereitet und ist dann am Mittwochabend abholbereit, bis dahin fahren Sie einen meiner Leihwagen. Wäre das so in ihrem Interesse?«, lächelte ihn von der Hellen an.

»Wissen Sie, irgendwie begann der Tag verflixt und zugenäht. Zuerst ein Zeitungsartikel eines Redakteurs des Nürnberger Express, der uns als Ermittler sauer aufgestoßen ist, dann bemerkte ich den Verlust meines Mobiltelefons, das ich Gott sei Dank wiederbekommen habe, und dann auch noch die Fahrzeugpanne, ohne die hätte ich aber nicht diesen wunderbaren Wagen gefunden. Und noch eines, was Sie vielleicht gar nicht wissen, Ihr Schwiegervater Erwin hat mir vor langer Zeit genau diesen Wagen empfohlen. Er kannte den Vorbesitzer und wollte damals gerne selbst den alten Strich-Acht erwerben. Vergebens. Heute kommt der Wagen daher in gute Hände, der Kreis schließt sich und mit einem kleinen Lächeln wird ihr Schwiegervater heute die Situation von dort oben aus betrachten«, Schorsch hob seinen Kopf und blickte zum Himmel.»Irgendwie sollte es so sein«, meinte der neue Fahrzeugbesitzer und küsste seiner Begleiterin auf die Wange.

»Ja, es hat wohl so sein sollen sein«, lachte Rosanne ihren Kommissar freudig an, als sie sich kurz darauf aus Wendelstein verabschiedeten.

10. Kapitel

Montag, 14. Mai 2018, 08.53 Uhr,
Polizeipräsidium Mittelfranken, K11

Wie jeden Montag hatten sich die K11er zur wöchentlichen Dienstbesprechung eingefunden. Der Zeitungsartikel über das Bekennerschreiben der ALF sorgte für eine hitzige Debatte unter den Beamten. Rolf Müllers Verhalten, den Zeitungsartikel ohne vorherige Information der Mordkommission zu veröffentlichen, zeigte den Ermittlern, dass Müller nicht nur eine außerordentliche Geltungssucht bei der Aufklärung von Kriminalfällen an den Tag legte, es zeigte auch, wie unsachgemäß der Polizeireporter mit Beweismitteln umging. Denn bei dem am Samstag noch sichergestellten Bekennerschreiben konnten keine verwertbaren Spuren mehr gesichert werden. Zu groß war der Teilnehmerkreis, dem Müller das an ihn gerichtete Schriftstück ausgehändigt hatte, um mit seinen geheimen Quellen zu prahlen.

Für Schorschs Team war der Fall jedoch noch nicht gelöst, das Bekennerschreiben sagte nichts über die wahre Herkunft aus. Das Schreiben konnte von irgendeiner Person verfasst worden sein, um die Ermittler auf eine falsche Fährte zu locken. Die ALF war zwar den Jägern schlecht gesonnen und für ihre teilweise fanatischen Anschläge auf jagdliche Einrichtungen bekannt, aber ihnen ein Tötungsdelikt nachzuweisen, dazu brauchte es mehr.

Trotzdem konnte man das Bekennerschreiben nicht ad acta legen. Müller musste als Zeuge vernommen werden, es war herauszufinden, wann, woher und von wem er das besagte Schreiben erhalten hatte. Es war eine Spur von vielen. Schorschs

Leute waren daher gefordert, es musste herausgefunden werden, wie oft in den letzten Jahren der ALF ein Anschlag hier in Nordbayern nachgewiesen werden konnte. Brainstorming war angesagt: Wer genau konnte hinter den möglichen Anschlägen stecken? Kam es in der Vergangenheit zu einer Verurteilung von Verantwortlichen? Gab es die Möglichkeit, in dieses Netzwerk einzudringen? Sei es mit einem verdeckten Ermittler oder im Rahmen eines behördlichen Cyberangriffes. Bis dato fehlten dafür aber die notwendigen Beweismittel, um einen richterlichen Beschluss zu erlangen. Es war noch zu wenig Fleisch am Knochen, um einen solchen Einsatz beim Ermittlungsrichter zu rechtfertigen. Zwischenzeitlich war nicht nur die nordbayerische Jägerschaft über die beiden Tötungsdelikte informiert, auch überregionale Fachzeitschriften für Jäger hatten darüber berichtet und ihre Jagdgenossen vor möglichen Anschlägen gewarnt.

Es war kurz nach zehn Uhr, als Schorsch, Horst und Gunda den Dienstwagen bestiegen und auf der A 73 Richtung Schwarzenbruck fuhren. Die Beamten wollten den Ehemann von Frauke Ebersfeld befragen, ob er beziehungsweise das Opfer in der Vergangenheit mit irgendwelchen Hinweisen von der ALF konfrontiert worden war. Der Witwer bewohnte nun alleine im nahegelegenen Pattenhofen ein Bungalow mit Blick auf das Schwarzachtal. Zuerst wollten sich die Ermittler aber gemeinsam den zweiten Tatort ansehen, der bisher ja nur Horst und der Kollegin aus Schwabach bekannt war.

»Schorsch, dieser Sugula ist ein verdammt guter Hinweisgeber«, bemerkte Horst.

»Wohl wahr, ohne den wären wir als Nichtjäger vor dem Bekennerschreiben niemals auf die ALF gestoßen«, entgegnete Gunda.

Der Himmel im Nürnberger Land hatte eine vierfünftel Bewölkung, klare weiße Schäfchenwolken ohne Regendrohung, Temperaturen um die fünfundzwanzig Grad. Das Frankenland wirkte sommerlich, dachte Schorsch. Grün in allen Schattierungen bis zum Blaugrün der Kiefern. Endlich gab es Schmetterlinge und glücklicherweise hatte die Feuchter und Schwarzenbrucker Straßenverwaltung es versäumt, sämtliche Gräben an der B 8 zu mähen. Die nicht gemähten zeigten ein Blütenmeer von roten Mohnblumen, die das Landschaftsbild, mit dem zu beiden Seiten der Straße angrenzenden Steggalaswald farbenfroh bereicherte. Es war zehn Uhr fünfundfünfzig, als das Team den Tatort am Dreibrüderberg erreichte. Schorsch und Gunda sahen sich die Bildermappe mit den eingeklebten Tatortbilder an und glichen sie mit der Örtlichkeit ab.

Horst übernahm dabei die Führung: »Hier stand ihr Fahrzeug und dort drüben ist die Kanzel, wo man sie gefunden hat.« Schorsch stieg die Leiter hoch, um sich ein Bild von der Auffindesituation zu machen. Horst und Gunda gingen zu dem Platz, von wo aus der Täter auf Frauke Ebersfeld geschossen haben musste.

»Es muss ein guter Schütze gewesen sein, um auf diese Entfernung so einen präzisen Schuss auf das Opfer abzugeben. Nach dem gerichtsmedizinischen Gutachten erfolgte die Tat in den frühen Morgenstunden. Irgendetwas sagt mir, dass wir einen Täter suchen, der sich im Umgang mit Schusswaffen auskennt. Da bin ich fest überzeugt«, rief Schorsch seinen beiden Kollegen zu, als er aus der geöffneten Kanzel zu seinen beiden Kollegen blickte.

»Gut, dass wir die Örtlichkeit noch mal genauer unter die Lupe nehmen«, meinte Gunda.

»Ja klar, es ist immer besser, sich ein Bild vor Ort zu machen, als nur die Tatortbilder anzusehen«, gab ihr Horst recht, »ich bin da ganz bei dir, Schorsch, der Täter muss sich mit der Handhabung von Schusswaffen auskennen. Vielleicht ist er Mitglied in einem Schützenverein oder er hat sogar beruflich damit zu tun«.

»Das sind zwar nur Spekulationen, aber wer sagt uns, dass es solche Leute nicht auch bei der ALF gibt. Also pack mers und fahren zu Herrn Ebersfeld«, stimmte ihm Schorsch zu.

Schorsch fuhr den Wagen über die Eisenbahnbrücke nach Schwarzenbruck. Es war sehr heiß, um die Mittagszeit sollten es zweiunddreißig Grad werden, hatte der Bayerische Rundfunk gemeldet, und im Dienstwagen streikte die Klimaanlage. Schorschs Hemd klebte am Rücken, Horst wischte sich minütlich den Schweiß aus dem Gesicht, nur Gunda strahlte irgendwie eine vornehme Kühle aus. »Frauen stecken die Hitze einfach besser weg«, dachte Schorsch.

»Da beim Lidl, da gibt es Eis am Stiel«, bemerkte Horst plötzlich, der sich just in diesem Moment wieder die Schweißtropfen im Nacken abwischte.

Schorsch parkte den Dienstwagen und Horst ging schnell in den Discounter. Minuten später kam er mit einem glücklichen Jungengesicht zum Wagen zurück und gab Gunda und Schorsch ein Wassereis.

»Des Eis geht auf mei Kappn«, lächelte er zufrieden. Als sie kurze Zeit später in Richtung Pattenhofen aufbrachen, kam Schorsch mit dem Schlecken gar nicht nach und schon in Höhe des Schwarzenbrucker Rathauses tropfte das süße Caretta-Eis langsam, aber unaufhörlich auf Lenkrad, Hand und Jeans. Kurz vor der Fröschau hatte Schorsch das gesamte Cockpit eingesaut. Gunda und Horst lächelten sich zu.

»Jagd ist zwischenzeitlich keine Männerdomäne mehr«, meinte Schorsch, als sie den Wald entlangfuhren.

»Sag mal, könntest Du auf ein Tier schießen?«, fragte Gunda, die ihr Eis gelutscht hatte und nur noch das Holzsteggala in der linken Hand hielt.

»Ich meine schon«, antwortete Schorsch, »leckere Wildschweinbratwürste, eine zarte Rehkeule, warum nicht? Man sagt, es ist das beste Fleisch, naturbelassen, nicht gemästet, keine Antibiotika. Weißt du, Gunda, ich arbeite daran, irgendwann auch mal Jäger zu werden«.

Kurze Zeit später erreichten die Beamten das Domizil von Ebersfeld. Vor dem Anwesen parkte das Fahrzeug von Bruno Sugula.

»Da schau an, Herr Ebersfeld hat Besuch«, entgegnete Horst.

Schorsch stellte den Wagen ab, und Gunda zückte ein Tempo, das sie Schorsch entgegenhielt.

»Da, zum Händeabputzen und für die Armaturen, du bist ja schlimmer wie ein Kind«, lachte Gunda.

Schorsch nahm das Tempotaschentuch grinsend entgegen, wischte über das Armaturenbrett und über seine Jeans und rubbelte sich die Hände ab.

»Also schaun mer mal, was Herr Sugula und Herr Ebersfeld so machen«, sagte Horst, griff über das Gartentürchen, drehte an dem Drehknopf und öffnete das Türchen. Alle drei bewegten sich in Richtung Anwesen, als sie nach kurzer Zeit Stimmen von der angrenzenden Terrasse wahrnahmen. Es war offensichtlich ein Streitgespräch zwischen Ebersfeld und Sugula.

»Ich verstehe nicht, wieso Du Deine Frau nicht davon abhalten konntest, jeden Scheiß auf ihren Plattformen zu posten. Das ist nicht nur mir unverständlich. Unsere Jägerschaft vom Nürnberger Land hat Frauke immer wieder darauf hingewiesen, dass sie mit ihren Bildern und Kommentaren schlafende Hunde wecken wird. Das fängt bei der Bunt-Partei an und hört bei den verschiedenen Tierschutzorganisationen auf. Gunnar, glaub mir, die Frauke könnte noch leben, die hat sich mit ihrer Geltungssucht viele Feinde geschaffen. Da musste es einfach passieren, dass so ein Aktivist die Nerven verliert, durchdreht und zum Mörder wird«, schloss Sugula, als die Beamten um die Hausecke bogen und die beiden Männer trafen.

»Grüß Gott, stören wir gerade?«, fragte Schorsch bei der Begrüßung. »Da sind wir ja gerade richtig gekommen, ein paar Wortfetzen haben wir mitbekommen. Der Kollege Sugula hat nicht so ganz unrecht. Weshalb wir auch gekommen sind, Herr Ebersfeld.«

Ebersfeld und Sugula liefen auf die Polizisten zu, die gerade die Stufen zur Terrassentreppe hochgingen.

»Guten Tag, wir sind gerade in einer hitzigen Diskussion. Es geht um meine Frau, Herr Sugula meinte, sie könnte noch leben, hätte sie …«

Gunda unterbrach ihn, »Ihre Frau könne vermutlich noch leben, wenn Sie nicht laufend ihre Jagderlebnisse auf Instagram und Facebook veröffentlicht hätte. Das sehen wir genauso, Herr Ebersfeld. Deshalb haben wir noch ein paar Fragen an Sie«.

»Dann nehmen Sie doch bitte alle Platz. Herr Sugula ist nicht nur wegen dieser Behauptung hier, es geht um das Begräbnis von Frauke. Der Vorsitzende vom Jagdschutz – und Jägerverein Nürnberger Land – wollte Herr Sugula mit mir gerade das Prozedere vom anstehenden Jägerbegräbnis besprechen.«

»Ein Jägerbegräbnis, was ist da anders?«, fragte Horst neugierig.

»Das kann Ihnen am besten Herr Sugula beantworten, deshalb ist er ja hier.«

»Das würde uns alle interessieren«, fügte Schorsch an.

»Na gut, dann fange ich mal an damit«, sagte der Waidmann.

»Nehmen Sie doch bitte alle erst einmal Platz, dann redet es sich leichter«, unterbrach ihn Gunnar Ebersfeld und Bruno Sugula begann kurze Zeit später zu erklären:

»Das Brauchtum spielt eine wichtige Rolle unter uns Waidmännern. Und auch bei einem Jägerbegräbnis müssen gerade bei uns im deutschsprachigen Raum bestimmte Vorgaben erfüllt werden. Aber eines noch vorweg, der Ablauf einer solchen Beerdigung hat sich seit Jahrhunderten nicht verändert. Das Brauchtum soll zum Brauchen da sein, daher sind beim Auftreten der Jägerschaft beim Jägerbegräbnis gewisse Leitlinien vorgegeben. Im Rahmen der Formation, zum Beispiel bei der Toten, als Ehrenwache oder Sargträger behält der Waidmann seine Kopfbedeckung auf, was ja eigentlich bei uns in der Kirche eher verpönt ist. Wenn die Jägerschaft ihren Waidmann zum Gottesacker, also zu seinem letzten irdischen Zuhause, hinausbegleitet, so stecken sich die Jäger ihren Bruch an den Hut. Das kann ein Zweig einer Fichte, Tanne, Latsche oder Zirbe sein. Dieser Trauerbruch wird parallel wie auch der Standes-, Ehren oder Festbruch auf der linken Hutseite mit der Nadelunterseite nach außen getragen, daher ist ein Tannenzweig dafür am besten geeignet, da der Dreispross gut erkennbar ist.

Sugula machte eine kleine Pause, bevor er weiter berichtete: »Bei der feierlichen Zeremonie am Grab lässt der Waidmann seine Kopfbedeckung auf. Erst beim allerletzten Gruß nimmt er den Bruch von seinem Hut, beträufelt ihn mit Weihwasser und wirft ihn seinem Jagdfreund ins Grab. Erst dann zieht der Jäger als Ehrbezeugung seinen Hut vor dem Toten, also in unserem Fall vor Frauke. Na ja, und am Tag der Trauerzeremonie sammeln wir uns am Einsegnungsort, stecken dort eben den Trauerbruch auf unsere Kopfbedeckung und begeben uns in die Leichenhalle, wo wir an der Aussegnung teilnehmen. Nachdem wir dann Gunnar unsere Anteilnahme ausgesprochen haben, sammeln wir uns an der Spitze des Trauerzugs und gehen vor dem Sarg zum Gottesacker. Dabei spielt unsere Bläsergruppe des Jagschutz- und Jägervereins Nürnberger Land das Lied ›Wer hat dich, du schöner Wald‹. Für mich hat dieses Lied etwas Heiliges, es ist voller Leben und wie das Leben halt voller Sehnsucht, Schmerz und Liebe.«

Versonnen blickte der Jäger vor sich hin, dann berichtete er weiter: »Am Grab selbst, also wenn Fraukes Sarg in die Grube gelassen wird, werden die Bläser und Bläserinnen ein »Jagd-vorbei-Halali« blasen. Zu guter Letzt, also beim letzten Bruch für den Verstorbenen, wird durch das Jagdhorn ein »Auf Wiedersehen« erschallen. So weit der geplante Ablauf.«

»Das klingt ja alles sehr interessant und zeugt von einem Brauchtum, das wahrscheinlich schon seit Jahrhunderten so gepflegt wird. Gibt es sonst noch etwas Wesentliches dabei zu beachten?«, fragte Schorsch aufmerksam.

»Es ist so weit eigentlich schon alles gesagt, denn Jägerbegräbnisse sind Anlässe, wo auch Nichtjäger das alte Brauchtum mit der Begleitung der Jagdmusik erfahren können. Das Wichtigste ist dabei, den Angehörigen in den schweren Stunden Respekt und Würde zu zollen und dabei unsere Ehrerbietung zum Ausdruck zu bringen. Denn auch nach dem Tod unserer Jagdgenossen wird die Kameradschaft in diesem Hause großgeschrieben. Man kümmert sich auch weiter um die Trauerfamilie. Im Großen und Ganzen ist dieses jagdliche Brauchtum ein Resümee der traditionellen Gepflogenheiten und Verhaltensweisen der Jägerschaft, die sie gemeinsam während und nach der Jagd ausübt. Gleichwohl, Herr Bachmeyer, sollte dieses Brauchtum keineswegs mit Waidgerechtigkeit verwechselt oder auf sie reduziert werden, sie gehört natürlich dazu, ist aber nur ein kleiner Teil davon«, schloss Sugula seinen Vortrag.

»Das muss wirklich eine verschworene Gemeinschaft sein«, dachte sich Schorsch, das Bekenntnis zur Ehrerbietung und die

Würde des Verstorbenen zu achten und ihm und seiner Familie den Respekt zu zollen, fand der Ermittler beeindruckend. In diesen Kreis aufgenommen zu werden, war anders, anders auch als seine Aufnahme in die Loge »Tacitus zum leuchtenden Stein*«. Damals hatte ihn sein ehemaliger Nachbar, Herr Kirsch, darauf gebracht, mehr über die Freimaurer zu erfahren. Dieser geheimnisvolle Bund machte ihn ebenso neugierig wie das heute praktizierte Brauchtum in der Jägerschaft, die weltweit so gehandhabt werden.

Irgendwas hatten die beiden Bereiche gemeinsam, auch wenn die Freimaurerei und das Jagdwesen unterschiedlicher nicht sein konnten. Schorsch dachte nach und beim Vergleichen merkte er, dass seine Logenangehörigkeit ihm gar nicht mehr so geheimnisvoll erschien, wie es ihm damals vor seiner Aufnahme vorgekommen war.

Durch die ständige Arbeit an sich selbst hatte er andere Züge an sich kennengelernt. Schorsch war menschlicher, rücksichtsvoller geworden, achtete auf die Ideale von Freiheit, Gleichheit und Brüderlichkeit, Toleranz und Humanität. Ähnlich schien es ihm bei den Jägern und ihrem Brauchtum zu sein. Ihre Waidmannssprache, eine Sprache, die man als Jäger erlernt und gemeinsam in der Jägerschaft traditionell fortführt, war für ihn ein Zeichen davon.

Parallelen entdeckte er auch zu den Freimaurern, die Brüder kannten sich und das weltweit. Auch sie hatten ein überliefertes Brauchtum, das sich schon in der Begrüßung zeigte, sei es durch einen speziellen Händedruck, eine Umarmung oder eine besondere Fußstellung. Schorsch konnte sich noch sehr gut an die Anfänge seiner Logentätigkeit erinnern, als ihm Ansgar

---

* Band I der »Schorsch Bachmeyer Krimi-Reihe« Massa Confusa und der Tote am Pulversee

Wallbroich, sein Logenmeister zur Loge »Tacitus zum leuchtenden Stein«, etwas mit auf dem Weg gab. Es war in diesem kleinen rustikalen Kaminzimmer mit Eichentisch und den vier großen Königstühlen. Die Wände waren mit Holz getäfelt und mit jagdlichen Gemälden versehen. Das Kaminfeuer verbreitete eine wohlige Wärme und Schorsch war damals hin- und hergerissen, in die Loge aufgenommen zu werden. Irgendwie inspirierte ihn dieser Kreis, genauso wie heute die Jägerschaft und die Jagd.

»Danke für die interessanten Erläuterungen«, meinte der Beamte. »Wir wollten eigentlich Herrn Ebersfeld noch ein paar Fragen stellen, auf die sie uns gebracht haben, Herr Sugula. Es geht um die ALF.« Schorsch wandte sich dem Hausherrn zu: »Wie wir zwischenzeitlich wissen, gibt es ja viele Tierschutzorganisationen, die ihre Interessen mehr oder weniger mit Demonstrationen oder Aktionen kundtun. Das ist ja ihr gutes Recht und in einer Demokratie auch gut so. Die ALF hingegen erscheint uns viel gefährlicher. Wir haben es da mit einer Organisation zu tun, die keineswegs vor Gewalttaten zurückschreckt und ihre ideologischen Ziele gerne auf solche Art und Weise der Öffentlichkeit präsentiert.«

Schorsch sah in die Runde und fuhr fort: »Wir wissen selbst, dass durch Terroranschläge in der Öffentlichkeit das Bewusstsein von Angst und Einschüchterungen gestärkt wird. Das gilt für Sprengstoffattentate genauso wie für Hinrichtungen von Andersdenkenden, die man der Öffentlichkeit in verschiedenen Formen, sei es durch Videosequenzen oder Bilder, zuspielt.«

Nach der allgemein gehaltenen Vorrede wurde Schorsch konkret: »Hier in diesem Fall liegt uns ein Bekennerschreiben der ALF vor, die sich zu den beiden Tötungsdelikten klar bekennt. Ob dieses Bekennerschreiben echt ist oder ob wir hier nur einen Trittbrettfahrer haben, der von seiner Tat ablenken will, ist uns noch unklar. Klar ist jedoch, dass wir jeder Spur bei den beiden Mordfällen nachgehen müssen. Daher nochmal die Frage, ob sich in den letzten Tagen vor dem Tod ihrer Frau irgendetwas ergeben hat, das sich auf den ersten Blick als üblich oder routinemäßig kategorisieren lässt, aber im Hinblick auf das vorliegende Bekennerschreiben vielleicht doch neue Hinweise oder Erinnerungen bei Ihnen wachruft. Also gehen Sie bitte nochmal in sich und lassen Sie, wenn möglich, die letzten fünf Tage vor dem Tod ihrer Frau Revue passieren. Jeder noch so kleine Hinweis kann wichtig für uns sein«, schloss Schorsch.

»Ich kann das gut nachvollziehen, Herr Bachmeyer, Sie sind engagiert und suchen den Täter in allen Reihen, das ist gut so«, lobte Gunnar Ebersfeld den Kommissar: »Es zeigt uns auf, dass die Polizei nicht nur dein Freund und Helfer ist, sondern wirklich bis ins kleinste Detail einer Spur nachgeht. Was Frauke betrifft, habe ich eigentlich schon alles erzählt. Im Nachhinein gesehen, hat sie mit ihren Veröffentlichungen einen großen Fehler gemacht, was mir erst nach ihrem Tod bewusstwurde. Ob diese ALF dahintersteht, darüber habe ich keinerlei Anzeichen in den sozialen Medien gefunden. Ich gehe mal davon aus, dass Sie diese Plattformen auch schon unter die Lupe genommen haben und nichts Verdächtiges gefunden haben.

Ebersfeld dachte einen Augenblick nach und wandte sich dann wieder an die Ermittler: »Was man in jedem Fall machen sollte, wären diese Shitstorm-Nachrichten. Vielleicht steckt da jemand dahinter, der im Namen der ALF geantwortet hat.«. Gunda antwortete, »Natürlich hat unsere Kriminaltechnik die beiden Plattformen auf Instagram und Facebook gespiegelt. Die Verantwortlichen, die den Shitstorm aufgrund der verschiedenen Veröffentlichungen Ihrer verstorbenen Frau produziert haben, sind schwer zu identifizieren. Viele dieser User melden sich unter falschen Namen an und verschlüsseln ihre wahre Identität durch VPN-Wechsler, also mit einer IP-Adresse, die sich irgendwo in Afrika, der Mongolei oder in Südamerika befindet. Da sind auch unserer Kriminaltechnik Grenzen gesetzt. Deshalb sind wir noch einmal hier. Vielleicht sind der oder die Täter an Ihre Frau über die berufliche Schiene herangetreten. Der Kontakt zum Mörder muss nicht immer auf privater Ebene erfolgen. Andererseits ist die private Ebene, also ihre Hobbys, sei es die Jagd, Sport oder was auch immer, wichtig für uns. Hatte sie dort mögliche Feinde, Neider oder irgendwelche Konflikte in der letzten Zeit?«

»Da muss ich passen, Frau Vizthum«, antwortete Ebersfeld, wir haben eigentlich immer über alles geredet. Na ja, nicht über ihren verdammten Posts auf Instagram oder Facebook, da war Frauke in ihrem Element, war beratungsresistent und hat sich auch über mögliche Kommentare nicht ausgelassen. Sie lachte nur, wenn sie mit Hassmails bombardiert wurde. Das war ein riesengroßer Fehler, der ihr vermutlich das Leben gekostet hat. Ich schließ mich Ihrer Theorie an, dass der Täter vermutlich in diesen Reihen zu suchen ist. Aber das herauszufinden, ist ja Ihr Job.«

11. Kapitel

Montag, 14. Mai 2018, 10.52 Uhr,
Kreiskrankenhaus Neumarkt i. d. Opf.

Langsam kam Luk Kehlmeier wieder zu sich. Das Ärzteteam der Chirurgischen Abteilung des Kreiskrankenhauses Neumarkt hatte den mit schweren Kopfverletzungen eingelieferten Patienten am Samstagmorgen ins künstliche Koma versetzt. Luk Kehlmeier war am vergangenen Freitag in den späten Abendstunden schwerverletzt in einem angrenzenden Waldstück von seinem Sohn aufgefunden worden. Der Betroffene hatte durch einen heftigen Schlag nicht nur sein Bewusstsein verloren, eine klaffende Wunde am Hinterkopf, vermutlich Folge einer Gewalttat, hatte die Ärzte veranlasst, eine Entlastung des menschlichen Körpers herbeizuführen und eine kontrollierte Narkose mit künstlicher Beatmung einzuleiten.

Kehlmeier öffnete seine Augen und realisierte langsam, dass er im Krankenhaus lag. Auf die Frage, was denn passiert sei, fand der Landwirt keine Antwort. Kehlmeier hatte eine kongrade Amnesie und konnte sich an das eigentliche Ereignis nicht erinnern, denn diese Amnesie konnte auch den Verlust der rückwirkenden Erinnerung oder des Vermögens zur Neuaufnahme mit sich führen. Auch sein Sohn Johann hatte keine Erklärung, was sein Vater abseits des Flurbereinigungswegs in dem Waldstück zu so später Stunde suchen gehabt hatte. Der Motor des Traktors seines Vaters war gelaufen, die Scheinwerfer waren eingeschaltet. Weit und breit waren keine weiteren Fahrzeuge abgestellt.

Die zuständige Kriminalpolizei Neumarkt, die in den frühen Morgenstunden den Auffindeort des Opfers akribisch unter die Lupe nahm, fand wegen des langanhaltenden Dauerregens keine verwertbaren Tatortspuren. Erst am Sonntag, dem 13. Mai erstattete ein Revierpächter bei der zuständigen Polizeidienststelle Neumarkt Anzeige wegen Sachbeschädigung an zwei Jagdeinrichtungen, die sich in unmittelbarer Nähe des Waldstücks befanden, in dem Kehlmeier niedergeschlagen wurde. Unbekannte hatten dort in der Nacht vom 12. auf den 13. Mai 2018 Sabotagehandlungen an diesen Jagdeinrichtungen vorgenommen. Bei beiden Kanzeln wurden im oberen Bereich der Holzleiter drei Sprossen angesägt sowie die Verschraubungen der Kanzel mit dem Bock gelöst. Die Saboteure hatten ihre Handschrift hinterlassen. Aufkleber der ALF zierten die Fensterscheiben der Jagdkanzeln. Aufgrund der vorliegenden Umstände kamen die Ermittler zu der Annahme, dass Kehlmeier vermutlich die Saboteure der ALF bemerkt und angesprochen hatte und es dann zur Gewalttat gekommen war.

Die Oberpfälzer Kollegen aus Neumarkt, die wie alle fränkischen Polizeidienststellen über die beiden Tötungsdelikte an Jägern in Franken informiert und entsprechend sensibilisiert waren, verständigten ihre Kollegen vom Polizeipräsidium Mittelfranken. Handelte es sich bei der Tat in Traunfeld um dieselben Täter, die Sepp Gottlieb und Frauke Ebersfeld auf dem Gewissen hatten? Schorsch und sein Team mussten davon ausgehen. Bis jetzt hatte man allerdings nur bei Joseph Gottlieb das gleiche Muster bei den Sabotagehandlungen festgestellt, was fehlte waren die Aufkleber dieser Organisation. Frauke Ebersfelds Kanzel war unbeschädigt geblieben, auch hier fehlte jeglicher Hinweis auf die ALF. Die Ermittler fragten sich: Waren es doch mehrere Täter, die zielgerichtet ihre Opfer aussuchten? Die Frage musste aber verneint werden, da Frauke Ebersfeld mit der gestohlenen Büchse von Sepp Gottlieb ermordet wurde. Es musste sich also um denselben Täter handeln wie bei Gottlieb. Ob er die Taten allein oder gemeinsam mit einem Helfer durchgeführt hatte, blieb weiterhin offen.

Für Schorsch stand daher fest, dass sie den Erwerbsbauern selbst befragen mussten. Würde sich Kehlmeier möglicherweise wieder an Einzelheiten der Tatnacht erinnern? Die zentrale Frage war jedoch, wie lange die Amnesie bei dem Opfer anhielt, erst danach konnte der Bauer ja befragt werden. Aber vielleicht gab es auch noch weitere Zeugen, die in der Tatnacht Beobachtungen gemacht hatten. Ein Presseartikel konnte einen möglichen, vielleicht sogar entscheidenden Hinweis bringen.

Mittwoch, 16. Mai 2018, 07.50 Uhr, irgendwo in Franken

Ein sonniger Tag brach an, als sich Schorsch genüsslich seine zweite Tasse Kaffee auf der Terrasse einschenkte und die Regionalnachrichten des Nürnberger Express aufschlug:

Anschläge auf Jagdeinrichtungen nicht nur in Mittelfranken
Die Kriminalpolizeiinspektion Neumarkt wurde am vergangenen Wochenende zu einer Anschlagserie auf Jagdeinrichtungen Nahe Traunfeld/Leutershausen gerufen. Unbekannte hatten in der Nacht von Samstag auf Sonntag mindestens zwei Sabotagehandlungen an Jagdkanzeln durchgeführt und ihre Tat mit einem Aufkleber der Animal Liberation Front (ALF) markiert. Die gewaltbereite Organisation ist für ihre Sabotagehandlungen bekannt und tritt weltweit mit Aktionen auf. Die Kriminalpolizei Neumarkt warnt Wanderer, Kinder und Jugendliche, bestehende Jagdeinrichtungen zu betreten und sie auf keinen Fall zu besteigen. Aufgrund der vorliegenden Sachbeschä-

digungen ist davon auszugehen, dass diese Handlungen möglicherweise in einem kausalen Zusammenhang mit dem Tötungsdelikt am 01.05.2018 im Lorenzer Reichswald stehen. Hier hatten der oder die Täter ebenso eine Jagdeinrichtung nach der gleichen Vorgehensweise manipuliert. Ein 62-jähriger Jäger kam dabei ums Leben. Wir berichteten darüber. Die Kriminalpolizei Neumarkt und die Kollegen der Mordkommission Nürnberg fragen daher, ob mögliche Zeugen in der Tatnacht auf dem Flurbereinigungsweg Traunfeld Richtung Kucha Personen oder Fahrzeuge angetroffen haben. Bei dem Anschlag wurde zudem ein Anwohner aus Dippersricht niedergeschlagen und schwer verletzt. Der Betroffene liegt seither auf der Intensivstation des Krankenhauses Neumarkt. Bekennerschreiben der ALF zu den genannten Anschlägen liegen nicht vor.

Sachdienliche Hinweise bitte an das Polizeipräsidium Mittelfranken, Kriminaldauerdienst, oder an jede Polizeidienstelle.

»Sehr gut«, dachte er sich, »der Kreis der Verdächtigen ist erweitert worden«. In den Medien hatte er nun die ersehnte Unterstützung der ALF bekommen. Die Jäger würden es mit der Angst bekommen. Alleine die Unsicherheit, nicht mehr gefahrlos auf die Jagd gehen zu können, war bei diesem erlauchten Kreis nun allgegenwärtig. Zumindest in Franken und in der Oberpfalz waren die Jäger aufgeschreckt, jeden konnte es treffen. Er hatte es mit zwei lausigen Aufklebern geschafft, die Spur auf die ALF zu lenken.

Der Mann spürte ein inneres Gefühl der Sicherheit, ja Überlegenheit. Die Kriminalpolizei würde nun ihre Ermittlungen auf die ALF forcieren und somit einen möglichen Einzeltäter aus den Augen verlieren. Sein Plan ging auf. Und das war gut so!

Mittwoch, 16. Mai 2018, 14.47 Uhr, Friedhof Schwarzenbruck

Es war ein sonnig warmer Frühlingstag, die Temperaturen stiegen auf 23 Grad, der Himmel war mit Wolken vom Typ Cumulus humilis geschmückt und eine leichte Brise aus Südost hinterließ ein wechselndes Panorama aus Sonnenstrahlen und Schönwetterwolken. Die Trauergemeinde hatte sich für die beiden Verstorbenen eingefunden, als ein gemeinsamer Gottesdienst von Christen verschiedener Konfessionen durch ein gemeinsames Gebet eröffnet wurde. Die Bläsergruppe des Jagschutz- und Jägervereins Nürnberger Land war angetreten, alles hatte seinen geordneten Ablauf, als kurz nach der Einsegnung, den Fürbitten, dem Vaterunser und den Schlussgebeten der beiden Pfarrer die Grabredner sprachen und der Revierleiter seine letzten Worte beendete mit:

Ihr nehmt Abschied von ihrem Körper,
aber nicht von ihrem erfüllten Jägerleben;
Ihr nehmt Abschied von ihren hilfsbereiten Händen,
aber nicht von ihren waidgerechten Taten;
Ihr nehmt Abschied von ihrem Herzen,
aber nicht von ihrer Liebe zum Wald und der Natur.
Ihre Plätze sind nun verwaist,
kein Rufen mehr die Jagd verheißt.
Als Jäger, waidgerecht und treu,
steh'n wir an Eurem Grabe scheu.
Ihr geht nun beide einen Pfad, den Euch Gott bereitet hat.

Dann nahm der Revierleiter mit seiner rechten Hand den Hut ab, löste mit seiner linken einen der beiden Trauerbrüche aus dem Hutband, legte ihn auf den Hut und kippte ihn mit einem »Waidmannsheil« ins offene Grab von Sepp Gottlieb.

Es war kurz nach halbsieben Uhr abends, der gemeinsame Leichenschmaus von Frauke Ebersfeld und Joseph Gottlieb war beendet, die Trauergemeinde hatte sich aufgelöst. Traudl Gottlieb hatte sich noch einmal auf dem Friedhof eingefunden und betrachtete das Blumenmeer von Trauerkränzen, als eine männliche Person an sie herantrat.

Mittwoch, 16. Mai 2018, 18.17 Uhr, Pilotystraße, Nürnberg

Rosanne sprang aus der Dusche, trocknete sich ab, öffnete den silberfarbenen Schraubverschluss von »Scandal« und cremte sich ein. Die Bodylotion von Jean Paul Gaultier wirkte Wunder. Kein Mann konnte diesem Duft widerstehen. Dieser Duft umgab seine Trägerin im Vorbeigehen mit einer eleganten Aura, war aber auch mit der verruchten Stimmung von Pigale verflochten, einem Etablissement mitten in Paris, das 1961 der Sänger Bill Ramsey in einem seiner Lieder als größte Mausefalle besang. Das Parfum konnte Männer geradezu süchtig machen und vermittelte zugleich einen Hauch von Freiheit.

Nach einer gemeinsamen Radtour zum Wanner, heute besser bekannt als das Gutmann am Dutzendteich, hatten beide im Geist des Nürnberger Volksgartens zu Abend gegessen. Der traditionsreiche Biergarten bestach nicht nur durch seinen alten Baumbestand, seine Strandbar mit den angrenzenden Terrassen luden den Urfranken ein, hier sein Feierabendbier zu genießen. Mittlerweile hatte sich das Gutmann auch im benachbarten »Moosbüffelland« herumgesprochen und wurde daher von vielen Oberpfälzern frequentiert. Schorsch saß entspannt in seinem schwarzen Cubus Lounge advanced von Dietiker und studierte nochmals das gemeinsame Anmeldeformular für die Feuchter Jagdschule, als seine Siemensianerin, nur in einem kurzen schwarzen Hemdchen, das Wohnzimmer betrat.

»So, mein Bester, wir ziehen das jetzt durch. Die drei Wochen reißen uns endlich mal aus dem gewohnten Alltagstrott heraus. Ich freu mich«, sagte sie. Dann beugte sie sich über Schorsch, stieg mit dem rechten Knie auf die äußere hohe Lehne des Leder-Cubus, stützte sich ab und zog ihr linkes Knie auf die gegenüberliegende Lehne, griff seinen Nacken und zog seinem Kopf zu ihrem Dekolletee.

Schorsch entgegnete lächelnd, »hast du heute noch was vor? Der Duft ist betörend und wie ich unschwer feststellen kann, hast du nach dem Eincremen deine Klamotten vergessen. Dein transparentes schwarzes Spitzenhemdchen sagt mir, dass ich heute wohl noch gefordert werde.«

»Richtig erkannt, mein Schatz, ich bin heute so liebesbedürftig! Nach dem wunderschönen Ausflug in den Biergarten brauch ich deine Nähe«, sie drehte seinen Kopf zu ihrem Gesicht und küsste ihn zärtlich.

Schorschs Hände wanderten zu ihrem nackten Po, streichelten und massierten ihn. Schorsch spürte seine Erregung: »Du weist genau, wie man müde Männer munter macht!« Er griff Rosanne an ihre süßen Love Handles, er liebte ihre kleinen Speckröllchen, und gab ihr einen Klapps auf den Allerwertesten: »Also, auf was warten wir noch? Die Handschließen habe ich frisch geölt.« Dann trug er sie auf seinen Armen zum angrenzenden Esstisch und legte sie auf den Rücken. Kurze Zeit später erschien er nackt und mit dem versprochenen Spielzeug im Wohnzimmer.

12. Kapitel

Mittwoch, 16. Mai 2018, 18.34 Uhr, Friedhof Schwarzenbruck

»Guten Abend, Traudl. Mein Beileid«, sagte Martin Klapetek und streckte der Witwe seine rechte Hand entgegen.

»Guten Abend, Martin, Danke.«

»Ich bin schon eine Weile hier. Komm, setzten wir uns dort drüben auf die Bank. Ich habe etwas für dich.«

Beide nahmen etwas abseits der beiden Gräber auf einer Eichenparkbank Platz, als Klapetek kurz darauf seine graue Popeline-Jacke öffnete und Traudl Gottlieb ein schwarzes Kuvert überreichte.

»Hier, das ist für dich. Einer unserer Kunden hat mitbekommen, dass der Sepp verunglückt ist.«

»Der ist nicht verunglückt Martin, der Sepp ist ermordet worden«, entgegnete die Witwe.

»Ermordet, verunglückt, so oder so, der Sepp ist tot. Hast du der Polizei von unseren Geschäften erzählt? Oder besser gesagt wussten die davon?«, fragte Klapetek.

»Die haben von den Geschäften von euch keine Ahnung. Die wissen überhaupt nix.«

»Gut so. Unser Kunde aus Neumarkt hatte große Bedenken, dass die Polizei etwas herausfindet. Es hätte ja sein können, dass die in seinen Akten gestöbert hätten und dann auf unsere Geschäfte gestoßen wären«, sagte Klapetek in einem bedenklichen Ton.

»Nein Martin, diese Geschichten mit euren ominösen Kunden aus Neumarkt wussten nur wir und …«

»Wer noch?« Klapetek unterbrach sie hastig.

»Ich meine zu wissen, der Bruno Sugula.«

»Der Sugula, wie verdammt ist der an diese Geschäfte gestoßen?«, fragte Klapetek sichtlich aufgeregt.

»Der Bruno hat den Sepp einmal erwischt, als er mit dem Neumarkter Unternehmer im Revier war. Er hat ihm wohl gebeichtet, dass der für jeden Abschuss viel Geld bezahlt und er so für die Jahrespacht einen finanziellen Ausgleich hereinholt.«

»Weißt dieser Sugula auch, dass der Mann keinen offiziellen Jagdschein besitzt?« Klapeteks rechtes Knie fing an zu zittern und er kratze sich aufgeregt am Hinterkopf.

»Da bin ich, ehrlich gesagt, überfragt. Ich wusste nur, dass Bruno im Nachhinein informiert wurde, dass dieser Unternehmer schon jahrelang für seine Abschüsse bezahlt, und zwar nicht wenig«, entgegnete Traudl.

»Ist diesem Sugula der richtige Name des Neumarkters bekannt oder nur sein Deckname? Traudl, ich muss das wissen, da hängt verdammt viel davon ab, du verstehst!« Eindringlich redete Klapetek auf Traudl Gottlieb ein.

»Bruno war kurz nach dem Tod von Sepp bei mir auf der Terrasse, er wollte die Unterlagen über die Abschüsse der letzten Jahre von Sepp sehen. Ich glaube, er wollte wissen, wer diese Person genau ist, wie viel er bezahlt hat und ob es vielleicht einen Zusammenhang mit Sepps Tod gibt. Der Bruno hatte da so eine Vorahnung, dass der Sepp vielleicht von dem Neumarkter erpresst wurde oder so. Martin, ich vermute Bruno weiß mehr, als mir der Sepp tatsächlich gesagt hat. Ich weiß nur, dass Sepp immer wieder betont hat, dass man diesem Neumarkter Unternehmer nicht unbedingt blindlings vertrauen kann. Der redet viel, hat sehr gute Beziehungen zu Gott und der Welt, auch zur Unterwelt, hat Sepp immer wieder gesagt. Da macht man sich freilich Gedanken, wenn man erfährt, dass der Ehemann ermordet wurde. Aber ich selbst habe diesen Mann nie gesehen, Sepp traf ihn immer wieder zum vereinbarten Zeitpunkt in seinem Revier. Du kennst doch seinen umgebauten Bauwagen im Nürnberger Reichswald.«

»Ja, wer kennt den nicht!«, entgegnete Klapetek. »Ich hoffe wir bekommen keine Schwierigkeiten, wenn dieser Bruno mehr über unseren Kunden weiß, als uns tatsächlich bekannt ist. Hat er etwas aus dem Aktenordner mitgenommen, als er bei dir auf der Terrasse war?«

»Nein, die Polizei kam überraschend, da haben wir die Ordner nicht weiter durchgesehen.«

»Und danach, als sie weg waren. Hat er dann weiter in dem Ordner gesucht?«

»Er war eigentlich nur an einem Ordner von 2016 interessiert.«

»Wusste ich es doch, der weiß mehr als uns lieb ist. Verdammter Mist«, Klapetek blickte starr in den Himmel, es schien fast so, als ob er dem verstorbenen Sepp Gottlieb seine Bedenken ausdrücken wollte.

»Was ist genau in diesem Ordner von 2016?«, wollte Traudl Gottlieb wissen und sah Klapetek fragend an.

»Es ist besser, du weißt nichts davon. Nimm das Geld, kauf dir was Schönes dafür und denk nicht weiter darüber nach. Ich brauche genau diesen Ordner Traudl, genau diesen. Und noch etwas, den Schlüssel für den Bauwagen, ich habe dort was vergessen!«

»Wenn der so wichtig oder soll ich sagen gefährlich für dich ist, dann komme doch morgen vorbei und hole ihn mit dem Schlüssel ab. Martin, ich möchte jetzt allein sein.« Traudl Gottlieb stand auf und ging auf die Grabstätte ihres verstorbenen Mannes zu, blieb stehen und sprach sichtlich bewegt ein Gebet, als sie kurz darauf den Friedhof verließ.

Mittwoch, 16. Mai 2018, 19.27 Uhr, Friedrich-Luber-Straße 72, 90592 Schwarzenbruck

Es war kurz vor halb acht, als Traudl ihr Anwesen erreichte und einen silberfarbenen Geländewagen vor der Hofeinfahrt bemerkte. Es war das Fahrzeug von Bruno Sugula. Als er Traudl erkannte, stieg er aus seinem Fahrzeug und ging auf die Witwe zu.

»Guten Abend, Traudl, ich wollte dich beim Leichenschmaus nicht ansprechen, aber ich benötige noch etwas von Sepp, darf ich kurz mit dir reinkommen?«

»Ich weiß, was du suchst, Bruno, mich hat gerade der Klapetek am Friedhof abgefangen. Es geht um den Ordner mit den Aufzeichnungen von 2016, stimmts?«

»Nicht nur um den Ordner Traudl, ich müsste auch mal in den Bauwagen. Was machst du eigentlich mit dem nach Sepps Tod?«

»Auch der Klapetek will nochmal in den Bauwagen, der hat dort etwas vergessen, hat er gesagt.«

»Der Klapetek, dieser halbseidene Treiber, der des Öfteren den Sepp im Revier unterstützte, der immer Jäger werden will, aber zu dumm dafür ist, eine Prüfung zu bestehen, meinst du den Klapetek?«

»Ja, genau den, den Martin Klapetek aus Köstelbach«.

»Der hatte den Sepp immer unter Kontrolle, ich verstand das nie. Irgendetwas hatte der gegen Sepp in der Hand und soll ich dir sagen, was?«, Sugula tippte mit seinem rechten Zeigefinger Traudl Gottlieb ermahnend auf die rechte Schulter.

»Sags mir, wenn du es weißt«, betonte Traudl.

»Dieser Klapetek hat bei uns im Revier gewildert, Sepp wusste es ganz genau. Und er hat an Sepp Kunden vermittelt. Kunden, die weder einen Jagdschein noch eine jagdliche Ausbildung haben.«

»Bruno, wie kommst du jetzt da drauf? Hat dir Sepp davon erzählt oder sind das nur Mutmaßungen, die du hier in den Raum stellst? Der Sepp liegt noch keine fünf Stunden unter der Erde und schon raufen sich die Leute um das Fell des Bären, also auf gut deutsch: um seine jagdlichen Hinterlassenschaften. Das hätte ich nicht erwartet und stimmt mich sehr nachdenklich, Bruno«, dann drehte sie sich um, zog ihren Haustürschlüssel aus ihrer Handtasche, sperrte die Tür des Bungalows auf, drehte sich zu Sugula, der erstaunt die Reaktion von Traudl Gottlieb verfolgte, die entgegnete: »Keiner von euch wird den Ordner und den Schlüssel für den Bauwagen bekommen, adieu«.

»Jetzt warte doch bitte mal«, rief ihr Sugula hinterher. Vergebens, die Haustür fiel mit einem lauten Knall ins Schloss.

Donnerstag, 17. Mai 2018, 08.17 Uhr, PP Mittelfranken, K11

Schorsch und Horst waren gerade dabei, die ersten eingehenden Hinweise bezüglich der ALF beim Kriminaldauerdienst und von der Redaktion des Nürnberger Express abzuarbeiten, als Günther Gast ihr Büro betrat und beide mit einen »Guten Morgen miteinander« begrüßte.

»Also, ich habe die Funkzellenauswertung in Lauterhofen, respektive Traunfeld, durch. Leute, da haben wir zum Tatzeitpunkt nur die Einloggdaten von dem Geschädigten, später dann von seinem Sohn und zwei Jägern, die zur Tatzeit in diesem Revier saßen und nichts bemerkten«.

Schorsch meinte, »Ich habe mir noch mal die Bilder der Polizeiinspektion Neumarkt angesehen. Unmittelbar am Tatort haben wir ein großes Windrad stehen. Diese Windräder sind doch meistens mit einer Kamera abgesichert oder irre ich mich da?«

»Auf das bin ich auch schon gekommen, Schorsch. Das Windrad, oder besser gesagt die Windkraftanlage, hat in der Tat eine Kamera.«

»Und ist da vielleicht was drauf?«, warf Horst ein, der gespannt den Ausführungen von Günther zuhörte.

»Das ist es ja, klar ist da eine Überwachungskamera installiert, aber aus datenschutzrechtlichen Gründen schaltet die sich nur ein, wenn man drei Meter vor der Tür steht. Die ist eigentlich nur dafür gedacht, um Sabotagehandlungen an den Windkraftanlagen vorzubeugen, so der Eigentümer. Bei dem waren wir gestern auch noch. Leider Fehlanzeige, dafür weiß ich nun aber über die Erzeugung von Windenergie Bescheid. Solch ein Windrad ist eine Goldgrube. Da draußen hat sich so eine Windkraftanlage in drei Jahren amortisiert. Leute, das ist die reinste Gelddruckmaschine! Besser kannst du dein Geld nicht verdienen. Der Eigentümer war früher selbst einmal Erwerbslandwirt, als aber vor Jahren die Milchpreise immer mehr in den Keller fielen, die Windenergie aber staatlich gefördert wurde, hat er seinen landwirtschaftlichen Betrieb eingestellt und die Ackerflächen verpachtet. Jetzt, nach drei Jahren, verdient er jedes Jahr Millionen durch den Wind. Und die Wartungskosten sind gering, die belaufen sich jährlich auf maximal 3 Prozent der Anschaffungskosten, so der Betreiber. Leute, wenn ich nochmal geboren werde, dann sattle ich um auf Eisverkäufer oder Windkraftanlagenbetreiber.«

»Wieso alternativ auf Eisverkäufer?«, fragte Schorsch.

»Schorsch, weißt du, was eine Eisdiele, vorausgesetzt die hat einen guten Standplatz, am Tag umsetzt? Ein Bekannter von mir ist bei der Steuerfahndung und hat am letzten Stammtisch ein wenig aus dem Nähkästchen geplaudert. Als Betreiber einer Eisdiele, je nach Standort, hast du im Durchschnitt Tageseinnahmen zwischen 1500 und 3000 Euro. Die Herstellung ist spielend einfach, du brauchst lediglich eine Eismaschine. Die notwendigen Zutaten, wie Milchpulver, Geschmacksverstärker und die Lebensmittelfarben, sind schon fertig mit der jeweiligen Rezeptur abgepackt. Was du außer der Eismaschine und den Räumlichkeiten, also der Eisdiele, noch brauchst, sind Verkäufer. Und das Geschäft blüht natürlich von den Schwarzeinnahmen. Für das Finanzamt ist es sehr schwierig, die Produktion und den Verkauf zu überprüfen, wenn der Besitzer zum Beispiel angibt, abends das übrig gebliebene Eis vernichtet zu haben. Also im Gegensatz zu den Windkraftlagen, die ja alle mit Zählern ausgestattet sind, durchaus ein lukratives Geschäft«, schloss Günther.

»Trotzdem, alles in allem ziehe ich da die Windkraftanlage vor. Einmal eine Investition und der Goldesel hört nicht mehr auf zu liefern. Wahnsinn, also dann kommen wir mit der Funkzellenauswertung dort draußen auch nicht weiter. Hier bei den eingegangenen Hinweisen sieht es auch mau aus, nichts Konkretes. Ich vermute, dass da einige Trittbrettfahrer dabei sind. Gerade was den Tierschutz betrifft, hat unser Zeitungsartikel vielleicht auch Menschen angesprochen, die gegen Jäger, Metzger und Viehzüchter sind. Seht euch doch nur den Hype mit den Veganern oder Vegetariern an, also diese Ernährungs- und Lebensweise, die sich generell gegen die Verwertung tierischer Produkte und die Ausbeutung von Tieren ausspricht. Da war doch unser Artikel wegen der Sabotagehandlungen an den Jagdeinrichtungen ein gefundenes Fressen für diese Brüder. Hier zum Beispiel einige Antwortschreiben, die als E-Mail beim rasenden Rolf eingingen«, bemerkte Schorsch, als er von Günther unterbrochen wurde.

»Redet der Müller denn schon wieder mit uns, dieser knallharte Polizeireporter, wie er sich immer gerne selbst bezeichnet?«

»Ja, ja, Schönbohm hat ihm wohl richtig den Kopf gewaschen, als er den Artikel über das Bekennerschreiben der Animal Liberation Front veröffentlichte, ohne sich mit uns abzustimmen. Aber der ist ja auch irgendwie auf uns angewiesen, ohne uns bekommt er nicht die Informationen, um seine Geltungssucht zu befriedigen. Aber um auf die E-Mail zurückzukommen, die uns Müller zugeleitet hat, da ist nichts Verwertbares dabei, was einen Ansatz für eine Spur oder weitere Ermittlungen bringen könnte. Hier, hört zu«, Schorsch blätterte die ausgedruckten E-Mails durch und fuhr fort: »Endlich mal jemand, der sich gegen die Jägerschaft auflehnt und die Hochsitze zerstört. Bravo, dieses Morden von unschuldigen Tieren kotzt mich schon lange an.« Oder hier: »Da haben sie vermutlich keinen Falschen erwischt, ich möchte nicht wissen, wie viele unschuldige Rehlein der schon auf dem Gewissen hat ...«

»Ja, da bin ich vollkommen deiner Meinung Schorsch, solche Zitate haben keine strafrechtliche Relevanz, die geben nur die Meinungen vieler Bürger wieder, die den Zeitungsartikel gelesen haben. Es sind größtenteils Leute, die eben nicht gut auf die Jägerschaft zu sprechen sind, das sieht man an deren Reaktionen in ihren E-Mails an die Redaktion des Nürnberger Express oder an den Kriminaldauerdienst. Sehr viele sind gegen die Jäger und befürworten solche idiotischen Aktivisten, die auch nicht vor Zerstörung und Gewalt zurückschrecken. Wir sollten den Geschädigten aufsuchen, die Amnesie kann doch nicht so lange dauern«, bemerkte Horst eindringlich.

»Wann willst du das denn machen? Ich bin morgen nach Dienstschluss im Urlaub. Wir wollen doch in den Pfingstferien unseren Jagdschein machen«, erwiderte Schorsch.

»Na ja, das kann ich ja auch mit Gunda, Basti oder Eva-Maria machen, mach du erst mal deinen Jagdschein und wenn du die

Prüfung wirklich gleich bestehen solltest, dann überlege ich mir das natürlich auch«, fügte Horst an.

»Am Samstagmorgen um acht Uhr gehts los. Wir haben uns schon vor drei Wochen diese App für die Jagdprüfung auf unser Handy geladen und fleißig geübt«, berichtete Schorsch.

»Und Rosanne macht wirklich mit?«, fragte Horst ungläubig.

»Horst, Waidfrauen sind auf dem Vormarsch, und mit rund 385 000 gelösten Jagdscheinen* waren im vergangenen Jagdjahr mehr Deutsche als je zuvor auf der Pirsch. Das sind 73 000 Jagdscheine mehr als im Jahr der Wiedervereinigung, also rund 20 Prozent und der Trend hält weiter an. Jagdschulen sprießen ja fast schon wie Pilze aus dem Boden. Denn der Trend, bewusster und gesünder zu leben sowie sich aktiv für die Natur und die Tiere einzusetzen, ist stark. Und nicht nur das, viele Junge Menschen kommen über die Freude an der Natur oder eben die gesunde Ernährung zur Jagd. Das motiviert diese Generation, sie wollen entschleunigen und naturnahe Lebensräume gestalten. Und genau hier setzten die Frauen in den letzten Jahren ihre Akzente. Sie sind ein Teil der Jägerschaft, werden nach Ablegung ihrer Prüfung voll akzeptiert. Allein in Norddeutschland gibt es anteilig die meisten Waidfrauen, Niedersachsen mit hundertdreißig Einwohnern pro Jäger ist Spitzenreiter, dicht gefolgt von Schleswig-Holstein und Mecklenburg-Vorpommern. Fakt ist, viele Frauen kommen über ihren Hund zur Jagd, der – wenn er ein Jagdhund ist – schnell zeigt, dass er viel mehr kann, als ein zuverlässiger Begleiter zu sein. Hinzu kommt eben aber auch die Entspannung und Ruhe, die einem die Natur wiedergibt, und genau das liebt diese Klientel von Frau«, schloss Schorsch.

---

* Quelle Deutscher Jagdverband

13. Kapitel

Samstag, 19. Mai 2018, 08.12 Uhr, Jagdschule Frankenland, Altdorfer Str. 12, 90537 Feucht

Rosanne und Schorsch saßen in der ersten Reihe, als der Inhaber der Jagdschule, Johannes Lippert, und sein Lehrender, Maximilian Meilinger, kurz Max genannt, die 21 Lehrgangsteilnehmer begrüßten und sich anschließend alle Lehrgangsteilnehmer in einer kleinen Vorstellungsrunde bekannt machten. Schorsch war erstaunt, dass sich neben Rosanne noch vier andere Frauen entschlossen hatten, diesen dreiwöchigen Lehrgang in Feucht zu belegen und nach der Prüfung als künftige Jägerinnen ihren Jägerbrief entgegenzunehmen.

Es war ein gemischtes Publikum, von der Gynäkologin, einem Gymnasiallehrer und einem Feuerwehrmann bis zum Maurer und Bauern waren die verschiedensten Berufsgruppen vertreten. Alle saßen in einem Boot, sahen gespannt auf die beiden Unterrichtenden und fragten sich: Würde man es in diesen drei Wochen wirklich schaffen und in der kurzen Zeit das jagdliche Handwerk mit seinen rechtlichen Regelungen aus verschiedenen Gesetzesbereichen einschließlich der Sicherheitsbestimmungen erlernen? Außerdem galt es, den Tierschutzgedanken als wesentlichen Faktor in seine zukünftige Rolle als Jäger einzubringen. Denn die Jagd, betonte Lippert, müsse heutzutage mehr denn je gesellschaftspolitisch akzeptiert, ökologisch vertretbar und natürlich wildbiologisch fundiert sein. Diese drei Eckpfeiler beschrieb er als die tragenden Säulen der waidmännischen Hege und Pflege sowie eines respektvollen Umgangs mit der Natur und seiner Tierwelt.»Was wisst ihr über die Aufgaben des Jägers? Vermutlich nicht viel, sonst würdet ihr hier nicht bei mir sitzen. Viele kritische Stimmen behaupten, Jäger seien Tiermörder und gingen aus Lust zum Töten auf die Jagd. Das ist natürlich Blödsinn. Unsere Aufgaben als Jäger lassen sich nicht so banal reduzieren, denn Jagd ist gelebter Umgang mit der Natur und Artenschutz. Doch Leute, was heißt das eigentlich? Es heißt zum Beispiel, Lebensräume für wildlebende Tiere zu schaffen und sie zu pflegen. Jagd bedeutet aber auch, Wildbestände zu reduzieren und damit Wild- und Feldschäden vorzubeugen und sie nach Möglichkeit zu verhindern. Denn eine immer stärker kultivierte Landwirtschaft, der heutzutage dichte Straßenverkehr und der Ausbau von Siedlungen begrenzen den Raum unserer Wildtiere immens. Hinzu kommt eine veränderte Agrarlandschaft. Vor allem durch den Anbau von Mais, Raps und Weizen, einem schmackhaften Nahrungsangebot für viele Wildtiere, vermehren sich Reh, Hirsch und Wildschwein exorbitant. Auch der Klimawandel sorgt im Wald für ein Überangebot an Futter, wie zum Beispiel Eicheln und Bucheckern. Genau diese neuen Nahrungsquellen und die milden Winter begünstigen die rasante Entwicklung der Populationen von anpassungsfähigen Arten wie dem Schwarzwild. Und Leute, das hat dramatische Konsequenzen. Denn die Gefahr von Seuchen wie der afrikanischen Schweinepest wird bei Wild- und Hausschweinen in der Folge zunehmen. Zudem verlieren seltene und spezialisierte Arten wie das Rebhuhn der Fasan und viele andere Bodenbrüter ihre Lebensgrundlage. Impfköder in den siebziger und achtziger Jahren haben zwar die Tollwut bei uns ausgerottet, das wiederum führte aber zu einem höher werdenden Fuchsbestand, zum Leidwesen seiner Beutetiere, die nicht nur aus Mäusen besteht. Die Jagd auf Füchse begünstigt daher den Artenschutz. Genauso verhält es sich bei den invasiven Arten wie dem Waschbären, der Nilgans oder dem Marderhund. Man sieht also: Ihr als zukünftige Jäger sorgt nicht nur für eine gesunde und zugleich artenreiche Tierwelt. Zu euren Aufgaben gehört auch, die Lebensräume dieser Tiere zu schützen und den Menschen die Freude an der Natur zu vermitteln. Gerade das macht uns deutlich, wie sehr wir Jägerinnen und Jäger im Dienst der Öffentlichkeit handeln werden. Denn nicht umsonst – und daher seid ihr ja alle hier bei mir – müsst ihr das grüne Abitur bestehen, bevor ihr aktiv werden könnt. Zur gelebten Nachhaltigkeit gehört nicht nur, dass Wildfleisch gut schmeckt. Es ist als Lebensmittel auch eine Spezialität aus unserer Region. Die Jagd ist eines der ältesten Handwerke der Menschheit und hat gerade in unserer schnelllebigen Zeit seinen Platz in der Gesellschaft verdient.

Weise Worte, dachte Schorsch. Genau das widerlegte die Ansichten und fadenscheinigen Argumente radikaler Tierschützer, sei es der PETA oder der gewaltbereiten ALF-Bewegung, die vermutlich für den Tod der beiden Jäger mit verantwortlich war.

Johannes Lippert, ein Endfünfziger von hagerer Gestalt, mit grauem Haar und Schnauzer, war kein typischer Franke. Der ehemalige Manager eines großen Mobilfunkanbieters machte den Teilnehmern nicht nur Mut, seine Jagdschule hatte sich in den vergangenen Jahren einen sehr guten Ruf in der Jägerschaft erworben, der über die Grenzen Frankens hinausstrahlte.

»Meine Damen, meine Herren, um meine Einführungsrede zu beenden und Max Meilinger das Wort für die erste Unterrichtstunde zu geben, möchte ich Ihnen noch ein paar Worte mit auf dem Weg geben. In unseren Lehrgängen werden wir nicht nur das jagdliche Brauchtum, die Waidmannssprache, die Waidgerechtigkeit und alles, was zur erfolgreichen Jagd gehört, lernen. Wir sollten uns daher als eingeschworene Gemeinschaft betrachten, die ein Ziel vor Augen hat: am Ende des

Lehrgangs die Prüfung erfolgreich zu bestehen. Möchte daher jemand aus der Reihe nicht geduzt, sondern gesiezt werden«? Johannes Blick schweifte in die Runde, als er kurz darauf fortfuhr: »Ich stelle fest, niemand. Also ich bin der Johannes.«

»Und ich bin für alle der Max«, sagte Meilinger, der kurz danach die erste Unterrichtstunde begann.

Samstag, 19. Mai 2018, 10.07 Uhr, Nürnberger Reichswald

Traudl Gottlieb hatte die ganze Nacht nicht geschlafen. Die Forderung von Bruno Sugula und Martin Klapetek, ihnen den besagten Ordner ihres verstorbenen Mannes auszuhändigen, beschäftigten sie die halbe Nacht. Außerdem wollte Klapetek unbedingt den grünen Bauwagen seines verstorbenen Freundes aufsuchen, warum nur? Der Ordner und der Bauwagen mussten etwas mit dem schrecklichen Tod des Ehemanns zu tun haben. Dazu kam die Angst, in irgendetwas hineingezogen zu werden. Deshalb entschloss sich Traudl Gottlieb, selbst den grünen Bauwagen ihres Mannes zu untersuchen.

Es war kurz nach Viertelzwölf, als Traudl das fand, was ihren Mann belasten hätte können. Sepp Gottlieb hatte neben dem Ordner von 2016 noch andere Aufzeichnungen in seinem Bauwagen deponiert. Er führte akribisch Buch nicht nur über die Abschüsse in diesem Revier. Die Aufzeichnungen bargen noch einen ganz anderen, brisanten Inhalt. Hätten die Behörde zu Lebzeiten von Sepp Gottlieb vom Inhalt dieser schriftlichen Anfertigungen erfahren, wäre nicht nur ihr Mann ins Visier der Justiz geraten. Auch Traudl Gottlieb wäre vermutlich als Mitwisserin einem Tatverdacht ausgesetzt gewesen. Fakt war, dass Sepp Gottlieb, Martin Klapetek und ein gewisser Arthur Gantermann seit Jahren im Darknet sowie auf verschiedenen Webseiten Abschüsse von Wildbret anboten. Diese Abschüsse waren jedoch nicht den herkömmlichen Jägern vorbehalten, das Trio sprach in ihren Anzeigen Menschen an, die keinen Jagdschein hatten. Es waren Leute nicht nur aus dem Mittelstand, viele von Ihnen waren wohlhabende Unternehmer wie Arthur Gantermann aus Neumarkt, der auf die Idee gekommen war.

Der bekannte Unternehmer aus der Oberpfalz hatte eigentlich alles, was man sich als Millionär leisten konnte: Eine große Villa, die einem Schloss glich. Eine Traumjacht in St. Tropez und einen großen Landsitz in Kanada. Was noch fehlte, war ein gültiger Jagdschein. Den jedoch hatte er nicht mehr oder genauer gesagt: verlor er, nachdem die Behörden nach einem Gerichtsurteil Ende 2003 seine Zuverlässigkeit als Jäger in Frage gestellt hatten. Daher setzte er nun Sepp Gottlieb als Strohmann ein, um die Jagd und das Revier im Lorenzer Reichswald zu pachten. Was genau war passiert?

Gantermann war ein Waffennarr, der es liebte, alles zu besitzen, was einer besonderen Genehmigung bedurfte. Nach dem Motto »Geld regiert die Welt« brachte er das notwendige Kleingeld mit, um eine behördliche Genehmigung auch über Umwege zu erhalten. Was ihn aber viel mehr reizte, waren Dinge, die einem Verbot unterlagen, zum Beispiel Waffen, die nach dem Kriegswaffenkontrollgesetz für Privatleute tabu waren. Diese Waffen nicht nur zu erwerben, sondern auch einzusetzen, war genau, was den Unternehmer reizte. Solche Momente gaben Gantermann ein Gefühl der Zufriedenheit, ja sogar der Glückseligkeit. Das zu haben, was andere niemals oder nur sehr schwer über Umwege bekommen würden, machte ihn glücklich und gab ihm eine gewisse Macht, die nicht nur seinen täglichen Lebensrhythmus veränderte.

Gantermann wurde kriminell. Sich über Verbote hinwegzusetzen, entwickelte sich bei ihm zur regelrechten Sucht. Es kam, wie es kommen musste: Das Bayerische Landeskriminalamt erfuhr, dass der Unternehmer und damalige Jäger ein Waffennarr war, der genau das suchte, was behördlichen Verboten unterlag. Es war das Jahr 2003, die Wende in Deutschland war schon lange vollzogen und brachte den Umschwung und zugleich den Aufschwung in den neuen Bundesländern. Die osteuropäischen Länder wie Estland, Lettland, Litauen, Polen, Ungarn und die Slowakei drängten auf den Eintritt in die Europäischen Union. Es war die Zeit, als sich offene Grenzen abzeichneten und zugleich die Sicherheitskontrollen an den Außengrenzen vernachlässigt wurden. Es war die Zeit der Schmuggler, die auch das Verbotene über die Grenzen brachten. Und es war nicht nur Gantermanns Stunde, sondern auch die der verdeckten Ermittler von Zoll und Polizei. Die konnten Erfolge verbuchen, so auch am 2. Mai 2003.

Gantermann hatte den Brückentag seit Wochen fest verplant, er war mit Freunden in Prag und suchte dort ein kleines Antiquitätengeschäft unterhalb der Prager Burg auf. Bisher hatte sich der Unternehmer seine illegalen Schusswaffen immer über Dritte besorgen lassen und das Risiko, dabei erwischt zu werden, deutlich minimiert. Jetzt, im Wonnemonat Mai 2003, wollte er, ja suchte er, den Nervenkitzel. Er wollte eine RPG-27 erwerben, einen Panzerabwehr-Granatwerfer der Streitkräfte des ehemaligen Warschauer Pakts. Aber der Unternehmer hatte nicht damit gerechnet, dass das Bayerische Landeskriminalamt Wind von der Sache bekam und Wochen vorher einen verdeckten Ermittler auf ihn ansetzte, dessen Identität auf die des tschechischen Antiquitätenhändlers ausgelegt war. Arthur Gantermann tappte in die Falle. Ihm wurden daher nicht nur seine Anbahnungsversuche in Tschechien zum Verhängnis, wo ihm eine Kiste mit drei dieser Panzerabwehr- und Granatwerfer gezeigt und ihm die Waffen auf dem ehemaligen Truppenübungsplatz Milovice im Norden Prags auch vorgeführt wurden.

Der Unternehmer aus Neumarkt wie besessen von der Macht dieser Waffen. Gantermann wollte diese RGP-27, koste es, was es wolle. Er selbst veranlasste daher den Transport nach Deutschland. Seine Raffinesse ging dabei so weit, dass er drei Packstücke dieser Panzerabwehrwaffen in Betontreppenmodule hatte eingießen lassen. So konnten diese, bei einer möglichen Einfuhrkontrolle durch den Zoll, nicht erkannt werden. Was die Zöllner sahen, waren sechs fertig gegossene Fertigbauteile aus Beton für den Treppenbau, die aus Tschechien nach Deutschland eingeführt wurden.

Die Staatsanwaltschaft Regensburg, die federführend beim Einsatz des verdeckten Ermittlers war, ordnete an, die in Beton eingegossenen Kriegswaffen liefern zu lassen. Gantermann hatte den Transportweg seiner bestellten Treppenteile genau vorgegeben. Sie wurden Ende Mai 2003 über den Grenzübergang Waidhaus nach Deutschland eingeführt und zu Gantermanns Warenlager nach Postbauer-Heng transportiert. Als Gantermann die eingegossenen Behälter mit einem Trennschleifer freigelegt hatte, erfolgte der Zugriff durch die Zentrale Unterstützungseinheit Zoll, kurz ZUZ. Der auf frischer Tat Ertappte wurde sieben Monate später vom Landgericht Regensburg wegen Verbrechen nach dem Kriegswaffenkontrollgesetz zu einer Freiheitsstrafe von 5 Jahren und 3 Monaten verurteilt. Wegen guter Führung kam der Verurteilte bereits nach dreieinhalb Jahren frei, der Rest der Freiheitsstrafe wurde zur Bewährung ausgesetzt.

Traudl Gottlieb packte den Ordner in ihren Rucksack, verschloss den Bauwagen und fuhr mit ihrem Fahrrad nach Hause.

Das Mittagsläuten der evangelischen Kirche in Schwarzenbruck hatte gerade begonnen, als die Witwe mit einem Schürhaken die beiden Leitzordner im lodernden Kaminfeuer umdrehte und die Reste des Inhalts mit einer weiß-roten Glut überzogen wurden. Es war geschafft, weder Klapetek noch Sugula konnten jetzt noch einen Nutzen aus dem brisanten Inhalt ziehen. Die Beweismittel waren vernichtet.

Pfingstmontag, 21. Mai 2018, Jagdschule Frankenland

Rosanne und Schorsch hatten die ersten beiden Tage hinter sich. Heute, am Pfingstmontag, stand Haarwild auf dem Stundenplan, der neben der zoologischen Einteilung der jagdbaren Säugetiere auch die ansteigende Wolfspopulation ins Gespräch brachte, denn der Wolf unterliegt in Deutschland nicht dem Jagdrecht und ist kein Wild nach dem Naturschutzgesetz, erläuterte Meilinger.

»Meine Damen, meine Herren, aufgrund der zunehmenden Wolfssichtungen müssen wir uns heute auch mit einer Reihe von Problemen beschäftigen. Der Wolf ist streng geschützt. Wenn ihr einen schießt, dann wars das mit eurem Jagschein, der ist dann weg. Allerdings findet ein Abschuss oder besser gesagt eine »Entnahme« in der Bevölkerung immer mehr Befürworter. So gibt es heute in weiten Teilen von Brandenburg kein Rehwild mehr. Der Wolf hat den Bestand fast vollständig ausgelöscht. Und was macht der Wolf, wenn er kein Wild mehr findet? Er holt sich seine Beute woanders, er reißt Schafe oder Kühe. Um es auf den Punkt zu bringen: Dieses Raubtier wurde dort oben auch schon in der Nähe von Wohnsiedlungen gesichtet. Das Problem wird in den kommenden Jahren auch bei uns auftreten, denn der Wolf hat keine natürlichen Feinde. Und er weiß auch, dass er nicht bejagt werden darf. Also hütet euch davon, auch wenn es noch so schwerfallen sollte, beim Wolf bleibt der Finger lang. Noch Fragen?«, Max blickte in die Runde, als kurz darauf Schorsch das Wort ergriff und den Lehrenden mit einem Beispiel ins Schwitzen brachte.

»Alles gut und schön mit dem Wolf, wer einen schießt, der muss seinen Jagschein abgeben. Aber was wäre, wenn jemand einem Verbotsirrtum unterliegt, dann kann er auch nicht für einen Wolfsabschuss strafrechtlich belangt werden, richtig?«, Schorsch sah den Ausbilder an, der nickte und Schorsch um eine Erläuterung bat.

»Na ja, wir sind alle Jäger und sitzen eines Tages im Revier. Auf etwa dreihundert Meter sehen wir in der Dämmerung augenscheinlich einen Schäferhund, der weit ab von einer Ortschaft einem Reh oder Hasen nachstellt. Der vermeintliche Schäferhund ist zu weit weg, um ihn zu schießen, das Recht dazu hätten wir ja. Also packen wir zu später Stunde unsere Sachen zusammen und erzählen am nächsten Tag unseren Jagdkollegen, dass wir vermutlich einen Hund im Revier haben, der wildert. Am Tag darauf sitzt eine Kollegin an und bemerkt ebenfalls in der Dämmerung den tags zuvor geschilderten Schäferhund. Diesmal kommt er auf einhundertfünfzig Meter heran, die Jägerin erschießt den Hund, begibt sich Minuten später zum Anschuss und findet einen toten Wolf. Was passiert?«

»Sie kann ihren Jagdschein abgeben, ganz einfach«, bemerkte Max.

»Ich bin da anderer Ansicht«, betonte Schorsch und fuhr fort: »Durch den Hinweis eines Jagdkollegen am Tag zuvor war die Jägerin darüber informiert, dass in dem Revier vermutlich ein streunender Schäferhund wildert. Sie erschießt diesen streunenden Hund und stellt kurze Zeit später fest, dass es gar kein

Schäferhund war, sondern ein Wolf. Und wie wir gelernt haben, gibt es auch Kreuzungen von Hund und Wolf, also wilde Wölfe, die gleichzeitig die DNA domestizierter Hunde besitzen und daher keinerlei Scheu vor dem Menschen haben. Genau da haben wir das Problem: Diese Hybride könnten sich untypisch verhalten und zutraulich werden, wie in Grimms Märchen ›Rotkäppchen‹ beschrieben. Um es auf den Punkt zu bringen, die Jägerin kann meines Erachtens nicht bestraft werden, weil sie bei der Schussabgabe fest davon überzeugt war, dass es sich um einen streunenden Hund handelt, der im Revier wildert. Die Schussabgabe war daher rechtens. Paragraph 17 des Strafgesetzbuchs bezieht sich auf genauso eine Handlung, denn fehlt dem Täter, hier der Jägerin, bei der Begehung der Tat die Einsicht, Unrecht zu tun, so handelt er ohne Schuld, wenn er diesen Irrtum nicht vermeiden konnte. In diesem Fall ging die Jägerin fest davon aus, dass sie vor ihrer Schussabgabe einen wildernden Hund angesprochen hat, der gemäß den BayJG Art. 42 von einem Jäger erlegt werden darf, da er seiner Pflicht des Jagdschutzes nachkam. Der Täter, hier die Jägerin, irrt also über die Rechtswidrigkeit der Tat in ihrer tatbestandsspezifischen Gestalt. Auf die Kenntnis eines bestimmten verletzten Gesetzes, das Abschießen eines Wolfes ist verboten und strafbar, kommt es dabei nicht an. Also geht die Jägerin straffrei aus. Oder um es nochmal formaljuristisch zu erläutern. Die heutige strafrechtliche Irrtumslehre geht davon aus, dass eine im Irrtum begangenen Straftat, hier der Abschuss eines Wolfs, nicht bestraft werden kann beziehungsweise milder bestraft wird, wenn der Irrtum hätte vermieden werden können. Dem Täter muss daher bei der Begehung der Tat die Einsicht fehlen, Unrecht zu tun, denn er geht ja felsenfest davon aus, dass es sich hier um einen wildernden Schäferhund handelt. Und genau beim Fehlen dieses Unrechtsbewusstseins liegt daher ein Verbotsirrtum vor. Dabei kann der Irrtum auf fehlender Gesetzeskenntnis oder zu enger Auslegung der Gesetzesnorm beruhen. Dieser Irrtum muss daher unvermeidbar sein, weil wir ja fest von einem streunenden, wildernden Hund ausgehen«, schloss Schorsch.

»Das ist wirklich ein gutes und rechtlich einwandfreies Beispiel, Schorsch. Gut, dass wir hier einmal die fundierte Meinung eines Polizisten hören. Trotzdem: In ihrer Haut möchte ich nicht stecken, man wird ihr einen Strick daraus drehen, glaub mir, da wackelt der Jagdschein. Denn, wie man so schön sagt: Vor Gericht und auf hoher See ist man in Gottes Hand. Oder um die Diskussion über Isegrim mit einer alten Weisheit zu beenden: ignorantia legis non excusat – Unwissenheit schützt vor Strafe nicht.«

Mittwoch, 23. Mai 2018, 11.31 Uhr, Kreiskrankenhaus Neumarkt

Es war kurz nach halb zwölf, als Gunda und Horst das Krankenhaus Neumarkt erreichten und das Krankenzimmer von Luk Kehlmeier aufsuchten. Der Bauer war auf dem Weg der Besserung, seine kurzzeitige Amnesie war verschwunden. Laut Mitteilung seiner behandelnden Ärzte stand nun einer Befragung nichts mehr im Wege.

»Hallo Herr Kehlmeier, mein Name ist Vizthum und das ist Herr Meier. Gut, dass es Ihnen wieder besser geht. Wir sind von der Kriminalpolizei aus Nürnberg. Ihr Arzt meinte, Ihr Erinnerungsvermögen kehrt wieder zurück, daher sind wir heute extra noch einmal hergekommen, um Einzelheiten über den besagten Abend zu erfahren. Können Sie sich an den Abend wieder erinnern?«, fragte Gunda und begrüßte den Bauern mit einem Händedruck.

»Ja. Schön, dass Sie da sind. Seit gestern Abend kann ich mich wieder an Einzelheiten erinnern und habe natürlich gleich an die Polizei gedacht und es bei der Visite meinen Ärzten gesagt. Schön, dass Sie so schnell kommen konnten.«

»Wir sind froh, dass Ihre Amnesie abgeklungen ist«, sagte Horst und reichte Kehlmeier zur Begrüßung die Hand: »Dann schießen Sie doch mal los, was war an diesem Abend, als sie nach dem Silieren nach Hause gefahren sind?«

»Ich erinnere mich, dass da ein dunkler Geländewagen auf einem Flurbereinigungsweg stand, ganz in der Nähe einer Waldlichtung. Ich meine, es war ein englischer Rover, es setzte zwar die Dämmerung ein, aber ich kann mich jetzt wieder gut erinnern, es muss ein Land Rover gewesen sein. Eigentlich kenne ich die Fahrzeuge der Jagdpächter und der beteiligten Jäger, aber dieses Modell kannte ich nicht. Ich wurde neugierig und stellte meinen Bulldog an dem Feldweg ab und ging zu dem Wagen. Die beiden Vordertüren standen sperrangelweit offen. Es sah so aus, als hätte jemand kurz davor das Auto verlassen. Das war seltsam. Ich habe auch gerufen: Ist da wer? Aber da gab es keine Reaktion. Die Innenraumbeleuchtung des Geländewagens war an und ich sah, dass es sich um einen Jäger handeln musste, da unter dem Rückspiegel ein Schild auf einen Jäger hinwies. Irgendetwas mit Jagd oder so stand da drauf. Ich habe mir dann keine großen Gedanken mehr gemacht. Vielleicht wurde der Wagen gebraucht, um ein geschossenes Tier zu bergen. Daher die geöffneten Türen.«

»Und haben Sie irgendetwas im Fahrzeug bemerkt, also Kleidung oder Jagdutensilien?«, fragte Gunda.

»Nein, Frau Vizthum. Ich meine, der Innenraum war leer, da war nichts, an das ich mich erinnern könnte.« Kehlmeier kratzte sich nachdenklich am Hinterkopf und fuhr fort: »Ich drehte mich weg vom Wagen und wollte wieder zu meinem Traktor gehen, als ich ein lautes Knacken hörte. Das war es dann schon. Ich spürte einen heftigen Schlag und ging zu Boden. Als ich dann im Krankenhaus wieder aufgewacht bin, sagte man mir, dass ich überfallen wurde. Aber, Frau Vizthum, mir wurde nichts gestohlen, mein Handy lag noch im Bulldog. Wie ich durch meinen Sohn erfahren habe, könnten es vielleicht irgendwelche Aktivisten gewesen sein, die ich bei einer Sabotage überrascht habe. In dieser Nacht wurden doch irgendwelche Jagdkanzeln zerstört. Ich habe keine Ahnung, was es sonst gewesen sein sollte. Edzerdla im Nachhinein glaube ich, dass es wohl so gewesen ist«, sagte der Erwerbsbauer und blickte nachdenklich aus dem Fenster.

»Also Personen oder irgendwelche Stimmen haben Sie nicht wahrgenommen. Das Kennzeichen war von hier oder war es ein auswärtiges?«, hakte Horst nach.

»Nein, Herr Meier, ich erinnere mich an nix außer dem, was ich schon gesagt habe. Das Nummernschild vom Land Rover habe ich nicht erkannt, vielleicht war es auch abgeklebt«, entgegnete Kehlmeier.

»Tja, schade, einen Versuch war es wert. Wir haben gehofft, dass Sie sich an irgendetwas Markantes in dieser Tatnacht erinnern könnten. Allein das Fahrzeug, also möglicherweise ein Land Rover. Das hilft uns leider nicht wirklich weiter, Herr Kehlmeier. Aber vielleicht kommen ja noch weitere Erinnerungen. Wenn Ihnen also noch irgendwas einfallen sollte, vielleicht haben Sie ja diesen Land Rover schon einmal in Dippersricht oder Traunfeld gesehen, gehen Sie einfach noch einmal in sich. Wir freuen uns über jeden Hinweis, der uns weiterbringen könnte. In diesem Sinn noch gute Besserung! Hier ist meine Karte, da steht drauf, wie Sie mich erreichen können«, schloss Gunda, bevor sich kurz darauf beide Ermittler von dem Patienten verabschiedeten.

Mittwoch, 23. Mai 2018, 18.31 Uhr, Friedhof Schwarzenbruck

Martin Klapetek hatte auf sie gewartet. Es war kurz nach halb sieben, als Traudl Gottlieb schnurstracks auf das Grab ihres Mannes zuging und ein stilles Gebet sprach. Langsam näherte sich Klapetek der Witwe.

»Guten Abend, Traudl, du bist uns noch etwas schuldig. Wir warten auf den Ordner. Unser Kunde aus Neumarkt wird langsam ungeduldig, du verstehst. Lange wartet der nicht mehr Traudl, es ist besser für dich, wenn du den Ordner rausrückst«, forderte Klapetek eindringlich.

»Du, Martin, leckt mich alle am Arsch! Ich habe den Ordner nicht mehr, der ist weg, und zwar ein für alle Mal«, keifte Traudl Gottlieb ihrem Gegenüber entgegen und ergänzte, »der Bruno hat sich über den Ordner sehr gefreut«.

»Du hast den Ordner Bruno Sugula gegeben, bist du von allen guten Geistern verlassen? Das gibt Ärger, großen Ärger!« Klapetek hob warnend die Hand, drehte sich um und verließ mit schnellen Schritten den Friedhof.

»Das hat gesessen«, dachte Traudl Gottlieb. »Der hat die Kröte geschluckt.« Sie drehte sich um und sah Klapetek nach. Über die Folgen von dem, das sie gesagt hatte, machte sie sich keinerlei Gedanken.

Donnerstag, 24. Mai 2018, 09.07 Uhr, irgendwo in Franken

Seit dreißig Minuten saß er vor dem PC und googelte die aktuelle Tagespresse. Die regionale Presse berichtete zwar noch über den Anschlag auf die zwei Jagdeinrichtungen in der Oberpfalz, aber es gab Hinweise, dass diese Sabotageakte der ALF zuzuordnen seien, andere Erkenntnisse lagen der Polizei und

Presse nicht vor. Sein Blick wanderte rechts zu einem schwarzen Bilderrahmen, der mit mehreren Fotos bestückt war und auf seinem Schreibtisch stand. Wie würde sie jetzt wohl aussehen, dachte er, als er die Bilder betrachtete und dabei den Liedtext aus vergangenen Tagen auf YouTube anklickte:

I'm so glad I found you, I'm not gonna lose you
... Nothing's gonna stop us now

Die beiden Songwriter, Albert Hammond und Diane Warren, beschrieben genau das, was diese Fotogalerie in seinem Gedächtnis wiedergab und die Gruppe Starship damals im Sommer 1987 in ihrem Erfolgssong umsetzte. Es war ihr Lied und es waren ihre Fotos aus glücklichen Zeiten. Zeiten, die er eigentlich nie mehr missen wollte, denn niemand konnte die beiden mehr stoppen, ihre Liebe würde unendlich werden. Eigentlich. Kathrin wäre eine perfekte Mutter geworden, dachte er. Sie hatten alles erreicht: das Grundstück von Kathrins Oma, die gemeinsame Planung des Hauses, der Karrieresprung und dann die Gewissheit, dass sie bald zu dritt sein würden. Ein Lebenstraum ging in Erfüllung. Ein Lebenstraum und eine gemeinsame Lebensphilosophie, die am Freitag, den 5. Januar 2016 um zehn Uhr zweiundzwanzig jäh zerstört wurden. Er öffnete seinen Schreibtisch und holte einen schwarzen Schnellhefter mit ausgeschnittenen Zeitungsartikeln hervor, datiert vom Januar und Juli 2016. Er kannte jede Seite, jeden Artikel, jedes Wort über Kathrin und die Täter auswendig. Es waren diese Zeitungsschmierer, die Ermittler, die Anwälte und auch die Gerichtsbarkeit: Sie alle rückten die Schuldfrage, also die Täter von Kathrin, ins ferne Abseits und fanden keinen Schuldigen.

Das bedeutete die Einstellung des Strafverfahrens, das Verfahren war beendet. Die sogenannte Unschuldsvermutung bestand weiter, zu einer Eröffnung der Hauptverhandlung kam es nicht, da kein dringender Tatverdacht gegenüber einem der Verantwortlichen bestand. Es konnte nicht bewiesen werden, wer beziehungsweise aus welcher Waffe der tödliche Schuss auf Kathrin abgegeben wurde. Für ihren Mann bedeutete das, bis heute liefen die Täter frei herum, machten sich keine Gedanken darüber, was sie damals angerichtet hatten. Kathrin Imhoff wurde nur 42 Jahre alt. Und auch für das ungeborene Kind, das sie unter dem Herzen trug, gab es keine Rettung mehr, der kleine Oliver starb am Tag darauf. Am Tag Epiphanias, dem Fest der Erscheinung des Herrn, dem Tag der Heiligen drei Könige, der Anbetung des Kindes durch die Weisen aus dem Morgenland.

Er legte die Mappe wieder zurück, die Erinnerungen an den 5. Januar waren allgegenwärtig. Zorn und Hass waren alles, was er jetzt fühlte. Er holte eine zweite Klarsichtmappe hervor. Es war die Namenslisten derer, die damals am Tod seiner Familie beteiligt waren, zumindest einer von Ihnen war der wahre Täter, die anderen waren Mitläufer. Ihre Anwälte versuchten, das Beste für Ihre Mandanten herauszuholen, denn die Schuldfrage, die zur eigentlichen Eröffnung einer Hauptverhandlung vor dem Landgericht Nürnberg-Fürth führen sollte, stand nicht fest. Die Beweise waren nicht eindeutig, man kannte zwar die Tragik der handelnden Personen, also der Jagdbeteiligten, und wusste über das unglückliche Ereignis gut Bescheid, aber die Haftungsfrage wurde neben der Schuldfrage niemals geklärt. Es wurde als klassischer Jagdunfall mit Todesfolge abgestempelt.

Was sagten die Verfahrensakten? Sie enthielten die Namen derer, die am 5. Januar dabei waren, aber erst tags darauf eindeutig identifiziert werden konnten, ob Täter oder Mitläufer. Das waren Fehler, die niemals hätten passieren dürfen. Fehler, die die Wahrheit über den Tod seiner geliebten Frau verschleierten, ja nicht mehr aufklärbar machten. Fehler, die letzten Endes auch die Justiz und die Strafverfolgungsbehörden an ihre Grenzen führte und mit einem lapidaren Satz endete: »Der Staatsanwaltschaft Nürnberg-Fürth stellt das Verfahren gegen … vertreten durch …. gemäß § 170 Abs. 2 Strafprozessordung ein, da kein hinreichender Tatverdacht gegen die am 05. Januar 2016 handelnden Personen, namentlich vorlag.«

Für den Mann gab es keine Einstellung und keinen Frieden. Was er fühlte, war das Bedürfnis nach Rache an den Tätern, die den Tod seiner Kathrin und dem ungeborenen Oliver verschuldet hatten. Denn wenn die Gerichtsbarkeit und die Strafverfolgungsbehörden nicht fähig waren, die Schuldigen herauszufinden und einer gerechten Strafe zuzuführen, dann würde er die Tat rächen. Sein Plan schien aufzugehen, zwei der damals neun Jäger und Jägerinnen waren nicht mehr imstande, unschuldige Tiere abzuschießen, das Morden unter dem Deckmantel ihrer Jagd fortzuführen. Das alte Jägerslied:

Der Jäger aus Kurpfalz,
der reitet durch den grünen Wald,
und schießt sein Wild daher,
gleich wie es ihm gefällt,
Ju, ja, ju, ja!
Gar lustig ist die Jägerei,
all hier auf grüner Heid,
all hier auf grüner Heid

würde niemals mehr über ihre Lippen kommen. Für Sepp Gottlieb und Frauke Ebersfeld wurde im Mai das letzte Halali geblasen. Und auch für die übrigen sieben Jägerinnen und Jäger würde die Zeit kommen. Die Zeit, in der sie nie wieder Wild daher schießen würden, so wie es ihnen gefällt, aber er musste jetzt vorsichtig sein. Bisher hatte er alles richtig gemacht, die ALF hatte den schwarzen Peter bekommen.

Er spürte eine gewisse Genugtuung, ja Zufriedenheit, die Jäger im Nürnberger Land und am Randgebiet der Oberpfalz waren verunsichert. Wer war der nächste? Jeder konnte es sein und für sein jagdliches Hobby einen hohen Tribut zahlen, sein Leben verlieren. Angst und Schrecken breitete sich innerhalb der Jägerschaft aus und machte sie vorsichtig.

Es war ähnlich wie in den siebziger Jahren, als die Rote-Armee-Fraktion, kurz RAF, eine linksextremistische Vereinigung der Bundesrepublik, sich ihre Schusswaffen bei Jägern besorgt hatte. »Freiwild«, so hatten die Terroristen damals ihre Beschaffung bei den Jägern genannt. Es war vergleichsweise einfach, an Jagdwaffen, Kurzwaffen und Munition für Attentate auf Politiker oder für Banküberfälle heranzukommen. Man musste nur warten, bis ein Jäger in sein Revier fuhr, oder gut besuchte Jagdeinrichtungen ausbaldowern. Hatte der Waidmann seine Jagdeinrichtung bezogen, was er ja fast immer allein tat, musste man nur warten, bis er zur späten Stunde die Jagdeinrichtung wieder verließ. Man wartete an seinem Fahrzeug, so konnte man zwei Fliegen mit einer Klappe schlagen. Zum einen wurde der Jäger, bedroht an Leib und Leben, gezwungen, seine Jagdausrüstung zu übergeben, also Waffen und Munition. Zum andern hatte man auch noch das Fahrzeug mit den notwendigen Papieren.

Eine gewisse Cleverness war den Linksextremisten nicht abzusprechen. Um bei einer Verkehrskontrolle nicht aufzufallen, wurde für das entwendete Fahrzeug ein Dubletten-Kennzeichen benötigt. Dafür suchten sich die Terroristen auf Großparkplätzen oder Autokinos einen bauartgleichen Fahrzeugtyp aus. Entweder wurde nun das Originalkennzeichen für das gestohlene Fahrzeug verwendet oder das bestehende Nummernschild wurde eins zu eins kopiert. Geriet das gestohlene Fahrzeug in eine Fahrzeugkontrolle, so konnte man durch die vorangegangenen Einbrüche in Landratsämtern und Zulassungsstellen die gefälschten Dokumente für das entwendete Fahrzeug vorweisen – eine Taktik, die zu einer Zeit, in der die Strafverfolgungsbehörden noch nicht vernetzt waren, aufging.

Jetzt also ging wieder die Angst um in der Jägerschaft. Er dachte nach, irgendwie musste er für eine gewisse Zeit zur Ruhe kommen. Es musste Gras über die Sache wachsen und die ALF half ihm dabei. Die Strafverfolgungsbehörden würden an dieser Spur, der bislang einzigen, dranbleiben. Da war er sich ganz sicher!

14. Kapitel

Montag, 11. Juni 2018, 08.00 Uhr,
Schießstand Garlsdof, nahe Hamburg

Schorsch und Rosanne waren aufgeregt, noch bis in die späten Abendstunden hatten sie sich gestern gegenseitig abgefragt. Die Prüfungs-App über die Jägerprüfung in Hamburg gehörte seit drei Wochen zum täglichen Bestandteil ihrer jagdlichen Ausbildung. Jede freie Minute wurde zum Büffeln genutzt und mit der App auf dem Handy lernte man einfach und spielerisch, die knapp 900 Prüfungsfragen zu beherrschen. Die beiden hatten ja von vorneherein gewusst, was auf sie zukam, das grüne Abitur war kein Zuckerschlecken.

Es verging kein Tag, an dem das Paar nicht bis spät am Abend den anspruchsvollen Prüfungsstoff paukte – ob in Wildbrethygiene, im Waffenrecht oder allein im Prüfungsfach »jagdliche Praxis«. Mal mit weniger, mal mit mehr Wein, irgendwie gehörte der Alkohol mit dazu. Denn so alt, wie die Jagd auch ist, so alt ist auch das jagdliche Brauchtum, das mit seinen praxisnahen, traditionellen, ethischen, aber auch zweckmäßigen Gepflogenheiten die Verhaltensweisen im Leben des Jägers bestimmt. Das fing nicht nur mit der Waidmannsprache an, Rosanne und Schorsch lernten in diesen drei Wochen die Kenntnis von Bruchzeichen und Strecke legen, das Versorgen des Wildes und das Behandeln der jeweiligen Trophäen, das Jagdgericht und den Jägerschlag. Zum Brauchtum zählen auch die Jahrhunderte alten Jagdsignale und das Schüsseltreiben, also das gemeinsame Essen nach der Jagd, sowie das Tottrinken des erlegten Wildes. Daher waren die zwei Gläser Wein nach Abschluss der täglichen Lernphasen nicht nur der richtige Einstieg ins

Jägerleben, sondern sorgten auch für die nötige Bettschwere, um am nächsten Tag den folgenden Unterrichtsabschnitt gelassener zu sehen. So jedenfalls bei Rosanne und Schorsch.

Der erste Prüfungstag startete mit der Schießprüfung, dazu gehörten zwei Kugeldisziplinen mit Zielfernrohr, einmal fünf Schuss auf die Rehbockscheibe auf einhundert Meter und fünf Schuss auf die Fuchsscheibe. Zum Bestehen waren mindestens fünfzig von einhundert möglichen Ringen notwendig, als es anschließend zur Schrotdisziplin ging. Beide mussten hier mit einer Bockflinte drei der zehn Tauben treffen. Schorsch und Rosanne hassten diese Disziplin, die jedoch mitunter notwendig ist, um Federwild, einen Hasen oder Fuchs zu schießen. Wegen der schnellen Bewegung der Taube war hier die größte Gefahr, die Prüfung zu versemmeln und nach Hause zu fahren. Rosanne und Schorsch waren daher erleichtert, als fünf der zehn Tauben in Hunderten von Teilen vom Himmel fielen. Der erste Teil war geschafft, der schriftlichen Prüfung stand nichts mehr im Weg und es machte sich eine gewisse Erleichterung bei den beiden bemerkbar. Sie strahlten übers ganze Gesicht – wie Johannes Lippert und Max Meilinger, die gespannt jedem ihrer Prüflinge die Daumen drückten und den Leuten Mut machten.

Es war kurz nach sechzehn Uhr, als die Franken ihr Quartier in der Lüneburger Heide erreichten und erst einmal mit einem kräftigen Schluck auf den erfolgreich absolvierten Tag anstießen. Am nächsten Tag werde die Spreu vom Weizen getrennt, dachte Rosanne, die sich bereits mit Schorsch gegen zwanzig Uhr auf ihr Hotelzimmer zurückgezogen hatte. Die mündliche Prüfung war der Teil mit der großen Unbekannten. Keiner wusste, was die Prüfer von einem in der mündlichen Prüfung wissen wollten. Der gesamte Prüfungsstoff konnte abgefragt werden, was die Prüfer jeden Einzelnen fragten, war aber vermutlich nur dem Heiligen Hubertus, dem Schutzpatron der Jäger, bekannt.

Dienstag, 12 Juni 2018, 09.00 Uhr, Landesjagd- und Naturschutzverband Hamburg, Hansastraße 5, 20149 Hamburg

Schorsch und Rosanne hatten schlecht geschlafen, denn die mündliche Prüfung, die vor ihnen lag, hatte es in sich. Sie war die große Unbekannte in der nicht einfachen Prüfung. In den vergangenen drei Wochen ihres Jahresurlaubs waren die beiden angehenden Jungjäger mit einer Unmenge von Stoff konfrontiert worden. Irgendwann waren die Grenzen ihres Aufnahmevermögens erreicht und es zeigten sich bei beiden auf einmal Wissenslücken. Das machte den Tag nicht einfacher, Schorsch kämpfte wie immer vor schwierigen Prüfungen mit einer spontan auftretenden Diarrhö, die schon um drei Uhr nachts begann. Rosanne wurde von einer niederschlagenden Übelkeit und Brechreizattacken geplagt. Für beide eine Herausforderung, zumal sich nur eine Toilette im gemeinsamen Zimmer befand. »Das ist ungefähr so, als wäre man in der Irrenanstalt, hätte Brechdurchfall und Alzheimer käme dazu. Eine üble Kombination!«, meinte Schorsch lachend: »Du rennst, aber weißt nicht, wohin.«

Schorsch machte sich allerdings, genau wie Rosanne, unnötig Gedanken. Beide hatten sich nicht nur in diesen drei Wochen gründlich vorbereitet. Bereits im Januar hatten sie sich mit den Prüfungsunterlagen beschäftigt.

Das Bestehen der Schieß- und der schriftlichen Prüfung war zwar die Voraussetzung für die Teilnahme an der mündlichen

Prüfung, aber beide Prüfungen wurden unabhängig voneinander bewertet, denn in jedem Teilbereich musste eine Mindestnote von Vierkommanull erreicht werden. Die erste Hürde hatten beide gestern hinter sich gelassen, somit stand dem großen Schritt für die Zulassung zur mündlichen Prüfung nichts mehr im Wege. Das Wochenende und die vergangenen zwei Tage waren beiden aber an die Nieren gegangen und sie spürten die Angst zu versagen. Einen Blackout zu bekommen, mitten in der Prüfung. Fatal. Alles würde aus dem Ruder laufen, dachte Schorsch.

Die blöden Bemerkungen der Kollegen machten es nicht besser, allen voran Schönbohm, der Schorsch immer wieder darauf hinwies, dass er das grüne Abitur mal nicht so leichtnehmen sollte. Und natürlich der Jahresurlaub, den die beiden extra für den dreiwöchigen Kurs genommen hatten und daher auf die Erholung wie bei einer dreiwöchigen Kreuzfahrt verzichten mussten. Entspannen wollten sich beide nach der Prüfung im Revier. Ein guter Anblick, wie man in der Waidmannsprache das Antreffen von Wild im Revier nennt, würde den ganzen Stress wegfegen, ihnen die Ruhe der Natur wiedergeben.

Aber dennoch, die Angst und das mulmige Gefühl konnten beide Prüflinge nicht abschütteln. Denn es gab nicht nur Kollegen, die sich über eine erfolgreich abgelegte Jägerprüfung freuten, allen voran Robert Schenk und Lydia Hrdlicka. Die Neider spielten eine weit wichtigere Rolle. Die Blamage, ohne Jagdschein nach Nürnberg zurückzukommen, stand drohend im Raum. Viele würden sich die Mäuler zerreißen, dachte Schorsch. Seine Bauchschmerzen und Rosannes Übelkeit waren deshalb nicht auf eine mangelnde Vorbereitung zurückzuführen. Nein, es war schlichtweg die Angst zu versagen und die Prüfung wiederholen zu müssen, die diese verdammten körperlichen Reaktionen auslösten.

Schorsch dachte auch an die beiden ermordeten Jäger, er musste einen kühlen Kopf bewahren, denn nur weil er mit dem Fall betraut wurde und ihn die Jagerei seit seiner Kindheit bewegte, hatte er beschlossen, selbst den Jagdschein zu machen. Irgendwann einmal unter Jägern mitreden zu können wie damals sein Großvater, das war nicht nur sein großes Ziel. Es war auch eine gemeinsame Herausforderung, künftig mit dem Lebenspartner die neue Aufgabe in ihrem neuen, gemeinsamen Lebensabschnitt bewerkstelligen zu können, ja zu dürfen. Der Gedanke ließ Schorsch zufrieden werden und das Gefühl stellte sich ein, dass beide heute diese Prüfung bestehen würden.

Vier Stunden später

Johannes Lipperts freudiger Blick, als er vom ersten Stock die Holztreppe des alten Gründerzeitbaus mit einer Umlaufmappe herunterschlenderte, war vielsagend. Es war nicht nur ein Ausdruck der Zufriedenheit, es war die Gelassenheit, alles richtig gemacht zu haben. Alle Prüflinge standen gespannt im Flur, als sie kurze Zeit später von der Prüfungskommission hereingerufen wurden. Ihre Mühen hatte sich gelohnt, der Preis, sich drei Wochen intensiv mit jagdlicher Materie auseinandergesetzt zu haben, stand bereit: der Jägerbrief.

Froh nahmen Rosanne und Schorsch ihre Urkunden entgegen, von nun an waren sie echte Waidmänner oder wie man heute eigentlich korrekterweise sagen musste, eine Waidfrau und ein Waidmann. Was jetzt noch anstand, war die Suche nach einer Jagdbeteiligung und natürlich der Kauf ihrer Jagdutensilien einschließlich der Jagdwaffen. Was sie zur Jagd schon hatten, war das passende Fahrzeug. Denn Mercedes in Wendelstein hatte den beiden nicht nur das passende Fahrzeug für die Jagd geliefert, Schorsch hatte für seinen alten Strich-Acht auch noch einen passablen Preis erhalten und so war sein Budget für die Erstausstattung seines Jägerbedarfs nicht zu sehr eingeschränkt. »Perfekt«, dachte Schorsch, zumal er jetzt beim Kauf seiner Schusswaffen die Ausgaben etwas höher ansetzen konnte.

Mittwoch, 13. Juni 2018, 17.35 Uhr, Waldschänke am Brückkanal

Rosanne und Schorsch genossen ihren letzten Urlaubstag im Biergarten. Es war für die beiden ein stressiger Tag gewesen, denn seit diesem Morgen waren die erforderlichen Shopping- und Behördengänge angesagt. Schon am frühen Morgen waren beide beim Ordnungsamt präsent, um endlich das erforderliche Dokument für den Erwerb von Schusswaffen zu erhalten, den Jagdschein. Und ein großer Jagdausstatter im Norden Nürnbergs war mehr als erfreut, beiden Jungjägern bei ihren Einkäufen beratend zur Seite zu stehen. Jetzt, nachdem alles erledigt war, genossen sie bei einer fränkischen Brotzeit den sonnigen Spätnachmittag und warteten auf einen Freund, der sich angekündigt hatte.

Es war kurz vor fünfzehn Uhr fünfundvierzig, als Ben die beiden mit einem netten Servus begrüßte.

»Schön, dass du Zeit gefunden hast, mal wieder in deine fränkische Heimat zu kommen«, entgegnete Schorsch und reichte ihm die Hand.

Rosanne stand auf, umarmte ihn herzlich und küsste den Mossad-Agenten auf beide Wangen.

»Für gute Freunde ist mir kein Weg zu weit, ich habe mir bis Montag freigenommen, denn Suzanne kommt mich morgen besuchen. Wir bleiben bei meinen Verwandten in Fürth«, sagte Ben und fuhr fort: »Aber lasst uns erst einmal auf eure bestandene Prüfung anstoßen! Jetzt, wo ihr unter die Jäger geht, traut sich bestimmt kein Rehlein mehr auf die Wiese. Ich hol uns mal drei Seidla.« Ben lachte die beiden an und ging zum Bierausschank.

»Freilich, so jung kommen wir nicht mehr zusammen«, rief Rosanne und lächelte Ben zu, als er kurze Zeit später mit drei gefüllten Bierkrügen vor ihnen stand.

»Also dann, Prost! Schön, dass wir uns treffen konnten, es gibt Neuigkeiten«, berichtete Ben und beugte seinen Oberkörper leicht nach vorn.

»Dann schieß los, ich bin schon sehr gespannt«, Rosanne und Schorsch rückten etwas näher zusammen, um neugierigen Zuhörern keinen Gesprächsstoff zu liefern.

»Also, einen der beiden Wissenschaftler des IS konnten wir weichkochen, der singt zumindest teilweise und gibt uns Hintergrundinformationen über den Kalifen Yazeed Fadl Allah Shadid. Aber …«, Ben zögerte und sah Schorsch in die Augen. »Auf die Frage, wieviel dieser tödlichen Ausbringungsflüssigkeit die beiden hergestellt haben und ob das, was in Erlangen sichergestellt wurde, alles war, darüber schweigen beide beharrlich. Wir wissen also nicht, ob unbekannte Dritte im Besitz des tödlichen Virus sind. Das Attentat sollte offensichtlich so stattfinden, wie es in den aufgefundenen schriftlichen Aufzeichnungen stand. Die Wohnung in Gostenhof war wirklich ein Glücksgriff nicht nur für die Strafverfolgungsbehörden, sondern auch für uns Geheimdienste. Die Amerikaner sprechen schon von einem vollen Erfolg gegen den Islamischen Staat und dessen Führer. Weniger erfreut waren daher einige potenzielle Gefährder des IS, die in die Kategorie von Schläfern eingeordnet werden konnten. Bei ihnen, ich rede hier von fünf Personen, verdichtete sich der Hinweis, dass neben den Virusanschlag mit Ebola hier in Nürnberg noch weitere Straftaten von erheblicher Bedeutung geplant waren. Nach der Festnahme von Zahid Abu Takir und Hakim Bin Shaheen standen die Telefone nicht mehr still und die Amerikaner waren mit ihrer ›United States Cyber Command‹, kurz USCYBERCOM, in Fort Meade, Maryland über Tage hinweg gefordert«.

»Was machen die dort in Maryland? Ist das vergleichbar mit dem Standort Bluffdale in Utah?«, fragte Schorsch und rückte noch ein bisschen näher mit dem Kopf Richtung Ben.

»In Anne Arundel County, einer eher verschlafenen Stadt im Bundesstaat Maryland mit einer halben Million Einwohnern, überwachen die US-Militärs gemeinsam mit dem US-Heimatschutzkommando weltweit den Kommunikationsverkehr im Bereich Terrorismuskriminalität. Das Fort übertrifft bei Weitem die Ausmaße des Pentagon und soll künftig der größte Standort der National Security Agency werden, ist also um ein Vielfaches größer als das Data Center von Bluffdale. Die Spezialisten dort gewährleisten nicht nur den alltäglichen Schutz der amerikanischen Verteidigungsinfrastruktur. Das Kommando berät zudem die US-Streitkräfte bei der Umsetzung ihrer Sicherheitsaufgaben, zum Beispiel in der elektronischen Kriegsführung im Bereich Terrorismus. Außerdem leitet das Kommando im Bedarfsfall allen Cyber-Einheiten des US-Militärs die notwendigen Ressourcen zu und forciert deren schnelle Umsetzung. Und zu guter Letzt sind diese Leute auch beratend tätig, vor allem für das Ministerium für innere Sicherheit, aber auch für Institutionen von verbündeten Staaten. Zu den Kunden gehören außerdem große Versandhäuser, die zum Beispiel unsere ›geliebte Alexa‹ anbieten, du verstehst. Und Schorsch, Israel ist ein verbündeter Staat, deshalb bekommst du heute nun diese Infos direkt aus erster Hand. Ich war vergangene Woche auf Dienstreise und habe mir vor Ort das Cyberzentrum angesehen. Wahnsinn, was die dort aus dem Boden gestampft haben! Eine intelligente Software, die weltweit den gesamten Kommunikationsverkehr überwacht und mit den Five Eyes gekoppelt sind.«

»Wie, weltweit überwacht? Wer sind diese Five Eyes?«, fragte Rosanne neugierig.

»Eigentlich dürftest du gar nicht bei unserem Gespräch dabei sein«, schmunzelte Ben und erklärte: »Der gesamte Telekommunikationsverkehr wird überwacht und mit speziellen Schlüsselwörtern gefiltert. Sei es das gesprochene Wort in Sprachnachrichten oder Nachrichten in jedweder elektronischen Form, denn auch Twitter, Facebook und eben unsere ›geliebte Alexa‹ werden von der Überwachung erfasst.«

»Wie jetzt, Ben, was heißt geliebte Alexa?«, wollte Rosanne wissen.

»Ja, auch unsere geliebte Alexa und Konsorten, also iPhone etc., solltest du künftig bei vertraulichen Gesprächen in den Kühlschrank legen, vorausgesetzt, du hast noch einen alten Kühlschrank, also einen ohne Sprachsteuerung. Über jeden Laptop oder neuen Fernseher kann man heute alles in der Wohnung mithören und aufzeichnen, auch über diese neuen, sprachgesteuerten Kühlschränke. Der Mensch ist gläsern geworden. Leider«, Ben, kniff nachdenklich seine Augen zusammen und runzelte die Stirn.

»Ich hab schon davon gehört«, bestätigte Schorsch, »ich wusste aber nicht, dass es so schlimm ist«.

»Für die amerikanischen Geheimdienste und die Five Eyes, waren die Errungenschaften von Alexa & Co. ein Meilenstein. Und mal ganz ehrlich, ihr beiden, diese Alexas werden doch für nen Appel und ein Ei auf dem Markt angeboten. Wenn viele Menschen diese Überwachungstechnik selbst installieren, dann geht es doch gar nicht besser für die Geheimdienste und Strafverfolgungsbehörden. Denn für viele Verbraucher klingt es schon super, wenn man Alexa alles fragen kann und sie spontan darauf antwortet. Genau die Server, die Alexa steuern, haben bestimmte Keywords im Programm installiert, hören nebenher mit und sind daher genauso aufmerksam wie Alexa, die unmittelbar auf jede Frage ihres Meisters reagiert. Das beste Beispiel für eine totale Überwachung ist die Tatsache, dass man aus den Mobiltelefonen die austauschbaren Akkus verbannt hat. Wenn du jetzt glaubst, dein Telefon sei ausgeschaltet, weil das Display schwarz ist und du selbst keine Funktionen mehr ausüben kannst, dient es den Geheimdiensten und Strafverfolgungsbehörden nach wie vor als bestes Elektronikbauteil, das der Inhaber selbst zur Wohnraumüberwachung zur Verfügung stellt. Die Überwachung von Sprache und Bild ist allgegenwärtig, daher klebt zu Hause wenigstens die Kamera von eurem Laptop ab, um ein klein wenig Privatsphäre zu haben. Um auf deine Frage zurückzukommen, Rosanne, die Fünf Augen von Amerika beschreiben deren engste Verbündete, denn auch im Ausland hat die NSA Standorte, zum Beispiel in Australien, Kanada, Neuseeland und Großbritannien. Das sind die berüchtigten Five Eyes. Am längsten dabei sind die Australier, die schon während des Kalten Kriegs wichtige Informationen über das damalige Atomprogramm der Sowjets lieferten. Nun kommt noch Wiesbaden dazu. Die Amis bauen dort ein IT-Kontrollzentrum mit abhörsicheren Büros. Wiesbaden wird daher nicht nur beim zukünftig angedachten Cyberkrieg eine wesentliche Rolle spielen, schon heute werden von dort aus Drohnenangriffe gegen den IS gesteuert, wobei wir wieder beim Thema wären«, meinte Ben trocken.

»Tja, die Überwachung wird immer besser. Vor dreißig Jahren haben wir noch mit Magnetbändern, also Audio-Kassetten, unsere Telekommunikationsaufzeichnungen durchgeführt. Heutzutage werden die Gesprächsaufzeichnungen auf Petabyte-Servern abgelegt, unglaublich«, bemerkte Schorsch nachdenklich.

»Aber jetzt noch mal zu euch. Wie fühlt man sich als Jäger, war gewiss keine leichte Aufgabe«, wollte Ben wissen.

Rosanne entgegnete lächelnd: »Ja, wir haben dieses Jahr sogar unseren Urlaub geopfert. Na ja, ein paar Tage haben wir schon noch, aber wir hatten uns ein gemeinsames Ziel gesetzt und das haben wir auch erreicht. Jetzt als Jungjäger werden wir erst einmal bei einem Bekannten im Revier mitgehen, das hat sich spontan so ergeben. Das Revier liegt gerade mal 20 Minuten mit dem Auto von uns weg, an der Grenze zur Oberpfalz.«

»Na, dann wünsche ich euch beiden allzeit einen guten Anblick und Waidmannsheil! Jetzt sollten wir aber erst mal was Gscheites essen, die Stadtwurst soll hier recht gut sein«, meinte Ben.

15. Kapitel

Donnerstag, 14. Juni 2018, 08.17 Uhr,
Polizeipräsidium Mittelfranken, K 11

Der Alltag hatte ihn wieder. Schorsch saß am Schreibtisch und sah seine Umläufe durch, als Schönbohm das Büro betrat.

»Guten Morgen, Herr Bachmeyer, das Lernen hat sich also gelohnt, meinen Glückwunsch! Allzeit einen guten Anblick und volle Tatkraft! Wie sieht es denn mit der Aufklärung der Tötungsdelikte im Fall der beiden Jäger aus? Herr Bachmeyer, wir brauchen Erfolge, also ziehen Sie alle Register, damit wir der Presse bald einen Täter präsentieren können«, forderte der Kommissariatsleiter.

»Ich bin gerade dabei, die letzten drei Wochen durchzugehen, viel hat sich ja in meiner Abwesenheit nicht getan. Und sie wissen ja, einen Täter einfach so aus dem Arm herauszuschütteln, das geht auch nicht«, erwiderte Schorsch und arbeitete weiter konzentriert die Vermerke seiner Kollegen ab, als sein Telefon klingelte.

»Bachmeyer, K11.«

»Sugula hier. Herr Bachmeyer, erst einmal Glückwunsch zur bestandenen Jägerprüfung!«

»Danke, aber verraten Sie mir mal, woher Sie wissen, dass ich die Prüfung bestanden habe?«, fragte Schorsch erstaunt.

»Ich habe meine Quellen, Herr Bachmeyer. Nein, Spaß beiseite, ich habe schon vergangene Woche versucht, sie zu erreichen. Ihr Kollege hat mir verraten, dass Sie gerade dabei sind, ihren Jagdschein zu machen. Aber warum ich anrufe: Jetzt, wo Sepp unter der Erde liegt, habe ich über Vieles nachgedacht. Es gab Geheimnisse bei ihm, Geheimnisse, über die ich vielleicht nicht reden sollte. Über Tote soll man ja nicht Schlechtes sagen. Aber irgendwie habe ich auch ein schlechtes Gewissen, wenn ich nichts sage.«

»Raus damit«, unterbrach ihn Schorsch und stellte den Lautsprecher seines Telefons lauter, damit Schönbohm mithören konnte.

»Vielleicht gibt es ja einen Zusammenhang mit Arthur Gantermann, diesem wohlhabenden Unternehmer aus Neumarkt, und Martin Klapetek aus Köstelbach. Beide standen bei Sepp Gottlieb mehr oder weniger in der Pflicht. Es gibt einen Ordner aus dem Jahr 2016, der vielleicht Licht ins Dunkle Ihrer Ermittlungen bringen könnte. Vielleicht erinnern sie sich, damals, als sie uns kurz nach Sepps Tod aufgesucht haben, da war ich bei Traudl auf der Terrasse und wir haben in Ordnern von Sepp gestöbert.«

»Ja, ich kann mich noch sehr gut daran erinnern, Sie waren damals sichtlich überrascht und haben die Ordner zugeschlagen. Auch wir haben uns Gedanken darüber gemacht, Herr Sugula. Aber erzählen Sie weiter, ich bin ganz bei Ihnen, was hat es mit den Ordnern auf sich?«, fragte Schorsch gespannt und sah mit zugekniffenen Augen Schönbohm an, der ebenso interessiert Sugula zuhörte.

»Ich habe nur mitbekommen, dass dieser Gantermann bei Sepp gejagt hat. Das Prekäre daran ist: Gantermann muss wohl vor Jahren seinen Jagdschein verloren haben. Er hatte also keine Berechtigung für die Jagd. Sepp und Gantermann müssen sich schon aus früheren Zeiten gekannt haben, aber Genaueres weiß ich auch nicht.«

»Welche Rolle spielt dabei dieser Martin Klapetek aus Köstelbach?«, hakte Schorsch nach.

»Der Klapetek war so etwas wie das Mädchen für alles, der

besorgte immer wieder solche ominösen Kunden. Die hatten vermutlich keinen Jagdschein oder hatten ihn nicht mehr, so wie dieser Gantermann. Klapetek und Gantermann hatten den Sepp irgendwie, wie soll ich sagen, ach Gott, ich will ja nur nicht, dass Traudl da in irgendeiner Weise mit hineingezogen wird«, sagte Sugula leise.

»Jetzt einfach frei von der Leber weg, was wissen Sie genau, was hat Ihnen Sepp Gottlieb gebeichtet? Sie bedrückt doch etwas, Herr Sugula, vielleicht ergibt sich durch Ihre Informationen eine neue Spur. Die führt uns vielleicht zum Täter, also raus damit. Dem Sepp können Sie nicht mehr helfen, aber uns. Wir sind für jeden Hinweis dankbar. Und ganz ehrlich, als ehemaliger Kollege wissen Sie selbst, wie wichtig es für uns Hinweise sind. Hinweise, die womöglich zu Mitwissern, vielleicht sogar zum Mörder unserer beiden Opfer führen«, meinte Schorsch eindringlich.

»Ich weiß, Herr Bachmeyer, vielleicht sollten Sie einen Blick in den Ordner von 2016 werfen. Holen Sie sich einen richterlichen Beschluss und sehen sie nach. Und vergessen Sie nicht, Sepps Bauwagen zu durchsuchen, den grünen Bauwagen im Lorenzer Reichswald. Da könnten Sie vielleicht Hinweise finden, die Ihnen Einblicke in die Hintergründe seiner geschäftlichen Tätigkeiten verschaffen. Ich gehe fest davon aus, suchen Sie den Ordner von 2016, er könnte sie zum Täter oder zu den Tätern führen. Ich weiß nur, es muss vor zwei Jahren irgendetwas Schreckliches im Revier passiert sein, an dem Gantermann und Klapetek beteiligt waren. Was genau, dass müsste in diesem Ordner stehen. Denn der Sepp war nicht blöd, der hat sich abgesichert«, sagte Sugula aufgeregt.

»Alles gut und schön, für solche Hinweise sind wir immer dankbar. Von allem, was Sie bisher am Telefon gesagt haben, brauchen wir eine schriftliche Aussage von Ihnen als Zeugen.

Die ist dann die Grundlage für einen richterlichen Beschluss. Daher meine Bitte, Herr Sugula, können Sie heute noch zu uns reinkommen oder sollen wir zu Ihnen kommen?«, fragte Schorsch.

»Ich zieh mich nur noch um und fahre dann los, Herr Bachmeyer. Gegen zehn Uhr werde ich bei Ihnen sein. Also bis gleich«, beendete der Jäger das Telefonat.

»Das ist doch was«, begeisterte sich Schönbohm: »Der Kollege weiß was, zumindest mehr, als er am Telefon gesagt hat.«

»Warten wir erst mal ab, was er uns erzählt. Der weiß sicherlich mehr, das kam auf jeden Fall so rüber. Bis der hier ist, checke ich erst einmal diesen Gantermann und Klapetek ab, ich bin gespannt, was das System über die beiden ausspuckt«, sagte Schorsch und klickte mit der Maus auf den Button »INPOL-neu«.

Sekunden später öffnete sich eine Abfragemaske, in die der Ermittler die Namen der Verdächtigen eingab. »Da schau her«, stellte Schorsch fest und ging mit dem Mauszeiger auf das Drucksymbol des bundesländerübergreifenden Informationssystems der deutschen Polizeien beim Bundeskriminalamt. Die Datenbank von INPOL-neu lieferte genau das, was Schorsch gesucht hatte, eine ganze Latte von Einträgen. Gantermann und Klapetek waren strafrechtlich vorbelastet. Gantermann hatte es mit seinen dreiundsechzig Jahren zu einer Menge von Verkehrsverstößen gebracht und musste schon zwei Mal wegen Trunkenheit am Steuer seinen Führerschein abgeben. Aber es waren nicht nur Verkehrsdelikte, die der Millionär auf dem Kerbholz hatte. In Gantermanns Akte fanden sich bereits zwei Hafteinträge. Neben einer Haftstrafe von fünf Jahren und drei Monaten wegen Verbrechen nach dem Kriegswaffenkontrollgesetz, aus der er nach dreieinhalb Jahren wegen guter Führung im November 2006 vorzeitig entlassen wurde, kam noch ein Verstoß wegen des Verdachts der räuberischen Erpressung gemäß § 255 Strafgesetzbuch hinzu. Gantermann verbüßte hier eine sechswöchige Untersuchungshaft und hatte in der Hauptverhandlung drei brillante Anwälte, die das Blatt für ihn wendeten.

Der Geschädigte Ignatz Schlauch wurde in dem Verfahren vor dem Landgericht Nürnberg-Fürth als unglaubwürdig und schizophren hingestellt. Seine charakteristischen Störungen, die von einem Gutachter bestätigt wurden, beeinträchtigten vor allem die Wahrnehmungskraft, das Denken sowie das Gefühls- und Gemütsleben des Klägers. Das bewahrte Gantermann letzten Endes vor einer Verurteilung.

Böse Stimmen im Internet behaupteten damals, dass der Geschädigte nach Zahlung einer fünfstelligen Summe seine Schizophrenie vor Gericht nur vorgespielt habe und Gantermann so vor einer zu Haftstrafe bewahrt wurde. Bewiesen konnte der Verdacht allerdings nicht, Ignatz Schlauch starb sieben Monate später an einem Herzinfarkt und Gantermann pochte auf eine schnelle Rehabilitierung.

Bei Martin Klapetek lagen die Dinge ähnlich. Er kam schon in seiner Jugend mit dem Gesetz in Konflikt und wurde mit vierzehn Jahren wiederholt der Fischwilderei gemäß § 293 Strafgesetzbuch angezeigt. Klapetek hatte Glück; obwohl er innerhalb von zwei Monaten zwei Mal auf frischer Tat ertappt wurde, musste er das Vergehen lediglich dreißig Sozialstunden ableisten. Zwei Jahre später wurde der Schwarzangler erneut von einem Fischereiaufseher gestellt, als er mit einer Leg-Angel, also einer mit Blei und mehreren Haken bestückten Angelschnur, auf Beutefang ging. Die Angel hatte er mit unterschiedlichen Ködern präpariert. Nahm ein Fisch einen der Köder, hing er meistens stundenlang qualvoll an dem Haken, bis der Schwarzfischer nachsah und seine Beute vom Haken löste. Wieder kam Klapetek an eine milde Richterin, die ihm nur vierzig Sozialstunden im Tiergarten aufbrummte.

Erst mit neunzehn Jahren atmete Klapetek zum ersten Mal gesiebte Luft, als man ihm wegen gefährlicher Körperverletzung den Prozess machte und er zu einer Freiheitsstrafe von einem Jahr und acht Monaten verurteilt wurde. Wer einmal aus dem Blechnapf gegessen hat, wird meist zum Wiederholungstäter. Das galt auch für Klapetek. So wurde er mehrmals wegen Sachbeschädigung, schweren Raubes mit gefährlicher Körperverletzung und Hehlerei angezeigt und verbüßte mehrere Jahre in Haft.

»Gut«, dachte sich Schorsch. »Da haben sich zwei gesucht und gefunden: der wohlhabende Unternehmer aus Neumarkt und der Betonbauer aus Köstelbach.« Hatte Klapetek vielleicht Gantermann den Tipp gegeben, die Kriegswaffen als Schmuggelware in Beton einzugießen? Nachdem Schorsch beide Strafakten durchgesehen hatte, erschien das gar nicht so abwegig. Denn wie man hörte, kannten sich die beiden Kriminellen schon seit über dreißig Jahren.

Schorsch sah auf sein Männerspielzeug, die geliebte Rolex-Armbanduhr. Es war bereits nach zehn Uhr. Eigentlich wollte der Zeuge schon lange hier sein. Schorsch griff zum Telefon und wählte die Mobilfunknummer von Bruno Sugula. Vergebens. Der Zeuge meldete sich nicht, obwohl er fest zugesagt hatte. Irgendetwas stimmte nicht.

Zwischenzeitlich war Horst Meier eingetroffen, dem Schorsch die Geschichte von heute Morgen erzählt hatte. »Merkwürdig«, dachte Horst, und meinte zu seinem Zimmerkollegen: »Hör zu, Schorsch, lass uns doch mal zu Sugula rausfahren, dann könnten wir auch Traudl Gottlieb nochmal an der Zunge ziehen. Die weiß mit Sicherheit mehr, als sie uns gegenüber angibt.«

»Du hast recht, die Aussage von dem Jäger ist wichtig für einen richterlichen Beschluss. Ohne die Aussage werden wir keinen bekommen. Und auch dieser Hinweis auf den grünen Bauwagen lässt mich nicht mehr los«, betonte Schorsch.

»Also, auf was warten wir dann? Wenn wir heute noch den Beschlussantrag für Dr. Menzel schreiben möchten, dann hurry up«, entgegnete sein Gegenüber.

Es war kurz nach elf Uhr, als sie das Anwesen von Sugula erreichten. Das Tor der Einfahrt war verschlossen, sein Wagen stand in der Hofeinfahrt. Das Wohnhaus war durch einen üppigen Baumbestand von Kiefern, Tannen und anderen Nadelgehölzen verdeckt. Offensichtlich war der Jäger zu Hause. Schorsch und Horst klingelten, nachdem keine Reaktion kam, öffneten sie am innenliegenden Drehknauf das Gartentürchen und gingen auf einem Schotterweg in Richtung Wohngebäude. Nach etwa fünfzehn Metern sahen sie auf die Eingangstür, die sperrangelweit geöffnet war.

Horst und Schorsch blieben vor der Tür stehen und drückten auf den Klingelknopf. Anscheinend war niemand zu Hause, obwohl Sugulas Fahrzeug in der Hofeinfahrt stand. Erst als sich Schorsch die Eingangstür genauer ansah, bemerkte er, dass sie gewaltsam geöffnet worden war. An der Stelle, an der das Schloss des Schließzylinders einrastete, war der Türrahmen herausgebrochen. Beide Kommissare zogen ihre Dienstwaffe und betraten vorsichtig das Haus. Die Eigensicherung hatte oberste Priorität, denn möglicherweise waren der oder die Täter noch im Haus.

Bevor sie weiter vorgingen, verständigten die Beamten den Kriminaldauerdienst und informierten ihn über den Sachstand, die Einbruchsspuren waren offensichtlich. Es sollte nicht lange dauern, als den beiden Polizisten weitere Spuren auffielen. Das Wohnzimmer, Esszimmer und ein kleines Jagdzimmer waren durchwühlt worden und die Einbrecher waren mit Mobiliar und Fußboden nicht zimperlich gewesen.

Von Sugula fehlte jede Spur. Schorsch forderte Verstärkung an, die Spurensicherung musste her. Die Kommissare durchsuchten das Anwesen weiter nach Sugula. Es war kurz nach elf Uhr dreißig, als Horst den von außen verschlossenen Heizungsraum öffnete und eine gefesselte Person fand, deren Kopf in einem schwarzen Stoffsack steckte. Horst zögerte keine Sekunde und riss der Person den Stoffsack vom Kopf. Es war Sugula. Er lag regungslos am Boden, seine Hände waren mit einem Kabelbinder auf dem Rücken fixiert.

Schorsch tastete nach dem Puls des Opfers. Sugula lebte, hatte aber das Bewusstsein verloren. Irgendjemand hatte ihn übel zugerichtet. Schorsch holte aus seiner Hosentasche ein kleines Schweizer Taschenmesser hervor und durchtrennte die Fesseln, um den Verletzten bis zum Eintreffen der Rettungskräfte in eine stabile Seitenlage zu bringen.

Es war elf Uhr siebenundvierzig, als der Notarzt eintraf und bei dem Opfer massive Kopfverletzungen feststellte. Offensichtlich war der Jäger in seinem Haus überfallen und gefoltert worden. Schorsch und Horst waren schockiert. Hätten sie nicht den Entschluss gefasst, nach Sugula zu sehen, hätte der wegen seiner schweren Verletzungen den Tag vermutlich nicht überlebt. Irgendetwas hatten die Täter gesucht. Wahrscheinlich etwas, das zur Aufklärung des Mords von Gottlieb führte. Vielleicht ein Beweismittel, das jemanden belastete, der wusste, dass Sugula in dessen Besitz sein musste. Bereits um zwölf Uhr achtzehn hob der Rettungshubschrauber ab, um den Schwerverletzten auf dem schnellsten Weg ins Südklinikum Nürnberg zu bringen.

Mittlerweile waren die Schwabacher Kollegen eingetroffen. Lydia Hrdlicka begrüßte Horst und Schorsch, die schon eine erste Tatortsicherung durchgeführt und dann die Arbeit der Spurensicherung übergaben hatten. Wer steckte hinter dem Anschlag? Und warum hatte man sich gewaltsam Zutritt zu dem Objekt verschafft? Die Kommissare standen vor einem Rätsel. Hatte Sugula irgendjemandem erzählt, dass er mehr über den verstorbenen Jagdkollegen wusste? Vielleicht sogar, dass er im Besitz von Beweismitteln war, die eine andere Person belasten würden?

Schorsch dachte über das Telefonat nach. Steckten Gantermann und Klapetek hinter der Sache? Schorsch ging nicht mehr aus dem Kopf, was Sugula gesagt hatte: »Suchen Sie den Ordner von 2016, er könnte Sie zum Täter führen. Es muss vor zwei Jahren etwas Schreckliches im Revier passiert sein … Gantermann und Klapetek waren beteiligt. Was genau passierte, musste in diesem Ordner stehen.«

Die Spur musste zu den beiden halbseidenen Typen führen. Aber bis dato hatten sie keine Beweise dafür. Vielleicht wusste aber die Witwe, Traudl Gottlieb, doch über Einzelheiten Bescheid.

Zuerst waren jedoch die Schwabacher Kollegen gefragt, Schorsch, Lydia und Horst hatten große Hoffnungen auf die Ergebnisse der Spurensicherung und natürlich auf die Aussagen von Sugula. Bis wann er bei seinen Kopfverletzungen wieder vernehmungsfähig war, ließ sich noch nicht sagen. Hatte er seine Peiniger gekannt? Fragen, die den Beamten noch niemand beantworten konnte. Aber als erstes würden die Ermittler Traudl Gottlieb befragen, dann Gantermann und Klapetek. Hatten sie für die Tatzeit ein Alibi?

16. Kapitel

Donnerstag 14. Juni 2018, 10.38 Uhr, Ganghoferstraße,
92353 Postbauer-Heng, OT Köstelbach

Nachdenklich saßen beide auf der Terrasse, hielten sich an ihrem Weißbierglas fest und blickten stumm auf das nahegelegene Waldstück, als kurze Zeit später Gantermann das Wort ergriff:

»Wo hat der Drecksack den Ordner hin, haben die Jungs irgendetwas übersehen? Haben die wirklich jede Schublade und jedes Schrankfach durchgesehen?«

»Die haben alles gründlich durchsucht, glaub mir. Das sind die absoluten Profis, die hätten den Ordner gefunden. Der Ordner liegt irgendwo anders. Vielleicht hat er ihn wieder zu Traudl zurückgebracht, als er das gefunden hatte, wonach er suchte. Oder die Alte hat uns verarscht, hat den Ordner zu Hause irgendwo gebunkert. Oder aber der ist noch im Bauwagen. Vielleicht hätten wir doch zuerst dort nachsehen sollen«.

»Zumindest hat jetzt erst einmal Sugula eine Abreibung erhalten, der war mir von vornherein suspekt, der weiß etwas über uns. Nur was? Was hat ihm Sepp oder Traudl alles erzählt? Wenn der unsere ganze Geschichte kennt, dann kann uns der richtig Schwierigkeiten manchen, glaub mir,« Gantermann blickte zur Waldlichtung und tippte rhythmisch mit seinem Fingernagel des rechten Zeigefinger gegen das Weizenglas. Er machte sich Gedanken über die letzten beiden Stunden: »Dieser Sugula ist nicht ungefährlich, aber Martin, wir haben das Pferd von hinten aufgesattelt. Wir hätten zuerst an Traudl herangesollt. Von ihr hätten wir auch erfahren, was dieser Sugula wirklich alles weiß, alles andere sind Spekulationen, die uns keineswegs weiterbringen. Das war scheiße, wir müssen an Traudl heran. Vielleicht hat sie uns ja auch verarscht. Unterbreche mich, wenn ich etwas Falsches sage«, schloss Gantermann.

»Nein, du hast vollkommen recht, die Traudl wäre die erste Adresse gewesen. Mit dem Hausbesuch bei Sugula haben wir vielleicht sogar schlafende Hunde geweckt. Aber wir haben zum Glück ein Alibi, wir können es nicht gewesen sein«, zeigte sich Klapetek sicher.

»Ja, aber unsere Jungs bei Traudl vorbeizuschicken, geht nicht. Die wird denen nichts erzählen, auch wenn sie Traudl noch so einschüchtern werden. Die hält ihr Maul. Wir müssen mit der in einem vernünftigen Ton reden, ihr Geld anbieten. Denn wie sagt man so schön, Geld regiert die Welt«, meinte Gantermann.

Schorsch und Horst fuhren zuerst nach Schwarzenbruck. Traudl Gottlieb war ihre erste Anlaufstelle. Es war kurz vor dreizehn Uhr dreißig, als die beiden Kommissare die Friedrich-Luber-Straße erreichten und Traudl Gottlieb gerade im Garten ihre Wäschespinne mit Handtüchern bestückte.

»Hallo Frau Gottlieb, dürfen wir reinkommen, es gibt noch ein paar Fragen, die uns noch nicht beantwortet wurden«, fragte Schorsch.

»Kommen Sie rein, ich bin gleich fertig. Nehmen Sie schon mal auf der Terrasse Platz.«

Horst und Schorsch hatten kaum ihren Platz eingenommen, als die Witwe sie mit einem Handschlag begrüßte: »Darf ich Ihnen etwas zum Trinken anbieten? Kaffee, Wasser oder ein alkoholfreies Weizen?«

»Letzteres wäre natürlich allererste Sahne«, erwiderte Horst überglücklich.

»Also dann zwei kalte Weizen. Mein Sepp mochte das auch so gerne und ich habe noch zwei Kästen im Keller stehen. Ich bin gleich zurück.«

»Zum Wohlsein! Ja, Frau Gottlieb, wir sind wegen Herrn Sugula hier. Der ist heute in seinem Haus überfallen worden. Seinen Zustand kann man als kritisch ansehen. Die Einbrecher haben etwas bei Sugula gesucht.«

»Den Ordner aus 2016«, kam es Traudl Gottlieb wie aus der Pistole geschossen über die Lippen.

»Genau, das könnte der Grund dafür gewesen sein. Was wissen Sie darüber? Herr Sugula hat uns etwas über den besagten Ordner erzählt. Es sind auch zwei Namen gefallen, Arthur Gantermann und Martin Klapetek.«

»Ich glaube, ich habe einen großen Fehler gemacht, Herr Bachmeyer«, entgegnete Traudl Gottlieb sichtlich geknickt.

»Welchen Fehler, was genau haben Sie gemacht?«, fragte Horst sachlich.

»Na ja, der Martin hat mich schon unmittelbar nach der Beerdigung auf den Ordner von 2016 angesprochen, aber ich habe ihn nicht herausgegeben.«

»Was war in dem Ordner und warum war dieser Klapetek so heiß darauf? Gehörte dieser Ordern zu denjenigen, die sie damals kurz nach dem Tod ihres Mannes mit Sugula auf ihrer Terrasse durchgesehen haben, damals als wir hier waren und sie beide sichtlich nervös die Ordner vor unserer Nase zuschlugen?«, hakte Schorsch nach.

»Ja, genau einer von denen war es wohl, auf den die beiden scharf waren.«

»Warum waren? Scharf sind«, sagte Horst.

»Scharf waren, den Ordner gibt es nicht mehr. Ich habe den im Kamin verbrannt. Ich wollte nicht, dass irgendjemand den Inhalt verwendet. Niemand!«

»Aber was stand da so Brisantes drin? Kennen Sie oder besser gesagt kannten Sie den Inhalt?«, fuhr es Schorsch über die Lippen.

»Ich habe eine Dummheit gemacht, Herr Bachmeyer. Ich habe, als mich Martin immer wieder auf den Ordner angesprochen hat, gesagt, dass ich Bruno den Ordner überlassen habe. Dabei hatte ich ihn schon verbrannt. Die waren beide auf den Inhalt aus. Der eine, also Klapetek, um diesen Gantermann zu schützen, der andere, um Gantermann damit zu belasten, genauer gesagt ans Messer zu liefern. Der Bruno war doch mal Polizist und hat geahnt oder wusste sogar davon, wer hinter Arthur Gantermann wirklich steckt. Als Klapetek und Gantermann davon erfahren haben, dass Bruno einiges von Sepp erfahren hatte, wollten sie unbedingt diesen Ordner, weil …« Traudl Gottlieb blickte stumm zu Boden, griff in die rechte Tasche ihrer Kittelschürze und holte ein Tempo hervor, um ihre Tränen abzuwischen.

Schorsch legte seine Hand auf ihre Schulter und fragte: »Weil was, Frau Gottlieb? Lassen Sie Ihren Gedanken freien Lauf. Weil was?«

»Weil Sepp in diesem Ordner alles über Gantermann gesammelt hat, alles, was ihm, Gantermann und natürlich auch dem Martin zum Verhängnis werden könnte.«

»Ihr Mann ist tot. Egal, was er getan hat, mit seinem Tod gibt es keine Anklage oder keine Verurteilung mehr. Er haftet auch für nichts mehr. Daher können Sie wirklich frei darüber mit uns reden. Wenn Sie mit keinen der Dinge, egal, ob Verbrechen oder Vergehen der drei, zu tun hatten, passiert ihnen nichts«, unterstrich Horst.

»Und wenn ich darüber etwas gewusst habe?«, fragte Traudl Gottlieb.

»Sie müssen sich nie selber belasten, also wenn Sie überhaupt nichts damit zu tun hatten und nur irgendwie Kenntnis darüber erlangt haben, reden Sie«, forderte Horst die Witwe auf.

»Herr Meier, eigentlich habe ich nur am Rande etwas mitbekommen, ob das der Wahrheit entspricht oder ob das nur eine so daher gesagte Geschichte war, darüber fehlt mir wirklich jede Kenntnis. Fakt ist, dass mein Mann als Strohmann für Gantermann tätig war. Gantermann hatte wohl offiziell keinen Jagdschein mehr, aber dafür das notwendige Kleingeld. Da er Sepp noch von seiner aktiven Zeit als Jäger kannte, hat er ihn engagiert. Sepp trat als Revierpächter auf, Gantermann war der Chef, der über alles bestimmte. Irgendwie hatte er den Sepp am Haken, alles, was Gantermann wollte, musste Sepp tun. Der Martin half Sepp dabei, war sozusagen der Lakai, der auf Treibjagden die Treiber anführte. Das war aber dann schon alles, was man unter dem Wort Eigenständigkeit versteht. Der Martin hatte zu parieren, der machte alles, was ihm Gantermann auftrug. Seine Verschwiegenheit und Loyalität schätzte Gantermann, auf Martin war Verlass. Anders war es bei Sepp, der freute sich zwar, dass er auf den Papieren als Jagdpächter stand, aber das Geschäftsgebaren von Gantermann störte ihn. Gantermann bestimmte, wer in dem Revier jagen durfte. Wie gesagt, der Sepp war lediglich sein Jagdaufseher, der die Kundschaft ins Revier begleitete und den Leuten die starken Böcke und die Wildschweinrotten an den Kirrungen zeigte. Sepp war abhängig von Gantermann, wir beide waren abhängig von ihm. Den einzigen Joker, den Sepp gegen Gantermann in der Hand hatte, waren die Ereignisse vom September 2016.« Traudl Gottlieb schnäuzte sich ins Tempo und trocknete ihre Tränen.

»Was war im September 2016? Reden Sie einfach weiter. Ihr Mann hätte das bestimmt auch getan«, hob Schorsch hervor.

»Der Millionär aus Neumarkt hat versehentlich eine Pilzsammlerin erschossen und anschließend Sepp angerufen. Der war total fertig. Er konnte es nicht glauben, was da passiert war. Es war Gantermanns Revier, wann immer er wollte, ging der jagen, entweder alleine oder eben mit Freunden, die für die Jagd bezahlten. An diesem Tag, so Sepp, saß Gantermann an einer Kirrung an, er wollte eine Wildsau schießen.«

»Woher hatte Gantermann das Gewehr? Der hatte doch seinen Jagdschein abgeben müssen«, hakte Horst nach.

»Das ist es ja oder war es ja, der Sepp hat ihm, nein, besser gesagt musste ihm seine Waffen überlassen. Eigentlich waren es Gantermanns Waffen, die mein Mann mit ihm gekauft hatte. Sepp hat den Jagdschein vorgelegt und die Büchsen erworben und auf seine Waffenbesitzkarte eintragen lassen. So war auch er nun erpressbar, er gehorchte seinen Jagdherren, sonst wäre auch sein Jagdschein weggewesen. Das ging über Jahre so, Gantermann gab die Anweisungen, hatte das notwendige Kleingeld und Sepp und Martin führten sie aus. Bis auf jenen Tag im September, als er die Pilze- oder Beerensammlerin erschossen hat.«

»Wie ging es dann weiter, wie hat ihr Mann reagiert?«, fragte Schorsch.

»Sepp ist gleich raus ins Revier. Gantermann war fix und fertig und flehte zuerst Sepp an, ihm beim Verschwinden der Leiche zu helfen, was Sepp auch tat. Ob Martin damals mit dabei war, darüber hat sich Sepp nie geäußert. Sie vergruben das Opfer im Wald, packten das Damenfahrrad ins Auto und fuhren es ins Nachbarrevier. Das wars, Sepp war nun Mitwisser. Es belastete ihn sehr, zumal ihm Gantermann das Messer auf die Brust setzte, denn mit seiner, also Sepps Büchse, wurde ja das Opfer erschossen. Gantermann war und ist ein Schwein. Er hatte Sepp in der Hand. Das wiederum wurde aber erst Tage später Sepp richtig bewusst, er stand unter Schock und gehorchte Gantermann wie ein kleiner Schuljunge. Gantermann bezichtigte Sepp sogar als Mittäter, denn er habe ihm die Waffen ja besorgt und sie in dem grünen Bauwagen hinterlegt.«

»Welcher grüne Bauwagen, wovon sprechen Sie Frau Gottlieb?«, fragte Horst, der sich Notizen auf einem Block machte.

»Der Gantermann hatte an alles gedacht, als er den neunjährigen Pachtvertrag über Sepp abschließen ließ. In seinem Revier hat er einen Bauwagen aufstellen lassen, wo Kunden empfangen wurden und wo man sich nach der Jagd auf ein Bierchen traf. Dort waren auch die Jagdwaffen für Gantermann und seinen Gästen deponiert, die beiden Schränke hatten die höchsten Sicherheitsstufen und waren daher gegen Einbruch oder Diebstahl hinreichend abgesichert. Der grüne Bauwagen wurde außerdem noch mit zwei Wildkameras überwacht. Was die Sicherheit anging, war Gantermann kein Euro zu viel. Geld hatte er ja genügend.«

»Wo steht der Wagen jetzt?«, erkundigte sich Schorsch.

»Dort, wo er seit Jahren steht. Der Gantermann hat doch schon einen Nachfolger für Sepp gefunden«, sagte Traudl Gottlieb.

»Der Sugula, Sepps Freund, käme der infrage?«, fragte Horst.

»Der auf keinen Fall, weil der wusste ja ein wenig über die Machenschaften von Gantermann Bescheid, zumindest hatte er eine Vermutung, sonst hätte er nicht unbedingt den Ordner von 2016 gewollt. Der wollte nach dem Tod von Sepp den Gantermann ans Messer liefern. Gerade was die Gesetzestreue angeht, ist der ehemalige Polizist noch durch und durch Beamter. Wenn der den Ordner bekommen hätte, dann hätte er Gantermann den Garaus gemacht und wäre zur Polizei gegangen. Was Bruno fehlte, waren die notwendigen Beweise gegen den Neumarkter. Und als Sie uns damals auf der Terrasse überrascht haben, wollte Bruno Sugula sicher gehen, dass er derjenige war, der diesen Verbrecher mit den notwendigen Beweisen der Polizei ausliefert, das war er irgendwie den Sepp schuldig. Das war sein Plan. Dann kam aber Martin auf mich zu, er nötigte mich förmlich, den Ordner für Gantermann herauszugeben. Ich wies Martin ab. Als er dann wiederholt nach dem Ordner fragte, habe ich blöderweise Bruno Sugula genannt. Ich wollte einfach meine Ruhe, glauben Sie mir, mehr nicht«.

»Hat Ihr verstorbener Mann sich irgendwie geäußert, wo damals die Pilzsammlerin beerdigt wurde?«, fragte Horst nach.

»Dort an der Schlehenkanzel, in unmittelbarer Umgebung, wo man auch Sepp aufgefunden hat. Dort soll es im September 2016 passiert sein«, schluchzte Traudl Gottlieb.

»Also nochmal genau, im Lorenzer Reichswald, an der Schlehenkanzel, nahe der Brunner Straße?«, vergewisserte sich Schorsch.

»Jawohl, Herr Bachmeyer, dort in unmittelbarer Nähe haben sie die Frau vergraben. Der Sepp hat damals sogar die Vermisstenanzeige ausgeschnitten. Warten Sie mal, die war nicht in dem Ordner drin. Und der Sepp hat sogar ein Vermisstenplakat aufgehoben, das im Nachbarrevier, also dort, wo man ihr Fahrrad aufgefunden hatte, aufgehängt war. Ich komme gleich zurück.«

Die Witwe stand auf, ging ins Wohnzimmer und kam kurz darauf mit einem Ordner der Gothaer Versicherung wieder. »Hier, bei seiner Jagdhaftpflichtpolice, hat er das Plakat aufgehoben«, Traudl Gottlieb gab Schorsch eine Klarsichthülle, die mit Zeitungsausschnitten und einem DIN-A-4-Plakat gefüllt war.

»Tatsächlich, ich kenne den Vermisstenfall«, fiel es Schorsch wieder ein: »Das ist Heidrun Bajramovic, die Mutter von Zwillingen, ihr Ehemann Muzafer Bajramovic stand damals unter dem Verdacht, seine Frau ermordet zu haben. Die Zwillinge, damals neun Jahre alt, waren Kuckuckskinder. Der Ehemann galt zu dieser Zeit als Hauptverdächtiger. Bei der damaligen Hausdurchsuchung hatte man das holländische DNA-Ergebnis vorgefunden, dass seine Vaterschaft an den Zwillingen ausschloss. Seine Frau hatte ihn betrogen. Leck mich am Ärmel, Muzafer Bajramovic saß fast sechs Monate unschuldig in Untersuchungshaft. Immer wieder hat er seine Unschuld beteuert. Als ihn Gunda mit dem DNA-Ergebnis konfrontierte und erklärte, dass das möglicherweise ein Motiv für ihr plötzliches Verschwinden sein könnte, tickte er aus. Es kam während der Vernehmung zu Handgreiflichkeiten, er spuckte Gunda ins Gesicht und räumte im wahrsten Sinn des Wortes den Vernehmungstisch leer. Tja, jetzt kommt Licht ans Ende des Tunnels. Den Fall kann Gunda abschließen, wenn wir die Leiche gefunden haben.«

»Noch einmal zu dem besagten Ordner, haben Sie den wirklich vernichtet?«, hakte Horst nach.

»Ja, Herr Meier, jetzt im Nachhinein gesehen, war es ein großer Fehler. Ich hatte irgendwie Angst. Angst vor Gantermann und eben auch vor Martin. Die hätten alles darangesetzt, an diesen Ordner zu kommen, glauben Sie mir. Das beste Beispiel dafür ist Bruno Sugula, ich habe durch meine blödsinnige Aussage diesen Überfall ausgelöst, Bruno ist jetzt schwer verletzt und ich trage die Schuld. Es tut mir unendlich leid«, Traudl Gottlieb putzte sich die Nase und sah durch ihre geschwollenen Augenlider Schorsch und Horst an.

»Was wir jetzt nach diesem Gespräch auf jeden Fall tun müssen, Frau Gottlieb, ist ein Protokoll Ihrer Aussage. Sie sind genauso wie Sugula in Gefahr, von Gantermann und seinen Leuten aufgesucht zu werden. Womöglich hat Gantermann sogar mit dem Tod Ihres Mannes zu tun. Das können wir nach dem jetzigen Stand der Dinge nicht ausschließen. Wir brauchen daher zeitnah, also noch heute, Ihre Aussage, um gegen Gantermann strafrechtlich vorgehen zu können. Außerdem müssen wir den Ort um diese Schlehenkanzel mit einem Leichenspürhund durchsuchen, um die sterblichen Überreste von Frau Bajramovic zu finden. Sie sind daher ein wichtiger Zeuge, der Gefahr läuft, von Gantermann, Klapetek oder vielleicht sogar eines beauftragten Dritten bedroht zu werden. Wir sehen ja an Bruno Sugula: Wenn wir ihn heute Vormittag nicht gefunden hätten, dann wäre er zum jetzigen Zeitpunkt vermutlich schon nicht mehr am Leben«, warnte Schorsch.

»Ja, mein Kollege meint es wirklich ernst, Frau Gottlieb. Wir brauchen heute noch Ihre Aussage, dann den Standplatz des Bauwagens, dort liegen vielleicht Beweismittel, die Ihre Aussage bekräftigen. Wer hatte alles einen Schlüssel für den Wagen?«, fragte Horst.

»Gantermann und Sepp hatten einen, der Martin hatte nur leihweise einen Schlüssel von Sepp bekommen, aber ich habe zwei der drei Schlüssel da. Ich zeige Ihnen auf der Karte wo der Wagen steht.« Traudl Gottlieb stand auf und lief ins Jagdzimmer, öffnete einen kleinen Wandtresor und entnahm einen Schlüssel und einen laminierten Kartenausschnitt vom Nürnberger Reichswald.

»Hier ist der Schlüssel und da auf der Karte sehen Sie, wo der Bauwagen ist. Aber ich vermute, Sie werden dort nichts Wichtiges finden. Ich war schon dort und habe nach Unterlagen von Sepp gesucht. Was Sie finden werden, sind die Jagdwaffen im Waffenschrank von Gantermann. Ich habe die unterste Jagdbehörde schon über das Ableben meines Mannes informiert, Bruno Sugula wollte mir helfen die auf Sepp eingetragenen Waffen zu verkaufen«, entgegnete die Witwe.

»Gut, das wird heute noch eine lange Nacht werden, Frau Gottlieb. Packen Sie daher ein paar Sachen für heute Nacht und den morgigen Tag ein. Wir möchten Sie, bis die Sache mit Gantermann und Klapetek nicht vollständig geklärt ist, keineswegs allein lassen. Es gehört zu unseren Aufgaben, Zeugen zu schützen und Sie sind in diesem Verfahren der einzige Zeuge, der uns diese Angaben auch schriftlich bestätigen kann.«

Es war kurz nach viertel vier, als sich Schorsch, Horst und die Zeugin auf den Weg zum Präsidium machten. Schorsch hatte mittlerweile Dr. Menzel über den Sachverhalt informiert. Der Oberstaatsanwalt wollte bei der zeugenschaftlichen Einvernahme der Witwe mit anwesend sein. Und auch Gunda konnte es nicht glauben, dass Heidrun Bajramovic von Gantermann erschossen worden war. Als damalige Fallführerin wollte sie bei der Vernehmung der Zeugin dabei sein.

Horst übernahm dafür die Durchsuchung des Bauwagens im Nürnberger Reichswald. Hubsi, Basti und Eva-Maria scharrten schon mit den Hufen, denn auch sie kannten den Vermisstenfall Heidrun Bajramovic. Lange hatten die Ermittler ihren Ehemann in Verdacht, Beweise für die Tat fanden sie jedoch nicht. Irgendwann wurde der Fall dann als sogenannter Cold Case zu den Akten gelegt, da man keine weiteren Hinweise oder sonstige Beweismittel fand, um das Verschwinden aufzuklären. Jetzt, mit dem Hinweis von Traudl Gottlieb, wendete sich das Blatt.

Würde man in dem Bauwagen das schreckliche Geheimnis vom September 2016 lüften, konnte man der Öffentlichkeit endlich die wahren Hintergründe dieses Verbrechens liefern, ihren Ehemann vollständig rehabilitieren. Horst dachte nach, ein Leichenspürhund musste her. Und es gab einen ganz besonderen, einen, der sterbliche Überreste auch noch nach Jahrzehnten, ja sogar noch nach Jahrhunderten erschnüffelte. Die Kollegen der Münchner Mordkommission hatten über diesen Hund berichtet. Es handelte sich um einen Altdeutschen

Hütehund namens Flintstone, der eigentlich für Grabungen in der Bodendenkmalpflege ausgebildet worden war. Ein Archäologiehund, der weit mehr konnte als alte Knochen zu finden.

Inzwischen wurde der Hund zur Geheimwaffe bei der Aufklärung von Cold-Case-Fällen, wie auch die Münchner Kollegen unter Beweis stellten. Hier fand der Rüde mit seiner außerordentlichen Spürnase die sterblichen Überreste eines ermordeten Unternehmers in einer Tiefe von über zwei Metern. Der Fall wurde damals immer wieder der Öffentlichkeit präsentiert, da keinerlei Hinweise auf sein ominöses Verschwinden hindeuteten. Sogar Eduard Zimmermann, damals Deutschlands Top-Ermittler im Zweiten Deutschen Fernsehen, griff den Fall auf und hoffte auf Zuschauerhinweise. Vergebens. Als dann fünfundzwanzig Jahre später ein Strafgefangener seinem Zellennachbarn von einem italienischen Gastronomen erzählte, der damals nicht mehr gewillt war, weiter Schutzgeld zu bezahlen, hatte man diesen kurzerhand im Perlacher Forst entsorgt. Also nicht auf die herkömmliche, traditionelle Mafia-Art, seine beiden Füße mit Beton in zwei Eimern eingegossen und im Starnberger See versenkt. Nein, in diesem Fall beendeten drei Kopfschüsse einer Beretta 92 das Leben des Nichtkooperationswilligen. Der Hund wurde jetzt in Franken gebraucht und wenn es möglich war, noch heute, dachte Horst. Denn zur Aufklärung eines Kapitalverbrechens gab es keine finanziellen Vorgaben, keine Zeitvorgaben, keine materiellen Einschränkungen. Flintstone musste seine Fähigkeiten unter Beweis stellen, sobald als möglich.

Es war kurz vor halb sechs, Dr. Menzel lehnte sich zwar gemächlich in seinen Bürostuhl zurück, denn die Aussage von Traudl Gottlieb belastete Gantermann schwer. Doch hegte der Oberstaatsanwalt auch ein klein wenig Zweifel, ob sich die Geschichte wirklich so zugetragen haben könnte. Jetzt, wo ihr

Mann tot war und es keine Zeugen über den Vermisstenfall beziehungsweise die tatsächlichen Todesumstände von Heidrun Bajramovic gab, war die Aussage von Traudl Gottlieb für das mögliche Auffinden der sterblichen Überreste enorm wichtig. Wer aber sagte ihnen, dass es sich wirklich so zugetragen hatte, damals im September 2016? Wer hatte damals geschossen, war es wirklich der Neumarkter Unternehmer? Fragen, die offenstanden – und die Beweisdichte gegenüber Gantermann war nicht sonderlich gut. Keineswegs.

Gunda, die seit zwei Jahren alle Register zog, um das Verschwinden von Heidrun Bajramovic aufzuklären, war aufgrund der präzisen Beschreibung der Tatörtlichkeiten sicher, dass ihr Fall bald zum Abschluss kommen würde. Sie klickte auf ihre Wetter-App, bis in die späten Abendstunden schien die Sonne und es sollte bis zu 28 Grad warm werden. Bis zum Sonnenuntergang waren noch gute viereinhalb Stunden Zeit, Zeit, die man hatte, um den Bauwagen gründlich zu durchsuchen und den Leichenspürhund einzusetzen. Horst hatte mittlerweile alle Hebel in Bewegung gesetzt, um den Hundehalter von Flintstone zu erreichen. Vergebens. Der Mann war mit seinem Wohnmobil in Italien unterwegs und war daher für einen Einsatz im Frankenland unerreichbar. Aber Horst gab nicht auf, denn die Bayerische Polizei hatte vorgesorgt. Seit fünf Jahren hatte sowohl das Polizeipräsidium Oberbayern als auch das Polizeipräsidium Mittelfranken einen Leichenspürhund. Der Kriminaldauerdienst war gefordert, denn der Hundeführer musste mit seinem Vierbeiner heute noch zum Einsatz.

Eva-Maria und Basti hatten sich mit Robert Schenk und seiner Spusi den Bauwagen vorgenommen, Horst und Hubsi hatten sich von dort aus auf den Weg zur Schlehenkanzel gemacht und warteten dort auf das Eintreffen des Hundeführers. Dafür hatten die Kollegen das Waldstück bereits mit einer Polizeiabsperrung versehen und die Zufahrtswege von der Brunner Straße gesperrt. Horst hatte auch Doc Fog von der Gerichtsmedizin Erlangen bereits vorinformiert. Alois Nebel ließ es ich nicht nehmen, beim möglichen Anschlagen des Leichenspürhundes anwesend zu sein. So ein Hundeeinsatz war immer etwas Interessantes, das man nicht jeden Tag erlebte. Die Sinnesorgane dieser Spürhunde hatten allen etwas voraus, egal ob Mantrailer, Rauschgiftspürhund, Schutzhunde oder Sprengstoffspürhunde: Sie alle waren nicht mehr aus der polizeilichen Arbeit wegzudenken.

Auch Eva-Maria hatte ein feines Näschen, was Traudl Gottlieb nicht fand, fiel der Kommissarin in die Hände. Sepp Gottlieb hatte von allen Revierbegleitungen Aufzeichnungen angefertigt. Es war ein kleines, olivgrünes Notizbüchlein, das Gottlieb unter der feuerfesten Standfläche des im Bauwagen befindlichen Kanonenofens deponiert hatte.

»Hier, seht mal, ein Büchlein mit Nummern und Zahlen, dahinter ein in Klammern gesetztes Datum. Was kann das bedeuten, warum hat er das so akribisch versteckt? Da schaut ja sonst keiner nach. Und hier eine Kunstledertasche einer Bank«, die Beamtin, die neben dem zur Seite gestellten Ofen kniete, öffnete die prall gefüllte Geldtasche.

»Kohle, woher stammt die und wieviel ist das?«, entgegnete Basti.

»Warte mal.« Eva-Maria zählte den Inhalt. »Leute, das sind 10 700 Euro, 3250 Schweizer Franken und 7050 US-Dollar. Warum hat der die hier deponiert und was sind das für Aufzeichnungen in dem Notizbuch?«

Robert Schenk blätterte die einzelnen Seiten durch und erklärte, »das sind Autokennzeichen und die Zahlen in Klammern deuten vermutlich auf ein Datum hin. Was wir bisher wissen, ist, dass dieser Gottlieb die Jagdgäste von Gantermann betreut hat, vielleicht haben die für etwas bezahlt, eine Leistung, von der Gantermann nichts wissen durfte. Könnte ja sein, dass unser Jäger ebenso auf den Gedanken gekommen ist und nebenbei mit anderen Möchtegernjägern Kasse gemacht hat. Heute ist doch alles möglich. Wer sagt uns nicht, dass seine Frau darüber Bescheid gewusst und deshalb den Bauwagen durchsucht hat? Ihr Ehemann muss ihr ja nicht sein Versteck verraten haben.«

»Stimmt, Eva-Maria, bisher hat sie eigentlich nur Gantermann wirklich belastet. Was ist, wenn beide das Geschäft mit Möchtegernjäger gewittert haben? Der Gantermann als eigentlicher Revierinhaber schiebt Sepp Gottlieb als Strohmann vor, der sieht, welchen Reibach Gantermann macht und denkt an eine ähnliche Geschäftsstrategie. Dem Gantermann kam es vermutlich nicht auf das Geld an, davon hat der genug, wie uns Horst soeben bei der Einweisung erzählt hat. Der Gantermann liebt es vielmehr, als großer Gönner und Global Player aufzutreten, auch in gewissen kriminellen Kreisen das Sagen zu haben. Das Verbotene seiner Klientel anzubieten, ohne dabei nach außen in den Vordergrund zu rücken und sich einer Gefahr auszusetzen. Dafür hatte er Gottlieb, der war sein Revieraufseher, derjenige, der die Risiken auf sich genommen hat, sei es für den Waffenerwerb auf seinen Namen oder das Verleihen an unberechtigte Freizeitjäger. Also die Zahler, die Kunden, die Gantermann ins Spiel brachte.«

»Das ging nicht spurlos an Gottlieb vorüber, er betrachtete die finanzielle Schiene«, fuhr Basti fort: »Eigentlich steckte er schon kräftig in der Scheiße, denn alles, was er für Gantermann getan hatte, war illegal. Das Risiko, dabei erwischt zu werden, aber eher niedrig. Denn die halbseidenen Kunden Gantermanns hatte sowieso meist Dreck am Stecken, da würde nichts nach außen dringen. Sie würden das Maul halten, da war sich

Gottlieb ziemlich sicher. Seine Legende als offizieller Revierinhaber und Pächter war dokumentiert, die Jagdwaffen behördlich auf ihn zugelassen. Eigentlich perfekt, nur das Finanzielle könnte noch besser sein. Also wer sagt uns, dass es nicht so war und seine Witwe davon Kenntnis hatte?«

»Mag sein, dass du da gar nicht so verkehrt liegst«, erwiderte Eva-Maria. »Das klingt alles stimmig. Die Traudl Gottlieb wollte vielleicht nur an den Zaster rankommen und dann Ruhe finden. Was sie in der Hand hatte, waren die Aufzeichnungen in diesem Ordner und die Geschichte, dass Gantermann jemanden erschossen hat. Ob es vorsätzlich war, also Mord, oder ob es nur ein Jagdunfall war, bleibt dahingestellt. Fakt ist, wir sollten diese Heidrun Bajramovic finden, das würde zwar die Aussage von Traudl Gottlieb bekräftigen, aber nicht das, was da vielleicht wirklich gelaufen ist. Damals, im September 2016.«

»Und wenn die Geschichte mit Gantermann nur frei erfunden ist?«, fragte Robert: »Wie wollen wir beweisen, dass Gantermann diese Pilzesammlerin erschossen hat? Was ist, wenn es Gottlieb war? Der kann uns nichts mehr sagen. Ich meine, wir bewegen uns auf sehr dünnem Eis, der besagte Ordner mit den Beweismitteln, über dessen Inhalt nur Traudl und ihr Mann berichten könnten, ist vernichtet. Ist er wirklich vernichtet oder führt uns die Dame nur an der Nase herum? Wir haben ihre Wohnung nicht durchsucht. Lediglich ihre Aussage wird derzeit zu Protokoll genommen. Leute, wir brauchen da mehr Fleisch auf den Knochen, das wäre mir alles zu wenig. Ich bin gespannt, wie die Staatsanwaltschaft das sieht. Gantermann hat bestimmt gute Anwälte, um die Aussage von Traudl Gottlieb zu wiederlegen.«

»Ich bin gespannt«, Eva-Maria blickte nachdenklich zu Basti, der den hinteren Teil des Wohnwagens mit Kollegen der Spusi durchsuchte.

»Warten wir mal ab, was der Hundeführer macht, vielleicht finden sich ja noch andere Spuren. Beweismittel, die klar und eindeutig zum Täter führen«, merkte Robert an.

Es war kurz nach zwanzig Uhr, die Hitze hatte zwar etwas nachgelassen, aber eine drückende Schwüle lag nicht nur über dem Lorenzer Reichswald, Gewitter hatten sich für die Nacht über Franken angekündigt. Die seit Wochen anhaltende Hitzewelle sollte nun durch eine anrückende Regenfront aus dem Golf von Biskaya beendet werden.

Horst sah gespannt Richtung Polizeiabsperrung, als die Kollegen das Plastikband in die Höhe hievten und Ralf Ahld mit seinem Dienstfahrzeug passieren ließen. Der Hundeführer, von hagerer Gestalt und mit schütterem Haar, war in einen Overall gekleidet, als er sein Fahrzeug abstellte und auf Horst zulief.

»Sie müssen der Herr Meier sein, Ahld mein Name. Ihr habt meinen Diensthund angefordert.« Der Kollege reichte Horst seine rechte Hand.

»Besten Dank, ich bin wirklich gespannt. Ich kenne zwar unsere Sprengstoffspürhunde, aber Leichenspürhunde habe ich noch nie gesehen«, meinte Horst und zeigte dem Hundeführer den ungefähren Abschnitt, in dem das Opfer liegen sollte, und fragte interessiert: »Wie arbeitet eigentlich Ihr Hund?«

»Der Gamon hat ein bisschen was drauf«, fing Ahld an zu erklären: »Seine Aufgabe ist es, durch Beißen oder Kratzen auf den Fundort aufmerksam zu machen, ist also sehr aktiv im Gegensatz zu den Rauschgiftspürhunden oder Bargeldhunden des Zolls. Diese Diensthunde sind passiv, die setzen sich einfach vor der betreffenden Person ab, verharren und zeigen ihrem Hundeführer dabei an, dass sich hier das gesuchte Spielzeug, also die Drogen oder das Bargeld, befinden. Mein siebenjähriger Dobermann ist sogar in der Lage, in einem gereinigten Kofferraum zu erkennen, wo vorher eine Leiche transportiert wurde. Auch bei Gewässern können wir ihn einsetzen, sein Näschen ist so empfindlich, der spürt sogar aufsteigende Gase in einem See auf. Er riecht das Cadaverin, ein Abfallprodukt einer Aminosäure, die beim Zerfallen unserer Körperzellen entsteht. Noch eine kleine Anmerkung: Wir Menschen können den Leichengeruch von Mensch und Tier nicht unterscheiden, denn jedes Verwesungsstadium einer Leiche riecht anders. Der Leichenspürhund schafft es, die unterschiedlichen Geruchsmerkmale zu unterscheiden und erkennt dabei, ob es sich um einen Menschen oder ein Tier handelt. Gut, von mir aus können wir loslegen, Gamon ist schon heiß, sein Spielzeug zu finden.«

»Na, dann Leine los, wir sind gespannt«, entgegnete Horst ungeduldig und nickte Ahld dankend zu. Der Hundeführer öffnete die Heckklappe des Dienstwagens. Seinem Dobermann hatte er bereits das Hundegeschirr mit der Aufschrift »Polizei« angelegt. Mit einem Satz sprang Gamon aus der Hundebox und nahm neben seinem Herrchen Platz. Alle Beamten mussten sich nun hinter die Polizeiabsperrung stellen, wo sich zwischenzeitlich auch Doc Fog eingefunden hatte. Gespannt warteten alle auf den Hundeeinsatz, als unmittelbar danach Ralf Ahld mit einem speziellen Kommando seinen Hund zum Einsatz brachte.

20.47 Uhr, Oberer Ganskeller, Ringstraße 2,
92318 Neumarkt in der Oberpfalz

»So knapp 15 Minuten, dann bekommt die Traudl ihren Hausbesuch«, meinte Arthur Gantermann lachend zu seinem Gegenüber.

»Auf Mugur und seine Leute ist Verlass, glaub mir,« beteuerte Klapetek, »die finden den Ordner. Die Alte hat uns an der Nase herumgeführt, vermutlich hat dieser Sugula niemals diesen Ordner gesehen, geschweige denn in der Hand gehabt. Aber diesen Denkzettel hatte er verdient, so eine kleine Abreibung wirkt Wunder, denn der war mir schon vor Sepps Tod ein Dorn im Auge. Der wusste ein bisschen was, aber ich glaube nicht, dass ihm Sepp irgendwelche Einzelheiten erzählt hat, denn dann hätte er sich ins eigene Fleisch geschnitten. So blöd war der Gottlieb nicht«.

»Kann schon sein, aber wenn ich heute Abend noch den Ordner in meinen Händen halten kann, dann sind wir safe, Martin, dann kann uns keiner was. Aber jetzt sollten wir erst mal was essen, ein gutes Alibi ist Gold wert. Hast du hier schon mal den Schweinsbraten probiert? Vorzüglich sage ich nur, vorzüglich,« Gantermann klappte die Speisekarte zu und winkte der Kellnerin.

Eine Stunde später

Es war kurz vor zweiundzwanzig Uhr, als das Mobiltelefon von Klapetek klingelte, es war die rumänische Mobilfunknummer von Mugur Dumitrescu.

»Servus, und wie ist es gelaufen, war sie überrascht?«, wollte Klapetek wissen »der ging der Arsch bestimmt auf Grundeis. Oder? Hat sie irgendwelche Sperenzchen gemacht? Habt ihr den Ordner?«

»Da war keiner zu Hause, wir haben vom Keller bis zum Dachboden alles durchsucht, waren auch in der Garage. Wir mussten nicht einmal den Waffenschrank aufschweißen, den Schlüssel haben wir gefunden. Da war nichts. Der Ordner ist nicht da«, sagte der Anrufer.

»Scheiße, habt ihr wirklich alles gründlich durchgesehen?«, fragte Klapetek mit hoher Stimme.

»Alles Martin, wirklich alles, da ist nix.«

»Gut, dann bedient euch am Waffenschrank und an den Wertgegenständen und verschwindet. Mugur, es muss aussehen wie ein Einbruch, verstanden?«

»Wie immer, versprochen«, dann war die Verbindung beendet.

Gantermann, der das Telefonat mitbekommen hatte, war stocksauer: »Wo hat die Alte den Ordner hin? Wo ist er bloß und wo ist die Alte geblieben? Mit einer rumänischen Sonderbehandlung hätten wir jetzt den Ordner. Glaub mir, die Schnepfe führt uns an der Nase herum!«

»Wenn Mugur und seine Leute nichts finden, dann ist da auch nichts«, betonte Klapetek.

»Hör zu, wenn er doch dort ist, dann haben wir ein Problem. Ruf ihn noch mal an, der soll eine Warmsanierung durchführen, sicher ist sicher«, forderte Gantermann eindringlich.

Martin Klapetek gehorchte und wählte die Telefonnummer von Dumitrescu, der antwortete, »Was gibt es noch? Wir sind gerade dabei, hier abzubrechen, unsere Taschen sind voll«.

»Wir möchten, dass du eine Warmsanierung dort durch führst. Mugur, ein gutes Feuer ist Gold wert und vernichtet alle möglichen Spuren am Tatort. Hast du verstanden? Mein Auftraggeber legt noch mal einen Tausender obendrauf. Ist das in Ordnung?«, fragte ihn Klapetek.

»Natürlich, es ist alles möglich bei uns. Alles«, dann legte Mugur auf.

22.23 Uhr, Hotel Fischbacher Stuben,
Hutbergstraße 2, 90475 Nürnberg

Traudl Gottlieb kam gerade aus der Dusche. Es war ein anstrengender Tag gewesen, die Zeugenvernehmung bei der Nürnberger Mordkommission hatte sich hingezogen, denn der Oberstaatsanwalt löcherte die einzige Zeugin nicht nur mit Fragen über die vermisste Heidrun Bajramovic. Dr. Menzel war auf Einzelheiten und besondere Umstände aus, die nur der Täter oder sein Helfer wissen konnte. Denn ohne jegliche Beweismittel konnte sowohl Sepp Gottlieb als auch Arthur Gantermann zum wahren Täterkreis gehören.

Ein Indizienprozess wurde immer wahrscheinlicher, denn ein Geständnis eines möglichen Angeklagten Gantermann würde es nicht geben. Der einzige Tatzeuge nach Traudls Gottliebs Einvernahme war ihr verstorbener Mann, der Ordner von 2016 mit möglichen beweiserheblichen Urkunden war vernichtet. Aus strafprozessualer Hinsicht ergaben sich für die vorliegende Situation zwar keine Besonderheiten im Hinblick auf die Beweisaufnahme, aber das Gericht musste von der Schuld des Angeklagten überzeugt werden. Eine Gesamtwürdigung aller in diesem Fall vorliegenden Beweismittel oder Indizien zum Nachweis der Täterschaft Gantermanns waren daher zwingend erforderlich. Es war kurz vor halb elf, als das Mobiltelefon von Traudl Gottlieb klingelte. Es war ihre Nachbarin, Kunigunde Schönrock.

»Kuni, was gibt es? Ich bin noch in Nürnberg, ich komme vermutlich morgen erst wieder nach Schwarzenbruck.«

»Du wirst dein blaues Wunder erleben, wenn du wieder da bist«, berichtete die Nachbarin, »Die Feuerwehr ist da, der Dachstuhl steht in Flammen, dein Haus brennt lichterloh!«

Es war kurz vor dreiundzwanzig Uhr, die Bedienung im Oberen Ganskeller ließ für den bekannten Neumarkter Unternehmer und seinen Begleiter den gewünschten Bewirtungsbeleg ausdrucken. Lächelnd und mit einer großzügigen Geste überreichte er der Kellnerin einen fünfzig Euroschein: »Gut wars, des bassd scho.« Dann verließen beide das Wirtshaus.

21.27 Uhr, Lorenzer Reichswald, nahe Schlehenkanzel

Der Diensthund hatte den richtigen Riecher und führte seinen Diensthundeführer zu dem Ort, wo er sein Spielzeug vermutet hatte. Gamon war wie ausgewechselt, der Dobermann scharrte mit seinen Pfoten im Unterholz und bellte den Waldboden an. Ein Schwarm Schwarzdrosseln, die sich eigentlich schon auf ihre Nachtruhe eingestellt hatten, erhob sich in die Lüfte und kreiste einen Moment über der Fundstelle, die zwischenzeitlich mit einer Leuchtgiraffe von der Freiwilligen Feuerwehr Fischbach ausgeleuchtet wurde.

»Hier muss was sein«, meinte Ralf Ahld, der nunmehr seinem Hund ein Kommando gab, ihn von der Fundstelle zurückzog und für seinen Einsatz lobte: »Guter Junge!« Der Hundeführer gab ihm einen schwarzen Lederbeutel in seinen Fang, sein Spielzeug, das mit einem besonderen Leichenduftstoff versehen war, und brachte ihn zurück in seine Hundebox.

Um einundzwanzig Uhr vierundvierzig legte Robert Schenk mit Horst die sterblichen Überreste einer unbekannten Person frei.

»Alois, gut, dass du da bist, wir brauchen deine Hilfe, hier ist deine fachliche Einschätzung gefragt«, sagte Horst und winkte den Gerichtsmediziner zum Fundort. Doc Fog, der interessiert den Hundeeinsatz verfolgt hatte, war bereits in einen grauen Stoffoverall gekleidet und trat gespannt an die beiden Beamten heran, als er kurze Zeit später seine erste Einschätzung formulierte.

»Das Post-mortem-Intervall exakt einzugrenzen, also die Zeit zwischen Todeseintritt und der heutigen Auffindesituation, ist keine leichte Aufgabe. Unsere Forensik hat, im Gegensatz zu den Body Farms in den USA, hierzulande mit unterschiedlichen Zeitangaben und Bodenbeschaffenheiten zu kämpfen. In den Body Farms ist das wesentlich einfacher, dort werden Leichen in unterschiedlichsten Lagerungsorten für das tatsächliche Post-mortem-Intervall untersucht und können daher genau eingegrenzt werden.«, Alois Nebel kratzte sich am Hinterkopf, dann nahm er von Robert Schenk eine kleine Gartenschaufel entgegen und legte weiter vorsichtig den Leichnam frei.

»Zum Glück wissen wir aber, wann das Opfer den Tod fand, hier, der trockene Sandboden im Lorenzer Reichswald ist bekannt für seine Mumifizierung. Hier hebt mal vorsichtig mit an.« Robert und Horst drehten vorsichtig den Körper, sodass der Professor einen ersten Eindruck gewinnen konnte.

»Unschwer zu erkennen eine weibliche Person, hier der Beckenboden. Und das hier könnte ein Schusskanal sein«, Doc Fog deutete mit seinem Finger auf den Hinterkopf und drehte dabei den Schädel nach links: »Hier, wie ich geahnt habe, ist der Ausschuss. Es muss der Ausschuss sein, da dieser immer größer ist als der Einschuss und der hier ist handtellergroß. Also Näheres kann ich erst sagen, wenn die bei mir auf dem Tisch lag. Aber der Erhaltungszustand der Leiche ist eigentlich noch recht gut, das mit zwei Jahren Liegezeit müsste zutreffen. Die Bodenbeschaffenheit, also der Sandboden, bestätigt daher meine Einschätzung, denn wie der Körper genau verwest, hängt maßgeblich vom Klima und eben von der Bodenbeschaffenheit seiner Grabstätte ab. Das kann in der Tat die vermisste Heidrun Bajramovic sein. Aber letztendlich wird uns das die DNA bestätigen. Die Angaben eurer Zeugin könnten demnach stimmen, alles andere bekommt ihr in meinem Obduktionsbericht von mir. Aber was ich brauche, ist Vergleichsmaterial. Also, ihr könnt morgen schon mal ihren Mann aufsuchen und ihn um DNA-Material bitten, zwei Haarproben von ihren leiblichen Kindern würden mir da völlig ausreichen«, schloss Doc Fog.

Zwei Bestatter, die sich bereits hinter der Polizeiabsperrung positioniert hatten, warteten auf das Zeichen von Robert Schenk, der unmittelbar nach dem Freilegen und Fotografieren der Leiche sie zum Abtransport in die Gerichtsmedizin freigab.

17. Kapitel

22.18 Uhr, Polizeipräsidium Mittelfranken, K11, Besprechungsraum

Schorsch, Gunda und Dr. Menzel kauten noch an ihren Pizzen herum, als Eva-Maria und Basti wieder im Kommissariat eintrafen. Auch Horst und Robert Schenks Leute hatten sich bereits zurück auf dem Weg gemacht, nachdem der Fundort der Leiche gesichert war.

»Hier, bedient Euch, in der Teeküche ist noch mehr, es sind noch zwei Pizzaschachteln im Backofen. Und im Kühlschrank ist Bleifreies«, empfing Schorsch sein Team.

»Gute Arbeit, Eva-Maria«, lobte der Ermittler. »Du hast immer den richtigen Riecher genauso wie der Dobermann des Hundeführers, der kriegt morgen einen Ring Stadtwurst als Belohnung.« Schorsch zwinkerte Eva-Maria und Basti zu, die bereits mit einer Flasche Alkoholfreiem den Besprechungsraum betraten.

»Gewitter zieht auf. Gut, dass wir aus dem Wald raus sind, ich hab da echt Schiss«, entgegnete Eva-Maria und setzte sich neben Gunda.

»Alles gut gelaufen. Wir haben ein interessantes Notizbüchlein gefunden, das uns zu anderen Tätern führt«, berichtete Gunda. »Zu Leuten, die sich als Jäger aufspielen, obwohl sie keine sind. Auf Leute, die im Besitz von Schusswaffen waren, ohne eine Erlaubnis dafür zu haben. Kollegen, das gibt eine Liste von Ermittlungsverfahren und einige Hausbesuche bei den Herren. Was mich aber am meisten freut, ist die Tatsache, dass wir mit großer Wahrscheinlichkeit den Vermisstenfall Bajramovic aufgeklärt haben. Genaueres erfahren wir von Professor Nebel.

Was mich an der ganzen Sache ein wenig stört: Wir haben nur die Aussage von dieser Traudl Gottlieb vorliegen, daher sehe ich schon einen Indizienprozess vor mir. Aber da müssen wir durch, vielleicht finden sich ja noch irgendwelche Beweismittel. Und für die Leute, die erst jetzt zurückgekommen sind, die neueste Meldung: Das Wohnhaus von Frau Gottlieb ist in Flammen aufgegangen unsere Brandermittler sind vor Ort.«

»Zum Glück haben wir die heute Nachmittag gleich mitgenommen«, meine Schorsch: »Ich bin überzeugt, dass man ihr, wie dem Kollegen Sugula, ans Leder wollte. Frau Gottlieb haben wir in Fischbach einquartiert, die Frau ist fertig mit der Welt. Als sie von einer Nachbarin erfahren hat, dass ihr Haus brennt, hat sie einen Nervenzusammenbruch erlitten. Sie liegt jetzt im Klinikum-Nord in Nürnberg.«

Dr. Menzel, der sich gerade sein zweites Alkoholfreies genehmigte, ergänzte: »Leute, wir müssen morgen an Gantermann und an diesen Klapetek ran. Die beiden werden uns vermutlich einen Bären aufbinden wollen, wenn sie mit der Aussage von Frau Gottlieb konfrontiert werden. Frau Gottlieb hat Gantermann schwer belastet und ich werde aufgrund ihrer Zeugenaussage einen Haftbefehl und einen Durchsuchungsbeschluss beantragen. Vielleicht kriegen wir Gantermann diesmal länger unter staatliche Obhut.«

»Was wir in jedem Fall morgen noch abklären sollten, ist der Gesundheitszustand von Bruno Sugula, der muss zeitnah befragt werden«, betonte Schorsch. »Vielleicht kann er die Personen näher beschreiben, die ihn überfallen haben. Und wir müssen ihn dazu bringen, wirklich sein ganzes Wissen über Gantermann und Klapetek preiszugeben. Und vielleicht hatte dieser Gantermann ein Motiv, seinen Kompagnon um die Ecke zu bringen. Es kann also sein, dass er der Mörder von Gottlieb und Ebersfeld ist. Wer sagt uns, dass wir hier nicht auf der richtigen Spur sind? Was mich dabei ein wenig stört, ist der fehlende Bezug zu Ebersfeld. Da sehe ich keinen Zusammenhang. Deshalb müssen wir ihren Mann fragen, ob seine verstorbene Frau oder er Gantermann kannte. Basti und Eva-Maria, dass solltet ihr beiden gleich morgen erledigen.«

»Ja, das ist auf jeden Fall wichtig, ihr Mann kann uns da vielleicht sehr behilflich sein. Nachdem das Haus von Frau Gottlieb abgebrannt ist, scheinen die letzten möglichen Beweismittel endgültig vernichtet zu sein – wenn nicht durch das Feuer, dann durch das Löschwasser«, merkte Gunda an, als Horst und Robert den Besprechungsraum betraten.

»Grüß Godd miteinander, wir sind zum Glück rechtzeitig fertig geworden. Da draußen scheppert es gewaltig, du meinst, die Welt geht unter. Es regnet wie aus Eimern. Scheiß Wetter«, fluchte Robert.

»Alles wird gut, nehmt Platz und bedient euch. Es ist noch reichlich Pizza da«, beruhigte Schorsch die Kollegen.

Freitag, 15. Juni 2018, 10.48 Uhr,
Staatsanwaltschaft Nürnberg-Fürth,
Fürther Str. 110, 90429 Nürnberg

Oberstaatsanwalt Dr. Menzel hatte eine kurze Nacht hinter sich, denn gemeinsam mit Schorsch, Gunda und Horst hatte er bis spät in die Nacht die Anträge für einen Haftbefehl und zwei Durchsuchungsbeschlüsse verfasst, die mittlerweile von Ermittlungsrichterin Dr. Armborst zur Vollstreckung unterzeichnet worden waren.

Dr. Menzel griff zum Telefon und informierte die K11er: »Guten Morgen, Herr Bachmeyer., Dr. Armborst hat unsere Anträge unterzeichnet, sie können in der Bärenschanze abgeholt werden. Ich freu mich schon auf den Burschen! Schade, dass wir nicht mehr über diesen Martin Klapetek in der Hand haben, dem hätte ich zu gerne eine Untersuchungshaft gegönnt. Bachmeyer, der hat genauso Dreck am Stecken wie sein Neumarkter Kumpel. Vielleicht findet ihr ja noch was bei der Wohnungsdurchsuchung. Haben eure Brandursachenermittler schon Hinweise gefunden, warum das Wohngebäude von Frau Gottlieb abgebrannt ist?«

»Nein, die sind heute Morgen erst vor Ort, das Unwetter hat auch in Schwarzenbruck ziemlich gewütet, berichtete Schorsch. »Das ganze Nürnberger Land hat es mächtig erwischt, Bäume sind entwurzelt worden und die letzten Ausläufer der Schlechtwetterfront haben sich erst am frühen Morgen verzogen. Aber wir sind dran. Den Haftbefehl und die zwei Hausdurchsuchungen setzen wir heute noch um. Auf die Vorführung bei der Ermittlungsrichterin bin ich gespannt! Mal sehen, welche Anwälte unser Gantermann diesmal aufgetan hat.«

»Dann viel Erfolg, Herr Bachmeyer, ich erwarte dann später Ihren Anruf«, verabschiedete sich der Oberstaatsanwalt.

Freitag, 15. Juni 2018, 13.12 Uhr, Jurahöhenweg 101,
92318 Neumarkt i. d. Oberpfalz

Schorsch, Gunda und Basti warteten gespannt in ihrem Dienstfahrzeug. Rudi Mandlik, der Leiter des Mobilen Einsatzkommandos, kurz MEK, hatte seine Leute unterwiesen, wie der Zugriff ablaufen sollte. Alle warteten gespannt auf das Zeichen für den Zugriff. Rudi hatte bereits im Rahmen der Vorabklärung festgestellt, dass Gantermann nicht allein Zuhause war. Gegen dreizehn Uhr war Martin Klapetek bei ihm erschienen. Die beiden Männer saßen auf der Terrasse des herrschaftlichen Anwesens, das mit aufwendiger Überwachungstechnik abgesichert war wie eine Festung, als die Bilder einer Drohne den Zugriffskräften Gewissheit gab, dass sich außer den beiden Tatverdächtigen keine weitere Person mehr im Objekt befand. Gantermanns Jagdhund war im Zwinger und seine Haushälterin hatte sich vor dem Eintreffen Klapeteks bereits verabschiedet.

Eigentlich hätte man in der Situation auf Spezialkräfte verzichten können. Doch das Vorleben von Gantermann mit seinen polizeilichen Eintragungen und der besonders gesicherte Gebäudekomplex schienen es geboten erscheinen, Spezialisten anzufordern. Eine Festnahme durch das MEK war, was die Eigensicherung betraf, ratsam und zweckdienlich, wie man so schön im Polizeijargon sagte.

Rudis Leute ließen sich daher die Legende mit dem Kurierdienst einfallen. Einer der Beamten hatte eine UPS-Uniform angelegt und hielt ein Paket in der Hand, als er an dem großen Zufahrtstor des Anwesens klingelte. Die Überwachungstechnik des Anwesens scannte den Besucher und pushte das Foto direkt auf Gantermanns Mobiltelefon.

»Hier Gantermann«, meldete sich der Hausherr: »Was haben Sie denn Schönes für mich?«

»Guten Tag, Herr Gantermann. Hier ist der UPS-Kurierdienst, ich habe ein Paket mit Dokumenten für Sie und bräuchte Ihre Unterschrift auf der Empfangsbestätigung.«

»Warten Sie, ich komme zu Ihnen.« Der Unternehmer stand auf, ging zum Zufahrtstor und öffnete es. Rudis Einsatzkräfte hatten sich unmittelbar am Zugang positioniert. Einer der Beamten war als Verteiler eines Anzeigenblatts getarnt und hatte eine bedruckte Umhängetasche des Wochenexpress auf der Schulter. Er tat so, als stelle er gerade eine Wurfsendung zusammen. Eine Kollegin hatte eine Legende als Verkehrsüberwacherin gewählt und schien gerade Strafzettel zu verteilen.

Gantermann betätigte den Schalter des elektronisch gesteuerten Schiebetors, das sich mit einem leisen Quietschen langsam öffnete und dem UPS-Kurier einließ: »Hier, bitte unterschreiben Sie.« Der Beamte reichte Gantermann das Endgerät des Paketdienstes. Im selben Augenblick stürmten zwei Kollegen durch das Tor, die eine Erkennungsweste mit der Aufschrift »Polizei« trugen.

»Polizei! Herr Gantermann, Sie sind vorläufig festgenommen. Hände an die Wand!«

Der Unternehmer war vollkommen überrascht und leistete keinen Widerstand. Auch Martin Klapetek, der kurze Zeit später die uniformierten Einsatzkräfte auf sich zukommen sah, stand regungslos neben dem großen Swimmingpool seines Freundes und realisierte zuerst nicht, was überhaupt vorging. Schorsch, Gunda und Basti liefen auf ihn zu.

»Martin Klapetek?«, fragte Gunda und sah Köstelbacher in die Augen.

»Ja, warum?«, antwortete er.

»Wir haben einen Durchsuchungsbeschluss für Ihre Wohnung. Kommen Sie bitte mit, die Kollegen warten schon auf Sie. Hier ist unsere Erlaubnis, der richterliche Beschluss.«

Gantermann hatte man inzwischen in das Haus verfrachtet, denn aus ermittlungstaktischen Gründen war es ratsam, dass sich Gantermann und Klapetek vor der Vernehmung nicht mehr sahen. So konnte verhindert werden, dass sie sich absprachen, und möglichen Verdunklungsversuchen der beiden Beschuldigten durch Zurufe oder Handzeichen vorgebeugt werden. Nachdem Martin Klapetek in das Dienstfahrzeug, einen VW-Transporter der Polizeiinspektion Neumarkt, eingestiegen war, gingen die Ermittler zu Arthur Gantermann, dem man im Jagdzimmer seines Anwesens Handschließen angelegt hatte, nachdem ihm sein Haftbefehl eröffnet worden war.

»Guten Tag, Herr Gantermann, Bachmeyer. Das sind meine Kollegen, wir sind von der Kriminalpolizei in Nürnberg«, stellte Schorsch das Team vor. »Erstaunt, dass wir hier sind?« Der Kommissar sah dem Beschuldigten in die Augen, der in einem alten, wuchtigen Jagdsessel neben einem offenen Kamin Platz genommen hatte und seinen Haftbefehl in den Händen hielt.

Das Kamin- oder Jagdzimmer hatte eine Größe von etwa dreißig Quadratmetern. Seine Wände waren mit hellen Holzvertäfelungen verkleidet. Die Kaminumrandung war außer mit alten Eichenbohlen auch noch mit großen Flusskieselsteinen eingefasst. Über dem Kamin prangte ein großes, eingerahmtes Bild von zirka siebzig mal fünfzig Zentimetern. Es zeigte den ehemaligen Reichsjägermeister Hermann Göhring, der anlässlich der Reichsjagdausstellung 1936 eine große Hirschtrophäe präsentierte. Der Nazi-Scherge in Jagdkleidung hielt mit beiden Händen das gewaltige Geweih eines Rothirsches in die Höhe. Unter dem Bild befand sich ein großer, etwa vierzig Zentimeter langer, geschmiedeter Hirschfänger, der die Aufschrift trug: Carinhall 1936. Seine mit Silber verzierte Lederscheide war zudem mit einem Symbol des Heiligen Hubertus aus Silber versehen, das die Blankwaffe überkreuzte.

»Schau an«, dachte Schorsch. »Der Dolch könnte von Göhrings Jagdhaus stammen, das der Nazi in den Dreißigerjahren bauen ließ und des Öfteren nach der Jagd mit Parteifreunden aufsuchte.«

Das gesamte Zimmer war mit verschiedenen Jagdtrophäen dekoriert: mit ausladenden Hirschgeweihen, verschieden starken Rehböcken, einem wuchtigen Keilerkopf und präpariertem Raub- und Federwild. Der Fußboden, in Terrakotta gefliest, war mit wertvollen Teppichbrücken belegt. In der Mitte des Raums befand sich ein sechs Meter langer Eichentisch aus der Zeit des Historismus, der von dreizehn Stühlen umgeben war. Zwölf dieser Stühle waren mit jagdlichen Ornamenten verziert, der dreizehnte Stuhl stand an der rechten Stirnseite des Tisches. Es war ein bretonischer Stuhl aus Kastanie, der sich von den anderen Stühlen deutlich abhob. In seine Lehne, also Rückenbrett, war ein Jagdmotiv geschnitzt. Es zeigte eine Sauenjagd mit der Saufeder. In der Mitte der Tischtafel stand ein schwerer, zwölfarmiger Kronleuchter aus großen Geweihstangen. Links und rechts vom Tisch waren zwei Eichenvertikos aus der Gründerzeit zu sehen, die mit verschiedenen jagdlichen Bronzeplastiken dekoriert waren.

Die Wandvertäfelung neben dem Sessel, in dem Gantermann Platz genommen hatte, zeigte zwei Serienbilder: »Die Wilddiebe« von Louis Kramp.

DIE WILDDIEBE.

DIE WILDDIEBE.

Die Bilder zählten zu den bekanntesten Lithographien des Künstlers, die er 1830 erschaffen hatte. Entspannt und mit einer gewissen Coolness blickte der Wilderer Schorsch an. Der musterte ihn ebenso und hatte gleich den richtigen Spruch für ihn parat, als er die beiden Bilder neben dem Beschuldigten bemerkte: »Ist das jetzt eine Selbstanzeige von Ihnen oder wie soll ich das bewerten? Sie, flankiert von zwei Wilderern. Das sieht fast nach einem Geständnis aus, das passt doch zu Ihnen wie die Faust aufs Auge. Ich denke, Sie können uns Einiges dazu zu sagen. Da stimmt sogar die Begründung in Ihrem Haftbefehl: Verdacht der Wilderei.«

»Na, Herr Bachmeyer, wenn Sie sich da mal nicht in die Nesseln setzen«, erwiderte der Beschuldigte. »Was hier drinsteht, ist erstunken und erlogen. Die Alte leidet seit dem Tod von Sepp an Paranoia, die hat eine Persönlichkeitsstörung mit Wahnvorstellungen. Aber bevor ich weiterrede, möchte ich zuerst meinen Anwalt sprechen.«

»Das ist natürlich Ihr gutes Recht, Herr Gantermann«, räumte Schorsch ein. »Und Sie haben ja findige Anwälte, die damals Ignatz Schlauch als unglaubwürdig und schizophren hingestellt haben. Sie erinnern sich? Das Ermittlungsverfahren beim Landgericht Nürnberg-Fürth wegen räuberischer Erpressung. Damals hat man den Kläger auch eine psychische Erkrankung bescheinigt, da seine Wahrnehmungskraft und sein Denkvermögen eingeschränkt wären. Meinen Sie, dass diese Masche auch bei Traudl Gottlieb zieht, um sie ebenso in Misskredit zu bringen?«

»Ich sag nichts mehr, ich will meinen Anwalt sprechen.«

Es war kurz vor halb drei, als zwei seiner Anwälte das Anwesen am Jurahöhenweg erreichten und gegen die Verhaftung protestierten.

»Meine Herren, Ihr Mandant wird entweder heute oder morgen dem Ermittlungsrichter vorgeführt, so lange bleibt der erst einmal in Polizeigewahrsam. Und weil Sie schon mal hier sind, dürfen wir Sie gleich als Zeugen für die angeordnete Durchsuchungsmaßnahme benennen«, entgegnete Schorsch etwas spöttisch: »Wenn Sie keine Fragen mehr haben, dann fangen wir an.«

Inzwischen hatten sich Blacky, Waltraud und Hubsi zur Verstärkung eingefunden, weil den Ermittlern bei der Größe des Objekts mit seine zwei Nebengebäuden keine Fehler unterlaufen durften. Alle Räume mussten akribisch unter die Lupe genommen werden, denn die Vorwürfe gegen Gantermann, maßgeblich bei einem Verbrechen beteiligt gewesen zu sein, sei es als Täter oder als Helfer, waren stichhaltig.

Horst und sein Team hatten in Köstelbach Aufstellung genommen und erwarteten Martin Klapetek, der bereits auf der Fahrt von Neumarkt nach Köstelbach die Hosen gestrichen voll hatte. Er wusste durch den Durchsuchungsbeschluss, dass er verdächtigt wurde, vorsätzlich mit Gantermann ein Netzwerk aufgebaut zu haben, das die Jagdwilderei von Unberechtigten förderte. Beide Beschuldigte, so der Vorwurf, hatten durch ihre Anwerbungen, sei es auf Plattformen im Netz oder durch Mundpropaganda in speziellen Kreisen, billigend in Kauf genommen, dass unberechtigte Dritte dem Wild nachstellten, es erlegten und sich aneigneten.

Hinzu kamen noch der unberechtigte Umgang mit Schusswaffen und Munition sowie das Überlassen an unberechtigte Dritte. Dessen strafrechtliche Relevanz sah nach dem Strafgesetzbuch und dem Waffengesetz sogar eine Verschärfung der Strafe vor. Denn Dr. Menzel und Dr. Armborst waren sich einig, dass aufgrund der vorliegenden Aussagen von einer besonderen Schwere der Schuld auszugehen war, da von einem gewerbs- und gewohnheitsmäßigen Handeln der Beschuldigten auszugehen war. Eine Straftat, die der Gesetzgeber mit bis zu fünf Jahren Freiheitsentzug ahndete.

»Es könnte sehr, sehr eng werden für Sie«, sagte Horst zu dem Beschuldigten. »Mal sehen, was unsere Forensik auf der Festplatte und in ihren Anruflisten alles vorfindet« stellte der Ermittler fest, bevor er zuerst Klapeteks Mobiltelefon, dann dessen Laptop und diverse USB-Sticks sicherstellte.

In der Zwischenzeit hatten sich auch noch Eva-Maria und Günther in Köstelbach eingefunden. Gemeinsam stellten sie Klapeteks Wohnung auf den Kopf. Es dauerte nicht lange, bis der Beschuldigte reagierte: »Jetzt hören Sie bitte auf! Ich hab mit den Anschuldigungen in dem Durchsuchungsbefehl nichts zu tun, der Sepp Gottlieb war das. Ich war nur ein paar Mal zufällig dabei, als zahlungskräftige Kunden kamen und irgendein Wild schießen durften. Die hatten alle einen Jagdschein, das war alles legitim. Der Sepp ist tot, der kann leider kein Geständnis mehr ablegen. Aber ihr müsst mir das einfach glauben, das ist die Wahrheit«, flehte Klapetek. »Die Traudl und dieser Sugula erzählen euch einen Scheißdreck!«

»Woher kennen Sie denn den Sugula?«, fragte Horst gespannt.

»Den kennt doch jeder Jäger hier. Der war ein guter Freund von Sepp, der jetzt Traudl aus dem ganzen Schlamassel raushelfen will und deshalb mich und Arthur belastet. Wir hatten mit den Machenschaften von Sepp nichts am Hut, überhaupt nichts!«

»Welche Machenschaften denn, wenn nach Ihren Angaben alles legitim war?«, hakte Horst eindringlich nach.

»Das hatte alles seine Richtigkeit und wenn es einmal nicht

so gewesen ist, dann muss das der Sepp verantworten. Dem gehörte ja schließlich die Jagd, der war der Jagdpächter. Wir haben damit gar nichts zu tun«, antwortete Klapetek sichtlich nervös.

Günther nahm Klapeteks Mobiltelefon unter die Lupe und scrollte die einzelnen WhatsApp-Nachrichten durch, als er freudig rief: »Da schau her, was der Mugur alles so schreibt.« Er winkte Horst zu sich. »Schau mal, lies doch mal die WhatsApp-Nachrichten von gestern Abend und schau dir das Foto dazu an. Noch Fragen? Des war es, ich bin gespannt, wie der Herr Klapetek aus der Nummer wieder rauskommt.«

Horst hielt das Handy Klapetek hin: »Um Ihrem Erinnerungsvermögen ein bisschen auf die Sprünge zu helfen, da steht nicht gerade im besten Deutsch: ›Martin, wieh versbrochen diee Hüdde prend‹.« Unter der Nachricht waren das Wohnzimmer und die Küche von Traudl Gottlieb zu sehen, die in Flammen standen.

»Oh, oh, jetzt kommt Anstiftung zu schwerer Brandstiftung noch dazu! Na ja, das werden ein paar Jährchen werden«, meinte Günther: »Diesen Mugur kriegen wir raus, mal sehen, was der über den Fall alles weiß. Natürlich auch über seine Auftraggeber oder besser gesagt den Anstifter zu dieser Tat.« Dann scrollte Günther gespannt weiter auf dem Mobiltelefon, doch die nachfolgenden Einträge waren alle gelöscht.

In Neumarkt war die Durchsuchung noch am Laufen. Gantermann und seine Anwälte waren überhaupt nicht erfreut, als Schorsch den kompletten Server des Beschuldigten sicherstellte. Allein die Speichergröße seines HP F2R80A war beeindruckend, sie hatte eine Speicherkapazität von dreiundvierzig

Terabyte. Was würde man da wohl alles finden, dachte Schorsch und fragte den Beschuldigten nach dem vierstelligen PIN-Code des Mobiltelefons. Horst hatte seinen Kollegen schon über die WhatsApp Nachricht dieses Mugur informiert.

»Die Nummer geht Sie einen Scheißdreck an, Herr Bachmeyer«, beschwerte sich Gantermann.

Daraufhin warf einer seiner Anwälte ein: »Die bekommen die PIN-Nummer sowieso raus, Herr Gantermann. Zeigen Sie sich kooperativ, das ist besser so, glauben Sie mir.«

»Sind Sie mein Anwalt oder gehören Sie zu Gegenseite?«, schrie der Mandant. »Möchten Sie noch mehr Geld mit mir verdienen oder nicht? Sehen Sie nicht: Das ist ein Komplott gegen mich! Tun Sie doch endlich was!«

»Ja, was haben wir denn da?«, schaltete sich Hubsi mit seiner nasalen, weiblich hohen Stimme ein. Er hielt einen geöffneten Aktenordner in den Händen »Na, da hat aber jemand fleißig alte Vermisstenanzeigen abgeheftet. Du, Schorsch, eine Frage. Hebt man so etwas auf, wenn man gar nichts damit zu tun hat?«

Gantermann wurde beleidigend: »Seit wann stellt man denn Schwule bei der Kripo ein? Dürfen die da auch mitreden? Unglaublich!«

»Herr Gantermann, wir schreiben das 21. Jahrhundert«, verteidigte Schorsch seinen Kollegen: »Da muss nicht mehr jeder hetero sein, um es zu etwas zu bringen. Die Vorurteile der Ewiggestrigen passen nicht mehr in unsere Zeit. Aber Sie leben vermutlich noch in einer Welt, in der es noch den längst gestrichenen Paragraph 175 im Strafgesetzbuch gibt.«

Schorsch ging zu Hubsi und sah ihm über die Schulter. Gemeinsam sahen sie sich die Zeitungsausschnitte von 2016 an. Es waren Vermisstenanzeigen von Heidrun Bajramovic. »Das ist ja sehr interessant, Ihr Interesse an dem Vermisstenfall Bajramovic«, merkte Schorsch an. »Was interessiert Sie ein Bürgeraufruf über eine vermisste Person aus Nürnberg, hier in Neumarkt? War das nicht die Frau, die Sie damals getötet haben, als Sepp Gottlieb mit dabei war? Wurden Sie deshalb von Gottlieb erpresst und haben ihn umgebracht? War es so?« Schorsch blätterte weiter und ergänzte: »Da ist ja der ganze Fall der Vermissten abgeheftet!«

»Ich kannte die Frau, Herr Bachmeyer. Wer kannte die nicht? Ich meine, die vermisste Heidrun«, sagte Gantermann gelassen.

»Ach, interessant, woher kannten Sie die Vermisste denn?«

»Wir haben uns vor ihrem Verschwinden ein paar Mal in Nürnberg getroffen. Sie war hübsch und brauchte Geld und ich hatte den Spaß. So einfach ist das«, entgegnete der Beschuldigte abgebrüht. »Was da in diesem Haftbefehl steht, ist purer Unfug. Lächerlich, aber gut von Traudl Gottlieb und diesem Sugula konstruiert, um mein Ansehen zu schädigen. Pfui Deibel! Steckte hinter dem Verschwinden der Frau nicht ihr Ehemann? Der saß doch damals in Untersuchungshaft, oder?«

Gantermann blieb auf Anraten seiner Anwälte ruhig und machte schließlich von seinem Aussageverweigerungsrecht Gebrauch. Auch Klapetek schaltete auf Funkstille, als zwei Anwälte in Köstelbach erschienen. Sie waren von Gantermann beauftragt worden und trugen ihren Mandaten Schweigen auf.

Was die Ermittler hatten, waren lediglich die vorgefundenen Presseausschnitte über Bajramovic. Ansonsten fanden Sie keinerlei Hinweise auf mögliche Straftaten, auch nicht mit Blick auf die zwei getöteten Jäger, Josepf Gottlieb oder Frauke Ebersfeld.

Es war kurz vor achtzehn Uhr, als die Ermittler in Köstelbach und Neumarkt die sichergestellten Beweismittel, Mobiltelefone, Laptops und Server asservierten und Gantermann im Polizeigewahrsam nach Nürnberg brachten. Der Beschuldigte sollte am kommenden Tag um neun Uhr der Ermittlungsrichterin Dr. Armborst vorgeführt werden. Und auch Klapetek kam nicht ungeschoren davon, das Bildmaterial und die Nachricht eines gewissen Mugur belasteten ihn schwer. Horst eröffnete ihm kurz vor halb sechs die vorläufige Festnahme und kündigte an, dass auch Klapetek über Nacht eine staatliche Unterkunft erhalten würde. Am kommenden Tag sollte auch er der Ermittlungsrichterin vorgeführt werden.

18. Kapitel

Samstag, 16. Juni 2018, 09.57 Uhr, Amtsgericht Nürnberg-Fürth, Ermittlungsrichter, Bärenschanze

Schorsch, Gunda und Horst waren sichtlich angefressen, als die Ermittlungsrichterin den Haftbefehl gegen Arthur Gantermann nicht aufrechterhalten konnte. Über Nacht hatten seine Anwälte eine Gegendarstellung verfasst, die bei der Richterin Zweifel aufkommen ließen, ob die Anschuldigungen zu halten waren. Gantermann bezeichnete den ehemaligen Revierinhaber, Sepp Gottlieb, als Drahtzieher der gegen den Unternehmer erhobenen Tatvorwürfe. Gottlieb habe bewusst Leute ohne Jagdschein angesprochen und angeworben, bei illegalen Jagden teilzunehmen. Gantermann selbst, der manchmal als Beobachter zugegen gewesen sei, habe davon überhaupt nichts gewusst.

Das Schreiben nahm auch zu Martin Klapetek Stellung. Ab und an sei der für den verstorbenen Gottlieb tätig gewesen und solle nun von Bruno Sugula und Traudl Gottlieb in die Sache hineingezogen werden. Beide Personen seien in die illegalen Geschäfte des verstorbenen Joseph Gottlieb involviert gewesen und hätten sich ebenso an den Geldströmen der Wilderer bereichert. Gottlieb als Jagdpächter trage daher die volle Verantwortung, seine Frau, die seit Jahren an Verfolgungswahn und Schizophrenie leide, sowie der Jagdkollege Sugula seien Helfer gewesen und hätten sich daher der Beihilfe zur Wilderei schuldig gemacht, so die Ausführungen der Anwälte.

Gantermann legte natürlich noch eine Schippe drauf. Als die Frage aufkam, wo er sich am Tattag von Sepp Gottlieb aufgehalten hatte, fragte Günther die Einloggdaten des Unternehmers zum 1. Mai 2018 ab. Der Beschuldigte hatte ein wasserdichtes Alibi. Gantermanns Mobiltelefon war vom dreißigsten April, dreizehn Uhr achtundzwanzig, bis siebten Mai 2018, elf Uhr fünf, in ein und demselben Funkmast TK92NM2 eingeloggt.

Was die Ermittler bisher noch nicht wussten, war die Tatsache, dass sich Gantermann bereits am 30. April 2018 um dreizehn Uhr vierundvierzig Uhr in der Notaufnahme des Kreiskrankenhauses Neumarkt i. d. Oberpfalz eingefunden hatte. Er klagte über Übelkeit und starke Bauchschmerzen. Die Diagnose ergab, dass der Patient einen starken Anstieg der CRP-Werte hatte. Die hohen Entzündungswerte waren auf eine Divertikulitis des Dickdarms zurückzuführen. Der Patient erhielt daher sieben Tage lang eine Dauerinfusion von über sechs Stunden. Der Beschuldigte war somit zum Tatzeitpunkt ans Bett gefesselt. Er konnte also nicht am 1. Mai 2018 an der Tat im Lorenzer Reichswald beteiligt gewesen sein. Dieser Umstand schloss zudem die Tat an Frauke Ebersfeld aus, die mit der Waffe von Sepp Gottlieb erschossen wurde.

Den Vorwurf, Heidrun Bajramovic getötet zu haben, stritt der Beschuldigte vehement ab. Hier gab er zu Protokoll, dass der Jagdpächter Gottlieb vor ungefähr zwei Jahren während eines Trinkgelages von einem tragischen Zwischenfall in seinem Revier gesprochen habe. Damals habe es ein Unglück gegeben, bei dem eine Pilz- oder Beerensammlerin versehentlich erschossen worden sei. Aus Angst habe der Revierinhaber die Leiche im Wald verscharrt. Ein schreckliches Vergehen, dass den Jäger bis zu seinem Tod verfolgt habe. Vermutlich handle es sich bei der nunmehr aufgefundenen Leiche um das damalige Opfer.

Schorsch, Gunda und Horst kochten vor Wut, weil es den Anwälten anscheinend wieder gelungen war, alle Verdachtsmomente gegen ihren Mandanten zu entkräften. Die ursprünglichen Haftgründe liefen damit weitgehend ins Leere und der Beschuldigte wurde mit Meldeauflagen auf freien Fuß gesetzt.

»Geld regiert die Welt«, meinten die drei Ermittler. Der Millionär hatte seinen Kopf wieder aus der Schlinge gezogen. Gantermann hatte es vermutlich auch Traudl Gottlieb selbst zu verdanken, dass sie den so wichtigen Ordner unüberlegt vernichtet hatte. Beweise gegen ihn waren vernichtet.

Bei Martin Klapetek hingegen war die Frage, ob er die Untersuchungshaft antreten müsse, eindeutig. Wegen der von Mugur erhaltenen Fotos, die Traudls Gottliebs Wohnhaus in Flammen zeigten, war eine Tatbeteiligung nicht auszuschließen. Die von Gantermanns Anwälten angebotene Kaution von 500 000 Euro wurde seitens der Richterin abgelehnt.

Für Martin Klapetek war der Zug abgefahren und das war gut so, dachte sich Schorsch. Denn die Auswertung der sichergestellten Beweismittel, sowohl bei Gantermann als auch bei Klapetek, war ja noch nicht abgeschlossen. Die Forensiker der KTU, allen voran Michael Wasserburger, hatten aufgrund der Datenmenge noch alle Hände voll zu tun.

Die Ermittler hofften außerdem noch auf Michael und seine Software X-Ways-Forensic. Er könnte noch die Beweismittel finden, die vielleicht Gantermann als Täter überführen würden. Schorsch, Günther, Gunda und Horst machten sich mit Michael Gedanken darüber, nach welchen Algorithmen die kryptologische Hashfunktion der eingegebenen Keywords in der Such – und Auswertefunktion des Analyseprogramms »X-Ways-Investigator« arbeiten solle. So programmierte Michael, neben den herkömmlichen Begriffen, auch spezielle Codewörter ein, zum Beispiel:

»vermisst%, Jagd%, Tod%, Töt%, Gewehr%, Schuss%, Betrug%, Erpress%, ermord%, Rach%, Bomb%, Pacht%, Jäger%, Wild%, Unfall%, Schizoph%, Geistes%, Persönlich%, Gefäng%, Trophä%, %2016%, %2017%, %2018%, ALF%, Anschlag%, Sabot%, Versteck%, Vergrab%, Beerdig%, Geld%, Konto%, Mugur%, Bajramovic%, Gottlieb%, Sepp%, Frauke%, Ebersfeld%, Lorenz%, BAB% Bundes%

»Die Hoffnung stirbt zuletzt«, dachte Schorsch. Aber immerhin hatten sie noch einen Joker im Ärmel, um die verschiedenen Tatkomplexe zu analysieren. Günther Gast kannte einen Kollegen vom Bayerischen Landeskriminalamt, der als Koryphäe auf dem Gebiet der operativen Fallanalyse galt. Der besaß auf einem bestimmten Gebiet außergewöhnliche Fähigkeiten. Es war der Profiler Manfred Känßler.

Samstag, 16. Juni 2018, 19.00 Uhr, Gaststätte »Zum Ludwigskanal«, 90559 Schwarzenbach.

Der Jagdschutz- und Jägerverein Nürnberger-Land e. V. hatte zu seinem traditionellen Sommerfest eingeladen. Schorsch und Rosanne hatten zwischenzeitlich eine Jagdbeteiligung gefunden. Robert Schenk kannte einen alten Jagdfreund, der in Altenthann eine Jagd gepachtet hatte und spontan die beiden Jungjäger in sein Revier aufnahm. Heute beim Sommerfest sollten die beiden der Gemeinschaft vorgestellt werden. Es war ein lauschiger Sommerabend mit Temperaturen von fünfundzwanzig Grad, als die Bläsergruppe den Abend eröffnete. Rosanne und Schorsch hatten sich im jagdlichen Outfit eingefunden und gerade ihr erstes Seidla Bier in den Händen, als sie Bruno Sugula begrüßte.

»Der Herr Kommissar mit Gattin. Habe die Ehre, Waidmannsheil. Ich habe schon gehört, dass Sie auch unter die Jäger gegangen sind. Glückwunsch auch Ihnen zur bestandenen Prüfung«, gratulierte er.

Schorsch grüßte zurück: »Tja, eigentlich wollte ich mich noch ein wenig zurückhalten, da wir noch ein laufendes Verfahren gegen Gantermann und Klapetek haben. Aber es gibt bis heute keinerlei Hinweise, dass Sie in mögliche Tatvorwürfe gegen Gantermann verwickelt sind. Auch die Anschuldigungen Gantermanns gegen Sepp Gottlieb sind noch offen. Gegen den Verstorbenen kann zwar kein Strafverfahren mehr eröffnet werden, dennoch sind die Vorwürfe gegen ihn nicht einfach abzutun. Was ist, wenn es so gewesen ist, wie Gantermanns Anwälte behaupten und ihr Mandant unschuldig ist? Klapetek schweigt beharrlich und die Ermittlungen sind noch nicht abgeschlossen. Wir sind gerade dabei, das Notizbüchlein von Gottlieb auszuwerten und da sieht es nicht schlecht aus. Ihr Freund hat ja akribisch Buch darüber geführt, von wem, wann und welches Wildbret geschossen wurde. So, wie es aussieht, könnte sich vielleicht das Blatt noch wenden gegen unseren Unternehmer aus Neumarkt. Aber mehr darf und kann ich darüber nicht sagen. Gesundheitlich geht es Ihnen wieder gut?«

»Ja, es geht schon wieder. Ich hoffe, Sie fassen die Täter, die mich überfallen haben! Die waren zwar vermummt, aber ich habe die Stimme des Anführers immer noch im Ohr, als wenn es gestern gewesen wäre. Herr Bachmeyer, ich würde den auf jeden Fall wieder an seiner Sprache erkennen. Es war zwar eine osteuropäische Sprache, aber er hatte einen besonderen Akzent, den man so schnell nicht vergisst. Ich warte schon auf den Tag, wo ich ihm gegenüberstehe, diesem Drecksack. Wenn Sie nicht gekommen wären, dann wäre ich jetzt nicht mehr am Leben und könnte Sepp im Jenseits die Hand reichen. Herr Bachmeyer, danke nochmals!«

Sonntag, 17. Juni 2018, 00.12 Uhr, Pilotystraße, Nürnberg

Es war spät geworden, Rosanne und Schorsch hatten einen schönen Abend in Schwarzenbach erlebt und so manchen interessanten Schwank aus den Leben der Waidmänner erfahren. Zu später Stunde gab es bei dem einen oder anderen natürlich auch ein bisschen Jägerlatein. Zwar hatte der eine oder andere keinen neuen Wolpertinger erfunden, aber bei so manchem Waidmann wurde der Überläuferkeiler zum Mammutkeiler, der mindestens einhundertsechzig Kilo auf die Waage brachte und dessen Gewaff, also dessen Eckzähne, eine Länge von nahezu zwanzig Zentimetern aufwiesen.

Rosanne, die gerade aus der Dusche gekommen war, hatte noch eine Flasche Sekt geköpft, saß mit dem Laptop auf der Couch und wartete mit zwei gefüllten Sekttulpen auf Schorsch, der noch singend unter der Dusche stand.

»Was suchst du denn noch im Netz um die Zeit?«, fragte er anschließend interessiert.

»Hm, ich bin gerade dabei, auf einer speziellen Seite zu stöbern, um ein wenig Schwung in unser Liebesleben zu bringen«, lachte sie, als er im Bademantel das Wohnzimmer betrat.

»Warum unser Liebesleben in Schwung bringen?«, fragte Schorsch neugierig. »Bist du unzufrieden mit mir?«

»Nein, nein, alles gut, mein Bester. Aber was du so alles in deiner Sturm-und-Drang-Zeit erlebt hast, darüber will frau doch alles wissen. Alles.«

»Hast denn du mir alles verraten?«, fragte er sie lächelnd und reichte ihr ein Glas.

Als sich beide Sektgläser berührten, meinte Rosanne: »Prost, mein Lieber! Was du da mit dieser Alessandra alles erlebt hast, das macht mich doch sehr neugierig. Sie scheint dir ja zu gefallen. Oder?«

»Natürlich, wem gefällt das nicht, von einer Frau verführt zu werden«, er küsste sie auf die Lippen und ergänzte amüsiert, »bist du eifersüchtig auf die reife Dame?«

»Nein, Schorsch, aber wir Frauen wollen halt immer die besten Partnerinnen sein und beim Liebesleben mit unserer besseren Hälfte alles perfekt machen, so wie du damals mit dieser Alessandra. Sei ehrlich, diese Wachsnummer hat dich angetörnt.«

Schorsch lachte laut: »Schatzl, jede Frau hat spezielle Vorzüge, die Männer begeistern. Vergleiche doch diese Frau und mein – zugegeben – tolles Erlebnis vor dreißig Jahren nicht mit dir! Ich war doch noch grün hinter den Ohren. Da macht so eine Frau leicht Eindruck. Also sag schon, was guckst du um diese Zeit noch im Netz an?«

»Ich bin doch kommende Woche zu einem Mädelsabend bei Saskia eingeladen.«

Schorsch unterbrach: »Mit Tupperware sind wir doch schon reichlich eingedeckt.«

»Stimmt, aber bei Mädelsabenden werden neuerdings nicht nur Salatschüsseln und dergleichen verkauft. Es geht um Erotik, mein Lieber.«

»Jetzt sag bloß, da kommen die Chippendales vorbei und machen eine Showtanz-Einlage?«

»Nein, es geht um Erotikspielzeug und so. Spielzeug, dass das Sexualleben von Erwachsenen bereichern soll«.

»Was soll denn unser Sexualleben bereichern? Verrate es mir, ich bin gespannt,« fragte Schorsch neugierig.

»Na ja, Schorsch, deine Handschließen sind mir mittlerweile ja bekannt. Die kleinen Fesselspiele haben ihren Reiz, wirklich. Aber Janette und Birgit meinten, da gibt es noch mehr.«

»Redest du mit den beiden über unsere Fesselspielabende?«, fragte Schorsch erstaunt.

»Nicht im Detail, aber wir Frauen unterhalten uns genau wie ihr Männer über manche Dinge, vielleicht nicht so in der Breite wie ihr«, zwinkerte Rosanne ihm zu. »Denen beiden gefällt das auch. Rollenspiele sind im Kommen., Lass dich überraschen!«

»Brauchen wir also ein Spielzimmer wie Anastasia Steele und Christian Grey?«

»Schorsch, das bringen wir hier nicht unter, dazu ist deine Wohnung zu klein«, lachte Rosanne.

»Und wenn wir eine größere Wohnung hätten, was wäre dann? Würde dich so ein Zimmerchen denn reizen?«

»Das Spielzimmer der beiden war allererste Sahne, mein Bester! Wem gefällt es nicht, das Erotische, Verruchte, Unentdeckte gemeinsam auszuprobieren? Hat dir die Wachsnummer denn damals nicht gefallen?«

»Ja, klar, wem gefällt das nicht? Hab ich doch nun schon tausendmal bestätigt. Die Überraschung ist Alessandra damals gelungen. Ich hätte nie damit gerechnet, dass das heiße Wachs erotischen Gefühle auslösen kann«, bekannte Schorsch leidenschaftlich.

»Gut, Italienerin beiseite, wir reden von uns, nicht von dieser Alessandra!«

»Du hast doch gerade wieder von der Wachsnummer angefangen, nicht ich«, grinste Schorsch sie an.

»Also, du könntest dir so ein Spielzimmer vorstellen, ehrlich?«

»Wenn beiden das gefällt, warum nicht. So etwas richtet man sich dann gemeinsam ein, mein Schatz, und zeigt oder besser überrascht dabei kreativ sein Gegenüber. Du verstehst. Soviel zum Thema extravagante Rollenspiele, mein kleines Luder«, Schorsch küsste ihr Dekolleté, das durch den geöffneten Kimono frei lag.

»Mach ruhig weiter, mein Bester.« Sie zog seinen Kopf auf ihre rechte Brust und berichtete: »Saskia macht kommende Woche einen solchen Spielzeugabend und ich hab gerade mal auf der Seite von diesem Anbieter gestöbert. Da sind spannende Dinge dabei, Schorsch. Und du kennst mich ja, ich informiere mich gerne schon mal vorab. Vielleicht ist ja an diesem Abend ein Teil dabei, das uns zusagen könnte, dann liegt es ja nahe, es vor Ort näher anzusehen. Wir Mädels sind ja unter uns.«

»Da wäre ich ja allzu gerne ein Mäuschen, um zu sehen, was deine Mädels so alles aussuchen und damit ihre Männer überraschen. Wo ist das genau? Welche Adresse? Ich geb Rudi Mandlik noch einen speziellen Auftrag, die Bude von Saskia mit Überwachungstechnik auszustatten«, Schorsch lachte herzlich und streichelte ihre Brüste.

»Ihr Männer seid alle gleich! Wenn es um das eine geht, dann möchtet ihr gerne in der ersten Reihe sitzen«, flüsterte Rosanne und streichelte seinen nackten Oberkörper.

»Also gut, dann ist das also der Anfang, bin gespannt und lass mich gerne überraschen. Aber hör mal, wie oft gibt es im Jahr solche Mädelsabende bei Saskia? Und verrat mir doch mal bitte, wie da so ein Erfahrungsaustausch abläuft. Gibt es da womöglich ein WhatsApp-Gruppe, in der die Damen dann ihre Erlebnisse austauschen?«

»Spinnst du? Darüber wird doch nicht geredet, also nicht im Detail, versteht sich« schmunzelte Rosanne, die inzwischen keinen Kimono mehr anhatte.

Schorsch lag auf dem Rücken, auch sein Bademantel war auf dem Boden gelandet. Rosanne reichte ihm eines der beiden Sektgläser und stieß mit ihm an. Dann beugte sie sich über ihn und liebkoste seine behaarte Brust.«

Seine ermahnenden Worte: »Schatzl, schau mal auf die Uhr! Morgen früh ist die Nacht rum« ignorierte sie und rutschte mit ihrem nackten Oberkörper langsam abwärts: »Gaaannz entspannt sein, mein Bester ...«

Wochen später

Montag, 2. Juli 2018, 10.52 Uhr, Merkur Elektronik Markt, Altmarkt-Galerie, Webergasse 1, 01067 Dresden

Informationselektroniker Maik Koschwitz schloss das Mobilfunkgerät an den Gerätestecker an, las den Fehlerspeicher aus und übertrug die IMEI-Nummer des Handys in die Kundenmaske des Reparaturauftrags, als plötzlich ein roter Button über dem Feld der IMEI-Nummer aufleuchtete. Die Systemmeldung gab an, dass das Mobiltelefon seit dem 9. Mai 2018 als gestohlen gemeldet war.

Der Kunde war nach dem Wochenende mit einem Displaybruch gekommen und wollte heute noch das Handy reparieren lassen. Koschwitz griff zum Telefon und verständigte die Polizei. Anhand der im Reparaturbeleg hinterlegten Daten war die Identität des Besitzers schnell bekannt. Es war Kathleen Heimlich, eine 40-jährige Buchhalterin aus Ottendorf-Okrilla. Die Alleinerziehende hatte das Mobiltelefon erst vor Kurzem für ihrem Sohn im Internet ersteigert, das unter der Rubrik »generalüberholt und auf Werkseinstellung zurückgesetzt« zum Kauf angeboten worden war.

Mittwoch, 4. Juli 2018, 09.54 Uhr, Polizeipräsidium Mittelfranken, K11

Schorsch und sein Team hatten ganze Arbeit geleistet. Die forensische Auswertung hatte Unmengen von Papier ausgespuckt, die nun noch einzeln von den Ermittlern bewertet werden mussten.

Lediglich die Auswertung des im Bauwagen aufgefundenen Notizbüchleins machte Fortschritte. Anhand des Datums und der notierten Autokennzeichen konnten bisher neun Personen identifiziert werden, die weder einen Jagdschein noch eine waffenrechtliche Erlaubnis hatten. Sieben der neun Tatverdächtigen hatten an den besagten Tagen ihr Mobiltelefon eingeschaltet. So konnte deren Aufenthalt im Revier des Gantermann oder seines mutmaßlichen Strohmanns Joseph Gottlieb zweifelsfrei durch die registrierten Einloggdaten an den Funkmasten nahe der BAB 9 lokalisiert werden.

Fünf der identifizierten Personen räumten in den Vernehmungen ein, im besagten Revier von Gantermann lediglich bei einer Jagd mit dabei gewesen zu sein. Diese Beteiligung sei eine Art Schnupperkurs für das Jägerhandwerk gewesen, mehr nicht. Gejagt, geschweige denn geschossen habe keiner der Beteiligten. Gottlieb wurde Ihnen als Jagdaufseher vorgestellt, der sie während ihres Aufenthalts betreute. Zwei der neun Tatverdächtigen räumten jedoch ein, dass sie wiederholt das Revier bejagt hatten und dafür nur von Gantermann die Erlaubnis erhielten. Hierbei habe Gottlieb für seinen Jagdherren die jeweilige Abschussprämie kassiert.

Es waren widersprüchliche Angaben, es kam den Ermittlern so vor, als habe man die identifizierten Kunden oder besser gesagt Wilderer im Nachhinein geimpft und auf die strafrechtlichen Folgen hingewiesen. Gottlieb wurde in manchen Zeugenvernehmungen als einer der Jagdaufseher genannt, in anderen Einvernahmen wurde Gantermann als Revierpächter bezeichnet. Wieder andere sagten, der verstorbene Gottlieb sei Jagdpächter gewesen.

Frust machte sich bei den Ermittlern breit. Bis dato fehlten ihnen die notwendigen Beweismittel, da die Aussagen der beiden Wilderer, die Gantermann belasteten, von den Anwälten des Unternehmers als nicht hieb- und stichfest bewertet und die beiden Personen als höchst unglaubwürdig dargestellt wurden. Vermutlich hätten die beiden etwas falsch verstanden, zumal Gantermann niemals als Jagdpächter hätte auftreten können. Denn er besitze keinen Jagdschein und könne damit kein Revier pachten.

Lediglich für Mugur Dumitrescu wurde es eng, seine Mobilfunknummer war beim Provider Orange registriert. Dumitrescu selbst hatte ein langes Vorstrafenregister, es reichte von Eigentumsdelikten über Raub bis zur gefährlichen Körperverletzung. Der erst 29-Jährige aus einem Vorort von Constanza und vier seiner Komplizen wurden in den frühen Morgenstunden des 24. Juni bei einem Einbruch in einen Baumarkt in Feucht auf frischer Tat ertappt.

Der Rumäne, der zuerst jede Zusammenarbeit mit Martin Klapetek bestritt, war erst nach Auswertung seines Mobiltelefons geständig, als er mit Einzelheiten konfrontiert wurde. Dumitrescu räumte ein, von Klapetek beauftrag worden zu sein, bei Bruno Sugula und später bei Traudl Gottlieb einen bestimmten Aktenordner zu organisieren. Bei diesem Auftrag, so Dumitrescu, war vereinbart worden, notfalls auch ein wenig Gewalt anzuwenden. Details zu seinem wahren Auftraggeber habe Klapetek nicht genannt, sagte der Rumäne aus, dieser wolle nicht in Erscheinung treten.

Beim Einbruch ins Wohnhaus von Traudl Gottlieb sei überraschend Feuer durch eine umfallende Kerze ausgebrochen, dessen Flammen die Vorhänge entfachte, erzählte der Osteuropäer den Beamten. Erst als er mit dem Untersuchungsergebnis der Brandermittler und der Fotos an Klapetek konfrontiert wurde, war Dumitrescu geständig und räumte ein, von Klapetek beauftragt worden zu sein.

Nicht nur der Rumäne belastete Klapetek. Gunda stieß auf ein Beweismittel, das eigentlich nur dem Täter zuzuschreiben war. Dem Täter, der Heidrun Bajramovic auf dem Gewissen hatte.

Die Fotos am Einsatzabschnitt in Köstelbach zeigten, neben verschiedenem Diebesgut, auch mögliche Hehlerware. Denn der Oberpfälzer vercheckte auf verschiedenen Internetplattformen Waren, über dessen Herkunft er keinerlei Nachweise erbringen konnte. Meist handelte es sich um Wertgegenstände in Form von kostbarem Geschmeide wie Brillantringe, Diademe, Platin- und Silberschmuck, aber auch Perlenkolliers, Goldarmbänder und Pektorale.

Zu den Waren gehörte auch ein Anhänger in Form einer Ikone, angefertigt vom russischen Goldschmied Grigorii Pankratév. Es war eine kleine, hingebungsvoll gestaltete Ikone vom Apostel Petrus in Silber und Emaille. In die Rückseite waren drei Buchstaben und ein kyrillischer Schriftzug graviert:

H v B
Санкт-Петербург

Gunda hatte das Schmuckstück schon mal gesehen. Es war unter den Angaben zur Vermisstenmeldung von Heidrun Bajramovic. Das war ein Erbstück ihrer Großmutter, Heidrun von Brincken, einer Adeligen aus dem Kurland.

Nach Angaben ihres Mannes trug seine Ehefrau dieses Andenken. Es war ein Einzelstück.

»Volltreffer«, dachte Gunda, griff zum Telefon und informierte Schorsch, den die Ermittlerin kurze Zeit später in der Asservatenkammer traf.

»Hier, da ist der Anhänger. Der gehörte der Vermissten. Wie kommt unser Klapetek zu dem Anhänger?«, fragte Gunda und nahm den Anhänger näher unter die Lupe.

»Gunda, du bist ein Fuchs! Jetzt, wo du es sagst: Das ist der Anhänger, wie ihn die Vermisstenanzeige aufführt.« Schorsch klappte eine Umlaufmappe auf und zeigte seiner Kollegin die Anzeige: »Top, schau her. Das ist er. Entweder war Klapetek dabei oder er hat sie geschenkt bekommen wie die anderen vorgefundenen Sachen auch. Aber diesmal geht es nicht um den Straftatbestand der Hehlerei, diesmal geht es um ein mögliches Gewaltverbrechen. Dieses Beweismittel führt uns zum Täter.« Schorsch hatte Feuer gefangen: »Weißt du was, den suchen wir heute noch auf!«

Die Mittagspause war zu Ende, als die Ermittler in der Justizvollzugsanstalt eintrafen und Klapetek kurze Zeit später von einem Justizbeamten gebracht wurde.

»Grüß Gott, Herr Klapetek. Na, wie geht's? Wir hätten da noch ein paar Fragen. Fragen, die sie uns mit Sicherheit beantworten können und vielleicht auch wollen«, begann Schorsch die Befragung.

»Wissen Sie Herr Klapetek, im Juli ist man doch lieber im Freibad oder im Urlaub, ich kann mir nicht vorstellen, dass es hier bei der Hitze sehr schön ist. Tja, aber vielleicht kann sich das Blatt ja bald wenden. Wir sind heute wegen eines Kapitalverbrechens hier. Wegen eines Verbrechens, über das Sie mit Sicherheit Angaben machen können. Vorausgesetzt, Sie möchten das. Gerne auch im Beisein ihres Anwalts, der von Herr Gantermann bezahlt wird. Stimmts?«, legte Gunda nach.

»Mit einem Kapitalverbrechen möchte ich nichts zu tun haben, Frau Vizthum«, erwiderte der Untersuchungshäftling sichtlich angespannt. »Ich bin mit Gantermann in eine Geschichte hineingeschlittert, ja ich sage mal hineingeschlittert, wo ich wieder raus möchte. Und zwar bald. Sie verstehen?«

»Dieser Mugur belastet Sie«, stellte Gunda fest. »Dazu

kommt jetzt noch eine weitere Geschichte, eben dieses Kapitalverbrechen. Da wird es zappenduster für Sie, Herr Klapetek. Da geht es um Jahre Haft, glauben Sie uns.«

Schorsch übernahm den Gesprächsfaden: »Zappenduster, für einige Jährchen, nur um jemanden zu schützen. Möchten Sie das wirklich?«

Der Gefangene versuchte, cool zu wirken: »Wissen Sie, Herr Bachmeyer, hier bekomme ich alles, was ich brauche. Mein Anwalt füllt mir jeden Monat mein Einkaufskonto für den Gefangenenkiosk auf. Meine Zelle ist mit einem großen Flachbildfernseher ausgestattet, meinem Draht nach draußen, sozusagen. Und wenn ihre Ermittlungen abgeschlossen sind, wird sich herausstellen, dass dieser Sepp Gottlieb und Konsorten die Bösen waren. Die Brandstiftung von Mugur, wissen Sie, da haben Sie es mit einem kriminellen Einbrecher zu tun. Einem Einbrecher, der einem schon mal die Hütte anzündet, wenn er nichts findet. Sie verstehen«, spielte Klapetek seine Rolle herunter.

»Mag sein, dass Ihre Strategie vielleicht aufgeht. Schön ist es hier nicht, jeden Tag den süßen Pfefferminztee, aber den müssen Sie ja nicht trinken, der liebe Gantermann versorgt Sie ja. Fragt sich nur, wie lange noch, Herr Klapetek.« Schorsch legte zwei Fotos von dem Fundort des Schmuckstücks in Klapeteks Wohnung auf den Tisch, dann holte er die Asservatentüte aus seiner braunen Schweinsledertasche und schob sie in Richtung Klapetek.

Dieser betrachtete stillschweigend die beiden Tatortfotos und das Asservat.

»Na, kommt die Erinnerung wieder?«, fragte Gunda.

»Das ist Täterwissen«, erklärte Schorsch eindringlich. »Nur der kann es der Getöteten abgenommen haben. Haben Sie etwas mit dem Tod von Heidrun B. zu tun? Waren Sie an der Tat beteiligt?«

»Da könnten gut und gerne nochmal zehn bis fünfzehn Jahre draufkommen«, unterstützte ihn Gunda.

Der Mann aus Köstelbach wurde schweigsam. In sich gekehrt und gedankenverloren starrte er auf die Tischplatte

»Herr Klapetek, haben Sie schon mal was von der Kronzeugenregelung gehört?«, fragte Schorsch. »Als Kronzeuge kommt man gut weg. Vor allem, wenn man hilft, die Tat vorständig aufzuklären, auch wenn man dabei in irgendeiner Weise Hilfe geleistet hat.«

»So ein Bonus ist einem sicher.«, ergänzte Gunda.

»Sagen wir mal so: Es sind Regelungen, durch die ein Straftäter eine mildere Bestrafung oder sogar Straffreiheit zu erwarten hat. Das zieht aber nur, wenn er freiwillig Angaben macht, die eine begangene Straftat aufklären oder aber eine weitere Straftat zu verhindern helfen«, berichtete Schorsch. »Meinen Sie, dass der Gantermann ins Gefängnis geht? Der niemals, der hat doch seine Leute dafür, die die Strafe für ihn absitzen, die alt und grau im Knast werden. Derweil sieht er sich die Welt an, genießt das Leben. Der denkt sich auch, jeden Tag steht ein Depp auf, du musst nur den richtigen Deppen erwischen. Genau so läuft das, Herr Klapetek. Genau so. Und Sie sind mitten drin. Drin in den heiligen Gefängnismauern der Justizvollzugsanstalt Nürnberg-Fürth, aber, ich betone, mit einem super Einkaufskonto im Gefängnisshop. Wenn es des war, dann eine schöne und erholsame Zeit beim Fernsehen.«

»Meinen Sie, nach ihrer Verurteilung wird das genauso weiterlaufen?«, gab Gunda zu bedenken »Glauben Sie das wirklich? Warum sollte Gantermann die nächsten Jahre für einen Verurteilten zahlen, wenn ihre Schuld bewiesen und seine Unschuld vor Gericht bekräftigt wurde? Sagen Sie uns einen

Grund dafür. Den gibt es nicht, Herr Klapetek, auch morgen nicht. Wir sind da, hier und heute, um das aufzuschreiben, was Ihnen vielleicht helfen kann. Helfen, Ihre Freiheit wieder zu erlangen. Mag sein, nicht gleich, aber es wird Licht am Ende des Tunnels geben.« Die Ermittlerin holte aus ihrer Handtasche eine Tüte mit einer Laugenbrezen hervor.

»Sehen Sie, es gibt zwar vieles hier zum Einkaufen, wenn das Gefangenenkonto gefüllt ist. Aber eine frische Laugenbrezn gibt es nicht. Das ist nur eine kleine Geste, Herr Klapetek, greifen Sie zu.«

Der Gefangene betrachtete erst skeptisch die Papiertüte eines bekannten Nürnberger Brezelbäckers aus Gostenhof, aber dann öffnete er die Tüte, holte die Brezen heraus und biss mit einem zufriedenen Blick in das Laugengebäck.

»Also, ich war das nicht mit dieser Heidrun, ehrlich«, beteuerte er. »Jetzt im Nachhinein wird mir einiges klarer, vielleicht hat mich der Arthur auch gelinkt und braucht jemanden, der für ihn in den Bau geht. Deshalb hat er mir den Schmuck von ihr untergeschoben. Er hat mich ausdrücklich darauf hingewiesen, dass solch eine Ikone vom heiligen Petrus unglaublich an Wert gewinnt, wenn man sie aufhebt und nicht gleich im Netz verkauft. Vielleicht wollte er, dass man die irgendwann bei mir findet und ich als Täter verdächtigt werde. Jetzt, wo Sie mir das sagen, wird mir das klar.«

»Was wissen Sie darüber?«, fragte Schorsch nach: »Wie und wann haben Sie das Schmuckstück erhalten und von wem genau?«

»Ich weiß nicht, ob ich das sagen kann oder soll, mir glaubt ja vermutlich sowieso keiner mehr.«

»Deshalb sind wir ja heute hier, um vielleicht die wahre Geschichte aufzuschreiben, nicht die, die Gantermanns Anwälte vorgeben. Und was die sagen, kann Ihnen in jeder Hinsicht schaden, Herr Klapetek«, erklärte Gunda.

»Einfach mal frei weg von der Leber, Herr Klapetek«, ermunterte ihn Schorsch. »Das befreit den Geist und die Seele. Wenn Sie etwas plausibel erklären und wir das in unseren Ermittlungen bestätigt bekommen, dann frage ich Sie: Was haben Sie dann verloren? Nichts, Sie können eigentlich nur gewinnen! Noch eine Frage: Dürfen wir unser Gespräch aufnehmen, haben Sie etwas dagegen, Herr Klapetek?«

»Meinetwegen können Sie das auch aufzeichnen. Jetzt ist sowieso schon alles wurscht. Also, warum nicht.« Schorsch, holte ein kleines Aufnahmegeräte aus der Tasche und schaltete es ein: »Einvernahme des Beschuldigten Martin Klapetek am Mittwoch, den 4. Juli 2018 um dreizehn Uhr zweiundfünfzig in den Räumen der JVA Nürnberg-Fürth. Anwesend KOK Gunda Vizthum, KHK Georg Bachmeyer und der Beschuldigte Martin Klapetek. Der Beschuldigte stimmt vorbehaltlos der Sprachaufzeichnung zu. Können Sie das bejahen, Herr Klapetek?« Der antwortete: »Es ist alles richtig so, die beiden Beamten dürfen eine Sprachaufzeichnung über meine Aussage anfertigen.«

»Dann bitte fahren Sie fort«, ermutigte ihn Gunda.

»Der Sepp kann ja nichts mehr sagen. Und klar, einen Verstorbenen zum Schuldigen zu machen, ist am einfachsten. Aber so war es nicht. Ich habe lange drüber nachgedacht, hier drinnen hat man rund um die Uhr Zeit dafür. Der Arthur ist derjenige, der die Fäden, das Netz gesponnen hat. Er kam drauf, als man ihm seinen Jagdschein abgenommen hat, damals wegen der Geschichte mit den Kriegswaffen aus Tschechien, Sie kennen den Fall vermutlich schon.«

Schorsch und Gunda nickte und Klapetek berichtete weiter: »Der Arthur hat das ganz, ganz clever aufgezogen. Sepp bekam monatlich sein Gehalt von Gantermann, es war ein Hausmeistervertrag für das Anwesen im Jurahöhenweg in Neumarkt. Sepp sollte für ihn die Jagd im Lorenzer Reichswald pachten, die natürlich auch Gantermann bezahlte. Keine Überweisung, alles in bar. Sie werden daher nichts in seinen Kontoauszügen finden, clever eben, der Arthur. Sepp Gottlieb spielte den Strohmann.«

Klapetek dachte einen Augenblick nach, bevor er fortfuhr: »Arthur hat dann viele seiner Freunde zur Jagd eingeladen. Viele von denen besaßen keinen Jagdschein, das wurde bei den Jagden auch nicht kontrolliert. Gantermann selbst hatte zwar keinen Jagdschein mehr, aber er hatte eine Dublette. Einen Jagdschein mit allen offiziellen Stempeln aus Baden Württemberg, besser gesagt aus Ulm, könnte auch Stuttgart gewesen sein. Dort waren Mugur und seine Leute im April 2016 ins Landratsamt eingedrungen und haben nicht nur in deren Zulassungsstelle gewütet, sondern auch in der unteren Jagdbehörde. Gantermann hat einen Jagdschein, der vom Landratsamt Stuttgart ausgestellt ist. Ehrlich, der ist in dem Ordner von 2016, den Sepp für ihn in dem Bauwagen oder halt zu Hause für Ihn aufbewahrte. Und der Ordner war uns wichtig nach dem Tod von Sepp. Wir wollten nicht, dass dieser Sugula oder Traudl die Einzelheiten unserer Geschäfte erfahren. Das war unser Geheimnis, nur wir drei wussten über alles Bescheid. Der Sugula hatte vielleicht eine Vermutung, aber Beweise hatte er nicht. Die lagen in dem besagten Ordner.« Klapetek blickte die beiden Kommissare erwartungsvoll an, die beide stichpunktartig seine Angaben noch auf einem Block festhielten.

»Erzählen Sie weiter« Wir sind ganz Ohr. Was wissen Sie über den Inhalt des Ordners?«, fragte Gunda.

»Er war sozusagen Sepps Lebensversicherung. In dem Ordner waren die Klarnamen der Leute, die von Gantermann zur Jagd eingeladen wurden. Sepp kassierte die Abschüsse. Für

Gantermann war das Geld nicht wichtig. Wichtig war für ihn sein Ansehen: er, der Gönner, der Jagdherr, der alle Fäden in der Hand hielt. Gantermann wollte bewundert werden. Sepp machte alles für ihn, kaufte die Jagdwaffen, die Arthur haben wollte, und hat sie auf seinen Namen eingetragen. Offiziell, also für die Behörden, war alles wasserdicht, da legte Gantermann großen Wert drauf. Und irgendwann kam es so, wie es kommen musste.«

Der Gefangene ging kurz in sich, kratze sich am Hinterkopf und blickte einen Moment in die Leuchtstoffleuchte, die über dem Tisch hing. »Gantermann saß im Revier, es war ein sonniger Septembertag 2016, die ganze Woche über hatte es damals immer wieder geregnet. Es war schwül-warm, die Pilze sprossen aus dem Boden.« Klapetek schwieg, schlug seine Hände vor sein Gesicht und fing an zu schluchzen.

Gunda meinte tröstend: »Jetzt ist der Damm gebrochen, Herr Klapetek. Lassen Sie Ihren Gefühlen freien Lauf, das wird Ihnen guttun!«

Nachdem er sich wieder gefangen hatte, redete der Beschuldigte wie ein Wasserfall: »Der Arthur hatte eine neue Büchse bekommen, ein Großkaliber. Er saß an der Kirrung und wartete auf Wildschweine, die dort auch tagsüber vorbeikamen. Aber es kam keine Wildsau, es war eben diese Pilzsammlerin, die auf diese Kirrung aufmerksam wurde und die Wildkamera bemerkte. Arthur beobachtete sie durch das Zielfernrohr. Seine Büchse hatte er versehentlich schon eingestochen und hantierte damit rum, das heißt, der Abzug löste bereits bei einem minimalen Druckpunkt aus. Der Schuss löste sich, die Frau war sofort tot.«

»Wie ging es dann weiter, was ist dann passiert?«, fragte Schorsch sachlich.

»Er hat uns, seine Lakaien, angerufen. Sepp und ich haben

das Grab geschaufelt, Arthur war fertig mit der Welt, der saß auf einem Baumstumpf und hat uns nur zugesehen.«

»Erzählen Sie weiter«, forderte die Beamtin Klapetek auf und kontrollierte die Funktion des Sprachaufzeichnungsgeräts.

»Der Arthur wurde dann irgendwie neugierig. Er wollte wissen, wer die Frau war und durchsuchte sie. Er fand das Mobiltelefon, einen Geldbeutel, einen Schlüsselbund und eben diese Halskette und einen Ring. Der hat alles eingesteckt. Als wir die Frau verbuddelt hatten, fuhr Sepp das Fahrrad in den anderen Jagdbezirk. Was Gantermann mit den Sachen von ihr gemacht hat, weiß ich nicht. Bis auf das Amulett. Diese Ikone, die hat er mir ein halbes Jahr später geschenkt. Mit den Worten: ›Das ist eine gute Wertanlage, heb sie dir gut auf.‹ Was er mit dem Handy und den anderen Utensilien von ihr gemacht hat, keine Ahnung.«

»Meinen Sie, dass er von Sepp Gottlieb deswegen erpresst wurde?« erkundigte sich Schorsch: »Könnte er den Sepp umgebracht haben oder besser gesagt, jemanden damit beauftrag haben? Denn zum Tatzeitpunkt war Gantermann ja stationär im Krankenhaus. Könnte er diesen Mugur Dumitrescu beauftragt haben?«

»Der Mugur ist zwar ein Ganove, der sich auf Einbrüche spezialisiert hat, aber einen Mord traue ich dem niemals zu. Den Sepp hat jemand anderes ermordet. Wir beide waren abhängig von Gantermann, warum sollten wir die Hand abhauen, die uns füttert? Eine Erpressung? Nein, niemals, Herr Bachmeyer. Den Sepp hat jemand anderes auf dem Gewissen, glauben Sie mir. Und das mit dieser Vermissten, das war ein blöder Jagdunfall.«

»Ein Jagdunfall von einem Wilderer, wie soll das gehen?«, stellte der Beamte fest. »Es fehlen ganz klar die drei Mordmerkmale, aber um einen Totschlag nach § 212 Strafgesetzbuch kommt er nicht drum rum. Die Anklage wird kommen, Herr Klapetek. Aber Sie haben mit Ihrer Aussage das Unmögliche möglich gemacht. Der Ordner ist nicht mehr da, den hat wohl Frau Gottlieb vernichtet, aber ihre Aussagen treffen sich mit ihren. Die Lücke schließt sich oder besser gesagt, die Schlinge um Arthur Gantermann Hals zieht sich langsam zu«, beendete Schorsch das Gespräch.

Es war kurz vor siebzehn Uhr, Gunda und Schorsch hatten neben der Sprachaufzeichnung auch noch das Protokoll einer Zeugenvernehmung angefertigt, in der die wichtigsten Punkte der Vorwürfe gegen Gantermann aufgeführt waren. Klapetek war sichtlich erleichtert, als er jede Seite seine Vernehmung bestätigend abzeichnete und unterschrieben hatte. Jetzt hatten Sie zwar Gantermann am Schlafittchen, aber der oder die Täter an Sepp Gottlieb und Frauke Ebersfeld liefen noch frei herum.

Donnerstag, 5. Juli 2018, 11.17 Uhr,
Staatsanwaltschaft Nürnberg-Fürth

Schorsch und Gunda hatten das, was sie eigentlich nie für möglich gehalten hatten, in der Hand: einen Haftbefehl gegen Arthur Gantermann. Schorsch hatte bereits am Vorabend Dr. Menzel über die Aussage von Klapetek informiert. Alle drei legten eine Nachtschicht ein und fertigten einen Antrag für die Ermittlungsrichterin an. Dr. Armborst hörte sich nicht nur die Sprachaufzeichnung des Klapetek an. Unmittelbar danach ließ sie Klapetek vorführen und vernahm ihn zu den einzelnen Tatkomplexen. Auch die Ermittlungsrichterin war von der Schuld Arthur Gantermann überzeugt und gab dem Antrag auf einen Haftbefehl gegen den Neumarkter Unternehmer statt. Was folgte, war ein zweiseitiges rosarotes Papier mit dem Briefkopf des Amtsgerichts Nürnberg, das mittig mit der Aufschrift Haftbefehl gezeichnet war und die einzelnen Tatvorwürfe gegen Arthur Gantermann aufführte.

Schorsch griff zum Telefon und wählte Gantermanns Nummer. Der meldete sich mit: »Gantermann hier.«

»Grüß Gott, Herr Gantermann, Bachmeyer vom K11. Störe ich gerade, oder haben Sie ein paar Minuten für mich?«

»Für Sie immer, Herr Bachmeyer. Ich hoffe, Ihre Ermittlungen gegen diesen Bruno Sugula und Konsorten gehen voran. Ich bin schon auf die Ergebnisse gespannt, seit Wochen hört man ja nichts mehr darüber.«

»Stimmt, aber vielleicht gibt es zeitnah was zum Berichten, wir sind an der Sache nach wie vor dran, Herr Gantermann. Warum ich anrufe: Haben Sie heute Nachmittag kurz Zeit für uns? Wir haben noch was für Sie, das wir Ihnen übergeben möchten.«

»Ach ja, die sichergestellten Asservate, mein Server und Mobiltelefon und ein paar Ordner. Gerne, Herr Bachmeyer, gerne. Wann kann ich die abholen lassen?«

»Für eine Übergabe, wie Sie es nennen, brauchen wir doch immer die Unterschrift des Betroffenen, also von Ihnen selbst. Könnten Sie heute Nachmittag kurz vorbeikommen? Wir würden uns freuen, wenn wir das heute noch über die Bühne bekämen.« Schorsch wartete gespannt auf eine Antwort, denn Gantermann zögerte kurz.

»Des dauert ja nicht lange?«, tönte es fragend aus der Muschel.

»Nein, ist gleich vorbei, Herr Gantermann. Also klappt es heute, wir hätten auch noch andere Termine?«

»Gut, dann werde ich gegen dreizehn Uhr dreißig bei Ihnen sein.«

Donnerstag, 5. Juli 2018, 11.51 Uhr,
Polizeipräsidium Mittelfranken, K11, Auswerteraum 003

Manfred Känßler hatte Unterstützung bekommen. Eva-Maria, Hubsi und Blacky arbeiteten ihm zu. Die drei waren gemeinsam mit Michael Wasserburger mit der Auswertung der sichergestellten Datenträger betraut. Michaels Ansatz, das Analyseprogramm X-Ways-Investigator mit speziellen Codewörtern zu programmieren, ging auf.

So wurden nicht nur die aufgerufenen Zeitungsartikel über die Vermisste Heidrun B. exakt in den Filter abgelegt. Auch ein Zwischenfall vom Januar 2016 beschäftigte den Unternehmer. Denn genau dieses Ereignis hatte sich über Jahre hinweg durch die Presse gezogen. Warum rief er regelmäßig diese Berichte auf, googelte nach ihnen im Netz? Irgendetwas musste Gantermann damit zu tun haben. Manfred Känßler erstellte eine Matrix, die die Verbindungen der dortigen Jägerschaft im Lorenzer Reichswald und der im Notizbuch vermerkten PKW-Halter der dort notierten Kennzeichen aufführte. Hinzu kam, dass zu dem Ereignis am 5. Januar 2016 in der Folge im Internet Anfragen in den Suchmaschinen über ballistische Werte und Zwischenfälle über vergangene Jagdunfälle abgefragt wurden. Gantermann interessierte sich zudem für Fachanwälte, die im Bereich Waffenrecht fit waren. Merkwürdig, dachte sich Känßler, was war da passiert? Was genau war der Hintergrund dieser automatischen, vom Browser abgespeicherten Internetverläufe, die nun die forensische Software als Treffer ausspuckte?

Donnerstag, 5. Juli 2018, 13.24 Uhr,
Polizeipräsidium Mittelfranken, Pforte

Arthur Gantermann war pünktlich erschienen. Als Unternehmer hasste er Verspätungen, Pünktlichkeit war daher das A und O seiner Lebensgestaltung.

»Guten Tag, wo möchten Sie bitte hin?«, ertönte es aus dem Lautsprecher, der unterhalb der Panzerglasscheibe des Empfangs installiert war.

»Gantermann mein Name, gibt es hier keine Kundenparkplätze? Ich werde von Herrn Bachmeyer erwartet. Wir waren um dreizehn Uhr dreißig verabredet.«

»Moment, ich rufe ihn an.«

Kurze Zeit später erschien Schorsch an der Pforte: Wunderbar, dass das so schnell geklappt hat. Kommen Sie mit.« Schorsch hielt Gantermann die Tür zum Treppenhaus auf und begleitete ihn zu seinem Büro, wo Gunda und Horst bereits in der Besprechungsecke auf die beiden warteten.

»Soderla, da wären wir. Die beiden Kollegen kennen Sie ja schon von der Hausdurchsuchung. Nehmens doch bitte Platz.« Gantermann nahm neben Horst am rechteckigen Besprechungstisch Platz und Gunda begann das Gespräch: »Brauchen Sie eine Brille zum Lesen, Herr Gantermann?«

»Für eine Unterschrift auf einem Übergabezettel wohl eher nicht. Ich vertraue Ihnen, dass Sie mir wieder alles zurückgeben, was Sie bei mir sichergestellt haben«, betonte der Unternehmer.

»Wer hat Ihnen denn gesagt, dass Sie heute etwas zurückbekommen?«, fragte Horst, der Gantermann aus den Augenwinkeln beobachtete.

»Es hörte sich so an, dass ich heute Unterlagen zurückbekommen würde. Das haben Sie doch gesagt, Herr Bachmeyer«, meinte Gantermann etwas genervt.

»Wissen Sie noch genau, was ich gesagt habe, Herr Gantermann? Oder soll ich Ihnen das Telefonat vorspielen? Ich sagte Ihnen doch, dass wir Ihnen noch etwas übergeben möchten, stimmts?«, sagte Schorsch.

»Genau, das waren Ihre Worte, Herr Bachmeyer. Also, dann machen wir das, ich habe es nämlich eilig.« Gantermann sah auf seine Armbanduhr.

»Dann setzten Sie doch lieber mal Ihre Brille auf, Herr Gantermann. Wir haben etwas für Sie zum Lesen. Das ist wichtig und erfordert ein wenig Konzentration, wie Sie schon an der Überschrift sehen.« Schorsch schob Gantermann eine rote Umlaufmappe zu.

Gantermann öffnete die Mappe und sein Gesichtsausdruck veränderte sich in Sekundenschnelle.

»Haftbefehl gegen mich? Das ist doch jetzt wohl ein Scherz!« Gantermann überflog die Vorderseite des rosaroten Papiers, blätterte um und nahm sprachlos die Rückseite zur Kenntnis.

»Sehen Sie, und so schließt sich unser Kreis von der Tatausführung bis zur Überführung des Täters. Ganz ehrlich, Herr Gantermann, wer einmal aus dem Blechnapf isst, der kann davon nicht mehr lassen. Zumindest die meisten von. Kurz gesagt: Sie sind verhaftet«, gab ihm Schorsch zu verstehen.

»Ich habe heute Abend Termine, die ich keineswegs verschieben kann, das geht nicht! Ich möchte meine Anwälte sprechen«, forderte der Unternehmer.

»Gerne, rufen Sie sie an! Ich meine, Sie sind jetzt an einem Punkt angekommen, wo es kein Zurück mehr gibt. Zurück in die Freiheit, wenn ich mich richtig ausgedrückt habe«, bemerkte Gunda.

Auch Horst konnte sich nicht mehr zurückhalten: »Wissen

Sie, da gibt es ein altes Sprichwort, das bei manchen Tätern genau den Punkt trifft, aber natürlich von deren Verteidigern nicht gerne gehört wird. Es heißt: U-Haft schafft Rechtskraft und ich glaube nicht, dass wir da bei Ihnen verkehrt liegen. Ach ja, um die Untersuchungshaft bestätigt zu bekommen, haben wir um fünfzehn Uhr dreißig einen Termin bei der Ermittlungsrichterin, vielleicht sollten da Ihre Anwälte mit dabei sein.«

Donnerstag, 5. Juli 2018, 14.31 Uhr,
Polizeipräsidium Mittelfranken, K11 – Auswerteraum 003 –

Der Profiler hatte zwar eine Matrix über einzelne Verbindungen im Tatkomplex Gantermann und Klapetek vorliegen, aber es fehlte der Bezug zu den Tötungsdelikten an Frauke Ebersfeld und Sepp Gottlieb. Und auch der Zwischenfall in Traunfeld, bei dem ein Landwirt vermutlich von AFL-Aktivisten niedergeschlagen wurde, brachte keine Verflechtung oder weitere Erkenntnisse. Irgendetwas fehlte noch.

Manfred Känßler nahm noch mal die Auswertungsmappe von Eva-Maria zur Hand. Hier hatte die Kollegin über die Auswertungssoftware X-Ways-Investigator alle Presseausdrucke über einen Jagdunfall vom Januar 2016 herausgefiltert, die auf dem Server von Gantermann entdeckt wurden. Manfred betrachtete die einzelnen Berichte. Damals hatte die zuständige Staatsanwaltschaft Nürnberg das Verfahren nach § 170 Abs. 2 StPO eingestellt, weil kein hinreichender Tatverdacht gegen die am 5. Januar 2016 handelnden Personen vorlagen, namentlich Sepp Gottlieb, Fritz Kleebauer, Markus Braun, Gabriele Fischer, Justus Höllriegel, Sabine von Glagen, Cornelius Frank, Frauke Ebersfeld und Jochen Stiller.

Die Begründung, das Verfahren einzustellen, klang plausibel, denn nach den Ermittlungen der Kriminalpolizei Nürnberg fand am 5. Januar 2016 im Lorenzer Reichswald eine Drückjagd im Jagdbezirk des Pächters Sepp Gottlieb statt. Alle namentlich erwähnten Jäger, die zu der Gesellschaftsjagd eingeladen waren, führten eine Büchse im Kaliber .308 Winchester mit sich. Das Jagdrevier grenzte unmittelbar an die Autobahn BAB 9.

Gegen zehn Uhr fünfzehn befuhr Godehard Imhoff mit seinem PKW, einem Mercedes Benz E 350, amtliches Kennzeichen LAU-NK 666 mit der Geschädigten Kathrin Imhoff (Ehefrau) die BAB 9 in Höhe der Autobahnmeisterei Fischbach in Richtung Berlin, als die Frau unvermittelt auf dem Beifahrersitz zusammensackte. Der herbeigerufene Notarzt stellte eine Verletzung des Brustkorbs mit ausgedehnter Organbeteiligung der Lunge und transfusionsbedürftigen Blutungen fest, dessen Ursache und Wirkung zuerst nicht nachvollzogen werden konnte. Da es sich um eine Fremdeinwirkung handelte, wurde die Kriminalpolizei Nürnberg, Kriminaldauerdienst, über das Ereignis informiert. Die Geschädigte wurde in die Notaufnahme des Klinikums Nürnberg Süd aufgenommen und intensivmedizinisch versorgt. Frau Imhoff verstarb am 6. Januar 2016 an den Folgen ihrer schweren Verletzungen.

Der Profiler dachte nach, ein Jagdunfall, bei dem es keinen Schuldigen gab, so die Presseberichte. Das im Brustkorb der Geschädigten vorgefundene, stark deformierte Projektil beziehungsweise Teile davon konnten keiner Schusswaffe zugeordnet werden, die bei der Gesellschaftsjagd verwendet worden war. Auch das detaillierte ballistische Gutachten des Kriminaltechnikers M. Plenkstein, Abteilung KT21 beim Bundeskriminalamt in Wiesbaden, das von Kriminaltechnikern des Bayerischen Landeskriminalamts bestätigt wurde, führte zu keiner der sichergestellten Schusswaffen. Somit war es nicht nachvollziehbar, aus welcher Waffe der tödliche Schuss abgegeben worden war, bei dem es sich aufgrund der Deformation des Geschosses um einen Querschläger gehandelt haben musste.

Freitag, 6. Juli 2018, 08.31 Uhr, Polizeipräsidium Mittelfranken, K11, Besprechungsraum

Polizeipräsident Dr. Mengert und K-Leiter Schönbohm betraten kurz nach halb neun den Besprechungsraum, wo bereits alle K11er versammelt waren. Auch Dr. Menzel ließ es sich nicht nehmen, bei der Frühbesprechung dabei zu sein. Nach der Begrüßung stellte Schorsch die aktuellen Ergebnisse vor:

»Guten Morgen, Leute, unser Unternehmer aus Neumarkt befindet sich seit gestern Abend um drei viertel sechs in staatlichem Gewahrsam. Der dringende Tatverdacht gegen Gantermann konnte nun auch aufgrund der detaillierten Aussagen von Martin Klapetek bekräftigt werden. Die Ermittlungsrichterin begründete die Haftfrage mit der Verdunkelungsgefahr. Auf uns kommt noch jede Menge Arbeit zu. Es decken sich zwar die Angaben von Traudl Gottlieb und dem Beschuldigten Klapetek, aber unsere Beweisführung muss für die Anklageerhebung der Staatsanwaltschaft Nürnberg-Fürth wasserdicht sein. Bis zum nächsten Haftprüfungstermin, den Gantermanns Anwälte zeitnah anstreben werden, sollten wir unsere vorliegenden Beweismittel untermauern.«

Nach einer kurzen Pause berichtete Schorsch weiter: »Gantermanns Anwälte werden alles versuchen, die Angaben von Klapetek zu zerpflücken. Wir müssen daher die Angaben von Traudl Gottlieb noch detaillierter herausarbeiten, nur so können wir sicherstellen, dass Gantermann bis zur Hauptverhandlung in Untersuchungshaft bleibt. Hinzu kommt, dass wir seine Geldströme überprüfen müssen, ich kann mir nicht vorstellen, dass der alle seine Auftraggeber cash bezahlt hat. Daher sollten sich zwei Leute mit seinen Bankverbindungen beschäftigen.«

»Schorsch, da drum kümmern wir uns«, entgegnete Eva-Maria und Basti stimmte ihr nickend zu.

Schorsch bedankte sich bei den Kollegen und fuhr fort: »Um noch mal auf diesen Mugur Dumitrescu zurückzukommen, Klapetek gibt zwar in seiner Vernehmung an, dass der sich eigentlich nur auf Eigentumsdelikte spezialisiert hat. Aber wer sagt uns, dass dieser Mugur nicht doch von Gantermann für einen Mord an Sepp Gottlieb angeheuert wurde? Also bitte versucht mal an die Verbindungsdaten seines Mobiltelefons ranzukommen. Wo war er zu Tatzeit an Sepp Gottlieb?«

Manfred Känßler warf ein: »Schorsch, wir sind da gestern Abend bei der Auswertung auf etwas gestoßen, das vielleicht eine ganz neue Spur in Sachen Gottlieb und Ebersfeld ist.«

Ein Raunen folgte und Dr. Mengert und Schönbohm sahen gespannt zu dem Profiler, den Schorsch aufforderte: »Also Manni, schieß los! Wir sind alle sehr gespannt! Ein neuer Hinweis, eine neue Spur, das ist Wasser auf unsere Mühlen.«

»Ja, wir haben bis gestern Abend in der Tat noch einen interessanten Hinweis verfolgt. Unsere Auswertungssoftware hat uns Presseartikel herausgefiltert, die auf einen Jagdunfall von 2016 hinweisen.«

Manni Känßler erläuterte der Runde sein bisheriges Auswertungsergebnis, als Dr. Menzel das Wort ergriff: »Herr Känßler, ein sehr interessantes Resultat. Ich frage mich, warum Gantermann bis zur Einstellung des Verfahrens alle Berichte über den Jagdunfall gelesen und auf seinem Server abgespeichert hat. Das sind Fragen, mit denen wir den Unternehmer konfrontieren müssen.«

»Ich wurde damals zu dem tragischen Ereignis gerufen«, erinnerte sich Gunda. »Wir wussten zwar sehr schnell, dass es sich bei den Verletzungen der Geschädigten nur um eine Schussverletzung handeln konnte. Woher der Schuss kam und wer ihn abgegeben haben könnte, das haben wir erst am späten Abend und am darauffolgenden Tag bestätigt bekommen. Das Delikt liegt zwei Jahre zurück, aber es war ein Jagdunfall. Eine Anklage hat es nie gegeben. Ich weiß noch, dass wir erst nach der Obduktion der Frau das Kaliber feststellen konnten. Damals hatte eine Drückjagd im Lorenzer Reichswald stattgefunden, da waren jede Menge Jäger beteiligt. Es war das Revier von Sepp Gottlieb, oder wie wir jetzt bestätigt bekommen haben, das von Gantermann. Die Jägerschaft konnte daher erst am Tag darauf befragt werden. Die Jagdwaffen mit dem besagten Kaliber, die an der Jagd am 05.01.2016 verwendet wurden, wurden damals angeblich alle sichergestellt und zur kriminaltechnischen Untersuchung dem Bundeskriminalamt vorgelegt. Aber das war nicht alles, ich weiß sogar noch, dass wir alle Schusswaffen des Kalibers .308 begutachten ließen, also nicht nur die Büchsen, die nach Angaben der Jäger an diesem Tag verwendet wurden. Wir haben von den Jägern alle in ihren Waffenbesitzkarten eingetragenen Schusswaffen mit diesem Kaliber ballistisch untersuchen lassen. Der Ehemann der Geschädigten hatte uns noch mal über seinen Anwalt darauf hingewiesen. Herr Imhoff wollte als Nebenkläger auftreten und war an einer lückenlosen Aufklärung der Tat sehr interessiert, der hat uns regelrecht mit Anfragen seiner Anwälte bombardiert. Fast wöchentlich kamen damals die Sachstandsanfragen.«

»Ja, richtig«, bestätigte Schönbohm: »Der Imhoff hatte einen der besten Anwälte engagiert, die haben uns richtig Feuer gemacht. Frau Vizthum, jetzt wo Sie es sagen, kann ich mich wieder gut daran erinnern.«

Auch Dr. Menzel ergriff das Wort: »Der Fall war an Tragik kaum zu überbieten. Die Geschädigte war in guter Hoffnung und auch ihr Kind ist gestorben. Das ging wochenlang durch die Presse, ich kann mich noch sehr genau daran erinnern. Und als dann das Verfahren eingestellt wurde, gab es zahlreiche Leserbriefe gegen die Jäger. Dieser Imhoff war damals sehr verbittert, der hat über die sozialen Medien die Einstellung kritisiert und uns Schlamperei vorgeworfen. Aber die Strafverfolgungsbehörden haben in diesem Fall wirklich alles versucht. Es waren einfach nur unglückliche Umstände, man konnte anhand des vorgefundenen Projektils nicht exakt den Schützen bestimmen. Es war ein klassischer Jagdunfall.

Nach dem Blick zurück ging der Oberstaatsanwalt auf die jüngsten Ergebnisse der Ermittlungen ein: »Interessant ist natürlich, warum dieser Gantermann die Presseartikel abgespeichert hat, und dass zwei der neun Jäger von damals getötet wurden. Meine Damen, meine Herren, an diese Namen der beteiligten Jäger kamen damals nur wir und die Angehörigen des Opfers, also Herr Imhoff, heran. Der Presse wurden damals keine Namen mitgeteilt. Herr Bachmeyer, vielleicht sollten wir die uns nun vorliegenden Informationen von Herrn Känßler nochmal näher ansehen. Ich kann mir zwar nicht vorstellen, dass der Ehemann der Geschädigten hinter den beiden Tötungsdelikten steckt, aber mich würde interessieren, wo sich Herr Imhoff am Tag der beiden Verbrechen aufgehalten hat. Verstehen Sie das als Ermittlungsauftrag, wir müssen den Fall noch mal näher beleuchten. Meine Damen, meine Herren, ziehen Sie alle Register, Sie haben meine volle Rückendeckung.«

»Das wäre auch unser nächster Schritt gewesen«, erklärte Schorsch. »Als mich gestern Abend noch Manfred Känßler über diese Pressemitteilungen informiert hatte, stand auch meine Entscheidung fest, heute dem K11er-Team den Sachverhalt zu präsentieren. Manfred Känßler hat das bravourös vorgetragen. Wir können gar nicht anders, wir müssen die Ereignisse vom 5. Januar 2016 neu beleuchten und natürlich auch Gantermann mit der Sache konfrontieren.«

Gunda hielt einen Zeitungsartikel von Manfred Känßler in der Hand und ergänzte, nachdem sie ihn gelesen hatte: »Hier steht schwarz auf weiß, dass damals nur Sepp Gottlieb als Revierpächter und Veranstalter der Gemeinschaftsjagd vor die Presse trat und den Unglücksfall bedauerte. Frauke Ebersfeld hingegen hatte damals mit ihrem Post auf Facebook und Instagram einen Shitstorm auf sich gezogen. Sie bedauerte zwar auch den tödlichen Zwischenfall, setzte aber mit ihren unpassenden Äußerungen, dass zum Glück jeder Jäger eine Haftpflichtversicherung habe, die auch Personenschäden abdecken würde, noch eins drauf. Imhoff hat sich damals über ihre Äußerung vehement beschwert, denn dieser Post in den sozialen Medien war auch ihm zu Ohren gekommen. Über den rasenden Rolf ließ Imhoff damals über den Nürnberger Express verlauten, dass er es für unfassbar halte, wie Jäger diesen schrecklichen Zwischenfall über ihre Versicherung abwickelten. Von Mitgefühl oder gar einem Schuldeingeständnis sei nie die Rede gewesen. Imhoff betitelte damals die Jägerschaft vom Lorenzer Reichswald als schäbige und feige Mörder, die alle ihre Unschuld beteuerten und keinen Schuldigen oder Verantwortlichen finden würden.«

»Die damaligen Äußerungen in der Presse rechtfertigten keine weiteren Maßnahmen gegen Imhoff. Wenn wir jetzt die Presseartikel von damals bewerten, steht außer Frage, dass wir den Fall neu beleuchten müssen. Gottlieb war zwar damals der einzige der Jägerschaft, der im Presseverteiler namentlich genannt wurde, er war der Revierpächter und hatte zu dieser

Drückjagd eingeladen. Ebersfeld wiederum machte über ihre Posts auf Facebook etc. auf sich aufmerksam. Alle anderen beteiligen Jäger hielten sich mit jedweder Form von Äußerungen zurück«, berichtete Schorsch.

»Nur, wie fangen wir an?«, fragte Horst. »Der Fall liegt mehr als zwei Jahre zurück. Dieser Imhoff kam als Tatverdächtiger nie in Frage. Es gab keinerlei Hinweise oder Anzeichen. Die Presseartikel von Rolf Müller geben die Meinungen der Presse und die persönliche Einschätzung von Herrn Imhoff wieder. Da lässt sich nicht herauslesen, dass der in irgendeiner Weise mörderische Absichten hegte. Überhaupt nicht«,

»Stimmt schon Horst, aber du kannst ja keinem Menschen hinter die Stirn schauen«, meinte Schorsch: »Wie tickt er oder wie würdest du ticken, wenn du der Betroffene wärst? Eine schwierige Frage. Wir müssen uns mit Person Godehard Imhoff eingehend beschäftigen. Es ist zwar eine Menge Zeit vergangen, aber das Problem haben wir bei unseren Cold Cases ja auch. Apropos Cold Cases, Waltraud wie weit bist du denn da schon gekommen?«

Waltraud, die in der letzten Reihe saß und sich ihre Fingernägel feilte, zuckte auf Schorschs Frage zusammen. »Äh, ja, ich bin noch nicht so weit. Ich hatte anderweitig noch einiges nachzubereiten, was keinen Aufschub duldete«, antwortete die burschikose Mittdreißigerin.

Blacky verdrehte gelangweilt die Augen: »Klar, Maniküre, Pediküre und das Monatsticket im Fürther Sonnen- und Nagelstudio fordern Frau Teflon schon ungemein.«

»Was sollen die Unterstellungen, ich bin an einer sehr interessanten Sache dran, aber bisher ging halt nicht mehr«, Waltrauds Blick galt nun mitleiderregend ihrem Onkel, Polizeidirektor Dr. Johannes Mengert.

Der antwortete spontan und stärkte ihr damit den Rücken:

»Ja, ja, da drüber hat mich meine Nichte schon informiert. Aber sie ist ja eine fleißige Beamtin, die holt das wieder auf.«

Das sorgte für ein Schmunzeln und Grinsen unter den Kollegen. Denn Waltraud war einfach gerade nicht die Fleißigste, die ihre Beziehungen zu ihrem Onkel immer wieder spielen ließ.

»Meine Damen und Herren, gutes Schaffen!«, beendete Dr. Mengert die Runde und bat Dr. Menzel in sein Büro.

Freitag, 6. Juli 2018, 10.05 Uhr, Polizeiposten Königsbrück, Markt 13, 01936 Königsbrück

Kathleen Heimlich war pünktlich eingetroffen, ihre Vorladung zur Einvernahme in einem Eigentumsdelikt – ein Mobiltelefon, dessen IMEI-Nummer von Nürnberger Kollegen des Kriminalfachdezernat 2 zur Sachfahndung ausgeschrieben war –konnte ihr fristgerecht zugestellt werden. Sichtlich nervös betrat die Zeugin den Polizeiposten. Die adrette Sächsin war Anfang vierzig. Ihr dunkler Teint verriet, dass sie wohl gern in der Sonne war. Ihre weiße Bluse, ein schwarzer Blazer und die hochgesteckten dunkelbraunen Haare zeigten eine gepflegte Frau, die wusste was sie wollte. In ihrem hübschen Gesicht fielen besonders ihre hellblauen Augen auf. Passend zu ihrem roten Lippenstift trug sie Ohrringe in der gleichen Farbe. Ihre ganze Erscheinung erinnerte an die perfekte Erscheinung einer amerikanischen Diva aus den siebziger Jahren.

»Guten Morgen, Frau Heimlich, Oberkommissar Kaßner und das ist Kommissarin Hartmann, wir haben ein paar Fragen an Sie.«

Nachdem Frau Heimlich als Zeugin belehrt und ihre Personalien aufgenommen worden waren, begann der Oberkommissar mit den Fragen: »Wann und wo haben Sie das Telefon erworben?« Kaßner schob ihr eine Asservatentüte zu: »Das ist doch Ihr Mobiltelefon?«

Die Zeugin bestätigte, das Handy gehöre ihrem Sohn und deutete auf eine Bruchstelle im Glas: »Da hat er sich am Wochenende draufgesetzt, die drei Sprünge im Display sind von ihm.«

»Um noch mal auf meine Frage zurückzukommen, woher haben Sie das Telefon?«, fragte der Ermittler.

»Ich habe alle Unterlagen dabei.« Kathleen Heimlich öffnete ihre schwarze Lederhandtasche, an deren einem Henkel die silbernen Schriftzüge MK eines bekannten US-amerikanischen Modedesigners baumelten, und holte einen Verkaufsbeleg der Versteigerungsplattform »E-Schnapp« heraus. »Hier, das ging alles mit rechten Dingen zu. Das Handy kam wie in der Artikelbeschreibung angegeben bei uns an.« Sie gab dem Kommissar den Kaufbeleg.

»Tja, Frau Heimlich. Das könnte man meinen. Aber das Mobiltelefon wurde als gestohlen gemeldet«, erklärte die Beamtin. »Wir müssen es leider hierbehalten. Es geht zurück an seine Besitzer, denn an gestohlenen Sachen kann man kein Eigentum erwerben, so steht es im Bürgerlichen Gesetzbuch im Paragraphen 935 BGB. Der wahre Eigentümer ist bei einem Diebstahl geschützt, auch dann, wenn ihr Verkäufer selbst davon ausging, dass die Sache, die er ihnen verkauft hat, nicht gestohlen gewesen ist. Eine gestohlene Sache bleibt immer Eigentum des ursprünglichen Opfers, egal ob ein gutgläubiger Zwischenerwerber es gekauft hat.«

»Jetzt bin ich die vierhundertneunundsiebzig Euro los? Das war ein Geburtstagsgeschenk für meinen Jungen von mir und seinen Großeltern. Sie wissen doch, die jungen Leute sind doch heutzutage ohne ihr Handy aufgeschmissen. Der braucht das Ding!«, schluchzte die attraktive Sächsin.

Samstag, 7. Juli 2018, 05.07 Uhr,
Nürnberger Reichswald, Revier Altenthann

Seit kurz vor vier hatten Rosanne und Schorsch ihre Position bezogen. Es dämmerte bereits, als Schorsch von einer Kanzel einen Rehbock ansprechen konnte, der gerade aus einer Waldlichtung in zirka hundertsechzig Metern Entfernung zum Äsen auf die angrenzende Wiese zog. Der Bock hatte einen gedrungenen Körperbau, seine Vorderläufe standen breit und sein starker, markanter Träger zeigte, dass es sich um einen Rehbock handelte, der offensichtlich schon leicht zurücksetzte. Es war ein gerader Sechser, mit einem starken Gehörn, sein Alter schätzte Schorsch auf vier bis fünf Jahre. Das war er, der sollte es sein, dachte Schorsch. Sein erster Abschuss.

Rosanne hatte in unmittelbarer Nähe eine mobile Kanzel bezogen. Eigentlich wollten die beiden Jungjäger nur einen morgendlichen Anblick genießen und sehen, was sich so alles in dem neuen Revier bewegte. Auch Rosanne war beeindruckt von dem starken Bock, der lediglich achtzig Meter von ihr entfernt war. Schorsch, der mit seinem Fernglas eine Weile den Rehbock beobachtete, wurde plötzlich durch einen lauten Knall aufgeschreckt, als der Bock im Feuer, also auf dem Boden, lag. Erschrocken richtete der Jäger sein Fernglas auf die mobile Kanzel, als deren Tür geöffnet wurde und Rosanne ihm freudestrahlend zuwinkte. Sekunden später klingelte sein Mobiltelefon.

»Na, hattest du den auch im Anblick?«, scherzte Sie.

»Ich habe den doch zuerst gesehen, das war eigentlich meiner«, sagte Schorsch aufgeregt. »Warte, ich komme auch.« Er entlud seine Büchse, baumte von der Kanzel ab und lief zu seiner Jägerin, die zwischenzeitlich einen Fichtenzweig abgebrochen hatte und vor dem Rehbock stand, als Schorsch mit freudiger Miene bei ihr eintraf und entgegnete: »Jetzt bin ich baff! Das war deine Feuertaufe, Respekt, Frau Jungjägerin.«

»Hier der letzte Bissen«, Rosanne öffnete den Unterkiefer des Rehbocks und legte den Zweig als letzten Gruß des Jägers ab. Anschließend legte sie einen weiteren Teil des Fichtenzweiges auf die Mitte des Rehkörpers, das war traditionell der Inbesitznahmebruch, die Jungjägerin hatte damit das Wild in ihren Besitz genommen. Schorsch stand neben ihr lachte sie stolz an. Mit einem Händedruck und einem »Waidmannsheil« gab er ihr einen weiteren unbefegten Fichtenzweig, den Erlegerbruch.

»Waidmannsdank, mein Schatz«, erwiderte sie und steckte den Zweig, der mit dem Schweiß des Rehbocks behaftet war, waidmännisch an ihre rechte Hutseite.

»Da liegt er nun, dein erster Bock«, meinte Schorsch anerkennend. »Ich hatte den auch auf dem Schirm, aber die hundertsechzig Meter Entfernung haben mich zögern lassen. Ich wollte, dass er näherkommt und dann im Knall liegt. Gut, das tat er ja auch. Du hattest die bessere Position und bist eine gute Schützin, voll aufs Blatt. Ich bin so stolz auf Dich!«

»So, was machen wir jetzt?«, fragte Rosanne.

»Na, aufbrechen, so wie du es von Max in der Jagdschule gelernt hast«, sagte Schorsch, zückte seinen Hirschfänger und gab ihn Rosanne.

»Hm, kannst du das vielleicht noch mal machen? Ich bin noch etwas aufgeregt. Das war mein erster Bock und ich möchte gerne, dass du mir das noch mal erklärst, mein Schatz.«

Schorsch nahm das Jagdmesser wieder an sich. »Also, dann nochmal langsam, zuerst schärfen wir hier«, Schorsch zog den Pinsel des Rehbocks in die Höhe und setzte die Klinge an dessen Geschlechtsteil an.

Montag, 9. Juli 2018, 07.37 Uhr,
Polizeipräsidium Mittelfranken, K11

Horst studierte gerade die Ausgabe der Nürnberger Express, als Schorsch das Büro betrat und ihn mit den Worten begrüßte: »Die Woche beginnt und du bist schon mittendrin in der Auswertung. Was gibt es Neues im Nürnberger Land?«

»Weniger im Nürnberger Land, da erschien nur ein kleiner Artikel über unseren Unternehmer aus Neumarkt. Aber in der Oberpfalz hat man wohl das Thema ›Unternehmer Gantermann in U-Haft‹ eine große Resonanz gefunden, sogar die Radiosender berichteten darüber. Da haben wir ganz schön was aufgewirbelt,« meinte Horst.

»Sehr gut, genauso ist es richtig. Sonst wird über jeden Scheiß berichtet, vom Kaugummidiebstahl im Kindergarten über den Zeckenbiss im Freibad bis zum eingeschränkten Hüpfverhalten von Kreuzkröten in der Laichzeit. Endlich gibt es mal eine interessante Schlagzeile. Bravo, das lob ich mir!«

»Ach ja, schau mal, unsere Botin hat dir gerade eine rote Umlaufmappe in den Posteingang gelegt.« Horst zeigte mit dem Kopf in Richtung der Posteingangsablage.

»Edzerdla ziehe ich mir erst einmal einen Guten-Morgen-Kaffee.« Schorsch ging zur Jura, wartete auf seinen Kaffee und nahm anschließend die rote Umlaufmappe: »Soderla, schau mer mal, was es im Bereich Eigentum und Vermögen Neues gibt.« Kurz darauf reichte er Horst die Umlaufmappe: »Die Woche fängt gut an! Das Mobiltelefon von Frauke Ebersfeld ist aufgetaucht. Im Osten gibt es Neues.«

Horst meinte, man müsse nur warten können, bis sich eine neue Spur auftue. Entweder die Spur zum Täter oder zu einem Hehler, aber das würden sie schnell herausfinden: »Hier liegt schon die Adresse des Verkäufers. Die Kollegen sind ja fix und haben über E-Schnapp die Verkäuferplattform festgestellt. Prima.«

»Tja, das wäre doch gleich ein erster Ansatz nach der Frühbesprechung. Wo kommt der her?«, fragte sein Kollege.

»Aus Fürth, in der Waldstraße. Ist ein Russe, Lew Makouw, der sich als Computer- und Handy-Doktor beschreibt und zugleich einen An- und Verkauf von Rechnern und Mobiltelefonen aller Art betreibt«, berichtete Horst.

»Da machen wir heute gleich noch einen Hausbesuch. Kommst du mit?«, fragte Schorsch.

»Klar, bin dabei.«

Es war kurz nach zehn Uhr, als Horst und Schorsch in der Waldstraße ihren Dienstwagen abstellten. Das kleine Computergeschäft lag etwas abseits der viel befahrenen Waldstraße. Der Russe hatte sich hier in einem alten Gebäude einquartiert, das im Hinterhof lag und mit einem dezenten Hinweisschild auf seinen Handel mit gebrauchten Computern und Mobiltelefonen aufmerksam machte.

Horst und Schorsch betraten den Laden, als kurze Zeit später ein Mann Mitte vierzig einen Vorhang, der zu einem Hinterzimmer führte, aufschob und sich hinter einen Verkaufstresen stellte, dessen Auslagefläche mit gebrauchten Mobiltelefonen bestückt war.

»Was kann ich für Sie tun, suchen Sie etwas Spezielles?«, fragte der Verkäufer mit leichtem russischem Akzent. Er war ein Hüne, knapp zwei Meter groß, der kurze weiße Stoppelhaare hatte. Seine linke und rechte Gesichtshälfte war mit Narben übersät, auf dem hinteren Kopfbereich waren verschiedene Tätowierungen mit kyrillischen Buchstaben zu sehen. Der Mann trug ein enganliegendes weißes Tanktop, das seinen muskulösen Oberkörper eindrucksvoll zur Geltung brachte. »Der kann einem Angst einflößen«, dachte Schorsch, zog seine Dienstmarke und stellte die beiden Ermittler vor.

»Kriminalpolizei? Ich habe nichts getan«, wehrte der Mann hinter dem Tresen ab. »Wie kann ich Ihnen trotzdem helfen?«

»Sie haben vor einiger Zeit ein Mobiltelefon bei E-Schnapp veräußert. Wir möchten gerne wissen, woher Sie das Handy hatten.« Schorsch legte eine Kopie des Verkaufsbelegs vor.

»Das haben wir gleich, meine Herren, ich führe über alles Buch. Bei mir geht alles legal zu. Ich bin ein Geschäftsmann, der gewissenhaft und korrekt ist«, versicherte der Russe. Dann zog er ein Buch unter der Verkaufstheke mit der Aufschrift »Ankauf Mobiltelefone« hervor und suchte mit seinem rechten Zeigefinger akribisch die Datumseinträge ab.

»Hier, da habe ich es. Ich habe das neuwertige Telefon für 250 Euro angekauft. Ich kann mich noch genau daran erinnern. Es war ein Mann mittleren Alters, dessen Frau verstorben war, das Passwort zum Entschlüsseln fehlte. Ich habe das Handy auf seine Werkseinstellung zurückgesetzt und ganz legal bei E-Schnapp verkauft. Hier sehen Sie selbst«, der Inhaber scrollte auf der Verkaufsplattform und zeigte kurze Zeit auf den Bildschirm: »Hier, hier ist es. Das ging für 479 Euro über die Bühne. Ein gutes Geschäft.«

»Und wer genau war der Mann? Wie sah er aus, haben Sie seine Personalien?«, erkundigte sich Horst.

»Personalien, Personalien! Mein Gott, was Sie alles wissen wollen, Herr Kommissar«, entgegnete Makouw mittlerweile genervt.

»Was jetzt, sollen wir Ihnen die Kollegen vom Finanzamt auch noch vorbeischicken?«, fragte Schorsch bestimmt.

»Langsam, langsam Herr Kommissar! Lew verliert doch nichts. Ich habe einen Ankaufsbeleg mit Auszahlungsquittung. Es hat alles seine Richtigkeit. Warum drohen Sie gleich mit dem

Finanzamt? Das ist nicht gut«, entgegnete der Händler und blätterte in seinen Unterlagen.

»Hier ist der Beleg.« Makouw öffnete einen Aktenordner und legte einen Ankaufsbeleg auf dem Tisch, den Schorsch prüfend ansah.

»Da schau her, ein Ankaufbeleg nicht im Original, aber in Kopie. Das Mobiltelefon wurde nach dieser Kopie für 750 Euro angekauft. Sie sprachen soeben von einem Ankaufswert von 250 Euro. Verkauft haben Sie das Teil für 479 Euro, da haben wir eine Differenz von 271 Euro«, sah Schorsch ihn fragend an.

»Guter Mann, ich muss doch auch von etwas leben. Okay, Sie haben mich ertappt. Ich habe den Ankaufswert höher gesetzt, um etwas beim Finanzamt einzusparen. Wenn Sie mich so fragen, ja ich habe das Mobiltelefon für 250 angekauft und daraus dann eben für die Bücher 750 gemacht. Werden Sie mich jetzt verraten?«

»Der Herr Imhoff wird uns das schon bestätigen«, sagte Horst lächelnd und tippte auf die Adresse des Verkäufers, der nun auch in Schorschs Blickfeld rückte. Schorsch quittierte das mit: »Herr Godehard Imhoff, der Godehard Imhoff.«

Montag, 9. Juli 2018, 10.48 Uhr, Waldstraße in Fürth

Schorsch holte sein Mobiltelefon hervor und drückte auf 7, es war die Kurzwahltaste zur Rufnummer von Dr. Menzel.

»Menzel.« Schorsch hörte durch das Telefon, wie der Staatsanwalt kräftig inhalierte und dann den Atem wieder ausstieß. Vermutlich rauchte er hin und wieder an einer Mentholzigarette. Nach einem kurzen Augenblick meinte Dr. Menzel: »Herr Bachmeyer, was verschafft mir die Ehre? Wen sperren wir als nächstes ein?«

»Hallo Dr. Menzel! Tja, könnte bald sein, dass wir der Ermittlungsrichterin wieder guten Tag sagen«, schmunzelte Schorsch und erzählte dem Oberstaatsanwalt das aktuelle Ermittlungsergebnis bei Lew Makouw.

»Bachmeyer, grandios! Der Fall scheint gelöst zu sein. Kommen Sie doch gleich vorbei, wir werden das weitere Vorgehen beim Mittagessen besprechen. Sie und Kollege Meier sind heute meine Gäste, es gibt Wildgulasch mit Semmelknödeln und frischen Pfifferlingen.«

15 Minuten später

»Herr Meier, Herr Bachmeyer, der Kreis schließt sich. Die Auswertungen von Gantermanns Rechner waren der Schlüssel zum Erfolg. Da wir bei dem Jagdunfall 2016 keinen Tatverdächtigen ermitteln konnten, war der Fall für uns vom Tisch. Da hätte kein Hahn mehr danach gekräht. Dieser Imhoff muss etwas damit zu tun haben. Entweder war er der Täter oder er hat jemanden beauftragt oder angestiftet, beide Taten zu begehen. Was wir wissen, ist, dass seine Frau bei dem Jagdunfall ums Leben kam und er alles daransetzte, den Todesschützen ausfindig zu machen. Und wir wissen, dass er im Besitz des Mobilfunkgerätes der getöteten Frauke Ebersfeld war.«

»Ich sag mal, ohne die Auswertungssoftware X-Ways-Investigator und die Eingabe der Keywords nach den kryptologischen Hashfunktionen in dessen Such- und Auswertefunktion wären wir vermutlich nie auf die Dokumente gestoßen«, meinte Schorsch. »Gerade die Auswahl der von uns ausgewählten Codewörter brachten den Erfolg.« Wie Horst und Dr. Menzel hatte er sich, um den Erfolg zu feiern, zum Wildgulasch ein leichtes Weizen genehmigt.

»Wie gehen wir jetzt vor?«, fragte Horst, der sich bereits seinen Nachtisch, Apfelküchla mit Vanillesoße, schmecken ließ.

»Was wir brauchen, sind Beweise gegen Imhoff«, erklärte Schorsch. »Was ist, wenn der sagt, er hat das Telefon geschenkt bekommen oder beim Spazierengehen gefunden und in seiner Wohnung ist Meister Proper zu Hause. Dann finden wir keine verwertbaren Beweismittel, um ihm die Tat nachzuweisen. Es sei denn …« Schorsch zupfte sich an seiner Nase und sein Blick wanderte zu Dr. Menzel und Horst, »es sei denn, er hat nicht nur das Mobiltelefon von Frauke vercheckt. Bei Gottlieb und Ebersfeld fehlte auch ihre komplette Jagdausrüstung. Die Waffen irgendwie zu veräußern, dürfte schwierig werden. Was sich dafür anbietet, wäre der Bahnhof, das Rotlichtmilieu oder das Darknet. Ob Imhoff das Risiko eingeht, wissen wir nicht. Mit dem Mobiltelefon konnte er nichts mehr anfangen, weil er den Zugangs-PIN-Code von der Geschädigten nicht hatte. Wenn das Mobiltelefon keinen Saft mehr hat, weil der Akku leer ist, oder das System ein Software Update aufgespielt hat, schreit es nach der Zugangs-PIN. Die fehlte ihm, Imhoff brauchte daher jemanden, um das neuwertige Handy zu versilbern. Dieser Russe in der Waldstraße war genau die richtige Adresse. Makouw ist ein Spezialist auf dem Gebiet, der hackt so ein Telefon und setzt es auf die Werkseinstellung zurück. Das Risiko ist für ihn minimal, weil er das Handy ja nur ankauft. Woher das Gerät kommt, interessiert ihn nicht, weil er nachweisen kann, wer ihm die Ware verkauft hat.«

»Und wenn er diesem Russen auch die Wärmebildkamera oder den Restlichtverstärker von Gottlieb und Ebersfeld angeboten hat?«, gab Horst zu bedenken. »Ich kann mir vorstellen, dass sich dieser Imhoff durchaus die Frage gestellt hat, den halbseidenen Russen zu kontaktieren, der hat bestimmt die Kundschaft dafür.«

»Herr Meier, das ist ein guter Ansatz! Wir probieren es noch mal bei diesem Lew Makouw. Wer sagt uns, dass er nicht andere Waren von Imhoff angekauft hat? Diese Hinterhofgeschäfte waren mir schon immer ein Dorn im Auge«, bemerkte der Oberstaatsanwalt. »Fahren Sie noch mal hin! Und, meine Herren, fühlen Sie dem Burschen richtig auf den Zahn. Am besten geht das natürlich noch mit einem Kollegen der Steuerfahndung. Ich kümmere mich gleich darum. Wir sollten diesem Makouw noch heute Nachmittag in der Waldstraße einen Besuch abstatten und eine Umsatzsteuer-Nachschau durchführen. Die gesetzlichen Grundlagen in § 210 Abgabenordnung sind gegeben, ich muss nicht mal einen Beschluss dafür beantragen. Und bei so einer Überrumpelungstaktik hat schon so mancher Steuerpflichtige die Hosen runtergelassen, um seinen Kopf aus der Schlinge zu ziehen. Die Kollegen der Steufa sind bestimmt an seiner ominösen Buchhaltung interessiert. Vielleicht singt er ja auf einmal wie ein Vögelein.« Dr. Menzel griff zu seinem Weizenglas: »Prost, meine Herren, viel Erfolg!«.

Zwei Stunden später in der Waldstraße

»Guten Tag, die beiden Herren. Haben Sie etwas vergessen?«, fragte Lew Makouw, der gerade eine Verkaufsvitrine mit Mobiltelefonen bestückte.

»Hallo Herr Makouw«, grüßte Schorsch zurück. »Ja, wir haben was vergessen. Wir suchen noch etwas, aber wir sind nicht alleine und haben noch Unterstützung für unsere Suche mitgebracht.«

»Guten Tag, mein Name ist Korn, Elisabeth Korn, von der Steuerfahndung Nürnberg. Das ist mein Kollege Kröner, Erwin Kröner. Die Kollegen von der Kriminalpolizei haben uns auf steuerliche Ungereimtheiten in ihrer Buchhaltung aufmerksam gemacht. Sie wissen schon, heute Morgen der Ankauf eines Mobiltelefons und der anschließende Weiterverkauf auf E-Schnapp. Kommt Ihr Erinnerungsvermögen wieder zurück?« fragte Elisabeth Korn, die von allen Kollegen nur als die scharfe Lisbeth bezeichnet wurde.

»Äh ja, ach so, der versehentlich falsch ausgefüllte Ankaufbeleg. Blöde Sache, das passiert mir nicht mehr. Das war eine einmalige Sache, Frau Korn, ehrlich!«

»Bevor wir hier den ganzen Laden auf den Kopf stellen, die Kollegen von der Kriminalpolizei haben da noch ein paar Fragen. Vielleicht haben Sie ja die passende Antwort oder finden die passende Antwort, Herr Makouw«, entgegnete Elisabeth Korn bestimmend.

»Tja, so schnell sieht man sich wieder, Herr Makouw«, sagte Schorsch: »Der Mann, der das Mobiltelefon verkauft hat, wie hieß der gleich wieder?« Schorsch sah dem Russen fragend in die Augen.

»Imhoff, Godehard Imhoff. Warum, Herr Kommissar?«

»Was hat der Ihnen sonst noch alles angeboten?«, Schorsch Blick war starr und er sah den Russen mit leicht zugekniffenen Augen an. »Der Name ist Ihnen wohl sehr geläufig? Der kam ja wie aus der Pistole geschossen«, ergänzte Horst.

»Also, was hat der Ihnen noch alles angeboten? Raus damit!«, forderte die scharfe Lisbeth.

»Da muss ich nachsehen, aber das haben wir gleich. Meine Ankäufe und Verkäufe sind lückenlos, ehrlich!« Der Geschäftsinhaber holte ein Buch mit der Aufschrift »Ankäufe 2018« unter der Vitrine hervor. Er öffnete es, legte seinen Zeigefinger auf die Spalte »Name und Anschrift« und überflog die Seiten.

»Hier, das Handy und …«, der Russe hielt seinen Zeigefinger an und zögerte einige Sekunden, bevor er berichtete: »Das hat der mir irgendwie hinaufgedrängt, das wollte ich eigentlich gar nicht. Aber ein Bekannter von mir hätte da vielleicht Interesse gehabt.«

»Was hat er Ihnen aufgedrängt, an was hätte ihr Bekannter Interesse gehabt?«, fragte Schorsch eindringlich.

»Na ja, wie soll ich sagen, das war so ein Gerät, womit man nachts sehen konnte«, sagte Makouw.

»Wie, nachts sehen? Haben Sie das Gerät noch hier? Raus mit der Sprache«, fiel ihm die Beamtin ins Wort.

»Ein Nachtsichtgerät. Ein sehr schönes Teil, russische Produktion. Aus meiner Heimat, Weißrussland. Ich habe das Gerät Dimitri gezeigt, der hat es sofort genommen. Es war ein Spitzenpreis, glauben Sie mir.«

»Was hat Ihnen Imhoff sonst noch alles angeboten? Sagen sie es einfach, wir finden es sowieso heraus. Oder wollen Sie, dass wir hier aus der Bude eine Achterbahn machen?«, drohte Kröner und klopfte mit seinen fünf Fingern der rechten Hand auf die Glasscheibe der Auslage.

»Der Imhoff hatte zwei davon, die andere Nachtzieloptik habe ich auf einer Internetplattform für Waffennarren verkauft«, entgegnete der Hüne kleinlaut.

»Wann war das, welche Plattform und wer war der Käufer?«, hakte Kröner nach.

»Die Seite im Internet nennt sich E-Arms, das ist eine seriöse Seite für den Verkauf und Ankauf von Waffen, Waffenteilen und Zubehör. Na ja, das Teil war eben ein Waffenzubehör, das man ohne behördliche Erlaubnis dort verkaufen kann. Was soll ich sagen, dass war sofort weg. Dieser Imhoff hat mir das Teil für 500 Euro verkauft, der wusste vermutlich selber nicht, was das überhaupt wert war. Für mich ein Geschäft ohne Risiko, Herr Kröner.«

»Müssen wir Ihnen alles aus der Nase ziehen? Jetzt mal Butter bei die Fische, was hat Ihnen dieser Imhoff sonst noch alles verkauft?«, polterte Lisbeth.

»Es waren zwei dieser Nachtsichtgeräte und zwei solcher neuen Wärmebildkameras. Top Sachen, alles aus Weißrussland, hervorragende Ware. Ach ja, noch ein Fernglas, genau, das hätte ich beinahe vergessen.«

»Das war alles, Herr Makouw?«, fragte Schorsch.

»Das war alles, mehr hat er mir nicht angeboten. Ehrlich«, entgegnete der Russe.

»Ehrlich ist der Vorname von Weißichnicht oder Lügmichan«, hakte Lisbeth nach.

»Sie können, nein müssen mir glauben, Frau Korn. Machen Sie mir mein Geschäft nicht kaputt«, flehte der Russe.

»Wo sind die Sachen jetzt, wer hat sie gekauft?«, wollte Schorsch wissen.

»Hier, ich habe alles bis auf Dimitris Geräte bei E-Arms verkauft«, der Weißrusse öffnete die Verkaufsplattform auf seinem Rechner, druckte die Verkäufe aus und legte sie den Beamten vor. Alle Verkaufsanzeigen waren bebildert, die Seriennummern der veräußerten Geräte ersichtlich.

»Gut, in welchen Kontakt stehen Sie überhaupt zu diesem Godehard Imhoff?«, erkundigte sich Horst.

»Der ist ein ganz normaler Verkäufer. Ich kaufe auf und verkaufe wieder. Wenn jemand schnell Geld braucht, dann kommt er zu mir. Ich bezahle immer in bar. Aber ich führe immer eine Liste über diejenigen, die mir die Sachen andrehen«, sagte der Hüne aufgeregt.

»Andrehen heißt: Diebesgut oder Herkunft nicht bekannt

oder nicht nachvollziehbar«, stellte Schorsch entschieden fest.

»Herr Bachmeyer, darüber mache ich mir keine Gedanken. Wenn jemand etwas verkaufen möchte, weil er Geld braucht, dann kommt er zu Lew. Da dran finde ich nichts Verwerfliches. Dieser Imhoff ist ein Kunde wie jeder andere auch, vielleicht kommt er wieder, vielleicht auch nicht. Egal.«

»Na, dann wären wir soweit fertig, Herr Makouw. Die Kollegen werden sich noch ein wenig mit ihrer Buchhaltung auseinandersetzen oder sehe ich das falsch?« Schorsch Blick wanderte zu Lisbeth Korn, die sich das Ankaufsbuch unter die Lupe nahm.

Montag, 9. Juli 2018, 17.07 Uhr,
Polizeipräsidium Mittelfranken, Kriminalfachdezernat 2

Schorsch und Horst hatten die Kollegen gerade noch vor Dienstschluss erreicht. Dr. Menzel, den sie zwischenzeitlich über die Verkäufe von Imhoff unterrichtet hatten, war gespannt, was die Kollegen des Fachdezernats anhand der nunmehr bekannten Seriennummern im Informationssystem der Polizei, genannt INPOL, ermitteln konnten. Alle gestohlenen Gegenstände der Geschädigten Gottlieb und Ebersfeld waren nämlich zur »Sachfahndung« ausgeschrieben.

Es dauerte keine Minute, bis die Beamten Gewissheit hatten. Die von Lew Makouw veräußerten Gegenstände spuckten eine Treffermeldung aus. Es waren die gestohlenen Gegenstände von Joseph Gottlieb und Frauke Ebersfeld.

Schorsch informierte Dr. Menzel. Der fackelte nicht lange und leitete ein Ermittlungsverfahren gegen Godehard Imhoff ein: »Bachmeyer, den kriegen wir, und zwar noch heute. Ich will dabei sein und werde in einer halben Stunde bei Ihnen sein.«

Dreißig Minuten später

Schorsch hatte noch Gunda, Eva-Maria und Hubsi zusammengetrommelt. Gemeinsam mit Horst und Dr. Menzel wollten Sie Godehard Imhoff einen Hausbesuch abstatten. Horst und Gunda hatten seine Anschrift eruiert. Der Witwer bewohnte einen Bungalow in Rengersricht, einem Ort in der Oberpfalz, der heute zum Markt Pyrbaum gehört. Imhoff war bisher noch nicht mit dem Gesetz in Konflikt geraden, der Mitvierziger, der aus Schleswig-Holstein stammte, war im Alter von zwölf Jahren nach Bayern gezogen.

Imhoff hatte eine Bundeswehrkarriere hinter sich und hatte sich bei den Kampfschwimmern hochgedient. Seit 2008 war er in einer Führungsposition bei einem Sicherheitsunternehmen in Nürnberg beschäftigt, das sich auf den Bereich Personen- und Objektschutz bayernweit spezialisiert hatte. Godehard Imhoff war zudem im Besitz eines Waffenscheins.

Es war kurz nach halb sechs, ein lauschiger Sommerabend mit Temperaturen um die 28 Grad, der Himmel über Franken und der westlichen Oberpfalz zeigte kein Wölkchen. Rudi Mandlik, der Leiter des Mobilen Einsatzkommandos, hatte eine Gruppe mobilisiert und sagte Schorsch die Einsatzbereitschaft zu. Gunda hatte über das Informationssystem Syborg die Mobilfunknummer des Tatverdächtigen ermittelt und über die Geo-Datenfunktion den Aufenthaltsort und ein Bewegungsbild des Beschuldigten ermittelt. Derzeit funkte sein Handysignal in zwölf Kilometern Entfernung von seinem Wohnort. Es war der Landgasthof Jägersruh bei Allersberg.

»Ist der krank, hasst Jäger und sucht sich dort sein nächstes Opfer aus? Oder kann mir vielleicht einer sagen, warum der sich dort aufhält?« fragte Gunda erstaunt.

»Nee, ich kenne die Kneipe. Da ist ein Biergarten dabei, der kauft sich seine Feierabendhalbe und isst etwas. Da draußen auf dem Land kriegst du halt noch was für dein Geld«, erklärte Horst.

Rudi warf ein: »Na gut, dann machen wir schon mal eine Vorabklärung vor Ort und nehmen die Zielperson dort auf. Wo sollte der Zugriff erfolgen?«

»Wir müssen ja sowieso den Bungalow und seinen Arbeitsplatz durchsuchen. Oder aber eine seiner Jagdhütten, sein Bootshaus, what ever. Rudi, das sehen und entscheiden wir vor Ort. Mir geht es heute Abend erst einmal um die Eigensicherung, der Junge ist als ehemaliger Kampfschwimmer nicht ungefährlich, vielleicht sogar bewaffnet. Sollten wir nicht lieber von Hapes Spezialkräften den Zugriff durchführen lassen?« erkundigte sich Schorsch.

»Ich habe in diesem Zugriffsteam drei Kräfte von Hapes Leuten dabei, die sind derzeit bei mir zur Unterstützung. Also keine Sorge, die Jungs sind perfekt. Dazu kommt der Überraschungseffekt, mit dem keine Zielperson rechnet«, antwortete der MEK-Leiter.

»Okay, Rudi. Wenn wir diesen Imhoff haben, dann arbeiten wir uns peu à peu vor. Seine Vorführung ist erst morgen Nachmittag, bis dahin ist jede Menge Zeit. Toi, toi, toi!«, wünschte Schorsch.

Montag, 9. Juli 2018, 20.41 Uhr,
Nelkenweg, Rengersricht – Moosbüffelland –

Rudis Kräfte hatten Imhoff bereits im Landgasthof aufgenommen und folgten der Zielperson, als sie zehn Minuten später den Nelkenweg erreichte. Imhoff öffnete mit einer Fernbedienung das Gartentor und stellte in der Hofeinfahrt seinen schwarzen Audi Q 5 ab. Mandliks Kräfte hatten sich bereits vor Ort positioniert, als ein Liebespaar beim abendlichen Spaziergang anscheinend in Streit geriet und sich lautstark und gestikulierend vor Imhoffs Gartentürchen eine heftige Diskussion lieferte.

Imhoff, der in der rechten Hand eine große Einkaufstasche hielt und in der linken seine Aktentasche trug, lief auf die beiden zu. Das war das Signal für Rudis Zugriffskräfte, die sich hinter einer Hecke positioniert hatten und sich nunmehr schnell und fast lautlos an die Zielperson heranpirschten. Sekunden später kam: »Polizei! Herr Imhoff, Sie sind vorläufig festgenommen. Stellen Sie langsam die beiden Taschen ab und zeigen Sie Ihre Hände.«

Imhoff war sichtlich erschrocken, zeigte keine weiteren Reaktionen und ließ sich widerstandslos festnehmen. Als Rudi Mandlik die Parole »Sicherheit« ausgab, trat Schorsch auf den Festgenommenen zu: »Herr Imhoff, Bachmeyer von der Mordkommission Nürnberg. Sie wissen, warum wir hier sind?«

Imhoff blickte sich um, verharrte kurz und entgegnete: »Ich weiß, warum Sie alle hier sind. Es hat lange gedauert, aber jetzt kann ich endlich Ruhe finden. Ruhe für mich, Kathrin und den kleinen Oliver, der nie das Licht dieser Erde erblickt hat!«

»Möchten Sie mit uns heute noch darüber reden? Über all

das, was Sie über Jahre hinweg bedrückt hat?« Schorsch sah ihn fragend an: »Und was hat Sie dazu gebracht, die beiden Jäger umzubringen?«

Godehard Imhoff nickte wortlos.

22.17 Uhr, Polizeipräsidium Mittelfranken,
Kriminaldauerdienst, Vernehmungsraum 03

»Also, Herr Bachmeyer, bevor ich alle Ihre Fragen beantworten werde, möchte ich Ihnen zuerst das schildern, was mich seit zwei Jahren täglich berührt und mich zu solch einer Tat bewegt hat. Was ich sage, dürfen Sie gerne aufzeichnen, ich bin geständig und verzichte auf einen Rechtsbeistand.«

Imhoff dachte einen Augenblick nach, dann begann er zu berichten: »Am 5. Januar 2016 befuhr ich mit meinem Pkw die Autobahn A9. In Höhe der Autobahnmeisterei Fischbach durchschlug ein Projektil die Fensterscheibe meines PKW und tötete meine Ehefrau, Kathrin Imhoff. Aber nicht nur Kathrin kam dabei ums Leben, auch unser Sohn Oliver. Er war unser Wunschkind, wir freuten uns auf seine Geburt, hatten zu Hause schon alles für unseren Sprössling eingerichtet, das Kinderzimmer hergerichtet, Spielzeug, den Kinderwagen und alle die Kleidung eingekauft. Und das alles für nichts, ein Schuss aus einer der damals sichergestellten Waffen hat beide getötet. Es war ein Skandal, Ihre Leute konnten keinen Täter ausfindig machen, obwohl Teile des Projektils ja vorhanden waren. Sie und die Justiz haben versagt.«

Imhof nahm einen Schluck Wasser aus dem Glas, das vor ihm auf dem Tisch stand. »Einer der neun Jäger muss es gewesen sein. Und wenn keiner als Täter überführt werden konnte, dann sollten alle dafür bezahlen. Aus den Unterlagen meiner

Anwälte waren mir ihre Namen bekannt. Allen voran dieser Joseph Gottlieb, der zu der Gesellschaftsjagd eingeladen hatte. Der sollte zuerst dafür bezahlen. Sein Leben, sein Todesschweiß sollte zuerst fließen. Dann kam diese dumme Jägerin, eine Besserwisserin, die alles in den sozialen Netzwerken über den tragischen Tod von Kathrin und Oliver in die Öffentlichkeit trug. Diese Ebersfeld, die sich in den sozialen Medien als Jägermeisterin hervortat und den schrecklichen Unfall über die Jägerhaftpflichtversicherung entschuldigen ließ. Herr Bachmeyer, das war der zweite Auslöser. Die nächste Tat. Ich hatte ja die Ausrüstung von Gottlieb. Sein Gewehr, die Nachtzieloptik, alles was man dazu brauchte, um auch in Dunkelheit oder in der Dämmerung einen gezielten Schuss anzusetzen.

»Sie waren ja mal Kampfschwimmer bei der Bundeswehr«, meinte Schorsch. »Ja, durch meine militärische Laufbahn hatte ich die Möglichkeit, zielsicher dieses Ungeheuer von Jägerin zu töten. Von nun an musste ich vorsichtig sein, vorsichtig wie ein Wolf. Ich versuchte daher, die Animal Liberation Front ins Spiel zu bringen. Zu dem Zweck fuhr ich nach Traunfeld und sabotierte zwei Jagdeinrichtungen. Dann kam dieser neugierige Bauer, der gerade von der Heuernte zurückfuhr, ins Spiel. Der Mann hat mich bei meinen Vorbereitungen nur gestört, warum sollte ich ihn töten. Der Mann hatte niemandem etwas getan. Ein heftiger Schlag auf den Kopf beendete seine Neugierde. Die Medien sprangen alle auf den Zug auf, die Leute von der ALF waren die Bösen, die auch vor den Morden bei Joseph Gottlieb und Frauke Ebersfeld nicht zurückschreckten. Ich musste deshalb erst mal Ruhe einkehren lassen. Solange die Animal Liberation Front verdächtig war, konnte mir nichts passieren. Die anderen sieben Jäger rannten mir ja nicht davon, ihre Namen und Adressen kannte ich von den Ermittlungsakten.«

Versonnen blickte der Geständige vor sich hin. Dann kniff er die Augen zusammen und seine Stimme wurde scharf: »Keiner von Ihnen sollte sich in Sicherheit wiegen! Auch Ihr Todesschweiß würde fließen! Nicht sofort, aber mit Sicherheit würde auch ihr Tag kommen. Der Tag, an dem ich endlich mit allem abschließen konnte, lag noch in der Ferne, war aber in Sichtweite. Und, meine Herren, was mich bei meinen beiden Taten noch bestärkte, war der Zeitungsartikel vom vergangenen Wochenende im Nürnberger Express. Dieser ehemalige Jäger und Unternehmer aus Neumarkt soll im Jahr 2016 eine Pilzsammlerin erschossen und die Tat vertuscht haben. Wie Müller in der Nürnberger Express berichtete, wurde von diesem ehemaligen Jäger ein regelrechtes Netzwerk von Wilderern aufgebaut. Wieder hat das keiner gemerkt. Unglaublich! Das Verbrechen wäre heute noch nicht aufgeklärt worden, nur durch einen Kronzeugen konnte der wahre Täter ermittelt werden. Ich bereue nichts meine Herren. Gar nichts!«

Dienstag, 10. Juli 2018, 08.57 Uhr,
Polizeipräsidium Mittelfranken, K11

Es war kurz vor neun, Schorsch und sein Team waren zufrieden. Imhoffs Geständnis brachte Klarheit in das Kapitalverbrechen, er hatte ununterbrochen geredet. Das Anwesen in Rengersricht brachte nicht nur die notwendigen Beweismittel, die Imhoffs Vorgehen bei der Ermordung der beiden Jäger dokumentierten. Anhand der vorgefundenen Untersuchungsberichte und der Korrespondenz mit seinen Anwälten, waren Imhoff alle beteiligten Jäger der Drückjagd vom 5. Januar 2016 bekannt. In seinen Einlassungen erklärte der Beschuldigte zudem, warum er sein erstes Opfer auf die Todesliste gesetzt hatte. Er, Joseph Gottlieb, habe zur Gesellschaftsjagd in seinem Revier eingeladen und sei daher mitschuldig am Tod seiner Frau und dem ungeborenen Sohn.«

Die Besserwisserin Ebersfeld brachte sich mit ihren Äußerungen in den sozialen Medien auf die Abschussliste. Sie, die junge Jägerin, die das Jagen, Töten und Schlachten von Tieren mit einer gewissen Lust in den sozialen Medien verbreitete, sollte es am eigenen Körper erfahren, wie es ist, wenn der Tod eintritt – genau wie Sepp Gottlieb. Sein Sterben am Fuß der Schlehenkanzel war die Strafe, seine Muskeln erschlafften, eine allgemeine Mattigkeit zog sich durch seinen Körper. Das Vermögen, sein Leben in einer bestimmten Sphäre selbst zu leiten, war ausgelöscht. Gottliebs Herz hatte immer schwächer geschlagen und sein Lebensturgor endete in einem eingefallenen, hippokratischen Gesicht, als Imhoff den Gewehrlauf aus seinem Schädel zog.

Langsam bedeckte ein kalter, klebriger Schweiß Gottliebs Gliedmaßen. Der Todesschweiß. Es war vollbracht! So schlossen Imhoffs schriftliche Aufzeichnungen, die er nicht nur mit Fotos seiner beiden Opfer bebilderte. Auf der ersten Seite des Ordners stand die Todesliste, auf der bereits zwei Namen gestrichen waren, unter der Überschrift:

Die Jäger werden zu Gejagten werden

Für Kathrin und Oliver

Nicht nur Imhoffs spontanes und detailgetreues Geständnis schaffte Klarheit. Die Einvernahme des Täters, bis spät in die

Nacht, reflektierte auch sein Wesen. Imhoff war ein Einzelgänger, ein akribischer Mensch, der bei keinem seiner Mordanschläge Spuren hinterließ. Dazu war er vermutlich zu gut ausgebildet worden.

Als Kampfschwimmer und Einzelkämpfer war Imhoff überaus vorsichtig und misstrauisch. Seine Taten plante er bis aufs i-Tüpfelchen. Er observierte unbemerkt seine Opfer, wie er es in seiner Ausbildung oder später in seinem Beruf als Objekt- und Personenschützer gelernt hatte. Dabei verzichtete er auf alles, was ihn bei den Strafverfolgern hätte verraten können. Ihm war bekannt, dass eingeschaltete Mobiltelefone jeden Aufenthaltsort des Nutzers verrieten.

Imhoff war in seiner Selbsteinschätzung das Spiegelbild eines Wolfes. Jemand, der seiner Beute auflauerte und sie nicht mehr aus den Augen ließ. Geschickt und verdeckt im Hintergrund die Fäden zog. Daher gab es für seine Opfer kein Entrinnen mehr, wenn er seinen Entschluss gefasst hatte. Er näherte sich ihnen lautlos, er war der Leitwolf, auch ein Wolf im Schafspelz, der es gelernt hatte, seine Beute in einem Atemzug niederzureißen.

Ausschlaggebend für seine Taten waren die schlampigen Ermittlungen der Strafverfolgungsbehörden und der Justiz. Die Einstellung des Ermittlungsverfahrens hat ihn dazu gebracht, das Gesetz selbst in die Hand zu nehmen. Er wusste, dass es jemanden gab, der Kathrin und Oliver auf dem Gewissen hatte. Jemanden, der für diese Tat niemals zur Rechenschaft gezogen werden würde. Ein Täter unter den Jägern. Ein Jäger, der nicht nur weiter seinem Trieb nachging, unschuldige Tiere zu schießen, ein Jäger, der es auch auf seine Kappe nahm, dabei unschuldige Menschen zu töten. Ein Mitglied einer Jägerschaft, die ein Menschenleben über die Jagdhaftpflichtversicherung abwickelte. Und eine Jägerin, die es gut und schick fand, ausgelöschtes Leben der Öffentlichkeit zu präsentieren.

All das sorgte für Gedanken nach Rache und Momente von unsäglichem Hass. Er hatte am 5. Januar 2016 alles verloren, was ihm lieb und heilig war. Danach wurde sein Leben von einer Dunkelheit überschattet, aus der es nur einen Ausweg gab, den Tod der Verantwortlichen.

Der Psychologe und Profiler Manfred Känßler, der selbst bei der Einvernahme Imhoffs zugegen war, sprach von einem gestörten Persönlichkeitsbild. Bis zum 5. Januar 2016 lebte der Beschuldigte in einer heilen Welt, geprägt von Liebe, fester Einbindung in eine werdende Familie und ohne Zukunftsängste. Die Erlebnisse vom 5. Januar bis zur Einstellung des Ermittlungsverfahrens hinterließen bei Imhoff ein Trauma, das sich in einer schizoiden Persönlichkeitsstörung äußerte und bei Imhoff einen Rückzug von gefühlsbetonten und zwischenmenschlichen Kontakten bewirkte. Er entwickelte dabei eine übermäßige Vorliebe für Fantasie und Selbstbeobachtung.

Imhoff wurde zum Einzelgänger und lebte seither in einer in sich gekehrten und ausgeprägten Zurückhaltungsphase. Der Beschuldigte verfügte daher nur über ein begrenztes Vermögen, seine wahren Gefühle auszudrücken und sie auch Freunden und Kollegen zu zeigen. Sein schizoider Charakter führte zu einer Spaltung der ganzheitlichen Funktion seiner Persönlichkeit. Imhoff tendierte nach der Einstellung des Ermittlungsverfahrens dazu, sein Denken und Fühlen strikt voneinander zu trennen, es war ein Auseinanderfallen von innerem Erleben und äußeren Verhalten, das ihn prägte und dazu führte, dass sich Imhoff dadurch in einem Spannungsverhältnis befand.

Seine Aufmerksamkeit wandte er verstärkt seiner inneren Gedankenwelt zu, die von Rachegefühlen gegen diejenigen gesteuert war, die seine Familie auf dem Gewissen hatten und ihre Leben ausgelöscht hatten. Dabei hatte er im Gegensatz zu einer Psychose durchaus auch weiter die Fähigkeit, die Realität seines Tuns zu erkennen, stellte der Gutachter fest.

Fünf Monate später
Dienstag, 11. Dezember 2018, 10.30 Uhr,
Landgericht Nürnberg-Fürth,
Sitzungssaal 600

Am Dienstag, den 11. Dezember 2018 eröffnete um zehnuhrdreißig vormittags die große Strafkammer des Landgerichts Nürnberg-Fürth den Prozess gegen Arthur Gantermann, Martin Klapetek und Mugur Dumitrescu. Für das Strafverfahren waren sechs Verhandlungstage angesetzt. Am ersten Tag erfolgte die Beweisaufnahme durch die Staatsanwaltschaft Nürnberg-Fürth und dessen Anklagevertreter Dr. Menzel.

In der Anklage ging Dr. Menzel nicht von einem vorsätzlichen Tötungsdelikt aus. Der Oberstaatsanwalt sah es aufgrund der vorliegenden Beweiskette, der Auswertung der vorgefundenen Beweismittel, der Einvernahme der Zeugin Traudl Gottlieb sowie des Geständnisses des Angeklagten Klapetek, der als Kronzeuge von der Staatsanwaltschaft aufgerufen wurde, als bewiesen an, dass Gantermann bei der Tötung von Heidrun Bajramovic die Konsequenzen seines Handelns nicht beabsichtigt habe. Er habe allerdings billigend in Kauf genommen, dass sich ein Schuss löste und die Frau traf, da seine Waffe durchgeladen war.

Der Bundesgerichtshof hatte zwar eine Hemmschwellentheorie entwickelt, wonach der Täter im Zweifel nur eine Körperverletzung will und dementsprechend die Anklage in diesem Falle auf Körperverletzung mit Todesfolge lauten müsse, aber für Dr. Menzel als Anklagevertreter kam erschwerend hinzu, dass Gantermann seine Schusswaffe sogar eingestochen auf das Opfer gerichtet hatte. Dadurch habe der Angeklagte bei seiner Waffe das Abzugsgewicht des Abzuges zur Schussabgabe noch einmal deutlich reduziert. Ein Zeichen dafür, dass eine präzise Schussabgabe unmittelbar bevorstand. Somit lag für Dr. Menzel ein Eventualvorsatz vor, der die Strafbarkeit seines Handelns begründete und der Oberstaatsanwalt daher auf Totschlag plädierte.

Gantermanns Anwälte hingegen drängten auf einen Freispruch, da aufgrund der vorgefundenen Beweismittel bei ihrem Mandanten keine der in der Anklageschrift aufgeführten Taten nachzuweisen war. Seine Anwälte sahen die Schuld beim verstorbenen Jäger Gottlieb, da dieser der Revierinhaber war und am besagten Unglückstag in seinem Revier seine neue .300 Winchester Magnum eingeschossen habe. Dabei habe er versehentlich Frau Bajramovic getötet, als sich unbeabsichtigt ein Schuss gelöst habe. Die Aussage von Martin Klapetek, dass er, Klapetek die Leiche von Bajramovic beseitigt habe, sei zutreffend. Dazu habe ihn Gottlieb gebeten und ihm als Lohn das bei Klapetek aufgefundene Schmuckstück der Geschädigten überlassen.

Die Witwe des verstorbenen Joseph Gottlieb belaste mit einem unsäglichen Lügengebäude den Mandanten der Verteidigung und wolle damit nur die Reputation ihres Ehemannes nach dessen Tod aufrechterhalten. Zugleich sei die Zeugin seit dem tragischen Tod ihres Mannes stark traumatisiert, rede wirres Zeug und sei als Zeugin keineswegs glaubhaft, meinten die Anwälte.

Den in einer anderen Sache beschuldigten Mugur Dumitrescu kenne er persönlich nicht, ließ die Verteidigung wissen. Dieser sei wohl ein Bekannter von Martin Klapetek gewesen, der sich mit Eigentumsdelikten über Wasser halte. Klapetek spiele ab und zu den Hehler für Dumitrescu. Weiterhin handele Klapetek ab und an mit Waren, deren wahre Herkunft nur schwer nachzuvollziehen gewesen sei. Er, Gantermann, habe da vielerorts einfach weggesehen, was ihn jetzt im Nachhinein leidtäte. Man hätte im Fall Klapetek der Polizei konkrete Hinweis geben sollen. Dass sei eigentlich die Staatsbürgerpflicht jedes Einzelnen, so die heuchelnden Worte seiner Anwälte.

Am ersten Tag der Beweisaufnahme sah so aus, als ob Gantermann den Kopf aus der Schlinge ziehen konnte. »Noch ist nicht aller Tage Abend«, dachte Schorsch. »Die Hoffnung stirbt zuletzt.«

Mittwoch, 12. Dezember 2018, 10.30 Uhr,
Landgericht Nürnberg-Fürth, Sitzungssaal 600

Olaf Kreutzer und Erich Lucas waren pünktlich eingetroffen. Die beiden sollten als Zeugen einvernommen werden. Die Autokennzeichen beider Herren waren im Notizbüchlein von Sepp Gottlieb aufgeführt, das bei der Durchsuchung im Bauwagen gefunden wurde. Beide hatten bereits in ihren Einvernahmen im Juli 2018 gestanden, ohne offiziellen Jagdschein im Revier von Arthur Gantermann gejagt zu haben.

Arthur Gantermann habe Ihnen die Abschüsse gegen Geld versprochen. Denn ihm gehörte, so die beiden Zeugen, das Revier im Lorenzer Reichswald. Sepp Gottlieb habe lediglich als Jagdhüter fungiert, auf dem Papier amtlicherseits jedoch als Jagdpächter. Das Bild, das sich aus den Aussagen der Zeugen ergab, stellte sich so dar: Gantermanns Jagdhüter war lediglich der Strohmann, der alles legalisierte, so die beiden Zeugen. Gantermann war somit fein raus, ihm konnte keiner was, da in allen Belangen Gottlieb vorgeschaltet war. Aber alle wussten, dass er, Gantermann derjenige war, der alle Fäden in der Hand hielt. Es war sein Geschäft und er hatte die passenden Leute dafür ausgewählt. Gantermann konnte in seinem Revier jagen, wann und was er wollte. Der Arthur hatte sogar wieder offiziell einen Jagdschein, so die beiden Zeugen.

Auf die Frage des Vorsitzenden, woher er diesen denn habe, antworteten die Zeugen, dass er ihn wohl über Beziehungen in Baden-Württemberg erhalten habe.

Wissen wollte der Vorsitzende auch, was denn der Unterschied zu einem offiziellen und inoffiziellen Jagdschein sei. Kreutzer antwortete: »Wie Sie wissen, wurde bei der Hausdurchsuchung in meinen Anwesen auch ein originaler Jagdschein gefunden, der ebenso vom Landratsamt Stuttgart ausgestellt wurde, jedoch nicht offiziell. Wir beide, also Erich Lucas und ich, haben ihn von Arthur bekommen. Somit hatten wir etwas vorzuweisen. Um Waffen für die Jagd im Lorenzer Reichswald brauchten wir uns nicht zu kümmern, deren Dauerausleihe für jagdliche Zwecke war im Preis des gefälschten Jagdscheins inbegriffen.

Mugur Dumitrescu witterte aufgrund dieser Aussage seine Chance, besser in dem Prozess wegzukommen und dadurch sein Strafmaß zu mildern. Über seinen Anwalt ließ der Rumäne verlauten, dass er dazu etwas sagen könne.

»Na, dann mal los, was wissen Sie über den Jagdschein aus Baden-Württemberg?«, fragte ihn der Vorsitzende Richter.

»Ich möchte die Wahrheit sagen und dazu erklären, dass ich die besagten Jagdscheine für Arthur Gantermann besorgt habe. Mit allem Drum und Dran. Der Einbruch in das Landratsamt Stuttgart geht auf meine Kappe, die Ausweisdokumente mit den notwendigen Stempeln habe ich gestohlen. Wir sind dort eingebrochen. Martin hat mir erzählt, dass sein Chef selbst einen Jagdschein benötige, aber einen, der nicht in Bayern ausgestellt sei. Na ja, Baden-Württemberg lag nahe. Es war gewissermaßen ein Auftrag von Herrn Gantermann und ich hoffe mit diesem Geständnis auf Milde des Gerichts für meine Straftaten.«

Der Vorsitzende blätterte in seine Akten und richtete sich dann erneut an den Angeklagten: »Herr Dumitrescu, wissen Sie noch, wie viele solcher Ausweisdokumente Sie von dem Einbruch ins Landratsamt Stuttgart Herrn Gantermann überlassen haben?«

Der Rumäne warf einen Blick auf Martin Klapetek, der rechts von ihm auf der Anklagebank saß und Dumitrescu zunickte.

»Herr Richter, Sie wissen es vermutlich aus ihren Akten, aber ich erinnere mich an mehrere Jagdscheine, Waffenbesitzkarten, Waffenscheine und Europäische Feuerwaffenpässe mit allen dazugehörigen Stempeln und Listenbüchern«, gab der Angeklagte an.

»Was hat es mit diesen Listenbüchern auf sich?«, fragte der Vorsitzende interessiert.

»Na ja, neben der elektronischen Erfassung notiert sich die Untere Jagdbehörde auch noch händisch die Namen der Jagscheininhaber und deren Waffen. Diese Listenbücher sollte ich unbedingt mitbringen, die brauchte Herr Gantermann für einen Abgleich und konnte so auf erfasste Daten zurückgreifen.«

»Was verstehen Sie unter Abgleich?«, hieß es vom Richtertisch.

»Wie Sie feststellen konnten, wurden doch alle ausgestellten Jagdscheine, also die nachgemachten, mit den Namen der richtigen Jagdscheininhaber versehen. Nur das Passbild zeigte dann das Bild desjenigen, der für die Fälschung bezahlt hatte. Es waren daher alles nur Dubletten mit offiziellen Personendaten. Nur das Passbild passte nicht zum wirklichen Jagscheininhaber, der in Stuttgart registriert war«, gestand der Rumäne.

Der Vorsitzende richtete nun seinen Blick auf Olaf Kreutzer und Erich Lucas: »Können Sie beide die Angaben von Herrn Dumitrescu bestätigen?«

Olaf Kreutzer nickte zustimmend und entgegnete: »So war es, der bei mir sichergestellte Jagdschein lautete auf Olaf Zehnter.«

»Und ich war offiziell der Jäger Erich Eberle«, gestand Erich Lucas.

»Das wars«, dachte Schorsch und blickte froh von der Besucherbank Richtung Anklage. Auch Dr. Menzel war von dem Geständnis sichtlich überrascht. Die Aussagen der beiden Zeugen und die Angaben des Rumänen sollten eine Wendung in dem Fall bringen. Gantermann stand nun das Wasser bis zum Hals.

Seine Anwälte argumentierten, die Aussagen der beiden Zeugen Olaf Kreutzer und Erich Lucas seien gekauft. Wie Gantermann verlauten ließ, hätten beide ihn vor einiger Zeit betrogen und wirkten in ihren Aussagen äußerst unglaubwürdig. Einen Jagdschein aus Stuttgart habe er nie besessen, davon gebe es keinerlei Beweise. Wie Kreutzer und Lucas zu den gefälschten Jagdscheinen gekommen sind, entziehe sich seiner Kenntnis. Das ganze Verfahren gegen ihn laufe auf einen Indizienprozess hinaus und entbehre jeder Grundlage. Der basiere nur auf Lügen und alle vorhandenen Beweismittel würden in jeder Hinsicht durch seine Anwälte entkräftet. Er, Gantermann, sei unschuldig!

Montag, 17. Dezember 2018, 10.00 Uhr,
Landgericht Nürnberg-Fürth, Sitzungssaal 600

Am Montag, den 17. Dezember 2018, um zehn Uhr vormittags, verkündete die große Strafkammer des Landgerichts Nürnberg-Fürth das Urteil gegen Arthur Gantermann, Martin Klapetek und Mugur Dumitrescu. Die Verfahren gegen Olaf Kreutzer und Erich Lucas waren abgetrennt worden und wurden durch deren zuständige Anklagebehörde in Baden Württemberg separat geführt.

Das Gericht folgte im Wesentlichen den Anlagepunkten von Dr. Menzel, der in dem Verfahren das Klageverfahren der Staatsanwaltschaft Nürnberg-Fürth führte. In den Ausführungen zur Urteilsbegründung ging die große Strafkammer davon aus, dass Arthur Gantermann in den Anklagepunkten des Totschlags an Heidrun Bajramovic, § 212 Absatz 1 Strafgesetzbuch (StGB), der Jagdwilderei, § 292 Absatz 2 StGB, der Urkundenfälschung § 267 Absatz 3 StGB, des unerlaubten Waffenbesitzes, gemäß § 51 Absatz 1 Waffengesetz, und der Anstiftung zu einer schweren Brandstiftung gemäß § 306a StGB, des Diebstahls gemäß § 244 StGB, sowie der Körperverletzung § 223 StGB schuldig zu sprechen war.

Gantermann wurde zu einer Gesamtfreiheitsstrafe von 10 Jahren und 7 Monaten verurteilt. Die Kammer schloss sich dabei den Ausführungen der Anklage zum Totschlag an. Als ehemaliger Jäger war Gantermann mit Schusswaffen vertraut, er wusste daher, dass gerade bei eingestochenen Schusswaffen das Abzugsgewicht zum Auslösen der Schussabgabe sehr gering ist. Er richtete die eingestochene Schusswaffe auf sein Opfer und nahm daher billigend in Kauf, dass sich ein Schuss lösen und das Opfer treffen könnte. Die große Strafkammer kam aufgrund der objektiven Gefährlichkeit seiner Handlung zu dem Schluss, dass der Angeklagte den Todeserfolg für möglich gehalten und zumindest mit Eventualvorsatz seine Tat begangen habe. Somit habe sich der Angeklagte auch mit dem Todeserfolg von Heidrun B. abgefunden.

Zu den weiteren Anklagepunkten führte die Kammer aus, dass der Angeklagte nicht im Besitz eines Jagdausübungsrechts war, ihm fehlte hierzu nicht nur die behördliche Erlaubnis, der Angeklagte hatte keinen gültigen Jagdschein und setzte widerrechtlich den getöteten Joseph Gottlieb als Jagdpächter ein. Dieser fungierte lediglich als Strohmann. Der Angeklagte organisierte hierzu gewerbsmäßig illegal abgehaltene Jagden, die unter dem Deckmantel einer Gesellschaftsjagd durch Gottlieb deklariert wurden. Der anderweitig verfolgte und geständige Martin Klapetek, gab an, ihn dabei zu unterstützen.

Nicht bewiesen werden konnte der illegale Waffenerwerb des Angeklagten, denn Gantermann war nicht im Besitz einer waffenrechtlichen Erlaubnis. Alle sichergestellten Schusswaffen waren auf den Geschädigten Joseph Gottlieb eingetragen, somit konnten die in der Anklage aufgeführten Vergehen des illegalen Waffenerwerbs nicht nachgewiesen werden. Gleichwohl finde jedoch § 51 Absatz 1 des Waffengesetzes Anwendung. Der Angeklagte hatte keine waffenrechtliche Erlaubnis zum Führen von Schusswaffen, was letztlich am 07.09.2016 zum Tod von Heidrun Bajramovic führte.

Die Einvernahmen des Angeklagten Martin Klapetek, der Zeugen Olaf Kreutzer und Erich Lucas sowie des Angeklagten Mugur Dumitrescu bestätigten, dass der Angeklagte zudem der Anstiftung zu einer schweren Brandstiftung an der Geschädigten Traudl Gottlieb, der Körperverletzung an den Geschädigten Bruno Sugula sowie der Anstiftung des Einbruchs, der Urkundenfälschung und der Jagdwilderei schuldig zu sprechen war. Gantermann verbüßt seine Strafhaft in der Justizvollzugsanstalt Straubing.

Der Angeklagte Martin Klapetek bestätigte in der Hauptverhandlung sein Geständnis und wurde von der Anklagebehörde als Kronzeuge gegen Gantermann benannt. Der Angeklagte wurde wegen Anstiftung zu Brandstiftung und Körperverletzung sowie der Strafvereitelung gemäß § 258 StGB zu einer Gesamtfreiheitsstrafe von drei Jahren und sechs Monaten verurteilt. In der Urteilsbergründen betonte der Vorsitzende, dass der Angeklagte in einer gewissen Abhängigkeit zum Angeklagten Gantermann stand. Die Kammer betrachtete den Angeklagten als Helfershelfer bei der Beseitigung von Heidrun B., ebenso die Anstiftung zur Brandstiftung am Wohnhaus der Traudl S. sowie zur Anstiftung der Körperverletzung an Bruno S. In allen Punkten hatte der Angeklagte auf Weisung von Gantermann die Straftaten begangen. Der Verurteilte wurde zur Verbüßung seiner Haftstrafe in die Justizvollzugsanstalt Nürnberg eingeliefert. Wegen seiner Liebe zur Natur erhielt Klapetek dort einen Arbeitsplatz in der Gärtnerei.

Der Angeklagte Mugur Dumitrescu wurde aufgrund seiner Angaben zu einer Gefängnisstrafe von sechs Jahren und drei Monaten verurteilt. Der Wiederholungstäter wurde in den Anklagepunkten des Diebstahls, der schweren Brandstiftung und der Hehlerei für schuldig befunden und verbüßt seine Strafhaft in der Justizvollzugsanstalt Stuttgart.

Dienstag, 9. Januar 201, 10.00 Uhr,
Landgericht Nürnberg-Fürth, Sitzungssaal 600

Am Dienstag, den 9. Januar 2019 verkündete die große Strafkammer des Landgerichts Nürnberg-Fürth um vierzehn Uhr nachmittags das Urteil über Godehard Imhoff. Das Gericht folgte im Wesentlichen den Anlagepunkten von Dr. Menzel, der in diesem Verfahren ebenso das Klageverfahren führte. Der Angeklagte legte in der Hauptverhandlung wiederholt seinen Entschluss zur Umsetzung zu den beiden Tötungsdelikten dar und zeigte keinerlei Reue für seine Verbrechen. Die Untätigkeit der Polizei und der Gerichtsbarkeit habe ihn zu dieser Tat veranlasst. Er selbst sehe keinen Sinn mehr im Leben und würde lieber dort sein, wo er Kathrin und Oliver treffen könne. Der Angeklagte wurde wegen zweifachen Mordes, § 211 Strafgesetzbuch, zu einer lebenslangen Freiheitsstrafe verurteilt. Bei beiden Tötungsdelikten erkannte die Kammer auf die besondere Schwere der Schuld. Bei der Tat zum Nachteil an Joseph Gottlieb erkannte das Gericht zudem, dass der Angeklagte den Tod durch Nichteingreifen mitverursacht habe und mit Vorsatz hinsichtlich Tatobjekt und Tathandlung den in Gang gesetztem Kausalverlauf in puncto der Mordmerkmale verschuldet habe.

Der Angeklagte, der bereits in der Untersuchungshaft zwei gescheiterte versuche hinter sich hatte, wurde in die Justizvollzugsanstalt Offenburg verlegt. Hier fand bei der Zuführung des Gefangenen durch einen Psychologen ein sogenanntes Suizid-Screening statt. Zudem gab es in dieser Justizvollzugsanstalt drei verschiedene Verfahren im Umgang mit gefährdeten Gefangenen. Die harmloseste Variante war hier die Zusammenlegung mit einem anderen Häftling. Danach folgte die Verlegung in den sogenannten Suizid-Präventionsraum, der durch eine rundum Videoüberwachung sicherstellte, dass man den Gefangenen besser im Blick hatte. Hinzu kam, dass sich hier der Gefangene mehrmals täglich mit Psychologen und Ärzten auseinandersetzen musste. Für besonders gefährdete Gefangene gab es den besonders gesicherten Haftraum, kurz BgH genannt, einen tageslichtfreien Raum, dessen Boden und Wände komplett gekachelt waren. Die fest in den Boden eingelassene Edelstahltoilette hatte abgerundete Ecken und in der Mitte des Raumes konnte der Häftling mit Handschließen und Ledergurten auf ein Bett fixiert werden. Hier fand er dann die erforderliche Ruhe. Lediglich das Blinken der permanenten Videoüberwachung brachte etwas Abwechslung in den BgH.

Epilog 1

Schorsch und sein Team waren mit der Strafzumessung in beiden Tatkomplexen zufrieden. Anfänglich schien es bei Gantermann so, dass die Devise »Geld regiert die Welt« zutreffen würde. Aber die Gerechtigkeit siegte. Die Beamten hatten nicht nur einen Einblick in die Szene der Jägerschaft im Nürnberger Land gewonnen, die in diesem Ermittlungsverfahren teilweise zu den Reihen der Gejagten gehörte. Dass akribische Vorgehen des Täters zeigte den Beamten zudem auf, wie schwierig es war, Fuß zu fassen und die richtige Spur zu finden. Zugleich brachten die Ermittlungen auch einen erlauchten Kreis von Möchtegernjägern zum Vorschein. Ihnen war kein Preis zu hoch und kein illegales Handeln zu fremd, um die Gelegenheit zur Jagdwilderei am Schopfe zu packen.

Auch Waltraud Becker, die Schorsch mit der Abarbeitung von Cold Case Fällen beauftragt hatte, war am Ende erfolgreich. Sie überführte eine Krankenschwester im Klinikum Süd, die sich über Jahre zu einem Todesengel entwickelt hatte. Die Schwester spritzte ihren Patienten Kalium. Es waren perfekte Morde, die über Jahre hinweg nicht aufgeklärt werden konnten.

Der Normalwert bei Kalium beträgt bei einem lebenden Menschen zwischen fünf und sieben. Bei Leichen findet man Kaliumwerte im Bereich um zwanzig, denn nach dem Tod steigt dieser Wert bei allen Menschen exorbitant an. Der Todesengel spritzte die tödliche Dosis in den späten Abendstunden. Die Patienten verstarben meist nach Mitternacht. Am nächsten Morgen wurden sie tot aufgefunden, so auch ein gewisser Ignatz Schlauch, ein ehemaliger Prozessgegner von Arthur Gantermann, der dabei einem schnellen Herztod erlag. Eine

Obduktion und die Analyse der Blutwerte erbrachten keinerlei Hinweise auf Fremdeinwirkung. Bei den Verstorbenen bewegten sich die Kaliumwerte um die zwanzig.

Der Todesengel machte jedoch einen entscheidenden Fehler. Immer wieder verstarben Patienten, wenn die Krankenschwester ihren Dienst verrichtete. Eine kleine Überwachungskamera, die im Arzneimittelschrank der Krankenstation verdeckt installiert war, brachte die Gewissheit, dass die Verdächtige der Todesengel sein musste. Die elektronische Überwachung des Kaliums war so installiert, dass nicht nur die Stationsleitung die Aufnahme auf das Mobiltelefon gepusht bekam, auch dem Kriminaldauerdienst wurde das Video in Echtzeit übermittelt. Der Todesengel konnte überführt werden und gestand, in einem Zeitraum von acht Jahren über hundert Patienten in den ewigen Schlaf geschickt zu haben.

Schorsch und Rosanne hatten ein neues Hobby für sich entdeckt, aber beide verband auch, die weite Welt zu erkunden. Gemeinsam mit Freunden machte solch eine Entdeckungsreise umso mehr Spaß. Es war gewissermaßen ein Hauch von Freiheit, als Schorsch und Rosanne mit Ben und Suzanne an der Reling ihres Kreuzfahrtschiffes standen und von St. Maarten ablegten. Der Mond war bereits aufgegangen und am Firmament funkelten Millionen von Sternen. Es war eine klare und warme Sommernacht, die Weiten des Ozeans und die Seeluft luden die vier zu einem Aperol-Spritz ein. Sie nahmen Abschied von einer wunderschönen Insel mit Klängen aus der Karibik und einem Klassiker von Don Henley. Einem Song, der sich in Schorsch Gedächtnis eingebrannt hatte. Damals, als die erfahrene Alessandra ihm den Kopf verdrehte. »The boys of summer«*

---

* https://www.youtube.com/watch?v=gb1wYslTBk8

Epilog 2

Die Reisenden hatten alle Vorbereitungen für ihre letzte lange Fahrt getroffen, den Weg zum Hauptbahnhof legten sie mit dem Taxi zurück. Beide waren heute Morgen schon bald aufgestanden, hatten sich geduscht, rasiert und ihr rituelles Pflichtgebet gesprochen. Sie hatten noch genügend Zeit, der Intercity-Express nach Hamburg hatte nur einen Zwischenstopp in Münster. Hier in Nordrhein Westfahlen war ihre Hochburg gewesen. Wo viele ihrer Brüder als Gefährder unter Beobachtung standen, musste man außerordentlich vorsichtig sein.

Es war kurz vor zehn Uhr vormittags, der Zug war gut ausgelastet und jede Menge Menschen waren auf der Suche nach einem Sitzplatz. Sie mussten sich aber keine Sorgen machen, beide hatten in der Mitte des Zuges einen Platz reserviert. Es war kurz nach halb zwölf, der Zug hatte bis zu ihrer ersten Etappe in Münster noch eine Fahrzeit von über einer Stunde. Es war ein heißer Tag, die Temperaturen kletterten schon am frühen Morgen auf vierundzwanzig Grad. In der Mittagszeit waren Temperaturen von über dreißig Grad angesagt. Die Scheiben des ICE reflektierten die Sonnenstrahlen und hielten die Hitze von draußen ab, die Klimaanlage sorgte für Temperaturen, die das Reisen im Zug angenehm machten.

Die beiden Fahrgäste nahmen ihre Trekkingrücksäcke von den oberen Ablagen, einige Menschen beobachteten sie dabei. Bis zum Halt in Münster war noch genügend Zeit. Sie hatten nun ihre Leuchtjacken übergezogen, die mit dem roten Schriftzug »DB-Sicherheit« gekennzeichnet waren. Anschließend zogen sich die beiden Sicherheitskräfte ihre Rücksäcke über und setzten ihre Kopfbedeckung auf, die sie ebenso als DB-Sicherheitskraft zu erkennen gab. Sollte es vielleicht für die beiden einen unvorhergesehenen Zwischenstopp geben, der nicht im Fahrplan aufgeführt war?

Die beiden gaben sich die Hand, umarmten sich kurz und küssten sich die Wangen. Dann drehten sie sich um, zogen aus dem linken Gurt des Rucksacks eine kurze Sprühlanze hervor und bestätigten den Sprühknopf. Jeder von Ihnen lief in eine andere Richtung des Zugabteils. Offensichtlich realisierte die Masse der Mitreisende nicht, was die beiden Männer da versprühten. Es roch irgendwie angenehm, ein Duft nach Kölnisch Wasser und Lavendel hing in der Luft. War es aufgrund der klimatischen Bedingungen eine kundenfreundliche Geste der Deutschen Bahn, ihre Reisenden in allen Zugabteilen mit einem angenehmen Sprühnebel zu erfrischen?

Nein, die Ungläubigen sollten bewusst getäuscht werden.

Denn es war etwas ganz anderes, etwas, was von langer Hand vorbereitet worden war und nun in die Tat umgesetzt wurde. Es war das Größte, was Yazeed Fadl Allah Shadid seinem Allmächtigen versprochen hatte.

Denn das Projekt

6*19Q_Beni

war erst mit seiner Ausbringung in der Öffentlichkeit abgeschlossen. Aziz und Abdulla waren bereit dafür, für das höchste Paradies des Islam. Das Virus war dann nicht mehr aufzuhalten, es würde um sich greifen und seine tödliche Substanz eine Kettenreaktion auslösen, die das Abendland mit einem Todeshauch überziehen würde.

Allahu Akbar.

Gott gebe mir die Gelassenheit, Dinge hinzunehmen, die ich nicht ändern kann, den Mut, Dinge zu ändern, die ich ändern kann, und die Weisheit, das eine vom anderen zu unterscheiden.

Reinhold Niebuhr

Glossar

A

- **Anblick** = Wild im Revier sehen (Jägersprache)
- **ansprechen** = ein Tier genau taxieren (Jägersprache)
- **aufbaumen** = an eine Jagdkanzel steigen (Jägersprache)
- **auf mei Kappn** = auf meine Rechnung
- **an Goudn** = guten Appetit
- **ah alder Ziggainer** = ein alter Zigeuner (fränkisches Schimpfwort)
- **allmächd**: ein beliebter, häufig gebrauchter fränkischer Ausruf des Erstaunens, Erschreckens oder der Freude (vgl. Allmächtiger!)
- **Analyst's Notebook**: Datensoftware zur Fallermittlung; graphische Darstellung von wichtigen Personen, Ereignissen, Verbindungen, Mustern und Trends
- **Apfelküchla** = Pfannkuchen mit Apfelstückchen
- **Appel:** »für nen Appel und ein Ei« = für wenig Geld
- **Auslandskopfüberwachung:** operatives Einsatzmittel für Strafverfolgungsbehörden und Geheimdienste. Es ermöglicht, die Telekommunikation eines registrierten Endgerätes eines ausländischen Zugangsproviders zu überwachen, sobald dieser sich im nationalen Telekommunikationsnetz einloggt und dort eine Verbindung aufbaut. (Quelle: § 4 Telekommunikations-Überwachungsverordnung [TKÜV] sowie Google)

B

- **bassd scho** = alles in Ordnung (vgl.: passt schon)
- **BKA**: Bundeskriminalamt
- **BLKA**: Bayerisches Landeskriminalamt

- **Block-Hash-Datenbank**: angelegte Auswerte-Datenbank unter der Computer-Forensic »X-Ways-Forensics/Investigator« zum Aufspüren unvollständiger Fragmente gesuchter Dateien, die entweder schon einmal gelöscht oder aber über einen USB-Stick auf dem untersuchten Rechner aufgerufen worden sind.

C

- **Chick** = junges Mädchen

D

- **Daktyloskopie** = »Fingerabdruckwesen«; eine von Wissenschaft und Rechtsprechung anerkannte Methode, die sich mit der Aufnahme und Auswertung der Abbilder der menschlichen Leistenhaut befasst, um Personen zu identifizieren und Spurenverursacher festzustellen. (Quelle: Bundeskriminalamt)
- **Darknet**: versteckter Bereich des Internet, in dem man an Informationen und Gegenstände gelangt, die im normalen Netz nicht verfügbar oder nicht zugänglich sind.
- **des können mer fai glahm** = Sie können mir ruhig Glauben schenken.

E

- **EASy:** Ermittlungs- und Analyseunterstützendes EDV-System, entwickelt von rola Security Solutions in Zusammenarbeit mit dem LKA. In Bayern heißt die Software EASy, in Rheinland-Pfalz Kristal und in Schleswig-Holstein Merlin, länderübergreifend rsCase. Mit der Software lassen sich Beziehungen zwischen Personen, Informationen und Sachen etwa mit Schaubildern darstellen. (Quelle: Heise)

- **EMA-Abfrage**: Abfrage der Einwohnermeldedatei, um den genauen Wohnsitz oder Nebenwohnsitz eines Betroffenen festzustellen.
- **edzerdla** = jetzt
- **Europol**, Europäisches Polizeiamt: eine europäische Polizeibehörde mit Sitz in Den Haag. Sie soll die Arbeit der nationalen Polizeibehörden Europas im Bereich der grenzüberschreitenden organisierten Kriminalität (OK) koordinieren und den Informationsaustausch zwischen den nationalen Polizeibehörden fördern. (Quelle: Wikipedia)

F

- **Fädda Kerwa** = Michaelis Kirchweih/Kirmes in Fürth
- **Funkzellenauswertung:** ermittlungstaktisches Auslesen der Mobilfunkdaten der Funkmasten, bei denen sich das Mobiltelefon eines Anschlussteilnehmers registriert.
- **FuzZyDoc**: Identifizierung von geheimen oder gesperrten Dokumenten oder E-Mails über »X-Ways-Forensics«, die über mögliche Sicherheits-server abgerufen und auf einer Festplatte oder einem Micro-Server abgespeichert wurden.

G

- **Gewaff**, das = Jägersprache für die Eckzähne eines Wildscheinkeilers. Besonders gern verwendet, wenn sie sehr beeindruckt sind oder ein bisschen angeben möchten.
- **Gschpusi**, das = Geliebte/Geliebter, jedenfalls kein »sauberes« Verhältnis
- **Godd** = Gott

H

- **halt** = eben (Füllwort), vgl.: So war er halt.

I

- **IMEI-Nummer**: International Mobile Station Equipment Identity, eine eindeutige 15-stellige Seriennummer, mit der jedes GSM- oder UMTS-Endgerät weltweit eindeutig identifiziert werden kann. (Quelle: Wikipedia)
- **INPOL**: polizeiliches Informationssystem der deutschen Polizei.
- **Interpol**: International Criminal Police Organization; internationale kriminalpolizeiliche Organisation Interpol, kurz »ICPO-Interpol« oder »Interpol« zur Stärkung der Zusammenarbeit nationaler Polizeibehörden. (Quelle: Wikipedia)

K

- **KDD**: Kriminaldauerdienst, ein »Rund um die Uhr«-Bereitschaftsdienst der Kriminalpolizei. (Quelle: Wikipedia)
- **Kniefiesler**, der = übergenauer Mensch, Pedant
- **Knotzen**, der = ein beeindruckend starker Mensch
- **Krypto-Leitung**: besonders abgeschirmte Telefonleitung zum Führen geheimer und vertraulicher Gespräche zwischen den Nachrichtendiensten oder mit den Strafverfolgungsbehörden.
- **KTU**: kriminaltechnische Untersuchung von Beweismitteln auf der Grundlage naturwissenschaftlicher Analyseverfahren.

L

- **Leberkäsweckla**: Brötchen mit Leberkäse (fränkische Leibspeise)
- **letzter Bissen:** Ehrerweisung des Jägers gegenüber dem erlegten Wild (auch: Bruchzeichen)

M

- **Mamahansala** = jemandem am Rockzipfel hängen (spöttisch)
- **Männerspielzeug**: Armbanduhr Rolex GMT-Master II von Schorsch Bachmeyer.
- **mei Mudda** = meine Mutter
- **MEK**: Mobiles-Einsatz-Kommando der Polizeien
- **Moo** = Mann
- **Moosbüffelland** = Oberpfalz (spöttisch)
- **Mumpfel** = maulfauler Mensch
- **Mumpfelgsicht** = mürrischer Gesichtsausdruck

N

- **NSA**: National Security Agency, die Nationale Sicherheitsbehörde ist als größter US-Auslandsgeheimdienst zuständig für die weltweite Überwachung, Entschlüsselung und Auswertung elektronischer Kommunikation zuständig. In dieser Funktion ist die NSA ein Teil der »Intelligence Community«, in dem sämtlichen Nachrichtendienst der USA zusammengefasst sind. (Quelle: Wikipedia)

P

- **PATRAS**: ein weitgehend geheim arbeitendes GPS-Fahndungssystem und eine GSM-Ortung, die von den Strafverfolgungsbehörden eingesetzt wird. (Quelle: Wikipedia)

R

- **rsCASE**: von rola Security Solutions entwickelte Software für die praktische Arbeit im Bereich operativer Ermittlungen von Behörden. Länderübergreifend eingesetzt. Vgl. auch EASy. (Quelle: Homepage Rola)
- **Rumzuuch** = Nachtschwärmer/Schwerenöter

S

- **sappradi edzerdla** = Jetzt fällt es mir gerade ein.
- **Saufeder**, auch **Sauspieß**: kurzer Spieß für die Jagd auf Wildschweine
- **Schneggerla** = fränkischer Kosename für Schätzchen (wörtlich: kleine Schnecke).
- **Schwarzkittel** = Wildschweine (Jägersprache)
- **Seidla** = Bierkrug oder Bierglas mit einem halben Liter Bier.
- **SEK**: Spezialeinsatzkommando der Polizeien der Länder oder des Bundes.
- **soderla** = jetzt/ich bin so weit
- **Spezi** = Kumpel, Freund, Kumpan
- **Spusi**: Sicherung und Auswertung von Spuren am Tatort.
- **Steggala** = Stecken, Stab
- **Steggalaswald** = für die Region Nürnberg typischer Kiefernwald
- **Steufa**: Steuerfahndung
- **Strich-Acht**: Schorschs geliebter Mercedes-Benz-Oldtimer
- **Syborg-System**: polizeiliche IT-Anwendung zur Abklärung von Telefonnummern.

T

- **Threema-App:** besonders verschlüsselte App für Kurznachrichten. Im Gegensatz zu WhatsApp abhörsicher gegenüber deutschen und amerikanischen Strafverfolgungsbehörden, da sich der Server in der Schweiz befindet.
- **TKÜ**: Telekommunikationsüberwachung der Strafverfolgungsbehörden und Geheimdienste.
- **Tor-Browser**: spezieller Browser, um ins Darknet zu gelangen.

U

- **Überläufer**, der = Jägersprache für einen Wildschwein-Teenager
- **Umlaufmappen**:
- **rot**: enthält wichtige dienstliche Belange, die vorrangig und zeitnah bearbeitet werden müssen.
- **gelb mit rotem Querstreifen**: Inhalt unterliegt den Verschlusssachenbestimmungen (Krypto-Fax/VS-Material).
- **grau**: Schriftverkehr oder Vermerke des üblichen Tagesgeschäfts; kein Zeitraum zur Bekanntmachung vorgegeben.
- **grün**: aktueller Schriftverkehr, sollte tagesaktuell bekanntgegeben werden.

X

- **X-Ways-Forensics/Investigator**: kriminaltechnische Software zur Untersuchung von EDV; stellt gelöschte Dateien für eine gerichtsverwertbare Auswertung wieder her.

Z

- **ZEVIS-Abfrage**: zentrales Verkehrsinformationssystem zur Identifikation von Fahrzeughaltern.
- **zwickelig** = schwierig, verzwickt

Danksagungen von Roland Geisler

Einen Dank für meine Ausbilder und Lehrenden bei der Jagdschule Frankenland, Johannes Lippert und Maximilian Meilinger. Ihr habt in dieser Geschichte hoffentlich einen besonderen Platz gefunden.

Das ist des Jägers Ehrenschild,
dass er beschützt und hegt sein Wild,
waidmännisch jagt, wie sich's gehört,
den Schöpfer im Geschöpfe ehrt.
Das Kriegsgeschoß der Haß regiert,
Die Lieb' zum Wild den Stutzen führt:
Drum denk' bei Deinem täglich Brot
Ob auch Dein Wild nicht leidet Noth?
Behüt's vor Mensch und Thier zumal!
Verkürze ihm die Todesqual!
Sei außen rauh, doch innen mild,
Dann bleibet blank Dein Ehrenschild!

Oskar von Riesenthal, 1848

Was schlussendlich bei meinen geistigen Ergüssen dort gelandet ist, nämlich auf dem vormals leeren Blatt, musste alles zunächst von meiner Lektorin gelesen und korrigiert werden. Das Manuskript zu lesen war mit Sicherheit nicht immer einfach und wenn ich an all meine Komma- und Rechtschreibfehler denke, dann hat Astrid daraus eine großartige Geschichte geschmiedet. Innigen Dank dafür.